큐피드
마흔개의
성언

큐피드 - 아홉 개의 성물

지은이 | 방지언
발행인 | 신중현

초판 발행 | 2017년 1월 10일

펴낸곳 | 도서출판 학이사
출판등록 | 제25100-2005-28호

대구광역시 달서구 문화회관11안길 22-1(장동)
전화_ (053) 554-3431, 3432   팩시밀리_ (053) 554-3433
홈페이지_http://www.학이사.kr
이메일_hes3431@naver.com

ISBN_979-11-5854-064-7   03810

큐피드
아홉 개의
성문

방지언 장편소설

學而思 학이사

차례

프롤로그

비좁고 어둠침침한 사무실 안, 두 사내가 원형의 탁자를 사이에 두고 앉아 있다. 고미술품 전문 브로커 도수철과 갤러리 로마의 대표인 현이경, 그 둘은 지금 은밀한 거래를 앞두고 잔뜩 긴장한 상태다.

50대 후반으로 보이는 도수철은 반백의 머리칼을 뒤로 빗어넘기고 두터운 돋보기안경을 콧등에 걸쳤다. 팔짱을 끼고 짐짓거만한 자세로 현이경의 표정을 살피고 있지만, 초조한 기색을 완전히 감추진 못한다. 그가 현이경의 눈치를 보며 말했다.

"맞지? 현 대표가 그토록 찾던 바로 그 그림! 안데스산맥의 접경지까지 가서 목숨 걸고 찾아낸 거야."

현이경은 탁자에 펼쳐진 그림 속 인물을 홀린 듯 바라보고 있었다. 신화 속 인물 큐피드가 그의 연인 프시케와 춤을 추고 있는 그림. 1840년 카를로스 모델이 그린 것으로 알려진 〈큐피드의 탱고〉였다. 두 날개를 고이 접은 큐피드가 오른쪽 허벅지를 프시케 두 다리 사이에 끼워 넣고, 오른손으로는 활처럼 휜 연인의 등을 받치고 있다. 프시케는 큐피드의 열정어린 동작에 몸을 맡긴 채 환희에 젖어 있다. 왼쪽 구석에 신들이 먹는 불로불사의 음식 암브로시아와 넥타르가 차려진 식탁이 있고, 오른쪽에는 꽃다발과 결혼 예복을 두 손에 받쳐 든 님프와 요정 들이 대기 중이다. 결혼식을 앞두고 한껏 고조된 두 연인의 감정을 탱고의 열정으로 형상화한, 고전주의와 낭만주의가 절묘하게 어울린 명작이었다.

"내가…… 아니, 큐피드가 프시케와 이토록 섹시한 춤을 즐겼던 때가 있었던가?"

이경이 혼잣말하듯 중얼거렸다. 어딘가 회한이 묻어나는 목소리였다.

"카를로스가 큐피드 신화를 통해 당대의 풍속을 재현한 작품이니까, 신화의 원래 내용과는 다를 수밖에 없지 않을까?"

혹시라도 그림이 위조된 것으로 밝혀질까 봐 조바심치던 도수철이 다급한 목소리로 말했다. 속임수와 사기로 수많은 컬렉터들을 농락해온 그였지만, 현이경에게 그런 술수를 부릴 수는 없었다. 현이경은 유럽과 남미 지역의 고미술품에 대해서라면 세계 최고의 전문가로 손꼽을 만한 식견을 갖추고 있었고, 특히 큐피드와 관련된 작품이라면 동물적인 감식안을 지녔다.

"이봐, 현 대표! 나 못 믿어? 이거 틀림없는 진품이라고. 이미 전문가 감정도 받았어."

이경은 여전히 그림에서 눈을 떼지 못한다. 그림 속의 인물과 상황, 배경 속에 완전히 동화되어버린 듯했다.

"그런데 말이지. 현 대표, 그 큐피드의 얼굴을 좀 자세히 봐봐. 왠지 거울을 보는 것 같지 않아?"

도수철이 그림 속 큐피드를 가리키며 물었다. 미소년의 이미지를 벗고 갓 청년기에 접어든 큐피드의 욕망에 들뜬 얼굴은 현이경과 닮은 구석이 많아 보였다. 그림 속 큐피드가 좀 더 나이를 먹으면 현이경의 얼굴로 변모할지도 몰랐다. 현이경의 스무 살 무렵의 얼굴을 모델 삼은 그림처럼 보이기도 했다.

도수철의 말은 들은 체 만 체, 그림 속 인물에 붙박인 이경의 시선은 움직일 줄 몰랐다. 어깨 위로 길게 늘어뜨린 프시케의 금발머리, 여신에 견줘도 결코 뒤지지 않을 아름다운 얼굴, 여린 듯 강하며 가냘픈 듯 매혹적인 몸매와 자태……. 그렇다. 현이경의 시선을 사로잡은 것은 바로 프시케였다.

"뭐야, 현 대표. 오늘따라 좀 이상하다. 설마 그림 속 프시케와 사랑에 빠진 건 아닐 테고……."

도수철이 입가에 짓궂은 미소를 그리며 푸시시 웃었다.

프시케를 바라보는 현이경의 눈동자가 꿈결인 듯 몽롱하다. 연인을 바라보는 눈길, 사랑에 빠진 남자의 표정이었다.

"오, 프시케! 나의 여인이여."

이경이 자신도 모르게 내뱉은 말이었다.

"나의 연인이기도 하지."

도수철이 능글맞은 미소를 띠고 그림 가까이 얼굴을 들이대며 껴들었다. 이경이 손을 내뻗어 도수철의 얼굴을 밀어냈다. 그의 매서운 눈매에서 공격적인 기운이 뿜어 나오고 있었다. 자기 연인 주변을 맴돌며 아드레날린을 분비하는 수컷을 경계하는 눈빛이었다.

이경의 미간 사이로 땀 한 방울이 또르르 흘러내렸다. 순간 그림 속에서 뭔가 변화가 일어났다. 그림 속에서 큐피드와 프시케가 실제로 움직이고 있지 않은가. 이상한 점은 현이경과 똑같이 그림을 보고 있으면서도 도수철은 이런 변화를 전혀 눈치 채지 못하고 있다는 것이다. 이경만이 알아차릴 수 있는 변화였다.

그림이 몽롱한 판타지 영화의 한 장면처럼 살아 움직이고 있었다. 큐피드의 날갯짓과 프시케의 춤사위가 현란한 빛을 뿜어대는 것 같았다. 인물들만 꿈틀거리는 게 아니었다. 인물 주변에 자리한 오브제와 배경들까지 한데 어우러지며 춤추듯 너울거리기 시작했다.

그때 손바닥 크기의 활과 화살 문양이 섬광처럼 번쩍 떠올랐다. 〈큐피드의 탱고〉가 단순한 그림이 아니라 성스러운 기운이 서린 성화聖畵임을 증명하는 표식이었다. 순간 이경은 두 손을 불끈 쥐며 활을 잡는 자세를 취했다. 본능적인 동작이었다. 금빛 섬광을 발하던 활과 화살 문양은 이내 가물가물 사그라졌다.

이경은 급작스럽게 어깻죽지 부위를 푹 찔러오는 통증을 느끼고 두 팔로 어깨를 감싸 안았다. 고통으로 일그러지는 이경의 얼굴, 급기야 입술 사이로 가느다란 신음이 흘러나왔다.

"왜? 또 어깨가 결린 거야? 아무래도 이상해. 매번 큐피드의 날개가 현 대표 어깨 통증을 유발하잖아? 아니면 스탕달 증후군이라도 겪는 건지."

도수철이 안경을 고쳐 쓰며 의심의 눈길을 번들거렸다. 이경은 미간을 찌푸리면서도 도수철의 시선을 정면으로 맞받았다.

"도 사장님, 언제부터 내 주치의가 되신 겁니까? 도 사장 몸이

나 신경 쓰시죠. 그거 아세요? 도 사장 몸매가 점점 외계적으로 변해가고 있어요. E.T.”

이경이 도수철의 가느다란 팔과 불룩한 복부를 흘끔거리며 말했다. 도수철은 내 몸이 어때서? 하는 표정으로 손바닥으로 뱃살을 어루만졌다.

“에이, 외려 아주 지구적인 몸매지. 흔한 50대 평균남성의 비주얼 아닌가. 허허.”

이경은 서둘러 그림을 둘둘 말기 시작했다. 얼른 거래를 끝내고 도수철의 음흉하고 노회한 눈길로부터 벗어나고 싶었다. 비밀스러운 거래를 위해 그의 사무실을 찾을 때마다 마음이 착잡하고 불안했다. 이런 일이 아니라면 절대 마주치고 싶지 않은 인간형 중 하나였다. 하지만 이경에게 도수철은 꼭 필요한 존재였다. 잊히거나 숨겨진 명품 걸작을 수소문하고 은밀하게 거래를 성사시키는 일에 있어 타의 추종을 불허하는 작자였다.

“그럼 거래는 성사된 거지?”

도수철이 이경의 동작을 물끄러미 바라보며 말했다.

“진품 맞네요. 수고하셨습니다. 역시 도 사장이야.”

이경이 손을 바삐 놀리며 공치사를 늘어놓았다.

“잔금은 어떻……?”

이경이 그림 옆에 놓아둔 휴대폰을 들고 누군가에게 전화를 걸었다. 신호음이 두어 번 울리고 상대방의 목소리가 울려나왔다.

"대표님? 어떻게 됐습니까?"

갤러리 로마의 비서실장인 공순태. 현이경이 부모형제보다 더 신뢰하고 의지하는 인물이었다.

"공 실장님, 확인했습니다. 입금하세요."

"알겠습니다."

짧은 통화가 끝나고, 불과 1분도 채 안 되어 도수철의 휴대폰으로 입금을 알리는 문자메시지가 전송되었다.

"계좌 확인해보시고, 전 이만 일어나 보겠습니다."

"다음 타깃은 뭐야? 이번에도 나한테 맡길 거지?"

도수철이 갈급한 눈길로 물었다.

"타깃 확정되는 대로 연락드리죠."

"그런데 말야, 현 대표! 나, 전부터 되게 궁금했는데 말야."

도수철이 그동안 차마 묻지 못했던 의문을 털어놓을 조짐이었다.

"뭐가요?"

이경이 되물었다.

"아니, 큐피드를 소재로 한 명작이라면 아주 환장을 하고 사들이잖아? 뭐 특별한 이유라도 있는 거야?"

도수철이 오래 전부터 궁금하게 여겨왔던 점이었다. 이경은 그리스로마신화와 관련된 그림과 유물을 탐욕적으로 수집해오고 있었다. 그중 큐피드와 조금이라도 연관되어 있다 싶으면 물불 가리지 않고 수집에 열을 올렸다.

"뭐, 잃어버린 가족을 찾는 기분이랄까? 도 사장이 말했잖아요. 나랑 형제처럼 닮았다고."

이경이 적당히 농담 투로 되받아쳤다.

"에이, 그러지 말고 힌트라도 좀 줘봐."

도수철이 제법 진지하게 물고 늘어졌다. 그러자 이경도 진지모드로 돌아섰다.

"희랍신화야말로 현대문명, 특히 세계무대의 중심에 있는 서양 문명의 원류 아니겠습니까. 서구 문명이 세계사의 중심에서 문화의 흐름을 주도해 왔다는 것. 동양인으로서 정말 인정하고 싶지 않지만, 그게 현실이죠. 따라서 우리 갤러리 로마의 컬렉션은 이러한 주류 문명의 근원을 찾아가는 것과도 같아요. 말하자면 일종의 내비게이션이랄까……."

"내비게이션?"

"비유하자면 그렇단 말이죠. 명작이란, 고차원의 세계로 우릴 인도해주는 지도 같은 거 아닐까요?"

"에이, 핵심이 빠졌잖아. 그 중에서 왜 유독 큐피드에 집착하느냔 말이지."

"나는 그처럼 위대한 존재를 본 적이 없으니까요. 큐피드는 에로스, 곧 사랑의 신 아닙니까? 사랑이야말로 지상 최고의 가치죠."

"대체 무슨 소린지 알 것도 같고, 모를 것도 같고……."

"근데 지금 내가 왜 도 사장한테 이런 얘길 구구절절 해야 하죠? 요즘 주머니 사정이 제법 여유로우신가보네."

이경이 짜증스레 말했다.

"침묵은 금이다. 알았어, 입 다문다고. 하여튼 까칠하긴."

도수철이 불만스러운 투로 우물거렸다.

이경이 시간을 확인하는 척하며 그림을 챙겨 들고 일어섰다. 도수철도 벌떡 일어나 이경을 사무실 밖까지 배웅했다.

이경이 사무실 밖으로 나섰을 때는 벌써 밤 10시를 넘긴 시각이었다. 이경은 본능적으로 주변을 살피며 차를 주차해둔 곳으로 걷기 시작했다. 도수철의 사무실 건물은 좁다란 골목 안쪽에 자리하고 있었다. 지어진 지 30년도 넘었을 법한 4층 건물, 그 낡고 우중충한 시멘트벽돌 건물 지하에서 도수철의 브로커 작전이 연일 펼쳐지고 있었다. 도수철이 잘 나가던 시절에는 종로에 번 듯한 빌딩까지 소유하고 있었지만 사기죄에 걸리는 바람에 대법 원까지 가는 소송을 거치며 모아둔 재산을 몽땅 털렸다. 그는 현 이경을 발판 삼아 예전의 명성을 되찾기 위해 절치부심 뛰고 있 는 중이었다.

이경은 좀 더 보폭을 늘려 빠른 걸음걸이로 걸었다. 마땅히 주 차할 곳이 없어 골목 입구에 있는 분식점 옆에 차를 세워둔 터였 다. 바삐 걸으면서도 이리저리 눈동자를 굴리며 주변을 살펴야 했다. 차를 타고 무사히 갤러리에 도착할 때까지 긴장을 늦출 수 없었다. 비밀스러운 첩보작전처럼 펼쳐지는 어둠의 거래에 불가 피하게 뒤따르는 위험요소였다. 이런 거래의 뒤에는, 범죄의 냄 새를 맡은 하이에나들이 하나둘 따라붙게 마련이니까.

재바르게 걷던 이경이 주춤하며 걸음을 멈췄다. 이제 5미터 정 도만 더 가면 되는데 골목 입구에 길게 드리워진 그림자를 발견 했기 때문이다. 그림자도 순간 멈칫 하는 느낌이었다. 안에서 기 척이 없자 그림자가 서서히 움직이더니 시야에서 사라졌다. 이 경은 안도의 한숨을 내쉬며 뒤쪽으로 시선을 돌렸다. 도 사장은 정리할 게 남아 있다며 사무실로 돌아간 뒤다. 정리는 무슨……. 아마도 사무실 캐비닛 안에 숨겨둔 위스키를 꺼내 마시며 무사히 끝낸 거래를 자축하고 있을지도 몰랐다.

이경은 마침내 골목에서 벗어났다. 분식점은 이미 영업을 마치고 셔터를 내린 상태였다. 벌써? 조금 이상하다 싶었지만 손님이 없어 파리를 날릴 지경이라면 그럴 수 있겠다 싶었다. 분식점 옆 빈 공간에 주차되어 있는 차를 보자 비로소 안도감이 들었다. 긴장이 스르르 풀리며 피로감이 밀려왔다. 이경이 주머니에서 리모컨을 꺼내 눌렀다. 뾱 뾱!! 어둠 속에서 경쾌한 소리가 울려 퍼졌다.

이경이 막 도어 손잡이를 잡았을 때였다. 갑자기 뒤쪽에서 강렬한 빛살이 그를 덮쳤다. 그와 동시에 엔진음이 부르릉 터져 나왔다. 순간, 아차 싶었다. 누군가 그림을 노리는 자가 있다. 끝까지 경계를 늦추지 말았어야 했는데, 잠깐의 방심이 부른 실수였다.

이경은 잠시 생각했다. 태연하게 차를 타고 내빼는 게 좋을까, 그대로 튀는 게 좋을까. 그는 팔로 빛을 가리고 슬쩍 뒤를 돌아보았다. 10여 미터 떨어진 지점에 트럭 한 대가 주차되어 있었다. 5톤 카고 트럭으로 보였다. 헤드라이트 불빛이 워낙 강렬해서 운전자의 모습을 확인할 순 없었지만, 이때다 싶은 순간 돌진할 태세를 갖추고 있는 사람의 형상이 흐릿하게 보였다. 괜히 승용차에 올랐다간 맹수처럼 달려든 트럭에 받혀 부상당할 공산이 커보였다.

이경은 도어를 여는 척 하다가 냅다 달리기 시작했다. 인적 없는 도로, 차량의 통행도 드문드문했다. 이경은 도로 건너편으로 내달렸다. 무단횡단이었다. 아니나 다를까. 트럭이 덜컹거리며 그를 쫓아왔다. 신호를 무시하고 질주해온 소나타5가 아슬아슬하게 트럭 꽁무니를 비껴갔다. 이경은 급히 옆 골목 안으로 접어들었다. 트럭의 추격을 따돌리기 위해서였다. 집요한 추격, 신기에 가까운 운전솜씨였다. 도저히 5톤 트럭이 들어올 수 없을 만큼 좁다란 골목이다 싶었는데, 트럭의 엔진소리가 짐승처럼 울부짖으며 골목을 헤집고 있었다.

타다닥, 발소리를 울리며 질주하던 이경이 멈칫 하더니 우뚝 멈춰 섰다. 높다란 벽이 앞을 막아섰기 때문이다. 하필이면 죽어라 달려든 곳이 막다른 골목이라니. 골목 깊숙이 추격해온 트럭이 성큼 다가오고 있었다. 앞뒤로 막힌 상황, 절망적이었다.

10여 미터 거리를 두고 트럭이 추격을 멈췄다. 이경은 가쁜 숨을 몰아쉬며 트럭의 운전석을 응시했다. 강렬한 헤드라이트 불빛 때문에 확신할 순 없지만, 중동의 한 나라에서 온 이주노동자처럼 보이는 사내가 운전대를 잡고 있었다. 이런 일에 뛰어든 이주노동자라면 물불 가리지 않고 덤벼들 게 뻔했다. 사내의 입가에 악마적인 미소가 스쳐간 순간, 트럭이 다시금 크르릉, 하고 포효하며 이경을 향해 치달려왔다.

촌각을 다투는 상황. 이경은 뎅그렁, 울리는 종소리를 환청처럼 들었다. 순간 허공에서 오라처럼 보이는 원형의 물체가 둥실 떠오르더니 순식간에 이경의 몸을 감쌌다. 거의 동시에 트럭이 이경을 치고 그대로 벽을 들이박았다.

잠시 뒤 트럭의 도어가 열리고 문제의 사내가 밖으로 모습을 드러냈다. 키는 165센티미터 정도밖에 안되어 보였지만, 단단한 체구를 지닌 사내였다. 험한 노동으로 단련된 근육이 팔뚝에 흉하게 도드라져 보였다.

사내는 트럭 앞쪽으로 와서 그 주변을 두리번거렸다. 허둥거리는 꼴이 무척 당황한 눈치였다. 이경이 보이지 않았던 것이다. 분명 트럭에 허리를 받히고 타이어에 깔렸을 거라고 판단했는데, 흔적 없이 사라져버렸다. 바닥에 피 한 방울 보이지 않았다. 사내의 얼굴에 공포의 그림자가 스쳐갔다. 그런 사내를 비웃듯 이경이 서서히 모습을 드러냈다. 이경은 여전히 오라에 휩싸여 있었다. 그런데 사내의 눈에는 이경이 보이지 않는 모양이었다. 사내는 계속 좌우로 눈길을 돌려대며 이경의 시체를 찾고 있었다. 이경은 사내의 코앞에 서서 새파랗게 질려가는 외국인 범죄자의 얼굴을 똑바로 바라보았다. 국적과 이름, 얼굴을 기억해두기 위해서였다.

곧 사내의 이마에 국적과 이름이 홀로그램처럼 떠올랐다. '파키스탄 중서부 발루치스탄 주에서 온 무리디 발루치, 35세.' 문자는 고대 희랍어였고, 이것 역시 현이경만이 알아볼 수 있는 표식이었다.

휘황찬란한 오라에 감싸인 이경은 발루치를 건조한 시선으로 일별하고는 유유히 현장에서 벗어났다.

이경이 골목에서 빠져나왔을 때는 방탄 막처럼 둘러친 오라의 휘광이 사라져 있었다. 어떻게 된 일인가. 절체절명의 순간 이경을 구해낸 오라의 정체는 또 무어란 말인가. 이 비밀을 알아내려면 1천여 년 전의 올림포스 산으로 가봐야 한다.

1천여 년 전 올림포스에서 생긴 일

천 년 넘도록 유배생활을 해오고 있는 인간이 있다. 아니, 정확히 말하자면 그는 인간이 아니다. 천 년 넘는 세월을 인간으로 생존해온 자를 어찌 인간이라 말할 수 있겠는가. 그는 두 개의 세계, 두 개의 시간, 두 개의 정체성을 품고 살아온 신과 인간 사이의 경계인이다.

미리 밝히자면 그는 올림포스의 신 큐피드다. '사랑의 신'이라는 정체성에 걸맞게 우리는 그를 '에로스'라고 부르기도 한다. 그렇다. 그는 금빛 화살을 쏘아날려 거부할 수 없는 사랑의 감정을 심어주는 신이다. 잘 알려져 있다시피 우리의 큐피드는 못 말리는 장난꾼이다. 자제할 줄 모르며 기분 내키는 대로 행동해버린다. 올림포스의 신들도 큐피드의 이런 기질 때문에 골머리를 않았고, 신의 질서와 평화를 위협하는 위험천만한 사건을 수없이 겪어야 했다.

신들의 질서가 무너지면 인간의 질서도 무너진다. 신이 기침하면 폭풍이 몰아친다. 신이 눈물을 흘리면 바다가 범람하며 신들이 다투면 지구촌 어디쯤에서 전쟁이 터진다. 올림포스의 신들은 큐피드가 성장해가면서 심술궂은 장난꾸러기 기질이 잦아들기를 기다렸다. 그러나 큐피드의 타고난 성정은 변함이 없었다. 그러다 결국 올림포스 전체에 지옥의 폭풍을 몰아오고야 말았다. 그로 인해 신들의 거처에 위기가 닥쳤다. 큐피드가 인간 세상으로 기나긴 유배의 길을 떠나야 했던 이유다.

그 운명의 날, 큐피드는 디오니소스가 주최한 파티에 참석했다. 인간 세상에서 올라온 포도주를 홀짝거리던 큐피드는 탁자에 엎드린 채 잠이 들었다. 그러다 왁자지껄한 주변의 소란 때문에 잠에서 깼고, 벌떡 일어나 걸음을 옮기다 의자에 걸려 넘어지고 말았다. 그걸 본 신들이 웃음을 터뜨렸다.

큐피드의 귀에는 아폴론의 웃음소리가 유독 크게 들렸다. 비웃음이 스며든 웃음이었다. 평소에도 큐피드를 아이 취급하며 무시해오던 아폴론이 아닌가.

"전쟁 때나 쓰는 무기를 가지고 장난질이나 하는 꼬마 같으니.

이 건방진 녀석아! 그런 무기는 어른에게 넘기고 넌 애들 장난감이나 갖고 놀아라."

아폴론이 올리브나무 가지로 만든 새총을 던지며 말했을 때 큐피드는 엄청난 굴욕감에 몸을 떨었다. 아폴론에게 무시당하는 만큼 큐피드도 그의 시와 음악, 연주를 무시하고 조롱했다.

"어디서 3류 예술가 주제에……."

큐피드가 아폴론을 만날 때마다 속으로 자주 뇌까리는 말이다. 실제로 그는 아폴론의 예술에 아무런 감흥도 느끼지 못했다. 그의 시는 지나치게 교훈적이어서 별 재미가 없었다. 아폴론은 인간 세상에 내려가 인간들이 지어 바친 신전에 머물며 설교나 하면서 지내는 게 제격이라고 생각했다. 아폴론도 큐피드의 그런 속마음을 알고 있었다. 아폴론이 유독 큐피드에게만 시비를 걸고넘어진 것도 그 때문이었다.

"이봐, 꼬맹이! 그렇게 왜 어른의 음료를 겁도 없이 폭음하고 그러나?"

아니나 다를까. 아폴론은 이번에도 어김없이 조롱의 화살을 날렸다. 그 화살에 얼굴이 화끈 달아오른 큐피드도 화살을 빼들었다. 그가 빼든 것은 진짜 화살이었다.

"오냐 아폴론, 꼬맹이의 화살 맛을 보여주마. 넌 앞으로 영원히 고통을 노래하게 될 것이다."

순간적으로 낌새를 알아챈 아폴론이 재빨리 피했고, 이 화살은 아레스의 오른쪽 어깨를 스쳐지나갔다. 납으로 된 화살이었다. 순간 아레스의 눈빛에 증오가 타올랐다. 그가 칼을 빼들었고, 그 순간 두 번째 화살이 아테나의 왼쪽 가슴을 찔렀다. 이번엔 금빛 화살이었다. 아레스와 아테나의 눈길이 마주쳤다. 아테나는 순결을 지키기로 맹세한 처녀가 아닌가. 점입가경이었다.

화살이 계속 빗나가자 큐피드는 완전히 자제력을 잃고 말았다. 그가 쏘는 금화살은 황금빛 사랑을 꽃피운다. 반대로 납으로 된 화살은 납빛의 증오를 끓어오르게 한다. 그는 두 개의 화살로 사랑과 증오의 드라마를 연출하는 감정의 연금술사였다. 그러나 통제력을 상실해버린 큐피드는 미쳐 날뛰는 난봉꾼이나 다름없었다.

큐피드는 금이고 납이고 가리지 않고 닥치는 대로 시위를 당겼다. 취기와 흥분 탓인지 화살은 자꾸만 목표물을 빗겨갔다. 아폴론은 요리조리 피해 다니며 너털웃음까지 터뜨리는 여유를 보였다. 바짝 약이 오른 큐피드는 길길이 날뛰며 옷을 벗어던졌다. 채 영글지 않은 새하얗고 보송보송한 육체가 격렬한 분노로 벌겋게 달아올랐다.

화살은 계속 빗나갔다. 애꿎은 다른 신들과 님프들만 희생양으로 만들 뿐이었다. 곳곳에서 사랑과 증오의 불꽃이 피어올랐다. 두 개의 상반된 불꽃이 부딪치면 어떻게 될까. 물론 사랑은 힘이 세다. 상대방을 변화시키는 힘이다. 하지만 증오는 그보다 강력하다. 상대방을 파괴하는 힘이다. 두 개의 힘이 뒤얽히면 사랑은 증오에 먹혀버릴 가능성이 크다. 하나로 합쳐진 두 개의 불꽃은 지옥의 유황불로 변하고 만다. 당시 현장에서 벌어졌던 통음난무의 아수라장도 지옥의 한 풍경을 닮아 있었다. 강간이나 다름없는 행위가 저질러지고 혼음이 난무하는가하면 한쪽에서는 증오어린 격투가 핏빛 불꽃을 튀겼다.

이 소식은 헤르메스에 의해 곧장 제우스에게 전해졌다.

"최고신이시여, 속히 밖을 보십시오! 올림포스가 멸망으로 치닫고 있습니다."

제우스가 한 손을 들어 문을 열어젖히듯 움직이자 파티 장에서 벌어지는 장면이 눈앞에 쫙 펼쳐졌다. 가관이었다. 헤르메스의 절망적인 언사는 절대 과장한 게 아니었다. 제우스는 자신이 공들여 구축해온 조화로운 신의 질서가 한순간에 무너질 수 있다는 걸 비로소 실감했다.

"큐피드! 네놈이 결국 일을 내고 마는구나."

제우스가 신음하듯 말했다. 그의 은빛 머리카락이 부스스 일어나고 멋들어진 수염이 파르르 떨렸다. 생각 같아선 번개더미로 저들을 깡그리 쓸어버리고 싶었다. 하지만 저들이 사라지면 저들의 왕인 자신도 없다. 그는 극단의 충동을 다독이고 절망의 심사를 추스르며 대책을 떠올렸다. 한시가 급했다.

제우스는 포세이돈의 도움을 얻기로 했다. 그가 가장 신뢰하는 신은 역시 포세이돈이었다. 다행히 포세이돈은 디오니소스의 연회에 참석하지 않고 변함없이 바다의 바람과 물결을 다스리고 있었다. 과연 믿음직했다.

제우스는 헤르메스를 포세이돈의 바닷속 궁전으로 급파했다. 그러고는 곧장 구름을 타고 날아올라 강력한 번개에너지를 끌어모았다. 그의 분노가 하늘을 찌르자 하늘에서 천둥번개가 야수의 울음을 토했다. 이윽고 제우스의 지팡이가 불길을 내뿜었다. 천둥을 동반한 번개가 올림포스 산을 뒤흔들었다. 거대한 번갯불의 심지가 산언덕에 자리한 디오니소스의 신전에 날아가 꽂혔다. 순간 온 세상이 쥐죽은 듯 고요해지고, 신전에서 검붉은 불길이 치솟았다. 신들의 비명소리가 제우스가 있는 곳까지 들려왔다. 신전 밖으로 뛰쳐나오는 신과 요정들이 제우스의 눈에 비쳤다. 불길에 휩싸인 요정도 보였다. 아직 탈출하지 못한 신들도 있을 터였다.

이때 헤르메스의 메시지를 받은 포세이돈이 거센 폭풍을 날려 보냈다. 뒤이어 거대한 파도가 디오니소스의 신전을 덮쳤다.

신전은 흔적 없이 사라지고, 신들은 뿔뿔이 흩어졌다.

부서진 건물의 잔해만 나뒹구는 신전 터는 황량하기 그지없었다. 잔해더미 속에서 누군가의 신음이 흘러나왔다. 돌무더기 밖으로 손이 삐죽 나오고, 제우스의 분노에 휩쓸린 희생자가 비틀 몸을 일으켰다. 큐피드였다. 뭇 여신들의 시선을 잡아끌던 황금빛의 곱슬머리, 모성을 자극하던 여린 육체가 잿빛먼지로 뒤덮여 있었다. 그는 손에서 놓쳐버린 활을 찾아 주위를 두리번거렸다. 실오라기 하나 걸치지 않은 알몸이었다. 상처 입은 왼쪽 날갯죽지가 핏물에 젖어 있었다. 어디선가 후드득 날아든 님프가 그의 아랫도리를 가려주었다.

순간 수직으로 내리꽂힌 빛의 기둥이 큐피드를 삼켰다. 제왕의 냉정한 기운이 스며든 빛살이었다. 살을 파고드는 빛살에서 큐피드는 제우스의 분노를 읽었다. 큐피드는 그만 정신을 잃고 말았다.

큐피드는 그대로 제우스의 궁전으로 승천하듯 들어 올려졌다.

"넌 이제 더 이상 신이 아니다. 그동안 아프로디테를 봐서 참 아왔는데 이번만큼은 그냥 넘어갈 수 없다. 각오는 돼 있겠지?"

제우스의 지시에 의해 큐피드는 신의 징벌방에 감금되었다. 이는 제우스 궁 지하에 있는 일종의 감옥으로 이런 경우에 대비해 마련해둔 공간이었다.

제우스는 곧장 긴급회의를 소집했다. 12신에 해당하는 신들 모두 회의장에 자리했다. 그러나 원래 그 자리에 있어야 할 디오니소스는 보이지 않았다. 그 대신 화로의 여신이자 가정의 수호신인 헤스티아가 참석했다. 여신 중의 여신 헤라가 남편 제우스에게 강력하게 요청한 결과였다. 이후 디오니소스는 12신에 들었다 빠졌다 하는, 들쭉날쭉 불완전한 신으로 남았다. 디오니소스가 12신에 드느냐 못 드느냐는 제우스와 헤라의 시소게임에서 결정된다. 헤라의 힘이 세질 때면 12신 구역 밖으로 밀려난다. 반대로 제우스가 본래의 패권을 장악하면 그도 12신의 한자리를 차지할 수 있다.

회의에 참석한 대부분의 신들은 큐피드에게 프로메테우스에 맞먹는 형벌을 내릴 것을 요청했다. 헤파이스토스가 읍소하고, 아프로디테가 대신 용서를 구해봤지만 대세는 이미 기울어진 뒤였다.

오랜 논의 끝에 비로소 결론이 내려졌다.

일단 큐피드의 신으로서 직무는 당분간 헤라가 대신하기로 했다. 헤파이스토스가 헤라를 위한 활과 화살을 특별제작하기로 했고, 활쏘기 훈련은 아테나가 맡기로 했다.

큐피드에게는 인간으로 태어나 윤회를 거듭하며 참회와 반성의 시간을 갖도록 유배형을 내렸다. 그러나 사실 유배는 이 형벌의 주요 의도가 아니었다. 제우스를 비롯한 신들의 의도는 다른 데 있었다.

제우스의 명을 받은 헤르메스가 징벌방으로 내려가 큐피드를 데리고 왔다. 큐피드는 헤파이스토스가 제작한 사슬에 손발이 결박되어 있었다. 올림포스 신들 중 가장 못생긴 외모로 태어난 헤파이스토스는 제우스의 아들이자 아프로디테의 남편이다. 따라서 큐피드의 아버지이기도 하다. 아들의 자유를 구속하게 될 수갑과 차꼬를 제작하면서 그는 무슨 생각을 했을까. 그 작업은 제우스가 아들 녀석을 제대로 가르치지 못한 아비에게 내리는 벌이었을지도 모른다.

"가거라."

왕의 옥좌 아래 무릎 꿇고 엎드린 큐피드를 내려다보며 제우스가 말했다.

"인간들 속에서 잃어버린 신의 위엄과 자격을 되찾아라! 유한한 인간의 삶이 너에게 신의 존재의미를 일깨워 주리라. 인간 세상이야말로 신들에게는 최적의 학습장일 수 있다. 우리는 너에게 특별한 미션을 내리기로 했다. 네가 인간 세상에 자리 잡으면 우린 그 세상 곳곳에 신의 증거인 성물聖物을 심어놓을 것이다. 너는 정해진 기간 안에 그 증거들을 모두 찾아내야 한다. 만일 실패하면 넌 이 신들의 거처에서 영원히 추방됨은 물론, 올림포스에서 존재 자체가 흔적 없이 지워져버릴 것이다."

제우스의 메시지는 바로 이 미션에 숨어 있었다. 인간들 속에서 너 자신이 누구인지 알아보라는 것. 요컨대 '너 자신을 알라!'였다. 소크라테스의 철학적 고민이 던져진 셈이었다.

큐피드가 인간의 시간으로 천 년에 이르는 유배생활을 하는 동안 신들은 지상 곳곳에 각자의 성물聖物 - 그중 하나가 현이경이 도수철을 통해 입수한 〈큐피드의 탱고〉였다. - 을 숨겨두기로 했다. 12신 중 제우스와 그의 수행원 헤르메스, 어머니인 아프로디테를 제외한 아홉 신들이 하나씩 보물을 숨겨두고 큐피드는 이 보물찾기 게임을 수행해야만 하는 것이다.

제우스가 근엄한 얼굴로 지팡이를 살짝 들고 바닥에 찍었다. 쿠궁, 소리와 함께 일순 번개가 번쩍였다. 그와 동시에 큐피드의 손발에 채워져 있던 사슬이 풀려나갔다. 제우스가 다시 지팡이를 허공에 휘두르자 반원 형태의 오라가 둥실 떠올라 큐피드의 전신을 감쌌다. 오라 안에 있는 큐피드의 실체가 그림자처럼 희미해지기 시작하더니 이윽고 시야에서 완전히 사라져버렸다.

그렇게 큐피드는 인간 세상으로 내려 보내졌다.

천 년 동안 이어진, 끔찍할 정도로 기나긴 유배세월의 시작이었다. 이 기간 동안 큐피드는 인간으로서 아홉 번의 삶을 살아내야 한다. 아홉 번에 걸친 통과의례가 장구한 세월에 걸쳐 펼쳐지게 되는 셈이었다. '큐피드의 인생 9부작'이라 할 만한 거대서사였다.

여덟 번 반복되는 유한한 인간의 삶을 통과하고 나서, 아홉 번째 생에는 신들이 숨겨둔 성물을 찾는 마지막 미션을 수행해야한다. 아홉 개의 성물에는 이전의 여덟 인생을 충실히 살아냈다는 표식(활과 화살 문양)이 새겨져 있었다. 큐피드는 이 아홉 개의 성물을 모두 찾아야만 다시 올림포스로 돌아가 신의 지위를 취득할 수 있게 되어 있었다.

천 년이나 되는 유배기간이라니. 죽음보다 더한 형벌일 수 있었다. 그러나 천 년이라는 세월은 사실 올림포스 신들의 시간으로 환산하면 그리 긴 기간이 아니었다. 올림포스 신들의 하루는 인간의 백 년과 같다. 열흘이면 1천 년이다. 그러니까 큐피드가 인간 세상에서 보내게 될 천 년의 세월은 올림포스에서라면 고작 열흘에 불과하다.

천 년 동안 큐피드는 여덟 번 인간의 생을 반복하도록 프로그램 되어 있었다. 천 년 동안 무엇보다 큐피드를 힘들게 한 것은 무료함이나 외로움 따위가 아니었다. 그는 인간의 근원적 고통인 죽음을 생각할 필요가 없었다. 인간이 느끼는 두려움과 불안, 공포도 느낄 필요가 없었다. 그럼에도 그의 삶은 견디기 힘들 정도로 고통스러웠다.

바로 사랑 때문이었다. 사랑의 대상을 구할 수 없는, 그래서 사랑을 느끼지 못하는 고통이 그를 힘들게 했다. 천 년 동안 그의 마음을 사로잡은 여자를 단 한 번도 만나보지 못했다. 그는 인간 세상의 여자들에게서 어떤 아름다움도 발견할 수 없었다. 진짜 형벌은 그게 아닐까 싶기도 했다. 혹시 올림포스 신들의 장난 또는 계략이 아닐까 의심스럽기도 했다.

주변에 여자가 없었던 것도 아니었다. 수많은 여자와 만나고 헤어져봤지만 한 번도 가슴에 금빛 화살을 맞아보지 못했다. 그토록 사랑의 화살을 남발하던 그가, 정작 자신이 가장 절실할 때, 그 사랑의 절실함을 해소해줄 화살 하나 날리지 못하다니. 비감하고 비통한 아이러니였다. 인간이 된 큐피드는 제 머리 깎지 못하는 스님 또는 이발사나 다름없었다.

어떤 아름다운 여자가 다가와도 그의 마음을 흔들어놓지 못했다. 프시케를 닮은 여자와 정사를 시도해본 적은 몇 번 있었다. 그러나 가벼운 입맞춤에 그칠 뿐 정사로 나아가지 못했다. 얼굴을 정면으로 바라본 순간 간신히 부여잡고 있던 애정은 순식간에 사라져버렸다. 프시케에 대한 그리움만 더욱 커질 뿐이었다. 차라리 신화를 묘사한 르네상스 시대의 회화에 등장하는 여인들, 신전 안에 깃든 여신의 조각상을 사랑하는 게 나았다.

아무려나 큐피드는 천 년 동안 무사히 여덟 번의 생을 살아내고, 아홉 번째 인간의 삶을 얻었다. 인간의 삶을 경험해볼 마지막 기회이자, 다시 신으로 복귀할 수 있는 절호의 기회이기도 했다.

큐피드의 아홉 번째 인생이 시작된 해는 1987년이었고, 출생지는 대한민국의 서울이었다. 도수철과 마주 앉아 위험한 거래를 마다않는 사내, 그가 바로 현이경이었다. 이탈리아나 스페인, 프랑스 같은 나라들에서 태어났더라면 좋았겠지만, 이경에게는 선택권이 없었다. 제우스의 명을 받은 운명의 여신 모이라들의 제비뽑기에 의해 정해진 출생지였다.

현이경의 탄생은 곧 신과 인간의 경계를 살아가는 특별한 존재의 출현을 의미했다. 현이경은 외형만 인간일 뿐, 인간의 능력을 훌쩍 뛰어넘는 능력을 타고났다. 미션 수행을 격려하고 지지하는 올림포스 신들의 지원 덕분이었다.

먼저 이경에게는 단박에 다른 차원으로 비상할 수 있는 능력이 주어졌다. 인간은 3차원의 세계를 살아간다. 귀신과 영들은 4차원에 머물며 신들은 5차원에서 노닌다. 신의 지위에서 인간으로 추락한 이경은 3차원에서 5차원으로 순간이동 할 수 있었다. 이때 나타나는 것이 바로 오라다. 그렇다. 이경을 죽음의 위기에서 구해냈던 바로 그 오라.

두 번째는 인간의 수명을 나타내는 '데스 워치'와 인간의 국적과 나이, 이름 등을 읽을 수 있는 능력이었다. 이경은 한 인물의 얼굴을 조금만 집중해서 바라보면 그의 정체를 웬만큼 파악할 수 있었다. 그가 〈큐피드의 탱고〉를 강탈하러 트럭을 몰고 돌진해온 발루치의 신상을 한눈에 읽어낼 수 있었던 것도 이러한 능력에 의해서였다.

세 번째로는 인간 개개인에게 드리워진 오라의 색감을 알아볼 수 있는 능력이었다. 이경은 이 색감을 통해 인간 내면에 숨겨진 본성이나 개성을 대충 파악할 수 있었다. 신실한 성직자에게서는 대개 녹색의 오라가 감지된다. 순수한 동심이 살아있는 사람에게선 하얀 색감으로 드리워진 오라가 보인다.

현이경의 현재 나이는 29세. 그동안 모두 다섯 개의 성물을 확보했다. 이제 네 개의 성물이 남았다. 이것만 해결하면 천 년 넘도록 갈망해오던 소원을 이루게 된다. 신으로의 귀환!

큐피드는 인간의 유한함을 여덟 번이나 반복 경험하며 무한의 가치를 깨달았다. 무한의 생명력을 지닌, 신적 존재의 엄중한 사명감에 대해서도 성찰했다. 그는 더 이상 짓궂은 장난질로 신적 능력을 허투루 낭비하던 예전의 철부지가 아니었다. 그는 진정한 사랑의 가치를 널리 퍼뜨리는 사랑의 신으로 거듭나겠노라고 다짐하고 다짐했다.

명예회복의 그날이 멀지 않았다. 네 개의 성물만 찾아내면 된다. 문제는 시간이 별로 없다는 것이었다. 현이경의 수명 역시 모이라들이 결정했다. 그들이 정한 인간 현이경의 수명은 29년 6개월. 스물아홉 번째 생일을 맞은 지 이틀이 지났으므로 이제 6개월도 채 남지 않은 셈이었다. 반년 안에 네 개의 성물을 모두 찾아내야만 하는 것이다.

두 개의 큐피드상

　이경이 획득한 성물은 다음 미션의 타깃을 알려주고 자연발화하게 되어 있었다. '큐피드의 탱고'가 푸르스름한 불꽃으로 산화하면서 알려준 6번째 성물은 '두 개의 큐피드상'이었다. 이탈리아의 조각가 안토니오 카노바의 걸작으로 알려진 조각상이었다.

　이경은 타깃을 확인하자마자 도수철에게 알렸다.

　"도 사장이 궁금해 하던 다음 타깃, 방금 확정했습니다."

　"어이쿠, 신 급의 우리 VVIP 고객님. 뭐든 분부만 내려줍쇼."

　"안토니오 카노바, 두 개의 큐피드상! 오늘 중으로 착수비 보낼 테니 바로 작업 들어가세요."

　이경이 부하 직원에게 지시를 내리듯 말했다. 이럴 때면 두 사람은 갑과 을의 관계처럼 보인다. 하지만 둘은 사실 악어와 악어

새 같은 공존공생의 이해관계로 얽힌 사이였다.

"오케이! 안토니오 카노바의 '두 개의 큐피드상!' 나도 죽기 전에 꼭 한 번 실물을 보고 싶었던 작품인데 말이지. 내 전 세계를 다 뒤져서라도 갖다 바치리라."

도수철이 자신만만한 목소리로 말했다.

그러나 그토록 자신만만했던 도수철은 한 달이 지나도록 감감무소식이었다.

본격적인 여름 더위가 기승을 부리고 있는 이탈리아 로마. 3일째 폭염이 기승을 부리더니 이튿날부터 3일을 내리 폭우가 쏟아졌다. 폭염으로 로마에서만 노약자 다섯이 목숨을 잃었고, 태풍을 동반한 폭우로 건물 몇 개가 무너지고, 가로수 줄기가 꺾이고, 도로 곳곳이 파손되었다. 폭우가 내리는 동안 올림포스 산 정상에 내려앉은 거대한 먹구름 층에서 천둥과 번개가 번뜩거렸다.

그런데 3일 동안 퍼부은 폭우가 이경에게 행운을 몰아왔다. 올림포스의 하늘과 지축을 뒤흔들던 천둥번개는 12신 중 누군가가 이경에게 보내는 무언의 격려와 메시지였는지도 모른다. 로마 서북부에 위치한 산타마리아 델라 성당에서 기적 같은 일이 벌어졌던 것이다. 이 성당은 아직 관광객들에게 잘 알려지지 않았지만, 200여 년의 역사와 전통을 간직한 유서 깊은 성당이었다.

성당 뒷산자락에서 수사 복장을 한 젊은 사내 둘이 삽 잡은 손을 부지런히 놀리고 있었다. 폭우로 인해 밑동과 뿌리를 훤히 드러낸 채 쓰러질 듯 기운 나무들을 되세우기 위한 작업이었다.

빗물에 질척해진 흙더미를 헤집던 한 수사의 삽날에 무언가가 덜컥 걸렸다. 순간 성당의 종탑에서 난데없이 마른번개가 쳤다. 삽날의 촉감으로 봐선 나무뿌리나 돌멩이가 아니었다. 삽날 끝에 부딪친 순간 삽자루를 통해 전해지는 감각이 제법 묵직했다. 손잡이를 그러쥔 손목에 찌르르한 통증이 느껴질 정도였다. 필시 금속재질로 된 물체가 분명했다. 기다란 얼굴에 기다란 팔다리, 황갈색 턱수염이 멋스러운 키 큰 수사는 고대유물을 발굴하는 학자처럼 조심스럽게 삽질을 이어갔다.

과연, 나무뿌리 밑에 뭔가가 있었다. 구리로 제작된 동상 같았다. 기묘한 예감이 젊은 수사의 마음을 들뜨게 만들었다. 뭔가 성스럽고 상서로운 기운이 성당 주변을 감도는 것 같았다. 그는 묵상이라도 하듯 잠시 흙 묻은 손으로 십자가 목걸이를 매만졌다. 그러고는 삽을 내던지고 무릎을 꿇고 앉아 손으로 뿌리 주변을 파헤쳤다. 동상의 형상이 서서히 모습을 드러냈다.

"이리 와봐. 이게 뭐지?"

수사가 자기보다 위쪽에서 작업 중인 다른 동료를 불렀다.

"뭔데 그리 호들갑인가?"

드러난 나무뿌리에 흙을 덮어주던 동료가 뒤돌아보며 물었다.

"이거 아무래도 로마신화의 큐피드상 같은데?"

"큐피드?"

동그랗고 붉은 얼굴에 짧고 뭉툭해 보이는 팔다리, 통통한 몸집을 한 수사가 바삐 아래로 내려왔다. "어이쿠!" 되똥거리며 걷던 수사가 질척한 땅을 딛고 쭈르르 미끄러져 내렸다. 그는 곧장 동료가 파놓은 구덩이 속으로 쏙 들어갔다. 동상에 엉덩이라도 찔렸는지 표정이 미묘하게 일그러졌다.

"이런! 자네 혹시 큐피드의 화살촉에 찔린 건 아니겠지? 제발 그런 눈으로 날 바라보지 말아 주게나. 심히 부담스럽네."

"거 참, 자넨 내 스타일이 아니라니까 그러네. 그리고 큐피드에게는 증오의 화살도 있잖은가. 내가 납으로 된 화살에 찔렸다면 어쩔 텐가?"

"차라리 그편이 낫겠군 그래."

키 큰 수사가 싱긋 웃으며 오른팔을 길게 내밀었다.

둘은 삽 대신 나뭇가지를 꺾어들고 조심스럽게 발굴 작업에 나섰다. 곧 활시위를 팽팽히 당기고 있는 형상의 큐피드가 모습을 드러냈다. 사랑의 활시위를 당기고 있는 사랑의 신 큐피드였다. 그런데 하나가 아니었다. 또 하나의 큐피드상이 나란히 누워 있었던 것이다. 두 번째로 나온 큐피드는 사랑의 신이되 사랑의 신이 아니었다. 그는 납으로 된 화살을 팽팽하게 당기고 있었고, 표정에는 증오의 감정이 서늘하게 서렸다. 사랑과 증오의 화살로 무장한 두 개의 큐피드상이 쌍을 이루고 있었던 것이다.

"이게 왜 여기서……?"

통통한 수사가 벌린 입을 다물지 못하고 있었다.

"그러게 말일세. 언제부터 여기 묻혀 있었던 걸까?"

키 큰 수사가 골똘히 생각하는 표정으로 말했다.

"이러고 있을 때가 아니지. 내가 얼른 가서 사제님들을 모셔오겠네."

통통한 수사가 급히 성당 쪽으로 걸음을 옮겼다.

혼자 남은 수사는 바닥에 나뭇잎을 깔고 그 위에 나란히 세워놓은 조각상을 가만히 내려다보았다. 높이는 1미터 정도였고, 구리와 주석 합금으로 제작된 조각상으로 보였다. 수사는 두 큐피드상의 얼굴과 머리에 묻은 흙을 손바닥으로 닦아냈다. 동상의 정수리 부분에서 금빛으로 번뜩이는 활과 화살 문양이 번쩍 하고 떠오른 것은 바로 그때였다.

"헉! 이게 뭐지?"

수사는 얼른 동상에서 손을 떼며 성큼 뒤로 물러났다. 그의 얼굴에 놀람과 두려움이 얼비쳤다. 그가 문양을 가까이에서 살펴보기 위해 한 걸음 앞으로 다가갔을 때였다. 금빛 문양은 흔적없이 사라져 있었다. 현이경이 그토록 찾아 헤매던 데메테르의 성물, 안토니오 카노바의 '두 개의 큐피드상'이 마침내 모습을 드러낸 순간이었다.

"주교님! 토마스 주교님! 얼른 나와 보세요."

흥분한 수사가 주교를 외쳐 부르며 산 아래로 달려 내려갔다. 통통한 수사가 사제들과 함께 성당 밖으로 우르르 몰려나오고 있었다.

그렇게 또 하나의 성물이 세상에 출현했다.

현이경은 숨이 타들어가는 심정으로 이 순간을 기다려왔을 터였다. 그러나 이 사실은 꿈에도 모른 채 이경은 지금 '갤러리 로마'에서 유치한 장난질에나 빠져 있었다. 어쩌겠는가. 그게 큐피드의 타고난 성정인 것을.

갤러리 로마. 이경이 디자인하고 그의 사촌형인 세계적인 건축가 김한영이 설계한 이 건물은, 고대 로마의 거대한 신전을 21세기의 서울로 옮겨온 듯한 외형을 하고 있으며 3개의 전시관과 3개의 부대시설을 갖춘 아시아 최대 규모를 자랑하는 갤러리였다.

갤러리 입구에 5미터가 넘는 제우스상이 서있고, 건물 지붕을 떠받치고 있는 코린트 식 기둥들에는 그리스로마신화의 12신들이 부조 형태로 조각되어 있다. 안으로 들어가면 상설전시관으로 사용되는 제1전시관이 펼쳐지고 원목으로 된 목조계단을 따라 위층으로 오르면 제2전시관이 나온다. 3층에 제3전시관이 있고, 4층에는 사무실과 회의실, 교육 및 영상자료실, 세미나실 등이 들어섰다.

갤러리 뒤편에는 그리스의 원형극장을 재현해 놓은 듯한 야외공연장이 조성되어 있다. 2천 석 규모의 대극장 기능을 할 수 있도록 지어졌으며, 대규모 행사를 유치했을 때 관객들이 야외전시회도 보면서 동시에 연회도 즐길 수 있는 독특한 공간이었다. 이곳에서는 전시회 말고도 콘서트, 연주회, 결혼식, 연극·뮤지컬·오페라 공연, 영화상영, 패션쇼, 행위예술 등 다양한 문화행사가 펼쳐진다.

2층의 제2전시관에서는 '명화로 읽는 그리스로마신화' 라는 테마의 기획전이 열리고 있었다. 방학을 맞은 학생들을 겨냥한 전시회로, 갤러리 로마가 소장하고 있는 그리스로마신화 관련 컬렉션 중에서 선별한 100점의 명작들이 전시회장에 걸렸다. 학생들에게는 부담스러울 2만 원의 관람료를 책정했는데도 부모들과 함께 찾은 학생 관객들로 연일 붐볐으며 단체관람 예약이 밀려들고 있는 터라 대박을 예감하는 전시로 기대를 모으고 있었다.

오늘도 현장학습을 나온 초등학생 관객들로 전시장 안이 들썩거릴 지경이었다. 세 명의 인솔교사가 200여 명의 학생들을 통제하느라 애를 먹고 있었다. 여교사 한 명이 도슨트처럼 학생들에게 그림을 설명하고 두 교사는 산만한 학생들이 개인행동을 하지 못하도록 뒤에서 감시하는 역할을 맡고 있었다.

"다음은 이 그림을 보도록 할까요. '아폴론과 다프네'라는 제목이 붙어 있네요. 프랑스의 화가 니콜라 푸생의 작품이에요. 이 그림에는 아주아주 슬픈 이야기가 숨어 있어요. 여러분, 아폴론이 어떤 신인지 알죠?"

"네. 태양의 신이요."

여교사가 묻자 한 아이가 한손을 번쩍 쳐들며 대답했다.

"맞아요."

교사는 환한 미소로 화답하며 계속 설명을 이어갔다.

"수금이라는 악기를 연주하며 노래도 잘 부르는 매우 감성적인 신이랍니다. 그뿐인가요. 활쏘기의 명수이자 병든 사람을 치료하기도 하는 의술의 신이기도 해요. 한마디로 지성과 감성을 완벽하게 갖춘 킹카라고 말할 수 있어요. 선생님의 이상형이랍니다."

갤러리 로마의 잘 훈련된 도슨트들의 역량에 뒤지지 않는, 쉽고 간결하며 꽤나 능숙한 화술이 양념처럼 가미된 해설이었다. 하지만 앞줄에 선 스무 명 정도의 학생들만 주의 깊게 경청하고 있을 뿐, 다른 학생들은 그다지 그림에 관심이 없어 보였다. 특히 맨 뒷줄에 선 녀석들은 대열에서 이탈할 기회를 호시탐탐 노리고 있었다. 급기야 두 녀석이 뒤를 지키고 있는 교사들이 휴대폰을 들여다보는 틈을 타 전시관 밖으로 빠져나갔다.

복도로 나간 두 녀석은 손바닥을 펼쳐 하이파이브를 했다. 녀석들은 복도 양 옆에 전시된 조각상을 툭툭 건드리기도 하며 서성거렸다. 조각상들 중에 유독 튀는 작품이 하나 있었다. 이 전시회의 테마와는 어울리지 않는, 중세의 기사를 재현한 작품으로 보였다. 녀석들이 나란히 기사를 마주보고 섰다.

"이야, 이거 완전 대박!"

한 녀석이 기사의 갑옷을 만지며 감탄했다.

"쩐다. 한번 입어보고 싶다."

다른 녀석이 복부에 두른 철제 갑옷을 주먹으로 두드렸다. 텅텅 소리가 울렸다. 순간 헤드 부분이 덜컥거리더니 가면 틈으로 두 개의 눈이 번뜩이며 빛을 발했다.

"이 애송이들아! 정녕 내 칼 맛을 보고 싶은 게로구나."

기사의 입에서 음산하면서도 우렁찬 목소리가 울려나왔다. 두 녀석이 "으아악!" 비명을 지르며 뒤로 벌렁 넘어졌다. 그러자 다시금 헤드가 들썩거리며 "크큭!" 웃는 소리가 새어나왔다.

"뭐야. 사람이었어?"

기사가 헤드를 벗자 이경의 얼굴이 나타났다. 두 녀석이 툭툭 털고 일어나더니 앞으로 성큼 다가왔다. 새파랗게 질렸던 얼굴이 어느새 호기심으로 빛나고 있었다.

"헐. 이 아저씨 뭐야? 인형 탈, 아니, 기사갑옷 알바?"

"배우지망생이 알바 하는가본데? 봐봐, 비주얼이 완전 낫닝겐이잖아."

"알바라니! 어딜 봐서 이 귀족적이고 우아한 마스크가 비정규직 노동자 같으냐?"

"그럼 지금 거기서 뭐하는 건데요?"

"방금 니네들이 당한 그거."

"설마, 장난?"

"뭐야. 그럼 한 시간이나 그러고 있었던 거예요? 우리한테 장난치려고?"

녀석들이 믿기지 않는다는 말투로 툭툭 내던졌다.

"노노. '한 시간이나'가 아니고 '한 시간밖에' 안 기다렸지. 매사에 나처럼 긍정적인 마인드를 갖추길 바란다. 앞으로 네놈들 인생이 훨씬 아름답고 풍요로워질 테니까."

"헐!!"

"아저씨, 미안한데 되게 없어 보여요."

이경이 훗, 실소를 던지며 말했다.

"이놈들아, 자고로 '진짜 있는' 건 눈에 잘 띄지 않는 법이다."

"뭐래. 멀쩡하게 생겨서 정신이 영……"

그때 바삐 계단을 오르며 "대표님!" 하고 부르는 소리가 들렸다. 공 실장이었다. 그를 본 이경이 상체를 빙 두른 갑옷을 벗었다. 순간 복도가 더 환해진 느낌이었다. 수려한 얼굴, 셔츠 위로 보기 좋게 융기한 가슴, 곧고 길게 뻗은 두 다리. 그는 어느 대가가 장시간 심혈을 기울여 제작한 완벽한 조각품처럼 보였다.

"우와!"

한 녀석이 자신도 모르게 탄성을 내질렀다.

"대표님, 제발 예측 가능한 범위에서 움직여주심 안 될까요?"

공 실장이 이마의 땀을 훔치며 말했다.

"한참이나 찾았잖습니까!"

"그러게요. 한참이나 걸렸네요. 저번보다 10분이나 뒤졌어요. 신기록 세우려면 분발 좀 하셔야겠어요."

이경이 능청스레 대꾸했다.

"이런 걸로 신기록 세우고 싶지 않다니까요, 대표님."

가만히 듣고 있던 두 녀석도 불쑥 껴들었다.

"헐! 이 아저씨가 대표라고?"

"외면과 내면 모두, 도저히 믿기지가 않는다."

"이봐, 학생들. 여기서 이러고 있으면 어떡해. 얼른 전시장으로 돌아가요."

공 실장이 녀석들을 돌려보냈다. 이경은 싱긋 웃으며 야외공연장으로 향했다.

야외공연장 한쪽 실내에 현이경의 전용 양궁장이 있었다. 이경은 아무리 일정이 밀려 있어도 매일 한 번씩 이곳에 들러 활시위를 당겼다. 화살을 한 발씩 쏘아 날릴 때마다 다시 큐피드의 정체성을 회복하겠다는 목표를 되새겼다. 올림포스에 돌아가서 꼭 하고 싶은 일이 있었다. 아폴론과 활쏘기를 겨루는 것! 아폴론의 콧대를 납작하게 해주고 싶었다. 다시는 그의 놀림감이 되고 싶지 않았다. 또다시 아폴론이 별 생각 없이 내뱉은 몇 마디 말에 감정이 상해 충동적인 실수로 파란을 불러오고 싶지도 않았다. 이 양궁장은 이경에게 있어 몸과 마음의 수련장이자 천상을 향한 상징적인 장소였다.

이경의 금빛 화살이 슝 하고 날아가 과녁 중앙에 꽂혔다.

"10점! 과연 명사수이십니다."

공 실장이 박수를 치며 이경을 치켜세웠다.

"뭘 또 새삼스럽게……."

이경이 당연하다는 듯 활시위 당기는 포즈를 취하며 턱짓으로 등 쪽을 가리키며 말했다.

"그보다 이 날개 뼈를 보세요. 이거 너무 대놓고 여심을 꿰뚫는 치명적인 섹시미 아닙니까."

공 실장이 습관처럼 끙, 소리를 내며 말했다.

"올바른 명칭은 견갑골입니다만……."

"아무래도 아까 초딩들한테 이 날개 뼈도 견학시켜줄 걸 그랬나 봐요. 걔들이 우리 로얄 그룹의 미래수익을 뒷받침해줄 소비자 층 아니겠습니까. 뭔가 획기적이고 강렬한 인상을 심어주고 싶었는데 말이죠."

"아까 그 갑옷만으로도, 충분히 강렬한 인상을 받았을 겁니다."

"뭐 그렇담 다행이구요."

이경이 활을 내려놓으며 말을 이었다.

"오후 스케줄은 뭐죠?"

공 실장이 수첩을 펼치며 대답했다.

"우선 오후 세 시에《월간 미술》화보 촬영 있구요."

"화보를 뭘 따로 찍기까지 하나? 숨만 쉬어도 화보인 나를. 다음은요?"

"끙! 오후 일곱 시 부회장님, 유안나 양과의 오붓한 저녁식사가 기다리고 있습니다."

이경이 심드렁한 얼굴로 말했다.

"그 둘이서 오붓하게 식사하시면 되겠네. 전 그냥 오붓하게 여기 계시는 게 좋겠고."

공 실장이 당황한 얼굴로 이경 앞으로 나서며 말했다.

"안 됩니다, 대표님! 무슨 일이 있어도 그 자리에는 반드시 참석하셔야 해요. 이번에 또 펑크 내시면 저 정말 부회장님한테 생매장 당할지도 몰라요."

이경은 안절부절못하는 공 실장을 보면서도 짐짓 장난스러운 투로 되받아쳤다.

"에이, 그럴 리가요. 이 나라가 엉망진창인 건 맞지만, 그래도 엄연히 법치국간데, 아무리 갑질의 아이콘으로 손꼽히는 로얄 그룹 부회장이라도 비서실장을 막 함부로 파묻고 그럴 수야 있나요? '인간적'으로다."

"'인간적'이요? 하, 부회장님이 어디 보통 인간! 아니, 이, 인물입니까?"

공 실장이 어이없다는 듯 되물었다.

"흠, 죽는 게 그렇게 두려우세요?"

"대표님은요? 죽음 앞에 의연한 인간이 어디 있겠습니까?"

공 실장이 정색하며 물었다. 이경이 움찔 하는 기색이었다. 맞는 말이었다. 이경은 지난 여덟 번의 삶과 죽음을 돌이켜보았다. 그 역시 매번 죽음을 앞두고는 두려움을 떨칠 수 없었다. 자신이 하데스의 지하왕국에 갇히는 일은 없을 거라는 걸 잘 알고 있으면서도 그랬다. 다음 생에 대한 기대와 호기심을 압도하는 두려움이었다. 죽음 이후의 세계를 확신하지 못하는 인간에게 그 막막한 두려움은 자신이 느꼈던 것보다 몇 곱절 이상의 무게로 작용할 것이다.

이경은 문득 공 실장에게 남은 이승의 시간이 궁금해졌다. 공 실장의 현재 나이는 54세, 남은 수명은? 진지한 얼굴로 돌아선 이경이 미간을 좁히며 공 실장의 왼쪽 가슴을 쏘아보았다. 일순 정적이 흐르며 째깍째깍 운명의 초침소리가 이경의 귓가를 울렸다. 이윽고 공 실장의 이름과 수명을 알려주는 이미지가 환영처럼 떠올랐다. '공, 순, 태' 세 글자와 함께 살바도르 달리의 초현실적인 그림과 흡사한 시계이미지가 공 실장의 심장부위에서 일렁거렸다. 데스워치, 인간의 수명을 알려주는 영적 알람이었다.

가히 빛의 속도로 휘돌던 시곗바늘이 서서히 멈추며 로마자로 표기된 숫자를 가리켰다. 'IX 그리고 V.' 이경이 두 숫자를 소리 내어 읽었다.

"9, 5!"

"네?"

공 실장이 의아해하며 물었다. 이경이 말했다.

"걱정 마세요. 공 실장님은 로마의 영광보다 더욱 길게, 오래 사실 테니까."

공 실장의 얼굴이 환해졌다. 그가 씨익 웃으며 말했다.

"거 참, 암담하네요. 그렇게 긴 시간, 오래도록 대표님한테 시달려야 한다니 말입니다."

"그럴 리가요. 공 실장님이 여기 대표님이 되실 수도 있을 텐데요? 안 그래도 우리 회장님 저한테 자꾸 본사 기획실로 들어오라고 성화예요."

"당연히 그러셔야죠."

곰곰 생각하던 공 실장이 손을 내저으며 말을 이었다.

"아, 그리고 그런 말씀 마세요. 제가 대표가 된다뇨? 저 정말 생매장 당하는 꼴 보려고 그러세요? 웬만하면 제명에 죽고 싶네요."

그때 이경의 휴대폰이 울렸다. 발신자를 확인한 이경이 냉큼 전화를 받았다.

"도 사장? 이거 너무 늦어지는 거 아닙니까?"

"축하해, 현 대표!"

도수철이 말했다. 자기만 아는 비밀을 손에 쥐고 은근히 상대방을 떠보는 듯한 목소리.

"뭐 새로운 소식이라도 들어왔습니까?"

이경이 미간을 찌푸리며 물었다.

"그놈이 또 나타났어."

"그놈이라니, 누구 말입니까?"

"큐피드 말야. 현 대표가 애타게 기다리던 안토니오 카노바의 걸작!"

"네!? 어디서요?"

"산타마리아 델라 성당이라고 아시려나?"

"로마에 있는 건가요?"

"맞아. 역시 현 대표야."

"어떻게 될 것 같습니까, 거래는?"

"거기 주교 노인네하고 통화해봤는데, 감이 좋아. 조건만 맞으면 넘겨줄 것 같아. 직접 만나서 협상하고 싶다더군."

"알겠습니다. 제가 직접 가도록 하죠."

"출국 날짜하고 비행기 시간 알려줘. 공항 도착시간에 맞춰 현지 가이드가 마중 나가도록 조치할 테니까."

"좋아요. 이번에도 잘 해봅시다."

통화를 마친 이경이 공 실장을 바라보며 말했다.

"이거 어쩌죠?"

"설마……."

공 실장이 사색이 된 얼굴로 얼버무렸다.

"대체로 설마가 사람 잡더라구요. 가장 빠른 로마행 티켓 좀 예매해주세요."

"오늘 저녁식사를 예정대로 마치시고, 내일 오전 비행기로 출발하시면 어떨까 하는 작은 소망이 있습니다만."

　이경은 들은 체도 않고 서둘러 갤러리 별관에 마련한 자신의 거처로 향했다. 곧장 짐을 싸서 출발할 생각이었다. 순식간에 10년은 늙어버린 공 실장도 어딘가로 전화를 걸며 사무실로 올라갔다.

휴일 없는 휴일

로마의 아침이 밝았다. 천둥번개를 동반한 폭우를 분노하듯 퍼붓던 하늘이 모처럼 청명하게 개었다. 로마 곳곳에 산재한 관광명소는 아침나절부터 여행객들로 붐비기 시작했다.

안토니오 카노바의 '두 개의 큐피드상'이 발굴된 산타마리아 델라 성당에서 1킬로미터 떨어진 곳에 베네치아 광장이 있다. 이곳에서 비아 델 코르소 거리를 따라 북쪽을 향해 가다보면 좌우로 실핏줄처럼 연결된 좁다란 골목들이 나온다. 미로처럼 연결된 그 골목에서 동양인으로 보이는 한 여자가 불쑥 모습을 드러냈다. 평범한 외모, 무난한 옷차림을 하고 있지만 뭔지 모를 매력을 발산하는 여자. '강하다 투어'의 로마현지 가이드인 윤승지였다.

바삐 걷던 승지는 골목 어귀에 있는 허름한 피자가게 앞에서 우뚝 걸음을 멈췄다. 그녀는 오른쪽 어깨에 걸친 여행용 백 팩을 앞으로 돌려 지갑을 꺼내더니 곧장 가게 안으로 쏙 들어갔다.

'로마의 휴일'. 60대 후반의 한인교포 할머니가 운영하는 피자집이다. 이곳에 가면 언제나 영화 〈로마의 휴일〉을 볼 수 있었다. 오드리 헵번과 그레고리 펙 주연의 바로 그 영화. 1953년에 나온 흑백영화인데도 아직까지 '로마' 하면 즉각적으로 떠오르는 영화이기도 하다. '로마의 휴일'에서 피자를 먹으며 로마의 낭만을 즐겨보라는 뜻일까. 벽면에 설치된 텔레비전에서는 매일처럼 이 영화가 반복 재생되고 있었다.

승지가 안에 들어섰을 때, 언제나처럼 주인할머니가 〈로마의 휴일〉을 감상하고 있었다.

스페인광장 계단에서 대화를 나누고 있는 앤 공주와 브래들리 기자. 앤 공주가 브래들리를 빤히 쳐다보며 말한다.

"출근 안 해요?"

동시에 승지의 입에서도 같은 대사가 흘러나왔다. "출근 안 해요?" 그제야 손님이 온 걸 알아차린 주인할머니가 고개를 돌리며 말했다.

"오늘은 로마의 휴일이오."

앤 공주의 물음에 답하는 브래들리의 대사였다.

"이제 모든 대사를 외우고 계시네요. 매일 똑같은 장면 보시고도 안 질려요?"

승지가 영화 속 '헵번 스타일'을 한 단발머리를 손가락으로 빗어 올리며 물었다.

"너도 매일아침 여기서 똑같은 거 먹고도 안 질리잖니."

주인이 당연하다는 투로 말했다. 승지는 발그레하게 홍조를 띤 주인의 얼굴에서 설렘을 읽을 수 있었다. 여전히 소녀 같은 감성을 간직하고 있는 할머니였다.

"에이, 이건 생존의 문제고 저건 왕족의 사치잖아요."

승지가 친할머니에게 투정이라도 부리듯 말했다.

"얘야, 저건 사랑이란다. 꿈이란다. 이토록 멋진 로마에서 저리도 로맨틱한 사랑을 나눈다는 게 꿈만 같지 않니?"

주인이 부지런한 손놀림으로 피자를 포장하며 말했다.

"꿈같긴 하네요. 로마에도 휴일이 있다는 게……."

승지는 허겁지겁 피자를 먹으며 골목 밖에 주차해둔 승용차로 향했다. 그녀는 '로마의 휴일'을 즐길 새가 없었다. 게다가 요즘은 휴가시즌의 절정을 달리고 있는 터라 그녀에게는 휴일이란 게 허용되지 않았다. 이탈리아 교환학생 경험과 어학연수 경력을 앞세워 강하다 투어에 입사했지만, 아직은 인턴에 불과한 비정규직이다. 이제 두 달만 견디면 정사원이 될 수 있다는 게 그나마 위안이다. 그때가 되면 나도 로마의 낭만적인 휴일을 누릴 수 있을까? 승지는 씁쓸한 미소를 지으며 이탈리아 대표 국민경차로 꼽히는 친퀘첸토의 시동을 걸었다. 부르릉~! 승지의 낡은 친퀘첸토가 로마의 시가지를 달리기 시작했다.

"본 조르노~!"

승지가 강하다 투어 로마지점 사무실에 들어서며 지점장에게 인사를 날린다.

"야, 윤승지! 너 도대체 뭐하는 놈이야?"

지점장이 승지를 보자마자 버럭 소리 질렀다.

"어우, 깜짝이야. 저야 물론 가이드 하는 놈이죠."

"뭐!?"

지점장이 어이없다는 듯 노려보며 말했다.

"임마, 가이드 하는 놈이면 제대로 가이드를 했어야지."

"무슨 일인데요?"

"본사에서 전화 왔는데, 오늘 아침 여행사 홈페이지로 컴플레인 올라왔대. 너 그저께 허니문팀 손님이랑 대판 싸웠다며?"

"아 그 진상들……."

승지는 이틀 전 가이드를 맡았던 여행객들을 떠올렸다. 진상도 그런 진상이 없었다. 서른 중반의 배불뚝이 신랑이 새벽 1시에 치맥을 시켜달라고 성화를 부렸다. 승지는 여긴 한국이 아니라 로마라고 말했다. 그런 일은 가이드의 업무가 아니라고 설득도 해보았다. 하지만 막무가내였다. 당장 자기 방으로 오라고 고래고래 소리쳤다. 만약의 경우에 대비해 호신용 스프레이를 챙겨들고 가봤더니 아주 가관이었다. 흐트러진 침대, 여기저기 널려 있는 옷가지들과 화장품, 휴지조각…… 그 난장판 속에 잔뜩 취한 배불뚝이 신랑이 폭군처럼 군림하고 있었다. 신랑은 줄무늬 트렁크만 입고 목욕가운을 대충 걸친 채 소파에 비스듬히 앉아 위스키병으로 나발을 불고 있었다. 신부는 보이지 않았다. 화장실 쪽에서 흐느끼는 소리가 들려오는 걸로 보아 문을 잠그고 누군가와 통화를 하고 있는 것 같았다. 먹구름 가득한 허니문, 딱 봐도 오래 가기 힘든 커플이었다.

"이미 좋은 술 드시고 계시네요 뭐. 맥주는 내일 저녁 이탈리아 프리미엄맥주를 맛볼 수 있는 바로 안내해 드릴 테니, 오늘은 그만 주무시죠."

승지가 억지미소를 띤 얼굴로 살살거렸다.

"야! 내가 당장 먹겠다는데 웬 말이 그리 많아? 당장 치맥 대령 하라고."

고추냉이와 캡사이신으로 떡칠한 닭다리를 놈의 입에 푹 찔러 주고 싶은 생각이 간절했다. 승지는 눈을 질끈 감고 깊은 숨을 몰아쉬며 분노를 다스리고 있었다. 참아야 했다. 하지만 상대는 계속 추태를 부리며 참을 수 없는 지경으로 몰아갔다.

"이거면 되나?"

그가 지갑을 뒤적이더니 10유로 지폐 서너 장을 승지의 얼굴을 향해 휙 뿌렸다. 순간 승지의 눈동자에서 불꽃이 튀었다.

"야, 이 개망나니 자식아! 니가 무슨 네로 황제라도 되는 줄 아냐?"

승지가 삿대질하며 쏘아붙였다. 그렇게 되고 만 거였다. 그때 눈물로 얼룩지고 퉁퉁 부은 얼굴에 속옷 차림을 한 신부가 욕실 밖으로 튀어나왔다.

"너 뭐야!"

신부가 앙칼지게 대들었다. 그녀가 뺨을 치려고 손을 휘두르는 걸 간신히 피했다. 그제야 승지는 깨달았다. 둘이 아주 잘 어울리는 커플이라는 걸. 알고 보니 홈페이지에 글을 올린 것도 그녀였다.

"그 커플은 로마의 휴일을 즐길 자격이 없는 사람들이었어요."

승지가 변명하듯 지점장에게 말했다.

"뭐? 무슨 자격?"

지점장이 눈을 치켜뜨며 따져 물었다.

"아니 뭐…… 그 사람들 최악의 여행객이었다니까요. 정말 말도 안 되는 억지를 부리는 데다, 마녀 같은 신부가 다짜고짜 주먹을 휘두르는데 그럼 어떡해요."

"어이, 윤승지! 두 번 말하지 않을 테니 잘 들어. 세상엔 말야, 우리가 선택할 수 없는 게 두 가지 있어. 하나는 부모를 선택해서 태어날 수 없다는 거고, 또 하나는 고객이야. 고객이 말야, 그 어떤 무리한 요구를 해도 무조건 받들어 모셔야 하는 게 강하다 투어의 기본 입장이라고. 가이드가 말이지, 그 정도 진상 짓은 유연하게 대처할 줄도 알아야지 말야. 그 여자가 마녀라면 넌 기꺼이 마녀의 시녀가 돼줬어야만 해. 알아들어? 너 때문에 본사 여직원이 어떤 수모를 당했는지 알아? 게시 글 내려달라고 사정사정해서 간신히 삭제했어. 내일까지 시말서 써와. 본사 지시야."

젠장, 벌써 두 번째 시말서였다.

"알겠습니다."

승지가 시무룩한 얼굴로 대답했다.

"또다시 이런 컴플레인 물고 오면 그땐 윤승지 씨 정규직 전환도 날아가 버릴 수 있어. 명심하라고."

지점장이 엄한 얼굴로 경고했다. 그 말에 승지의 얼굴도 서늘하게 굳었다. 치사한 인간! 위축될 수밖에 없는 말이었다. 그녀는 이번에 꼭 정규직이 되어야 했다. 다시 이런저런 알바를 전전하며 피곤에 지친 몸으로 자기소개서를 쓰던 암담한 나날로 돌아가고 싶지 않았다. 여행사에서 경험을 쌓고 생활이 안정되면 로마에 있는 한 대학의 대학원에 들어가 신화학을 전공해보고 싶었다. 로마는 신화의 도시이다. 가이드로서 도시 곳곳에 산재해 있는 신화 관련 유적들을 돌아보면서 자연스레 그런 꿈을 품게 되었다.

승지의 눈에서 찔끔 눈물이 솟았다. 그녀는 손등으로 얼른 눈가를 훔쳤다. 지점장이 못 본 체하며 말했다.

"그만 나가봐. 오늘 일정 뭔지 알지?"

"물론이죠."

승지가 짐짓 명랑한 제스처를 해보이며 말했다. 그녀는 고개를 꾸벅 숙이고는 곧장 밖으로 나왔다. 오늘은 터키에서 그리스를 거쳐 로마로 들어오는 성지순례 팀을 인솔하고 폼페이 유적지를 돌아봐야 한다. 순례팀은 그리스 파트라 항에서 로마행 페리를 타고 바리 항으로 들어올 예정이었다.

차에 오른 승지는 내비게이션을 켰다. 앞으로 10년간 펼쳐지게 될 삶의 내비게이션이 있다면 한번쯤 들여다보고 싶다는 생각이 얼핏 들었다. 승지는 실없는 생각에 피식 웃음을 흘리며 시동을 걸었다.

"오늘도 달려보자, 친퀘첸토야!"

승지는 운전대를 힘주어 그러쥐며 중얼거렸다. 이탈리아의 국민차로 불리는 친퀘첸토, 회사에서 업무용으로 렌트해준 차량이었다.

사무실 건물 주차장에서 나오자 아이스크림 가게가 눈에 들어왔다. 유리 너머로 색색의 젤라또들이 미감을 자극했다. 지점장의 엄포에 스트레스를 받은 탓이었다. 승지는 차를 세우고 시동도 끄지 않은 채 내렸다.

"그라치에!"

승지는 점원이 건네주는 젤라또 콘을 받아들자마자 한입 덥석 베어 물었다. 곧장 가게 밖으로 나와 출입문 옆 계단에 앉아 영화에서 본 오드리 헵번의 표정과 제스처를 흉내 내며 젤라또를 음미했다. 뭔가 위안이 되는 기분이었다.

그때 지점장에게서 전화가 걸려왔다. 그가 냉큼 물었다.

"어디야? 어디서 또 젤라또나 녹이고 있는 거 아냐?"

"무슨 말씀을! 지금 빛의 속도로 바리 항으로 달려가고 있는 중인데요."

"흠. 그 팀 정리되면 바로 다빈치공항으로 날아가."

"네? 공항은 왜요?"

"저녁 여덟 시 사십 분, KE931편으로 갤러리 로마 대표가 도착할 거야. 누군지 알지? 로얄 그룹 후계자 현이경."

현이경이라는 이름을 듣는 순간 승지는 머리가 하얘지는 기분이었다. 이게 무슨 일인가 싶었다. 어쩐지 현실에서 벌어지는 일 같지가 않았다. 그녀가 물었다.

"그, 그분이 여긴 무슨 일로……?"

"그거 우리가 알 바 없고. 어제 갑자기 의뢰받은 건데, 내가 깜박했다. 엊그제 실수한 거 만회할 기회니까 정신 바짝 차리고 모셔."

"넵!"

얼떨결에 대답을 하고 나서도 승지는 기분이 묘했다.

살짝 들뜬 기분이 들기도 했다. 갤러리 로마라면 승지도 여행사 입사 면접을 앞두고 한 번 가본 적이 있었다. 이상한 감정을 불러일으키는 곳이었다. 친숙한 기분이 들면서도 왠지 모르게 불안했다. 입구에 들어설 때부터 그랬다. 승지는 1층 전시장을 돌아보기도 전에 밖으로 나와 버렸다. 급히 나오다가 막 안으로 들어서는 현이경과 마주친 것 같기도 했다. 아무런 느낌도 없었다. 아니, 그 짧은 순간의 마주침이 너무도 강렬했다. 그런데 이상하게도 아무런 현실감이 느껴지지 않았다. 조각품처럼 전시장에 서있기만 해도 최상의 작품으로 평가받을 수 있겠다 싶을 정도로 수려한 외모였다. 레오나르도 디카프리오나 알랭 들롱의 전성기 시절을 보는 듯한, 신이 빚은 피조물이라고 말해도 전혀 어색하지 않을 만한 인물이었다. 그래서였을 것이다.

"실수하면 안 돼. 알았지? 픽업하고 나서 그분이 원하는 동선 따라 움직이면 될 거야."

지점장의 목소리가 꿈결처럼 몽롱하게 들려왔다.

"걱정 마세요."

승지가 번쩍 정신을 차리고 대답했다. 그런 인물과 동행하게 되는데, 오히려 실수를 하지 않는 게 실수가 아닐까 하는 생각마저 들었다. 기대와 함께 뭔지 모를 불안감이 스멀거리며 승지의 가슴을 휘저어놓았다.

'모델 유안나 여신자태 뽐내'.

패션잡지 월간《루머》에 실린 기사제목이었다.

대한항공 KE931 퍼스트클래스 석에 비치된 이 잡지를 무심코 뒤적이던 현이경은 한껏 섹시미를 강조한 유안나의 사진을 보며 헛웃음을 날렸다.

"여신 좋아하시네."

클래식한 기품이 은은하게 풍기는 소파에 비스듬히 누워 짙푸른 드레스 사이로 긴 다리를 드러낸 고혹적인 자태가 양면 가득 펼쳐져 있었다. 제목 아래 대여섯 줄로 정리된 도비라 문구에는 '오드리 헵번을 닮은 세계적인 모델', '서양의 세련미와 동양의 부드러움을 갖춘 미美의 여신' 운운하는 상투적인 찬사가 깃발처럼 휘날리고 있었다.

유안나, 29세의 패션모델로 현이경의 약혼녀이자 한국대학 총장의 딸이었다. 올해 초 둘의 약혼 소식이 언론을 통해 공개됐을 때, 국내는 물론 외국의 몇몇 언론들까지 이 소식을 비중 있게 다룰 정도로 관심을 끌었다. 두 사람이 과연 결혼으로 맺어질 수 있을지, 그때가 언제일지, 연예계와 경제계에서 줄곧 지켜보고 있는 사안이었다. 그녀에게는 안 된 일이지만 현이경은 유안나와 결혼할 생각이 없었다. 아니, 결혼할 수도 없었다. 그녀는 인간계에 머물러야 할 사람이고, 현이경은 곧 신계로 복귀할 인간, 아니 신이 아니던가 말이다.

두 사람은 이런저런 파티에서 어울리다 자연스럽게 친구에서 연인으로 발전해간 사이였다. 아니, 정확히 말해 연인이라고 볼 수 없는 관계였다. 유안나의 본심은 어떨지 몰라도 현이경은 사실 그녀를 사랑하는 게 아니었다. 인간 세상에서의 무료함과 외로움을 견디기 위해 어쩔 수 없이 받아들인 관계라고 할 수 있었다.

올림포스 여신들에 비한다면 미모야 보잘 것 없지만, 그녀에게는 이경을 사로잡을 만한 특별함이 있었다. 안나는 겉으로 보면 우아하고 기품 있는 여성이지만, 사적인 자리에서 거친 말투로 '창의적인 욕설'을 툭툭 내뱉는 버릇이 있었다. 누구든 그녀를 잘못 건드리면, 할렘가를 서성거리며 마약을 팔고 총질을 일삼는 범죄자들도 저리가라 할 욕쟁이의 보복을 각오해야 한다. 이경도 몇몇 일행과 함께 강남의 한 클럽에 갔다가 직접 현장을 목격한 적이 있었다. 온몸을 명품으로 치장한 세련된 늑대 한 마리가 그녀에게 수작을 걸었는데, 나지막한 소리로 몇 번 경고하던 안나가 속사포처럼 뉴욕의 할렘가에서나 들을 수 있는 비속어를 쏟아내기 시작한 것이다. 명품 늑대는 어딘지 애잔하게 들리는 소리로 울부짖더니 겁먹은 얼굴로 뒷걸음질쳤다. 그걸로 상황 끝이었다. 이경이 그녀에게 처음으로 흥미를 느꼈던 결정적 장면이었다.

또 하나는 그녀가 지닌 놀라운 해킹 능력이었다. 좋게 말하면 검색이고, 사실 그대로 표현하면 해킹이었다. 말하자면 안나는 미모와 함께 기술적인 순발력, 지적 능력까지 타고난 셈이었다. 이경이 안나의 남자가 되어야겠다고 결심한 것도 이런 능력에 감탄한 탓이었다. 안나가 신의 작품이라면, 그녀는 자신을 빚은 신의 넘치는 애정으로 태어났음에 분명했다. 그렇다면 신의 여자가 될 만한 기본 요건을 갖춘 셈 아닌가, 하는 생각이 스쳐갔다. 신기에 가까운 해킹 실력 또한 신의 선물일 수 있었다. 이경으로선 고액을 주고라도 사고 싶은 능력이었다. 그 능력은 이경에게 절대적으로 필요한 것이기도 했으니까.

물론 유안나는 사이버수사대의 추적을 받을 만한 블랙해커는 아니었다. 가끔 법의 테두리를 넘어가 지극히 개인적인 관심분야를 캐기 위해 장난처럼 해킹을 저지르는 정도였다. 그녀가 전문 해커 못지않은 실력을 갖추게 된 것은 부모에 대한 반발심리 때문이었다. 중문학 교수인 아버지와 무용과 교수인 어머니 밑에서 엄한 교육을 받아온 그녀는 '예쁘고 공부 잘 하고 착하기까지 한 소녀' 코스프레를 하며 청소년기를 지나왔다. 불쑥 튀어나오는 천박한 어투와 취미 삼아 행하는 해킹은 그 잃어버린 '소녀시대'를 보상받기 위한 수단과도 같은 것이었다.

안나는 모델로 자기 입지를 굳힌 뒤에야 부모의 영향력에서 벗어날 수 있었다. 인형극 무대에 오른 인형처럼 조종을 당해온 그녀는 이제 현이경을 조종하고 싶어 했다. 좀체 속을 알 수 없고, 자주 잠수를 타버리는 이경 때문에 그녀는 요즘 신경이 바짝 곤두서 있었다. 이경은 약혼녀에게조차 자신의 일정을 알려주지 않았다. 이번 여행 역시 마찬가지였다.

공 실장이 반드시, 죽어도 참석해야 한다고 몰아댄 식사자리에도 나가지 않았다. 이경이 약속 시간 30분이 넘도록 오지 않자 안나가 전화를 걸었다. 그의 휴대폰은 꺼져 있었다. 사무실로 전화해도 받지 않았다. 공 실장이 로마에 있는 조각품 구매를 위해 미술품 감정가와 상담을 하고 있을 거라고 둘러대야 했다.

현이경으로선 어떤 핑계를 대서라도 피하고 싶은 자리였다. 그 자리는 두 명의 여우가 서로를 탐색하기 위해 마련한 행사였다. 이경의 고모이자 로얄 그룹 부회장인 현영자는 자신의 아들 김한영을 로얄의 후계자로 만들고 싶어 했다. 그래서 이경과 안나의 결혼여부는 현영자에게 초미의 관심사였다. 그녀는 안나를 자기 사람으로 만들어 후원하는 척하며 이경을 후계자의 지위로부터 점차 멀어지게 한다는 계략에 따라 움직이고 있었다. 세계 곳곳에 포진해 있는 인맥과 재력을 겸비한 현영자라면 안나를 얼마든지 뉴욕이나 파리의 무대에 진출시킬 수 있었다. 그렇게 되면 이경은 글로벌 기업의 이미지에 타격을 줄 수 있다고 우려한 회장의 눈 밖에 날 수도 있었다. 또 유명감독의 신작 영화에 안나를 데뷔시킬 수도 있었다.

안나도 이경을 통해 현영자의 그런 속셈을 훤히 꿰고 있었다. 물론 현영자의 바람대로 움직여줄 생각은 추호도 없었다. 안나의 목표는 이경의 아내가 되는 것이고, 나아가 로얄 그룹의 안주인이 되는 것이었다. 따라서 그 식사자리는 이경을 중심에 두고 벌어지는 독수리와 매의 예리하고 음흉한 탐색전이 될 가능성이 컸다. 안나도 전의를 불태우며 내심 기대했던 자리였다. 그 자리에서는 이런 대화가 오갔다.

"안나 양, 전준호 감독 알지?"

"전 감독님 잘 알죠."

"그래. 전 감독이 곧 신작 들어가는데 내가 여기 50억쯤 투자할 생각이야. 어때? 연기해볼 생각 있어? 내가 추천해줄 수 있는데."

"연기요? 제가 언제 연기를 해봤어야죠."

"안나 양이야 모델 경력이 있으니까 기본은 돼있을 테고. 두어 달 레슨 좀 받고 그러면 주연은 힘들어도 조연쯤은 감당할 수 있지 않을까?"

"주연이라면 생각해보려고 했는데."

"진짜?"

현영자가 반색하며 물었다. 안나가 씩 웃으며 대답했다.

"에이, 농담이죠. 굳이 하게 된다면 단역부터 시작하는 게 맞죠."

"잘 생각해봐. 괜찮은 기회 아냐?"

"죄송해요. 전 그냥 모델로 남고 싶네요. 괜히 어설프게 배우 흉내 내다가 모델 경력까지 망치고 싶진 않아요. 이제 결혼하면 모델 활동도 접고, 내조에나 힘써야죠."

그때 현영자의 휴대폰이 울렸다.

"뭐야? 로마 출장 때문에 못 와?"

신경질적으로 전화를 끊은 현영자가 휴대폰을 탁자에 툭 내던졌다. 그러더니 부글부글 끓는 목소리로 입을 열었다.

"어떡하지, 안나 양? 우리 조카님이 또 밥상을 엎었네? 로마 출장준비 때문이라는데, 몰랐어?"

현영자가 안나를 똑바로 쳐다보며 말했다. 약혼녀라면서 어떻게 그런 중요한 일정도 모르고 있냐고 힐난하는 투였다. 안나는 흐트러짐 없이 우아하고 태연한 자세로 응수했다.

"아, 언뜻 들은 것 같은데 제가 깜박했네요. 뭐, 앞으로 로얄의 미래를 책임질 사람인데, 바깥일을 하다보면 밥상 아니라 더한 것도 엎어 쳤다 매쳤다 하는 법이죠. 저는 오히려 약혼녀로서 이경 씨가 불규칙한 식사로 건강이라도 해칠까 염려되네요."

현영자는 '저 여우같은 년을 봤나.' 하는 표정으로 안나를 가만히 바라보았다.

결국 둘이서만 간단히 식사를 마친 두 사람은 밖으로 나와 각자의 차에 올랐다. 안나는 차에 타자마자 이경에게 전화를 걸어 이런 음성메시지를 남겼다.

"야, 이 네로보다 더한 미친 또라이 대마왕아! 너 돌아오기만 해봐. 아주 산 채로 불태워 버릴 거야. 활활! 이거 듣는 즉시 전화해. 바로 전화해! 꼭 전화해!"

이경은 욕설로 가득 채워졌을 게 뻔한 음성파일을 확인하지도 않고 바로 삭제해버렸다.

"늦었다."

승지가 시간을 확인하며 레오나르도다빈치 공항 입국장으로 헐레벌떡 들어섰다. 벌써 각국의 여행객들이 우르르 몰려나오고 있었다. 승지는 눈을 두리번거리며 현이경을 찾았다. 아직 연락번호조차 확보하지 못한 상태라 입국장에서 만나지 못하면 낭패를 볼 수 있었다. 이번에도 일이 잘못되면 지점장의 경고가 현실로 닥칠 수도 있었다. 승지는 초조한 기색으로 여행객들을 하나하나 살폈다. 어디에 있어도 눈에 띄는 인물인지라 모르고 지나칠 수는 없을 터였다.

순간 누군가가 뒤쪽에서 승지의 어깨를 덥석 잡았다. 희뜩 돌아보자 185센티는 훌쩍 넘어 보이는 남자가 우뚝 서있었다. 작은 얼굴을 커다란 선글라스로 가리고 있어서 전체적인 인상을 볼 수 없었다. 승지는 탐색하듯 남자의 몰골을 살펴보았다. 팔뚝까지 걷어붙인 헐렁한 셔츠에 코발트블루 색 면바지, 닥터마틴 로퍼를 신고 있었다. 등에 배낭을 메고 기내식으로 제공되는 땅콩봉지를 한 손에 들고 있는 걸 보면 무전여행을 떠나온 대학생처럼 보이기도 했다.

"뭐죠?"

승지는 일단 한국어로 말을 건네 보았다. 남자가 땅콩봉지를 쓱 건네며 말했다.

"땅콩 먹을래요?"

한심하고 어이없는 수작이었다. 승지는 콧바람을 거세게 불어 대며 냉큼 시선을 돌렸다.

"아니, 지금 땅콩을 무시한 겁니까?"

남자가 항의하듯 말했다.

"방금 한 말, 목적어가 틀렸어요. 땅콩이 아니라 댁을 무시한 거죠. 아셨으면 그만 갈길 가시죠."

남자는 봉지를 승지 손에 턱 쥐어주더니 빠른 속도로 말을 쏟아내기 시작했다.

"땅콩은 말이죠. 비타민 E를 비롯한 13종의 비타민과 26종의 무기질을 함유한 완전 영양식품이에요. 그쪽 눈 밑에 비비크림으로 애써 가려놓은 자글자글한 주름! 그 땅콩만 잘 챙겨 먹어도 예방이 가능하다 이 말씀입니다."

남자의 오만불손한 태도에 승지는 정신이 멍해지는 기분이었다. 그러거나 말거나 남자의 땅콩 예찬이 계속 이어졌다.

"또한 이 땅콩은 필수 아미노산과 레시틴이 풍부해 두뇌활동을 도울 뿐 아니라, 양질의 단백질을 공급해줘서 체력 보존에도 큰 도움이 되죠. 지금부터 쭈욱 이어질 격무에 대비하는 차원에서 충분히 섭취해 두면 좋을 텐데?"

"격무보다 더 피곤한 게 당신 같은 얼치기 카사노바에요. 무슨 땅콩홍보위원회에서 나오신 분 같은데, 제가 지금 엄청난 분을 마중 나온 상황이라 되게 바쁘거든요? 심심풀이 땅콩은 심심하신 분이나 실컷 드시고, 그만 비켜주시죠?"

남자는 비켜주는 대신 선글라스를 벗으며 말했다.

"나도 갈 길이 바쁜 사람이니 마중인사는 이쯤으로 끝내지."

남자의 얼굴을 확인한 승지는 놀라 자빠질 지경이었다.

"아니, 혹시…… 현, 이경 대표님?"

"그쪽은 윤승지 씨?"

승지는 다시 한 번 놀랐다.

"아니, 제 이름을 어떻게? 아니, 그보다 이 많은 사람들 사이에서 어떻게 절 알아 보셨어요?"

이경이 승지의 얼굴을 가리키며 말했다.

"얼굴에 딱 쓰여 있더라구요. 윤, 승, 지!"

맞는 말이었다. 이경이 데스워치를 띄운 것이다. 승지의 얼굴 옆에 '윤승지'라는 글자와 그 아래로 로마자 숫자 VII, II가 떠올랐다. 72세, 승지의 수명이었다.

"하하. 다 갖추신 분이 심지어 위트까지 갖추셨군요! 앞으로 고객님과 보낼 일정이 정말 기대되는 걸요? 그럼, 출발하시죠."

승지가 자신을 빤히 쳐다보는 이경의 시선을 피해 어색하게 웃으며 말했다.

이윽고 두 사람은 차가 주차되어 있는 곳에 도착했다. 이경은 배낭을 뒷좌석에 싣고 조수석에 앉았다. 운전대를 잡은 승지가 목적지를 물었다.

"어디로 모실까요? 일단 숙소로 가서야겠죠?"

이경은 대답 대신 흰소리를 늘어놓았다. 다시 장난기가 발동한 것이다.

"과연 이런 차가 굴러가기나 할까요?"

이경이 벙싯거리며 말했다. 승지는 바로 시동을 걸고 차를 출발시켰다. 그녀가 말했다.

"잘 굴러가네요."

이경이 와우! 탄성을 내지르며 손뼉을 한 번 쳤다. 승지가 곁눈질로 이경의 눈치를 보며 물었다.

"죄송해요. 많이 불편하시죠?"

"뭘요. 인간적이고 좋네요, 뭐."

"그렇게 생각해주심 저로선 정말 다행이죠."

승지가 화색이 도는 얼굴로 말했다. 그러자 이경은 그녀의 얼굴에 찬물을 끼얹는 말을 아무렇지 않게 뱉어내기 시작했다.

"새벽 두세 시경에 소주 네댓 병쯤 마시고 귀가하는 사람들 있죠? 그 자들은 네 발로 기어 다니는 인간적인 모습을 보이곤 하죠. 그쪽이 끌고 나온 이 차처럼 말이죠. 하하."

이경이 통쾌하게 웃었다. 승지는 얼굴이 화끈거리는 걸 느꼈다. 이런 안하무인이 있나. 이경에 대해 품고 있던 환상이 와르르 무너지는 기분이었다. 승지는 욱 하고 치미는 화를 억누르며 접대용 멘트로 응했다.

"와! 완전 비유 쩐다. 저, 순간 문학책 한 구절 인용하신 줄 알았잖아요. 현이경 님 혹시, 비유의 신 아니세요? 호호홋!"

"신은 신인데……."

승지의 호들갑스러운 승지의 말을 흘려들으며 이경이 자신도 모르게 흘린 말이었다. 그런 이경을 의아한 눈길로 쳐다보며 승지가 물었다.

"자, 그럼 어느 호텔로 모실까요, 손님?"

"트레비!"

이경이 대답했다.

"트레비요? 혹시 트레비분수를 말씀하시는 건가요?"

"그래요. 트레비분수."

이경이 모처럼 승지의 얼굴을 바라보며 말했다. 미인은 아니지만, 꽤 정감이 가는 얼굴이었다. 이경은 좀 전에 생각 없이 내던진 말들 때문에 괜스레 미안한 감이 들었다. 본의 아니게 그녀를 위험한 동행에 끌어들였다는 미안함도 있었다. 앞으로 두 개의 큐피드상을 손에 넣기까지 어떤 위험한 상황이 벌어질지 알 수 없었다.

"탁월한 선택이십니다. 밤의 트레비분수야말로 로마에서 볼 수 있는 낭만의 정수라고 할 수 있죠."

승지가 말했다. 사실 그녀는 얼른 이경을 호텔까지 데려다주고 쉬고 싶을 뿐이었다. 분명 좀 전까지만 해도 그랬다. 오늘도 송곳 같은 긴장 속에서 하루를 보낸 그녀였다. 그런데 이상했다. 다빈치공항을 벗어날 때만 해도 어깨를 축 처지게 했던 피로감이 사라졌다. 얼른 집에 가서 쉬고 싶다는 마음 한편에 이경과 좀 더 오래 시간을 보내는 것도 나쁘지 않겠다는 생각이 자리 잡게 된 것이다. '이런! 분수를 알아야지.' 승지는 속으로 되뇌며 그 이상한 생각을 생각 밖으로 몰아내려 애썼다.

트레비분수에는 밤의 낭만을 즐기려는 여행객들로 넘쳐나고 있었다. 이경과 승지도 사람들이 몰려 있는 트레비분수를 향해 걸었다. 트레비분수는 건축과 조각, 물이 한데 어울려 역동적인 무대를 연상케 한다. 무대 한가운데에는 대양의 신 오케아노스가 두 마리의 말이 끄는 거대한 조개껍데기 형상의 마차에 올라서 있고, 고요의 바다와 격동의 바다를 각각 상징하는 이 두 마리 말은 바다의 신인 포세이돈의 아들 트리톤이 이끌고 있다.

'사랑의 샘'이라고도 불리는 이 분수에는 속설이 전해오고 있었다. 분수에 동전을 하나 던지면 다시 로마로 되돌아오게 되고, 두 번 던지면 사랑을 찾게 되며 세 번 던지면 이혼하게 된다는 속설이었다. 로마의 낭만적인 분위기에 흠뻑 취한 사람은 동전 하나 던지는 걸로 만족하겠지만, 그보다 사랑을 찾는 게 급한 사람은 동전 하나가 더 필요할 테고, 배우자와의 이혼을 원하는 사람은 동전 하나를 아낌없이 더 투자해야 할 것이다.

광장까지 운전해오는 동안 승지는 이경에게 이러한 속설에 대해서도 자세히 들려주었다. 그녀는 문득 궁금한 생각이 들었다. '현이경은 몇 개의 동전을 던지게 될까?'

오늘도 어김없이 분수에 등 돌리고 서서 동전을 던지고 소원을 비는 여행객들이 보였다. 그런데 이경은 그런 행위에는 별 관심이 없는 듯 보였다.

"동전 없어요?"

승지가 물었다. 승지의 물음에는 아랑곳하지도 않고 이경은 주위를 두리번거리며 무언가를 찾는 눈치였다. 사실 그가 찾는 것은 식당 간판이었다. 도수철의 말에 의하면, 트레비분수를 등지고 서서 좌우로 시선을 돌리다보면 발레나^{Balena1)} 비스트로 Bistro2)라는 간판이 보일 거라고 했다. 그곳에서 토마스 주교와 접선하기로 되어 있었다.

"한 번 해보세요. 사람들이 굳이 여기까지 와서 소원을 비는 걸 보면 꽤 영험하기 때문 아닐까요?"

승지가 다시 한 번 재촉했다.

"내 소원은 태양의 신께서 들어줄 수 있는 게 아니라서……."

이경이 무심한 목소리로 중얼거렸다.

"그럼 짐도 안 풀고 왜 여기부터 급히……?"

승지가 의아한 얼굴로 물었다. 순간 문제의 간판이 이경의 눈에 띄었다. 이경은 지체 없이 그쪽을 향해 바삐 걸음을 옮겼다. 그렇게 여섯 번째 미션의 문이 본격적으로 열리고 있었다.

"이봐요! 어디 가시는 거예요? 네?"

당황한 승지가 급히 뒤따르며 물었다. 그러자 딱 걸음을 멈춘 이경이 뒤돌아섰다.

"잘 들어요, 승지 씨! 개인적으로 급한 볼일이 있어서 그러니

---

1) 고래라는 뜻의 이탈리아어
2) 유럽풍의 작은 레스토랑이나 선술집

까 차에 가 있어요."

다시 걸음을 옮기려던 이경이 고개를 살짝 틀고 말을 이었다.

"그리고 무슨 일이 있어도, 어떤 상황이 벌어져도 꼭, 꼭 차에 있어야 합니다. 알아들었어요?"

이경이 자못 비장한 얼굴로 승지를 몰아세웠다. 도대체 영문을 알 수 없는 승지는 뚱한 눈길로 멍하니 쳐다볼 뿐이었다. 그새 이경은 인파를 헤치며 저만치 앞으로 나아가 있었다.

"저 혼자 저렇게 빨빨거리며 돌아다닐 거면 가이드는 뭐 때문에 요청한 거야?"

승지가 툴툴거리며 말했다.

"근데 무슨 볼일이기에 저렇게 비장하지?"

승지는 왠지 모르게 불길한 기분이 들었다. 차를 주차해둔 곳으로 가려던 그녀는 바지 주머니를 뒤져 동전을 찾았다. 어차피 이리 된 거, 이 순간만큼은 자신도 여행객의 여유를 누려보고 싶은 충동이 언뜻 들어서였다. 그리고 이 순간만큼은 트레비분수에 전해오는 전설 같은 속설을 믿어보고 싶었다. 분수를 향해 돌아선 그녀는 마음속으로 소원을 빌며 동전을 던졌다. 이번 일정을 탈 없이 마칠 수 있기를. 그리고 무사히 정규직이 될 수 있기를. 두 가지 소원을 마음속으로 굴리던 승지는 두 번째 동전을 대양의 신에게 바쳤다. 두 번째 소원은 사랑에 대한 기대였다. 과연 내게도 '로마의 휴일' 같은 사랑이 찾아올 것인가. 그녀는 감았던 눈을 번쩍 뜨고 주위를 둘러보았다. 역시나, 현실은 이상과 다르게 냉정한 것이었다. 승지의 눈에 띈 것은 소매치기로 의심되는 사람이 한 여행객의 배낭을 노리고 있는 장면이었다.

이경은 막 비스트로가 있는 건물 안으로 들어섰다. 식당은 지하 1층에 있었다. 와인과 함께 가벼운 식사를 즐길 수 있는 레스토랑이라고 했다. 계단을 내려와 지하 1층 라운지에 들어서자 기다렸다는 듯 웨이터가 이경에게 다가왔다.

"미스터 현? 가시죠. 주교님께서 안에서 기다리고 계십니다."

20대 중반으로 보이는 이탈리아 청년의 입에서 흘러나온 말이었다. 이탈리아 말이라면 이경도 웬만큼 읽고 쓰고 말할 수 있었다. 한국어를 포함하여 아홉 개 국어를 할 수 있는 이경이었다. 그는 이탈리아에서 태어나 한 생애를 보내기도 했고, 프랑스, 스페인, 영국, 그리스, 이스라엘, 중국 등지에서 일생을 보내기도 했으니까.

웨이터가 레스토랑을 향해 앞서 걸었고, 이경은 그 뒤를 따랐다. 웨이터의 걸음걸이가 꽤나 민첩하고 날렵해 보였다. 뒤따르는 이경을 심하게 의식하며 걷는 듯한 걸음새였다. '혹시 내가 여기 온 목적을 알고 있는 게 아닐까?' 이경은 의심스러운 눈길로 웨이터의 뒷모습을 바라보았다. 왠지 모르게 찜찜한 기분이 들었다.

발레나 비스트로 안에 들어섰을 때 이경은 고래 뱃속에 삼켜지는 기분을 느꼈다. 좌측에 세련된 디자인으로 설치된 바가 보이고, 10여 개의 식탁들이 다소 무질서하게 들어차 있었다. 기이한 느낌이 들 정도로 썰렁한 분위기였다. 손님이 아무도 없었고, 바를 지키는 종업원조차 보이지 않았다.

웨이터는 레스토랑 안쪽 깊숙한 곳에 있는 룸으로 이경을 안내했다. 이런 곳에 룸이 있었다니. 종업원을 위한 휴식 공간이거나 뭔가 비밀스러운 회합을 원하는 고객들을 위해 마련된 공간 같았다. 어두컴컴한 복도 옆 출입문에 다다른 웨이터가 조심스럽게 노크했다.

"들어오시오."

안에서 웬 노인의 목소리가 들렸다. 초조함과 고통스러움이 묻어나는 목소리였다. 이경은 그 목소리의 주인이 토마스 주교라는 걸 단박에 알아차렸다. 팔십에 가까운 나이, 죽음의 사자를 그림자처럼 드리우고 있을 퀭한 몰골의 노인이 연상되었다.

문을 열어 이경을 들여보낸 웨이터는 정중히 고개를 숙이고 나서 조용히 물러갔다.

이경은 심호흡을 한 번 하고 나서 성큼 안으로 들어섰다. 주황빛 조명이 좁은 실내를 은은하게 비추고 있는 가운데, 동그란 탁자 하나와 나무의자 둘, 책꽂이를 겸한 서랍장 하나가 들어찬 간소한 실내 풍경이 눈에 들어왔다. 자세를 바짝 낮춘 자세로 의자에 앉아 두 손을 탁자에 포개두고 있는 토마스 주교는 그 풍경의 일부처럼 보였다.

주교가 불편을 몸을 일으켜 이경을 맞았다.

"먼 길 오시느라 고생 많았습니다. 내가 바로 토마스 주교요."

주교의 말에 이경이 흠칫 놀랐다. 그의 얼굴에 반가운 기색이 스쳐갔다. 뜻밖에도 주교가 한국말로 인사를 건넨 것이다. 말투도 한국식이었다.

"갤러리 로마 대표 현이경이라고 합니다. 그런데 한국말이 능숙하시네요?"

주교가 손짓으로 건너편 의자를 가리키며 앉으라고 권했다.

"천주님의 뜻으로, 30년 전 서울에서 선교활동을 했었소."

"묘한 인연이네요. 그나저나 우리의 큐피드는 어디에……?"

이경은 자리에 앉자마자 조각상부터 찾았다. 좀 성급하다 싶었지만, 이경으로선 한시가 급했다. 얼른 문제의 조각상이 진품인지부터 확인하고 싶었다.

"조각상은 안전한 곳에 있으니 안심하시오. 그런데……."

주교는 말을 잇지 못하고 고개를 살짝 내려뜨렸다. 주교의 표정이 눈에 띄게 어두워졌다. 뭔가 심상찮은 분위기가 흘렀다.

"무슨 문제라도 있는 건가요?"

주교는 한동안 말이 없었다. 이경은 조용히 주교의 말을 기다렸다. 이윽고 주교가 한손을 들어 올리더니 가까이 오라고 손짓했다. 이경은 상체를 기울여 주고 옆얼굴 가까이 귀를 갖다댔다.

"네?!"

주교가 귓속말로 흘려준 말을 듣고 이경은 순간 자신의 귀를 의심했다. 주교의 입에서 나온 거라고는 도저히 믿기 힘든 말이었다.

"에이, 농담이시겠죠?"

이경이 다시 의자에 털썩 주저앉으며 물었다.

"나 역시 농담이라면 좋겠소."

이경은 미간을 좁히고 주교의 얼굴을 뚫어져라 쳐다보았다. 아무래도 주교가 의심스러워서였다. 이 노인네가 성직자로 위장한 사기꾼이 아닐까, 하는 생각이 번쩍 고개를 쳐든 것이다. 곧 성스러운 에메랄드빛의 기운이 오라처럼 주교 주변에 떠올랐다. 주교는 강직하고 신실한 성직자임에 분명했다. 그렇다면 왜 그런 주문을?

"제가 잘못 들은 게 아니라면, 주교님께선 방금 제게 성당에 있는 조각상을 훔쳐 달라고 말씀하셨는데, 맞습니까?"

이경이 물었다.

"그렇소."

"하하, 주교님. 전 괴도 루팡이 아니랍니다. 뭔가 착오가 있으신 것 같은데, 저는 훔치러 온 게 아니라 구매하러 온 겁니다. 제 의뢰인한테 들어서 아시겠지만, 저희 갤러리 그 정도 구매능력 충분합니다. 저는 어디까지나 정당한 절차를 거쳐 적정 금액을 지불하고 조각상을 우리 갤러리 로마의 소장품으로 추가하고 싶은 겁니다."

주교가 당혹스러운 표정을 지으며 다시 입을 열었다.

"솔직히 말씀드리겠소. 안 됐지만 조각상은 이미 바티칸의 소유로 등록된 상태라 정식 인도는 불가능하오. 그러니, 신의 이름으로 부탁드리겠소. 조각상을 훔쳐 주시오."

주교의 말을 듣고 이경은 또 다른 의문에 휩싸였다.

"저로선 여전히 주교님 말씀을 이해할 수 없습니다. 그런 상황이라면 주교님은 지금 이적행위를 추진하고 계신 거잖아요. 이사실이 드러나면 주교님은 불명예를 안게 되실 텐데, 괜찮으시겠습니까? 신의 뜻에 따라 일생을 바쳐 일궈 오신 주교님 삶의역사가 형편없이 망가져버릴 텐데요?"

"아니오. 이것이 바로 신의 뜻이오."

"대체 무슨 말씀이신지……. 제가 그걸 훔쳐 주교님께 갖다 드리면 다시 제게 넘겨주신다는 말씀이신가요?"

"그럴 생각이오."

"제가 그걸 훔쳐서 그대로 한국으로 돌아가 버리면 어쩔 작정이십니까?"

이경이 물었다. 그는 이미 결심이 서있었다. 조각상이 바티칸소유로 넘어가버렸다면 훔쳐서라도 손에 넣는 수밖에 없었다.이경으로선 어떤 수를 써서라도 그걸 손에 넣어야 했다. 그거야말로 이경이 생각하는 '신의 뜻'이었다.

"갤러리 로마에 대해서는 나도 소문을 들어 익히 알고 있소.현 대표가 그러실 분이 아니라는 것도 잘 알고 있어요."

주교가 말했다.

"정확하십니다. 그럼 주교님 계획에 대해 여쭤 봐도 되겠습니까? 주교님 도움 없이는…… 저 혼자 할 수 있는 일이 아닌 것 같습니다."

"큐피드상은 모레 정오, 파리로 옮겨집니다."

"아니 왜?"

이경이 놀란 눈길로 물었다. 자신이 어떤 난관에 처했는지 비로소 분명하게 깨닫게 된 것이다.

"바티칸령에 따라 유럽 전역의 교회에 전시될 예정입니다. 막아야 해요. 그 전에, 반드시 모레 오전까지 그걸 빼돌려야 해요. 첫 전시는 파리에서 열리게 될 겁니다."

주교가 힘들게 숨을 몰아쉬며 말했다. 그러고 보니 주교의 얼굴에 병색이 완연해 보였다. 주교는 큐피드상이 파리로 건너가는 걸 막아야 한다는 절박함 때문에 무리해서 이 자리에 나온 터였다. 이경은 그 이유가 몹시 궁금했지만, 우선 조각상부터 확인하고 싶었다.

"알겠습니다. 일단 조각상을 확인하고 나서 결정하도록 하죠. 주교님 성당에 가면 볼 수 있겠죠?"

이경이 물었다. 그러자 주교가 침통한 얼굴로 대답했다.

"문제가 좀 생겼소. 두 개의 조각상을 우리 성당에서 볼 수 있는 건 맞소. 신도들을 위해 특별히 예배당에 공개하고 있으니까.

하지만 그건 반쪽 전시일 뿐이오. 그 중 하난 가짜야."

주교가 얼굴을 찡그리더니 입을 꾹 다물었다. 입술이 가늘게 떨리고 있는 걸로 봐선 분노를 참고 있는 눈치였다.

"도무지 무슨 말씀을 하시는 건지……."

이경이 주교의 안색을 살피며 말했다.

"누군가가 하나를 빼돌린 것 같은데, 그 큐피드상이 있는 곳은……."

주교는 말을 맺지 못하고 갑자기 기침을 하기 시작했다. 주교가 손바닥으로 입과 코를 막고 있었다. 이경도 뭔가 위협적인 기운이 스며들고 있다는 걸 직감했다. 출입문 쪽으로 고개를 돌리자 문틈으로 잿빛 연기가 스르르 기어들고 있었다. '화재다!' 이경이 속으로 외치며 벌떡 일어선 순간, 경보기가 울리기 시작했다. 그와 달리 주교는 뭔가 예감한 듯 눈을 감은 채 움직이려 하지 않았다.

이경은 출입문을 향해 몸을 날렸다. 덥석 문고리를 잡고 힘주어 돌렸다. 그런데 이상했다. 분명 문고리가 돌아가는데도 문이 열리지 않았다. 문고리가 망가졌거나 밖에서 열 수 있는 걸로 설치된 것 같았다. 어느 쪽이든 상식 밖의 일이었다. 연기는 서서히 실내를 잠식하고 있었고, 주교의 기침이 격렬해졌다. 급기야 주교는 숨을 세차게 헐떡이며 의자 밑으로 고꾸라졌다.

"주교님! 주교님, 정신 차려요."

이경은 주교를 외쳐 부르다 말고 문을 탕탕 두드리며 소리쳤다.

"사람 살려! 도와줘요. 안에 사람이 있습니다."

이경은 언뜻 이곳에 들어왔을 때 자기와 웨이터 말고는 아무도 없었다는 사실을 떠올렸다. 그렇다면 이 문을 열어줄 사람은 웨이터밖에 없었다. '이건 필시…… 그놈 짓이다!' 이경은 웨이터가 불을 질렀을 거라고 확신했다. 이건 단순한 사고가 아니었다. 사건이었다. 고의적으로 저지른 방화였다. 이경은 고래 뱃속에 거대한 음모가 도사리고 있다는 사실을 비로소 실감했다.

"이런 개자식! 여기서 나가기만 해봐라. 내가 한 번 더 유배되는 한이 있더라도, 네 녀석을 처절한 사랑의 슬픔에 질식시켜주마."

하지만 그 전에 이경 자신과 주교가 질식해 죽을 지경이었다. 이경은 오른발로 문을 냅다 걷어찼다. 저릿저릿한 통증이 발목을 타고 올라 무릎까지 욱신거리게 했다. 견고하게 제작된 철제 문이었다. 그때 주교의 콜록대는 기침과 신음소리가 고통스럽게 들려왔다. 주교가 위험하다. 희뜩 돌아보니 각혈까지 하고 있는 듯 입 주변이 피로 얼룩져 보였다.

이경은 급히 주교에게 다가갔다. 그러고 보니 아직 빼돌려진 조각상이 있는 곳을 알아내지 못했다. 이경은 주교를 부축해 일으키며 물었다.

"주교님! 큐피드상은 어디 있습니까? 정신 좀 차려요. 어디 있는지 알아야 다시 훔쳐 드릴 거 아닙니까. 예?"

주교가 힘겹게 입술을 달싹거렸다. 그러나 목소리를 낼 수 없었다. 이경은 주교의 입에 바짝 귀를 대보았다. 거친 숨소리만 힘겹게 뱉어낼 뿐, 분명한 의사표시를 할 수 없는 상태였다. 주교가 입고 있는 사제복이 땀으로 흥건했다. 이경 역시 마찬가지였다. 실내 온도가 무섭게 상승하고 있었다.

주교는 연신 괴로운 신음을 흘렸다. 그러다 콧속을 후벼오는 매연을 피해 고개를 옆으로 틀었다. 그의 눈에 사제복 안의 하얀 안감이 보였다. 순간 가느다랗게 뜬 주교의 눈에 예리한 빛이 스쳐갔다. 영험한 지혜의 빛이었다. 주교는 혼신의 힘을 다해 왼손을 들어 올려 입가에 흥건한 피를 손가락에 묻혀 옷에 몇 글자를 써나갔다. 주교가 이경에 남기는 암호 또는 다잉 메시지였다. 그러나 안타깝게도 이경은 이를 알아차리지 못했다. 주교가 눈을 꿈틀거리며 시선을 유도했지만 이경은 주교의 목소리에만 집중하느라 이를 감지하지 못했다.

그때였다. 이경 바로 옆에서 번쩍 하는 섬광과 함께 원형의 오라가 부풀어 올랐다. 오라가 살아있는 듯 움직이며 이경과 주교를 감싸더니 벽을 향해 날아올랐다. 또 한 번 올림포스의 강력한 신력이 이경을 구해낸 것이다.

같은 시각, 승지는 차에서 나와 이경을 찾아 헤매는 중이었다. 그녀는 비스트로 건물 밖으로 몽클 솟아오르는 연기를 발견하고 급히 그쪽으로 내달렸다. 광장에 모여 있던 여행객들도 일제히 화재현장으로 몰려들고 있었다.

"설마 저기에……?"

승지가 사색이 된 얼굴로 비스트로 입구에 도착했을 때, 입구 오른쪽 벽 밖으로 뭔가가 쑤우욱 비어져 나왔다. 그것은 바로, 불그스름한 오라에 휩싸인 이경과 주교였다. 승지는 눈을 동그랗게 뜨고 입을 헤 벌린 채 손가락으로 이경을 가리켰다. 이경과 승지의 눈길이 마주쳤다. 이경은 순간적으로 당황한 눈치였고, 승지는 '당신 뭐야?' 하고 묻는 눈빛이었다.

이경이 땅에 발을 딛고 서자 오라가 연기처럼 사라졌다. 이경은 주교를 안전하게 바닥에 누이고 나서 옷을 탈탈 털었다. 주교는 벽을 통과해 나오며 정신을 잃어버린 듯했다. 다행히 아직 숨은 붙어 있었다.

"어…… 어! 지금…… 뭐…… 뭐 한 거예요?"

승지가 충격이 가시지 않은 얼굴로 물었다.

"뭘 하긴? 우연히 화재현장 목격하고, 죽을 뻔했던 사람 구해낸 거잖아?"

"아니 그거 말고……."

"그럼 뭐? 설마…… 본 거야?"

이경이 의심스러운 눈길로 물었다. 그녀가 오라를 봤을 리가 없었다.

"그래요. 똑똑히 봤다구요."

"글쎄, 뭘 봤냐니까?"

"방금 벽을 뚫고 나왔잖아요!!"

승지는 확신에 차 있었다. 문제의 장면을 봤던 게 틀림없었다.

"말도 안 돼. 그럴 리가 없는데?"

이경이 중얼거리듯 말했다.

"그럴 리가 없는 일이 벌어졌잖아요?"

이경은 혼란스러웠다. 맞다. 이건 그럴 리가 없는 일이다. 윤승지, 이 인간은 어떻게 5차원에서 벌어지는 일을 목격할 수 있었을까? 이경은 새삼 윤승지라는 인간에게 특별한 호기심을 품고 그녀의 얼굴을 똑바로 쳐다보았다. 그러자 갑자기 승지의 데스

위치가 번쩍거리며 떠올랐다. 이경이 전혀 의도하지 않은 일이 벌어졌다. 이경은 휘둥그레 뜬 눈으로 데스워치의 숫자를 확인했다. 'II, VII'. 예감하기 힘든, 기이한 운명이 전개될 조짐이었다. 정말이지 기이했다. 두 숫자의 위치가 바뀌다니 말이다. 분명 아까 다빈치공항에서 확인했던 숫자는 72였다. 그런데 방금 확인한 숫자는 27이었다. 이경은 불길한 예감을 느끼며 승지에게 물었다.

"윤승지 씨 올해 몇 살이지?"

"참 시의적절하기도 하셔라. 지금 이런 상황에서 갑자기 웬 호구조사예요?"

승지가 한심하다는 투로 말했다.

"어서! 올해 몇 살이냐니까?"

이경이 다그치듯 되물었다. 그의 기세에 눌린 승지가 입을 열었다.

"스, 스물일곱이요."

승지의 대답을 듣는 순간 이경은 어지럼증이 일면서 땅이 푹 꺼지는 것 같은 기분에 잠겨들었다. 그런데 정말 땅이 꺼지고 있었다. 화재현장에서 가스통이라도 폭발했는지 고막을 뚫을 듯한 폭발음이 터져 나오고, 그와 동시에 비스트로 건물이 무너져 내리기 시작했다. 위험을 감지한 이경은 재빨리 몸을 날려 두 팔로 승지를 보호하듯 감싼 채 바닥을 굴렀다. 주변에 몰려 있던 사람들이 산산이 흩어져 달아나고, 소방차와 구급차량이 내지르는 사이렌 소리가 어지럽게 울려댔다.

사라진 큐피드상을 찾아서

어느새 로마의 하늘에 동이 터오고 있었다.

화재현장 근처에 폴리스라인이 울타리를 쳤고, 그 주변에는 구급대원들과 경찰들, 구경꾼들로 인산인해를 이루고 있었다.

주교는 병원 응급실로 실려 갔고, 이경과 승지는 경찰서에서 참고인 조사를 받고 있었다. 이 소식을 전해 듣고 한국의 갤러리 로마와 밀라노에 있는 한국총영사관에서도 일대 소동이 벌어졌다.

이경은 경찰서에 도착해서야 공 실장에게 상황을 전할 수 있었다. 이경이 화재현장에서 경찰서에 가기까지의 정황을 전해들은 공 실장은 이경보다 더 충격을 받은 것 같았다.

"별일 아니니, 회장님께는 알리지 마세요."

이경이 엄한 목소리로 지시했다. 현 회장은 지금 미국에서 진행

중인 기업의 미래경영을 위한 심포지엄에 참석해 있을 터였다.

"대표님, 왜 이러세요? 그게 별일 아니면 어떤 게 별일입니까? 몸은 괜찮으세요? 다친 데 없어요? 대체 왜 경찰서에 계신 겁니까?"

차분하고 세심한 성격을 지닌 공 실장이 전에 없이 흥분하고 있었다.

"진정 좀 하세요, 공 실장님."

"지금 진정하게 됐습니까?"

이경은 공 실장에게 두 가지를 부탁했다. 하나는 영사관에 연락해 신변보호를 요청해 달라는 것, 두 번째는 토마스 주교가 입원해 있는 병원을 알아보고 생존 여부를 파악해 달라는 것이었다. 무엇보다 토마스 주교가 살아있을지가 궁금했다.

통화를 마치자 경찰 두 명이 다가와 이경과 승지를 각각 다른 조사실로 데려갔다. 그 후로 줄곧 여섯 시간 넘게 경찰서에 잡혀 있었다. 간단한 참고인 조사만 받고 풀려날 거라 예상했던 기대감이 어이없이 무너져버린 것이다. 경찰의 어이없는 수사 방향 때문이었다.

화재사건 보고를 받은 경찰서장은 화재가 아니라 폭발에 혐의를 두고 있었다. 화재로 인해 건물이 그렇게 단시간에 무너져버리는 경우는 흔치 않기 때문이었다. 문제는 서장이 혹시 모를 테러 가능성까지 염두에 두고 참고인 조사에 임하라는 지시를 내린 데 있었다. 참고인으로 데려온 이경과 승지가 동양인이라는 점도 그런 의혹을 부풀리는 요인으로 작용했다. 정말이지 어이없는 의혹이었다. 테러를 할 거라면 광장 한복판에서 하지, 왜굳이 손님 한 사람 없는 썰렁한 식당을 테러의 표적으로 삼았겠는가. 이경도 조사과정에서 이 점을 거듭 강조했지만, 이미 뿌리깊이 자리 잡은 의혹의 늪에서 벗어나기는 역부족이었다.

승지도 새벽까지 이어진 조사에 임하며 반복되는 질문에 기가질려 있었다.

"현이경 씨와는 어떤 관계죠?"

경찰이 물었다. 벌써 몇 번째 받은 질문인지 헤아릴 수도 없었다.

"말했잖아요. 몇 번이나 말해야 알아들어요. 우리 여행사 고객일 뿐이라고, 전혀 모르던 사람이라고. 오늘 처음 만난 사이라니까요."

짧게 깎은 머리에 어울리지 않게 턱수염을 기른 경찰이 험한눈길로 승지를 쏘아보았다. 승지도 눅진한 피로감으로 자꾸만밑으로 처지는 몸을 바로세우며 맞섰다.

"오케이! 그렇다 칩시다. 그런데 말야. 도대체 뭐 때문에 광장

외곽에 있는 그런 으슥한 곳에 갔느냐 말야. 가이드라면 잘 알
거 아냐. 광장 주변에 외국인 여행자들을 노리는 놈들이 호시탐
탐 기회를 보고 있다는 거. 이건 가이드의 상식 아닌가."

경찰이 다시금 압박 수위를 높여갔다. 이것 역시 세 번째 받는
질문이었다. 승지가 허탈한 목소리로 대답했다.

"그것도 말했잖아요. 현이경 씨가 화장실을 찾다가 길을 잃은
것 같다고. 정말, 급한 볼일이 있는 것 같았다니까요. 그래서 광
장 밖으로 나가는 걸 말리지 못했어요."

"그래. 그 급한 볼일, 그게 뭐냐니까? 우리가 관심 있는 건 바
로 그거야."

"화장실 찾는 사람이 급한 볼일이 뭐겠어요? 경찰아저씬 그런
적 없어요?"

"이봐요, 한국 아가씨! 협조 좀 해줘. 우린 이 사건을 단순한 화
재사고라고 생각하지 않아. 아가씨도 그랬잖아? 엄청난 폭발과
함께 건물이 무너져 내렸다고. 누군가 주교님을 노리고 폭탄을
설치했을지도 모르잖아?"

경찰이 조금 누그러진 목소리로 진술을 유도했다.

"도대체 그분이 누군데요?"

"토마스 주교님은 로마에서 가장 존경받는 성직자 중 한 분이

서. 몇 달 전부터 건강이 안 좋아서 공식적인 활동을 접고 지방 별장에서 요양 중이신 걸로 아는데, 그런 분이 왜 그곳에 가셨으며, 누굴 만나려고 하셨는지 의문점이 한둘이어야지. 그러니까 현이경 그 자가 주교님한테 의도적으로 접근한 건 아니란 말이지?"

"아닙니다. 절대로!"

승지가 확신어린 목소리로 대답했다.

"현이경 씨는 오히려 그분을 위험에서 구해내셨어요. 주교님을 안고 벽을…… 아니, 건물 밖으로 나오는 걸 제가 분명히 봤어요."

경찰이 지친 몰골로 승지를 가만히 바라보았다.

같은 시각, 이경도 승지와 비슷한 질문공세를 받으며 조사에 임하고 있었다. 그러나 조사에 대처하는 방식은 승지와 완전 딴판이었다. 이경은 자신이 테러범으로 의심받고 있다는 인상을 받자 입을 굳게 닫고 묵비권을 행사했다.

"말해요. 거긴 왜 간 겁니까?"

기다란 얼굴, 가늘고 예민해 보이는 눈매가 인상적인 경찰이 거듭 물었다.

"……."

이경은 계속 묵묵부답이었다. 그러면서 공 실장의 활약을 기대했다. 곧 영사관의 청탁전화가 걸려올 테고, 오래지 않아 토마스 주교의 위치도 알게 될 거라고 믿었다. '잠깐, 주교가 죽었는지 살았는지 정도는 이 경찰도 알고 있지 않을까?' 문득 이경의 머리를 스쳐간 생각이었다. 그는 경찰과 협상을 해보기로 마음먹었다.

"주교님은 어떻게 됐습니까? 살아있나요?"

"오, 이제야 말문이 터지셨군."

"살아 계시죠?"

이경이 재우쳐 물었다.

"궁금해? 왜 그게 궁금하실까?"

경찰이 빈정거리듯 말했다. '주교는 아직 죽지 않았다.' 경찰의 태도를 보면서 이경은 직감적으로 그렇게 느꼈다. 토마스 주교는 살아 있어야 한다. 이경이 간절히 바라는 일이기도 했다.

"그걸 알아봐주시면 저도 단서를 하나 드리죠."

이경이 미끼를 던졌다.

"단서?"

경찰이 낚싯바늘을 덥석 물었다. 그런데, 아니었다. 경찰이 이죽거리며 말했다.

"이런 맹랑한 동양인을 봤나. 단서 좋아하시네. 난 동양인을 믿지 않아. 당신들은 원래 낯빛이 노래서 도무지 무슨 생각을 하는지 알 수가 없거든."

이제 보니 지독한 편견에 사로잡힌 경찰 놈이었다. 이경은 할 수만 있다면 놈의 면상을 한 대 갈겨주고 싶었다. 그러나 지금은 경찰의 인종주의적 편견을 따질 계제가 아니었다.

"우리 이탈리아의 대표적인 성직자 한 분이 혼수상태에 놓여 오늘내일하고 있단 말야. 지금 로마 전체가 비상사태야. 어느 놈이든 주교님을 공격했다면, 그건 로마를 공격한 거라고. 지금 로마 전체가 분노하고 있어요. 알아들어?"

경찰이 핏발 선 눈으로 몰아붙였다.

"잠깐, 혼수상태라면 아직 살아계신 거네요. 다행입니다."

이경이 반색하며 말했다.

"뭐?!"

경찰이 그런 이경의 얼굴을 의외라는 듯 쳐다봤다. 경찰의 예상과는 다른 반응이었던 것이다.

"그래. 다행한 일이지."

경찰이 선심 쓰듯 노트북을 살짝 돌려 화면에 띄워둔 신문기사를 보여주며 덧붙였다. 간단한 응급조치를 받고 구급차로 옮겨지는 주교의 모습을 찍은 사진과 함께 편집한 현장리포트 기사가 화면 가득 떠있었다. 그런데 무심코 사진을 바라보던 이경의 눈에 주교가 남긴 것으로 보이는 메시지 하나가 잡혀 들어왔다. 'V U O T O!' 사제복 안감에 적힌 다섯 글자, 손가락으로 핏물을 찍어 쓴 듯한 글자들이었다. 언제 저런 메시지를 남겼던 걸까. 이경은 직감했다. 저건 분명 주교가 혼신의 힘을 다해 기록한 다잉 메시지다. 현장에서 그걸 미처 발견하지 못한 게 후회스러웠다.

"자 그럼, 아까 말한 단서는?"

경찰이 물었다. 좀 전과는 확 달라진 태도였다.

"제가 비스트로에 막 들어갈 때 급히 밖으로 뛰쳐나온 사람이 있었어요."

이경이 말했다.

"그걸 왜 이제 말하나? 확실해? 인상착의 기억나?"

경찰이 화난 얼굴로 눈을 치켜뜨며 물었다.

"넥타이가 나비였습니다."

"나비?"

"고급 식당이나 와인 바의 웨이터들이 하는 보타이."

"뭐? 그럼 발레나의 웨이터였단 말야?"

경찰이 자리에서 벌떡 일어섰다. 이경이 제공한 단서 하나가 수사 방향을 완전히 돌려놓은 것이다. 경찰서 안이 부산해졌다.

잠시 후 이경과 승지는 경찰서 대기실로 안내되었다.

거기서 기다리면 대사관에서 모시러 올 거라고 했다. 두 사람은 지친 몰골로 나란히 앉아 있었다. 승지는 대체 상황이 어떻게 돌아가는지 몰라 어리둥절한 얼굴이었고, 이경은 뭔가 심각한 생각에 잠겨 있는 표정이었다.

'부오타! 무슨 의미일까?' 이경은 줄곧 같은 의문에 빠져 있었다. 그 다섯 글자 안에 큐피드상의 위치를 말해주는 암시가 담겨 있을 터였다. VUOTA는 이탈리아어로 '속이 비었다'는 의미를 지닌 단어였다. '대체 뭐가 비었단 말일까?' 아무리 생각을 거듭해도 좀체 실마리가 잡히지 않았다.

"근데 아까 그거, 정말 어떻게 한 거예요?"

승지가 심각한 얼굴을 하고 있는 이경을 보며 조심스레 물었다. 이경은 그제야 승지가 옆에 있다는 걸 알아차린 듯 그녀에게로 시선을 돌렸다.

"무슨 말이지?"

"아까 그거요. 벽 뚫고 짠, 나타난 거. 아무리 생각해도 너무 신기해서……."

승지가 이경의 얼굴을 빤히 쳐다보며 얼버무렸다. 이경은 그저 당혹스러울 뿐이었다. '대체 이 여자는 어떻게 그 장면을 볼 수 있었을까?' 이경이 풀어야 할 또 하나의 수수께끼였다.

"난 그런 걸 봤다고 믿는 그쪽이 훨씬 신기해."

"진짜 어떻게 한 거지? 마술, 같은 건가?"

승지가 혼잣말하듯 중얼거렸다.

"마법, 이라곤 생각 안 해봤어?"

이경이 말했다. '신의 마법.' 이경이 자신도 모르게 진실을 토로한 것이나 다름없는 말이었다.

"나 참, 세상에 마법이 어디 있어요? 차라리 초능력자라고 하시죠."

승지가 빈정거리는 어투로 말했다. 그때 대기실 문이 열리고 여경과 함께 한국인으로 보이는 사람이 들어섰다. 대사관에서 나온 영사였다. 영사는 곧장 두 사람에게 다가와 말을 건넸다.

"현이경, 윤승지 씨? 고생 많으셨죠? 오수환 영사입니다."

영사가 명함을 건네고 나서 악수를 청했다.

"일단 대사관으로 가시죠."

영사가 대기실 밖으로 앞장서 걸었고, 이경과 승지는 주춤거리며 그 뒤를 따랐다.

"언제쯤 나갈 수 있겠습니까?"

주이탈리아대사관으로 가는 차 안에서 이경이 대뜸 물었다.

"사안이 사안인 만큼 대사님께서 직접 움직이고 계시니까요, 일단 대사관에 가서서 조용히 추이를 지켜보시는 게 좋겠습니다."

운전 중이던 영사가 뒤도 돌아보지 않고 말했다. 최대한의 예의를 갖춰 점잖은 어투로 말하고 있지만, 로마 전체가 발칵 뒤집힌 사건에 하필이면 현이경 같은 거물이 연루된 터라 당황하고 난감해하는 기색이 역력했다.

"사실상 감금이네요."

이경이 주먹 쥔 손으로 차창을 툭툭 두드려대며 말했다.

"현실상의 보호감호쯤으로 봐주십쇼."

"감호요? 우리가 무슨 범죄자라도 됩니까?"

이경이 언짢은 얼굴로 불평을 드러냈다.

"경찰수사 결과가 발표되고 범인의 윤곽이 어느 정도 밝혀질 때까지 기다릴 수밖에 없어요. 두 분 안전을 위해서예요. 이 상태로 거리에 나섰다간 어떤 일이 벌어질지 아무도 예상할 수 없어요."

영사가 타이르듯 말했다. 일리 있는 지적이었다. 이경과 승지의 얼굴에 절망의 그림자가 짙게 드리워졌다.

차는 어느새 산티아고 델 칠레 광장을 지나 대사관 건물에 도착했다. 영사는 다른 직원에게 차를 주차해줄 것을 부탁하고, 곧장 두 사람을 대사관 내 귀빈실로 안내했다.

귀빈실로 이어진 기다란 복도를 따라 걸으며 이경은 미노타우로스의 미궁 라비린토스에 들어선 듯한 기분을 느꼈다. 일이 점점 미궁 속으로 빠져드는 것 같은 느낌 때문이었다. 어쩐지 조짐이 좋지 않았다. 여섯 번째 성물인 '두 개의 큐피드상'은 곡물과 수확의 여신 데메테르가 내린 미션이었다. 디오니소스의 고모이기도 한 데메테르는 항상 자애로운 미소로 큐피드를 감싸 안아준 여신이 아니던가. 아프로디테, 헤파이스토스, 디오니소스 등과 함께 큐피드가 무사히 올림포스로 복귀하기를 기원하고 있을 터였다. 큐피드를 곤경에 빠뜨리는 미션을 내렸을 리가 없었다. 어쩌면 이번 미션에는 데메테르조차 예상하지 못한 변수가 도사리고 있을지도 몰랐다. 이경이 우려하는 것도 이 점이었다.

"잠시 쉬고 계십시오."

영사는 이경과 승지가 소파에 앉는 것을 보고는 서둘러 밖으로 나갔다. 이경은 벽에 걸린 시계를 흘깃 보며 시간을 확인했다. 11시 43분. 주교는 모레 정오에 큐피드상이 파리로 옮겨질 거라고 했다. 또 예배당에 전시된 두 개의 큐피드 중 하나는 가짜라고 말했다. 진품을 찾아야 한다. 그리고 주교와의 약속을 지켜야 한다. 귀빈실 소파에 파묻혀 있다간 그 기회를 놓치고 말게 뻔했다. 그렇다면 방법은……? 이경은 얼른 시선을 돌려 승지를 찾았다.

승지는 소파 뒤쪽에서 휴대폰으로 지점장과 통화를 하고 있었다.

"죄송해요. 저 때문에 지금 사무실 완전 엉망진창이죠?"

"말해 뭐하냐? 폭탄은 이쪽에 떨어진 것 같다. 암튼, 그분은 무사하시지?"

지점장이 물었다.

"누구요?"

"누구긴? 현 대표님 말야."

"하. 지점장님 정말 너무하시네요. 먼저 제 안위부터 물어보셔야 하는 거 아니에요? 저 같은 비정규직 따위는 업무상 재해를 당해도 상관없단 말인가요?"

울컥 설움이 복받친 승지가 볼멘소리로 말했다.

"임마, 내가 오죽하면 이러겠냐? 그런 분을 모시는 데 너 같은 초짜를 보냈다고 본사에서 아주 난리가 났어. 이번엔 내가 징계 제대로 먹게 생겼어. 빌어먹을! 왜 하필……."

지점장의 말투도 볼멘소리였다.

"뭐하는 거야 지금?"

잠시 지켜보던 이경이 승지에게 다가가 냉큼 휴대폰을 낚아채며 말했다. 이경은 곧바로 휴대폰 배터리를 뽑아버렸다.

"이봐요. 이게 무슨 짓이죠? 통화 중인 거 안 보여요?"

승지가 부릅뜬 눈으로 이경을 쏘아보았다. 이경은 팔짱을 낀 자세로 가만히 승지를 내려다보았다. 당돌한 여자라는 생각이 들었다. 이상하게도 그 당돌함이 이경의 마음에 들었다. 그에게 이처럼 대들 수 있는 사람은 지상에서 유안나밖에 없을 줄 알았다. 이경이 싱긋 웃으며 말했다.

"여기서 이렇게 노닥거릴 시간 없어. 난 지금부터 여기서 도주할 생각이거든. 물론, 그쪽과 함께."

"미쳤어요? 내가 왜요?"

승지도 팔짱을 끼며 응수했다.

"잊었어? 그쪽은 내 전담 가이드라는 거. 내가 가고자 하는 길을 안내해 줘야 할 것 아닌가?"

"싫은데요? 어차피 가이드 필요 없잖아요. 가이드 지시 안 따르고 독자 행동하다가 이런 일에 연루된 거 아닌가요?"

"그 점은 사과할게. 잘 들어, 윤승지 씨. 이제부터 진짜 가이드의 역할이 절실한 시점이야. 세 가지 이유를 말해보지. 첫째, 가이드는 웬만한 군대보다 지리정보가 더 방대하니까. 둘째, 가이드는 웬만한 정부보다 위기대처 능력이 뛰어나니까. 셋째, 가이드는 비상시 인질로 활용 가능하니까."

"잠깐, 인질 뭐요?"

"아, 셋째는 뺄까?"

이경이 짓궂은 미소로 눙치며 말했다.

"모르시나 본데, 저 아직 그렇게 대단한 가이드는 못된답니다. 그리고 내가 왜 댁의 위험천만한 길에 동행을 해야 하냐구요."

"그건 말이지……."

곰곰이 생각하던 이경이 다시 입을 열었다.

"국가와 민족을 위한 그 어떤……."

"설마 현이경 님! 여기 로마에 오신 이유가…… 국정원과 관련된 일 때문이었나요?"

이런! 보기보다 순진한 여자잖아. 설마 내 말을 곧이곧대로 믿는 건 아니겠지. 이경은 고개를 갸웃하며 냉큼 대답했다.

"그래, 국정원!"

"어쩐지. 벽 뚫고 나올 때부터 예사롭지 않다 했어. 게다가 타국에서 무려 살인미수 사건에 연루됐는데도 반나절도 안 돼 보란 듯이 풀려났고."

승지가 그제야 납득이 간다는 듯 말했다.

"이제 알겠어?"

"그렇다고, 내가 댁을 도울 의무는 없잖아요? 난 힘없고 선량한 민간인인데."

고개를 끄덕이던 이경이 되물었다.

"으음, 승지 씨가 왜 민간인이야? 일급기밀사건에 연루된 순간, 이미 세계 테러범의 표적이 됐는데."

승지의 안색이 돌변했다. 충격을 받은 표정이었다.

"결정은 그쪽 몫이야. 여기 남아서 대사관 직원들과 함께 폭탄 테러의 희생자가 되거나, 혹은 일확천금의 국가유공자가 되거나."

이경이 지갑에서 수표 한 장을 꺼내 승지의 눈앞에 들이밀었다. 액수를 확인한 승지의 동공이 확대되면서 자연스레 입이 벌어졌다. 이걸 챙겨야 하나 말아야 하나 갈등하는 기색이 역력했다. 이경은 짐짓 엄숙한 표정을 짓고 있었지만 속으로는 낄낄 웃고 있었다.

잠시 뒤, 귀빈실 문을 열고 들어온 영사의 얼굴이 하얗게 질렸다. 두 사람이 사라진 것이었다. 소파 앞 탁자에는 두 사람의 것으로 보이는 휴대폰이 나란히 놓여 있었다.

그 시각 이경과 승지는 테르미니역 광장을 내달리고 있었다.

"근데 우리, 어디로 가는 거예요?"

승지가 헉헉대며 물었다. 이경이 빙긋 미소 지으며 대답했다.

"우리의 죄를 회개하러!"

'죄', '회개'. 두 개의 단어가 승지의 가슴을 끓어오르게 했다. 난생 처음 느껴보는 기분이었다. 지금 자기 앞에 펼쳐지고 있는 일이 황망한 일인 것만은 분명했다. 모험, 추리, 첩보, 살인사건 등 장르 소설의 주요 코드들이 복잡하게 꼬여 돌아가는 형국 아닌가. 그녀는 잠시 회사 일을 잊고 모처럼 찾아온 모험의 세계에 운을 맡겨보기로 작정했다.

웃기고 황당하지만 승지는 당분간 이경이 국정원과 관련된 업무를 해결하기 위해 파견된 비밀요원이라고 믿어주는 척 하기로 했다. '국정원 좋아하시네.' 승지는 속으로 피식 웃으며 계속 생각에 잠겼다. 아마도 현이경은 개인적으로 비밀스러운 계획을 품고 급작스럽게 로마행 비행기에 올랐던 것 같다. 트레비분수에서 보인 그의 어설픈 행각은 그가 세밀한 계획 없이 로마의 세계에 들어섰음을 말해주는 증표였다. 그는 뭔가 일이 제대로 풀리지 않자 당황하고 있는 게 분명했다. 생각 없이 국정원을 들먹이고 그 실수를 만회해보려고 거액의 수표를 꺼내든 것도 고개를 갸웃거리게 했다. 그럼에도 승지는 현이경이라는 - 매혹과 혐오의 두 얼굴을 지닌 야누스 같은 인물 - 신비로운 존재와 함께하는 모험에 운을 걸어보기로 했다.

승지가 판단하기에 현이경은 신이라는 이유로 주체할 수 없는 능력을 갖게 된 철부지 큐피드 같은 존재였다. 글로벌 기업 로얄의 후계자로 조명을 받으며 세상의 이목을 집중시키는 존재이기도 했다. 이번 기회가 아니라면 내가 언제 또 이런 거물과 긴장과 스릴 넘치는 모험의 시간을 함께 할 수 있겠는가. 무엇보다도 현이경 그는 그저 쳐다보기만 해도 심장박동의 기어를 상승시키는 킹카 중의 킹카가 아닌가. 이는 승지가 별 고민 없이 이경의 제안을 받아들인 가장 큰 이유이기도 했다.

범죄의 길, 성자의 길

트레비분수까지 내처 달려간 두 사람은 광장 주변에 주차해둔 승지의 '친퀘첸토'에 올라 산타마리아 델라 성당으로 차를 몰아갔다. 성당에 들어선 순간부터 두 사람은 예비 신랑신부로 위장하기로 약속이 되어 있었다.

둘은 더없이 사랑스러운 커플이 되어 다정히 손을 잡은 채 예배당으로 들어섰다. 승지의 얼굴이 발그레 달아올랐고, 이경은 대조적으로 무심한 얼굴이었다.

예배당을 지키고 있던 늙은 신부 한 사람이 두 사람을 맞아들였다. 예배당 뒤쪽 견고한 유리관 안에 안치된 큐피드상이 이경의 눈에 들어왔다. 신부를 상대로 한 승지의 능청스러운 연기가 시작되었다.

"결혼 전 주교님께 꼭 축도를 받고 싶었는데 이런 안타까운 일이 벌어지다니. 주교님의 빠른 쾌유를 기도하기 위해 들렀답니다."

"성령의 은총이 임하길 기도할 뿐이랍니다."

신부가 묵상하듯 고개를 숙였다. 이경은 지체 없이 조각상이 있는 곳으로 향했다.

스테인드글라스 창을 배경으로 나란히 서있는 두 개의 큐피드상이 이경을 맞았다. 안토니오 카노바의 '사랑과 증오의 큐피드!' 또 한 번 큐피드와 큐피드의 맞대면이 이루어지는 순간이었다. 이럴 때마다 이경은 기분이 묘했다. 큐피드보다 더 큐피드 같은 작품과 마주칠 때도 있었다. 그럴 때면 이경은 자신도 모르게 예술가의 예리한 안목과 이해력에 혀를 내두르곤 했다. 여섯 번째 성물 역시 이경의 기대를 저버리지 않았다. 이경은 이 작품을 성물로 지정한 위대한 대지의 여신 데메테르의 안목에 저절로 고개가 숙여졌다.

이경은 곧장 성물임을 확인하는 절차에 들어갔다. 그가 미간을 좁히며 두 개의 조각상에 시선을 모으자 이윽고 왼쪽 큐피드상의 정수리 위에서 활과 화살 문양이 형형한 빛을 발하기 시작했다. 일단 사랑의 큐피드는 성물임이 밝혀진 셈이었다. 문제는 그 옆에 있는 증오의 큐피드였다. 녀석에게선 그 어떤 표식도 떠오르지 않았다. 계속 집중해서 성물의 표식을 끌어내보려 했지만 헛일이었다. '이놈은 가짜다!' 주교의 말은 사실이었다. 순간 주교가 남긴 메시지가 떠올랐다. 부오타VUOTA! 누군가에 의해 바꿔치기 된 조각상을 암시하는 말이었을까? 그럴 거라면 왜 증오의 큐피드만 빼돌리고 하나는 남겨둔 걸까? 연속적으로 떠오르는 의문들 때문에 이경은 머릿속이 혼란스러웠다.

"괜찮아요?"

이경이 안절부절못하며 조각상 주변을 서성거리고 있을 때 승지가 뒤쪽에서 물었다. 이경이 뒤돌아보자 어느새 노신부와 승지가 바짝 다가와 있었다. 이경은 신부의 어깨를 덥석 잡고 흔들며 이탈리아어로 물었다.

"혹시 사건 발생 전에 수상한 사람이 성당 주변을 얼쩡거리거나 그러지 않았습니까?"

"아니오. 그런 자가 있었다면 경찰에 알렸겠지요."

신부가 겁먹은 얼굴로 고개를 내저었다.

"그럼 주교님은요? 평소와 다른 언행을 보이셨거나, 이상한 낌새 같은 건 없었습니까?"

이경이 물었다. 잠시 골똘히 생각하던 신부가 뭔가 생각난 듯 조심스레 입을 열었다.

"그러고 보니 이상한 점이 하나 있긴 있었습니다. 사고가 있던 날 저녁, 급한 볼일이 있다며 저녁 미사를 서둘러 진행하셨는데, 그 자리에서 요한계시록 10장 7절을 몇 번이나 반복해서 읽으셨어요."

"요한계시록 10장 7절? 무슨 내용입니까?"

신부가 문제의 구절을 암송하듯 외워나갔다.

"다섯째 천사가 소리 내는 날 그 나팔을 불게 될 때에 하나님이 그 종 선지자들에게 전하신 복음과 같이 하나님의 비밀이 이루어지리라 하더라……. 이건 구원에 대한 말씀입니다."

"구원?"

이경과 승지가 얼굴을 마주보며 동시에 말했다.

"쉽게 말하자면 심판의 날에 하나님을 믿는 자들은 구원받아 천국으로 간다, 뭐 그런 말이네요? 그런데 주교님이 미사 때 이 구절을 반복해서 언급하셨다?"

이경이 재확인하듯 신부에게 물었다. 그때 예배당 뒤편에 있는 사제관 쪽에서 웅성거림과 함께 사람들이 바삐 움직이는 소리가 들려왔다.

"루카 신부가 도착한 모양이네요. 그만 나가봐야겠습니다."

신부가 예배당 밖으로 나갔고, 이경과 승지도 그 뒤를 따랐다. 두 사람이 신부를 따라 사제관 입구에 도착했을 때, 사제들이 뒤뜰에 정차된 차의 트렁크에서 생수통을 옮기고 있었다. 이경은 신부 뒤에서 그 장면을 유심히 바라보고 있었다.

"저건 생수 아닙니까?"

이경이 물었다.

"맞습니다. 주교님의 별장이 있는 피우지에서 가져온 겁니다."

피우지Fiuggi는 이탈리아 라치오 주 프로시노네 현에 위치한 온천 휴양지다. 이곳의 샘에서 솟는 물에 천연치료 성분이 있는 것으로 알려지면서 세계적인 관광지로 부상한 곳이었다.

"피우지가 치유의 샘으로 유명하거든요."

승지가 말했다.

"주교님 별장이 피우지에 있습니까?"

이경이 물었다.

"오랫동안 폐병을 앓으셔서 요양 차 종종 머무셨죠. 주교님이 로마에 계실 때는 루카 신부가 피우지 별장에 가서 생수를 직접 받아온답니다."

"그럼 주교님 별장에 자주 드나들었겠네요."

이경은 '루카' 라고 불리는 신부를 유심히 바라보았다. 미국인으로 보이는 신부였다. 이경이 루카 신부를 손가락으로 가리키며 말을 이었다.

"저분이 루카 신부시죠? 이탈리아 사람 같진 않은데요?"

"주교님이 LA교구를 방문하셨을 때 만난 인연으로 여기까지 오신 분입니다. 주교님이 어딜 가시든 늘 루카 신부가 운전해 모시고 다닐 만큼 각별한 관계죠."

"그런데 생각보다 태연한 얼굴이시네요? 주교님께서 사경을 헤매고 있는데 말입니다."

이경이 의아해하며 말했다. 신부도 뭔가 미심쩍어하며 루카 신부의 표정을 면밀히 살폈다. 신부의 시선을 느낀 루카 신부가 시선을 돌리더니 고개를 꾸벅 숙였다. 이경은 그 순간을 놓치지 않고 급히 데스워치를 작동시켰다. 'Edd Smith-49'. 이경의 눈에 비친 루카 신부의 본명과 수명이었다.

"루카 신부 수고 많았어요."

신부가 손을 흔들며 말했다.

"주교님이 쾌차하신다면 제가 지옥엔들 못 다녀오겠습니까."

"내일 큐피드상이 파리로 떠나는 날인 거 알고 계시죠? 다들 경황이 없으니 루카 신부가 도맡아서 잘 마무리해 주세요."

"물론이죠. 주교님께서 제게 특별히 맡긴 일이니까요."

루카 신부의 입가에 희미한 미소가 어른거렸다. 그가 중얼거리 듯 말했다.

"그게 바로 제가 이곳에 있는 이유이기도 하니까요."

'이곳에 있는 이유라…….' 이경은 루카 신부의 미소에서 왠지 모르게 사악한 기운이 느껴졌다. 주교와 루카 신부의 관계에 대해 좀 더 알아보고 싶었지만, 그럴 만한 여유가 없었다. 성당을 향해 달려오는 게 분명한 경찰차의 사이렌 소리가 들려왔던 것이다.

이경과 승지는 서로 눈빛을 교환하며 약속이라도 한 듯 서둘러 성당 밖으로 빠져나왔다.

"자, 이제 피우지로 달려볼까요?"

친퀘첸토의 시동을 걸자마자 승지가 이경을 흘낏 보며 말했다.

"고, 고!!"

이경이 손가락으로 전방을 가리키며 외쳤다.

승지는 내비게이션의 도움 없이 잘도 방향을 찾아가고 있었다. 그녀의 머릿속에 자리 잡은 로마와 그 주변지역의 관광지도 덕분이었다. 운전대를 잡으면 반사적으로 목적지가 떠오르고 그 길로 향하는 도로망이 훤히 내다보였다.

"역시 내 판단이 옳았어. 승지 씨 길 찾기에 천부적인 재능을 지니셨어."

이경이 감탄하며 말했다.

"내 별명이 인간 내비게이션이라구요."

승지가 우쭐해하며 말했다. 그런 승지를 보며 이경은 편안한 기분이 들었다. 믿을 만한 동지라도 만난 기분이었다. 이경은 비스트로에서 주교를 만나 나눈 얘기와 다잉 메시지에 대해 들려주었다. 그의 말을 듣고 나서 승지는 비로소 이 모험의 목표가 뭔지 분명하게 깨달았다.

"그럼 대표님은 그 큐피드상을 국내로 들여가기 위해 오신 거네요?"

승지가 물었다.

"그런 셈이지."

"근데 왜 국정원에서 그걸⋯⋯?"

"아 그건 말이지⋯⋯ 국내의 미술품 사기조직이 그 큐피드상을 빼돌리려 한다는 첩보가 입수됐거든. 그래서 미술품 거래에 있어서도 빼어난 감각을 자랑하는 나를 임시요원으로 발탁한 거지."

이경이 당황해하며 대답했다. 승지는 터져 나오려는 웃음을 참으며 "아하!" 하고 믿어주는 척했다.

도로 너머로 서서히 저녁노을이 내려앉고 있었다. 얼마 안 가 피우지 방향을 가리키는 도로 표지판이 보였다.

두 사람이 피우지에 도착한 것은 저녁 일곱 시가 다 되어서였다. 온천마을로 유명한 피우지 마을은 평화롭고 한적한 고요에 잠겨 있었다. 마을을 찾은 관광객들은 대부분 저녁식탁에 앉아 있거나 온천욕을 즐기고 있을 터였다.

마을 입구에 조성된 '치유의 샘'을 지나친 승지는 곧장 주교의 별장을 향해 내달렸다.

10여 분 가까이 달려가 도착한 주교의 별장은 아담하고 소박한 외형을 하고 있었다. 먼저 차에서 내린 이경이 창문 안을 기웃대며 인적을 살폈다. 일단 사람이 없는 건 확실해보였다. 문제는 어떻게 안으로 들어가느냐였다.

"소박하고 정겨운 별장이네요. 역시 존경받는 주교님다우시다."

승지가 별장 주변을 둘러보며 말했다. 그때 오라를 부웅 띄운 이경이 별장 벽 안으로 스며들고 있었다. 승지가 이경을 찾아 시선을 돌렸을 때 그는 이미 별장 안에 들어가 있었다.

"대표님 어디 갔어요?"

승지가 허둥대며 이경을 찾아 눈길을 두리번거렸다. 그때 이경이 별장 문을 벌컥 열고 나왔다.

"뭘 그렇게 멀뚱히 보고 섰어? 얼른 들어오지 않고."

"아니…… 어 어떻게 된 거예요?"

이경은 미소로 대답을 대신하며 승지를 안으로 밀어 넣고 문을 쾅 닫았다. 그가 불을 켜자 별장 내부가 훤히 드러났다. 30평 정도 돼 보이는 구조였다. 거실 한쪽에 주방이 설치돼 있고, 욕실과 침실 하나, 명상과 독서를 위한 방 하나가 딸린 별장이었다.

이경은 이곳저곳 뒤지며 큐피드상이 숨겨져 있을 만한 곳을 찾았고, 승지는 거실 곳곳에 있는 물품들을 뒤적이며 단서를 찾아나갔다.

"이토록 인망 높게 생기신 분이 어쩌다 그런 곤경에 처하신 걸까?"

승지가 주교의 사진이 든 액자를 들여다보며 말했다.

"인망은 무슨……. 그 망할 영감탱이가 메시지를 애매하게 남기는 바람에 일이 엉망으로 뒤틀려 버렸는데."

"어머. 설마, 그 망할 영감탱이가 주교님은 아니겠죠?"

"하고 싶은 말을 질문으로 가장하는 건 좋지 않은 화법이야. 됐고, 혹시 부오타라는 말에 내가 모르는 다른 뜻이 있나?"

"그거야 뭐, '속이 빈'이란 뜻 말고 무슨 다른 의미가 있겠어요."

"아냐 아냐. 뭔가 있어. 분명 부오타라는 말 속에 뭔가 암시가 숨어 있을 거야."

이경은 거실 안을 휘둘러보았다. 소파 뒤편에 턴테이블이 설치되어 있고 LP판 수백 장이 가지런히 꽂힌 장식장이 보였다. 그 옆에 벨벳 천으로 가려져 있는 장식장이 또 하나 있었다. 천을 걷자 놀라운 광경이 눈앞에 펼쳐졌다. 어쿠스틱기타 세 대가 나란히 서 있었던 것이다. 두 대는 깁슨이었고 다른 하나는 펜더 상표였다.

"존경받는 주교께서 기타리스트였다니. 이거 해외토픽감이로군."

승지도 감탄사를 연발하며 장식장 가까이 다가왔다. 그녀가 레코드 한 장을 빼서 보며 말했다.

"이거 피터 핑거 앨범이네요."

승지가 다른 레코드를 꺼내보며 계속 말했다.

"이것도 피터 핑거, 어라, 이것도? 주교님이 피터 핑거의 광팬이셨나 봐요."

"피터 핑거라면 독일이 낳은 최고의 기타리스트, 핑거스타일의 대가 아닌가."

자기 취향은 아니지만 피터 핑거의 연주는 이경도 몇 번 들어본 적이 있었다.

"윤승지 씨, 나 갑자기 주교 영감이 조금 마음에 들기 시작했어."

"왜요?"

"음악에 이 정도 안목 있는 주교라면 괘씸죄를 다소 면해줄 수 있을 것 같기도 해."

승지가 실소를 터뜨리며 기타 한 대를 집어 들었다. 펜더기타였다. 소파 팔걸이에 한발을 올린 승지가 기타를 허벅지에 걸치고 줄을 튕겼다. 그런데 예상과는 전혀 다른 소리가 울려나왔다.

"어? 이거 소리가 왜 이렇게 이상하지?"

승지가 조리개를 돌려대며 말했다.

"이상한 게 어디 소리뿐인가. 윤승지 씨 손가락 말야. 그 기타랑 전혀 안 어울려. 기타가 그 손가락을 거부하고 있다는 생각 안 들어? 괜히 남의 비싼 기타 망가뜨리지 말고 어서 내려놓으라구."

이경이 실실 웃으며 말했다.

"튜닝이 전혀 안 맞아서 그런 거라구요."

승지가 기타를 신경질적으로 내려놓았다. 그러자 이경이 기타를 들고 연주동작을 취했다. 그가 보란 듯이 하이코드를 잡고 제법 능숙한 아르페지오 주법으로 현을 튕겼다. 하지만 역시나 소리는 엉망이었다. 이번엔 승지가 푸하하, 웃음을 터뜨렸다. 문득 의아함을 느낀 이경이 기타 줄을 살폈다.

"거봐요. 대표님도 별 수 없네."

"어! 줄을 왜 이따위로 연결해놨지?"

이경은 기타줄 6현이 제 위치에 연결되어 있지 않고 제멋대로 끼워져 있는 것을 보고 고개를 갸웃거렸다.

"아, 기운 없고 배고파."

갑자기 긴장이 풀렸는지 승지가 소파에 털썩 주저앉으며 푸념했다.

"아까 보니깐 냉동실에 식료품이 제법 남아 있던데, 요리솜씨 좀 발휘해봐."

이경이 턱짓으로 냉장고를 가리키며 말했다.

"헐! 무단침입한 집에서 요리를 하라구요?"

승지가 어이없다는 듯 물었다.

이경은 그저 말없이 자리에서 일어나 주방으로 향했다. 곧이어 승지도 끙, 하고 일어나 이경 뒤를 따랐다.

두어 시간 뒤, 승지는 소파에 비스듬히 누워 피터 펭거의 연주를 듣고 있었다. 이경은 욕실에서 콧노래를 흥얼거리며 반신욕을 하는 중이다. "얄미운 인간!" 승지는 욕실 문을 흘낏 쳐다보며 눈을 흘겼다. 그는 승지가 요리한 파스타를 포식하더니 설거지도 도와주지 않고 바로 욕실로 가버렸다.

　이경은 반쯤 물을 채운 욕조에 누워 생각에 잠겼다. 배경만 고대 로마 풍으로 바꿔준다면 고전주의 시대의 그림 속 장면을 그대로 재현하고 있는 것 같은 장면이 펼쳐져 있었다. 그런데, 어디에서 날아들었을까. 푸르스름한 광채를 내뿜는 나비 한 마리가 이경 주위에서 팔랑거렸다. 그 기척을 느꼈던 걸까. 이경이 눈을 가느다랗게 뜨고 나비를 멀거니 바라보았다. 프시케를 떠올리게 하는(그리스로마신화에서 나비는 큐피드의 연인 프시케의 상징이기도 하다) 나비였다.

　"프시케! 사라진 큐피드상은 대체 어디 숨겨져 있는 걸까? 말해 줄 수 있어?"

　이경이 나비로 현신한 프시케와 대화라도 하듯 물었다. 나비가 질문에 답하듯 날개를 파닥거렸다.

　"너도 아까 봤지? 루카 신부의 이름과 데스워치 말야. 토마스 주교는 물론, 다른 모든 사제들과도 달랐던 그것! 그 자는 가짜임이 분명해. 신앙심 깊은 성직자들은 대개 신에게 운명을 바쳤기 때문에 인간세계의 이름과 나이가 보이지 않는 법인데, 그 자는 똑똑히 보였잖아. 아무래도 수상한 자야. 분명 사라진 큐피드상과 깊이 관련되어 있을 거야. 그렇다면…… 설마 그 기타에 비밀이……."

이경은 말을 잇지 못하고 그만 눈을 스르르 감고 말았다. 뭔지 모를 향기가 코끝을 살살 간질이는 기분이 들었다. 이경의 어깨에 사뿐 내려앉아 있던 나비가 다시 날아올랐다. 나비는 뒤뜰을 향해 난 창을 통해 밖으로 사라졌다. 그 창을 통해 꽃향기가 흘러들어오는 모양이었다. 그 때문인지 이경은 몸이 서서히 아래로 가라앉아가는 것 같았다. 극심한 피로가 더욱 몸을 무겁게 짓눌러왔다.

"왜 이렇게 졸리지? 하긴 정말 피곤하고 미스터리한 하루였어. 특히 저 밖에 있는 여자…… 어떻게 한낱 인간인 주제에 5차원의 영역으로 이동한 나를 볼 수 있었던 걸까……. 윤승지, 저 여자도 수상해."

이경이 눈을 감은 채로 중얼거렸다. 그의 몸이 욕조 아래로 조금 더 가라앉았다. 그대로 잠들어 버린 것이다.

그 시각, 소파에 웅크린 채 잠들어 있던 승지가 오소소 몸을 떨며 몸을 일으켰다. 그녀가 기지개를 켜며 말했다.

"으하암! 깜빡 잠들어 버렸네. 몇 시쯤 됐지? 근데 이 남잔 또 어디 있는 거야? 설마 아직도 욕실에?"

벌떡 일어난 승지가 욕실 문을 탕탕 두드렸다.

"이봐요, 현이경 씨! 물에 빠져 죽기라도 했어요? 대답 좀 해봐요."

안에선 아무런 응답이 없었다. 승지가 문을 열고 욕실 안에 발을 디뎠다. 욕조 안에서 깊이 잠들어 있는 이경의 모습이 보였다. 승지는 그만 넋을 잃고, 이경이 나체로 욕조 물에 잠겨 있는 그림 같은 풍경을 멍하니 바라보았다.

승지는 홀린 듯 이경 가까이 다가갔다. 심장이 심하게 요동치고 있었다. 상체를 숙여 이경의 얼굴을 가만히 들여다보았다. 몰래 키스라도 하려는 것처럼 보였다. 세상에는 신이 빚은 걸작이라고 해도 좋을 만한 사람이 존재하는구나, 싶었다. 이경이 눈을 번쩍 뜨고 일어난 것은 바로 그때였다.

이경이 반사적으로 승지의 손목을 홱 잡아당겼다. 그 완력에 의해 승지도 욕조 안으로 첨벙 빠져버렸다. 승지는 이경의 길게 뻗은 두 다리 위에 엉덩이를 걸치고 앉은 자세였다. 두 사람의 눈과 눈이 마주쳤다. 하지만 이경의 눈에는 의심과 불안의 그림자가 너울거리고 있었다.

"당신…… 정체가 뭐야? 너 대체 누구야!"

이경이 매서운 눈빛으로 다그쳤다.

"갑자기 왜, 왜 그래요?"

급작스레 돌변한 이경의 태도에 승지는 두렵고 당황스러웠다.

"너 누구냐니까?!"

이경이 버럭 소리쳤다. 놀란 승지는 황급히 이경의 손을 뿌리치곤 욕실 밖으로 도망치듯 뛰쳐나갔다.

잠시 후, 이경이 옷을 차려입고 거실로 나왔다. 드라이기로 머리를 말리던 승지는 의문과 불안이 뒤얽힌 시선으로 이경을 가만히 노려봤다.

"머리 다 말렸으면 그만 나가자고."

이경이 승지의 시선을 애써 외면하며 말했다.

"이보세요, 현이경 대표님! 대표님 사전에는 사과라는 단어가 삭제된 거예요?"

"미안."

이경이 대뜸 사과의 말을 던졌다. 뭐라고 덧붙이려던 승지는 그저 한숨을 내쉬었다. 이경은 곧장 주교의 기타를 챙겨 들고 앞장 서 나갔다.

"이봐요. 그건 왜 들고 나가는 건데요?"

승지가 의아해하며 물었다.

"드라마틱한 엔딩을 장식하기 위한 BGM용이랄까."

이경이 장난기 가득한 얼굴로 말했다.

"자칭 국정원 비밀요원이라는 사람이 도주에, 무단침입, 절도까지 일삼아요?"

"몰랐어? 나랏일 하는 자들의 주 업무가 바로 그런 것들이야."

두 사람이 밖에 나섰을 때는 벌써 어둠이 짙게 자리하고 있었다. 이경은 승지의 차가 주차된 곳으로 바삐 걸었다. 뒷좌석에 기타를 실었을 때, 별장 뒷마당에서 불어온 바람이 이경의 후각을 자극했다. 묘한 꽃냄새가 스며든 바람결이었다. 욕실에서 느꼈던 알 수 없는 향기의 실체가 언뜻 떠올랐다. 욕실 안으로 불쑥 날아든 환영 같은 나비의 모습도 생생하게 떠올랐다. 어떤 비밀의 통로를 알려주듯 창문 밖으로 유유히 자취를 감췄던 나비. 이경은 그 나비의 행로에 미처 알아차리지 못한 암시가 숨어 있다는 생각이 들었다.

이경은 다시 별장 안마당으로 발걸음을 돌렸다.

"뭐예요, 또?"

승지가 짜증을 부리며 뒤따라왔다.

뒤뜰로 이어진 길에는 편평한 돌로 만든 디딤돌이 50센티미터 간격으로 박혀 있었다. 뒤뜰에 가까워질수록 향기가 진해지고 있었다. 과연, 뒤뜰 주변에 석축을 쌓아 조성한 화단이 드넓게 펼쳐져 있고, 그곳에는 온통 꽃들이 만발했다. 지름 15센티미터 정도 되어 보이는 꽃들이 화단 전체를 점령해버린 형국이었다. 꽃잎은 진초록이었고, 꽃은 하얀 종이로 정교하게 접어 만든 듯 새하얀 빛을 띠고 있었다. 달콤하면서도 매혹적인 향기를 내뿜는 꽃들이었다.

　이경은 화단 가까이 다가가 무릎을 굽히고 향기를 맡았다.

　"그 향기에 너무 홀리면 위험해요."

　어느새 바짝 다가선 승지가 경고하듯 말했다.

　"왜지?"

　승지가 손가락으로 하늘을 가리켜 보이며 말했다.

　"자칫 잘못했다간 저 위에 계신 분들 만나러 가는 수가 있어요."

　"대체 무슨 꽃인데?"

　"다투라!"

　"다투라?"

　"우리말로는 흰독말풀이라고 해요. 이름 그대로 독을 품고 있는 꽃이에요. 청순해 보이는 모양과는 너무 다르죠."

"그렇군. 소박한 외형에 매혹적인 향기, 게다가 독까지 품은 꽃이라……."

이경의 뇌 속 신경회로가 빠르게 회전하기 시작했다.

"일명 천사의 나팔꽃이라고도 해요."

승지가 덧붙여 말했다.

"천사의 나팔?"

"네. 근데 제가 생각하기엔 악마의 나팔에 가까워요."

"왜지?"

"환각성분이 있어서 마약의 원료로 쓰이기도 하거든요. 근데 왜 다투라가 이런 곳에 떼로 피어 있을까요? 주교님 통증 치료를 위해 재배한 걸까요?"

승지가 의아하다는 듯 물었다.

"글쎄. 그렇다고 하기엔 너무 많은 거 아냐?"

이건 누군가가 주교의 병을 핑계 삼아 계획적으로 재배해온 게 틀림없었다. 이경은 사라진 큐피드상과도 깊은 연관이 있을 거라고 직감했다. 다투라 밭의 주인으로 의심할 만한 인물은 누구보다 루카 신부였다. 토마스 주교는 루카 신부의 은밀한 계획을 사전에 알아차린 것인지도 몰랐다. 그렇다면 왜 그를 즉각 경찰에 넘겨 일을 해결하려 하지 않았을까. 이경은 두 사람의 관계에 어떤 비밀스러운 내막이 숨겨져 있을지도 모른다는 생각이 얼핏 들었다.

이경은 다시금 나비의 환영을 떠올렸고, 다투라DATURA와 부오타VUOTA의 이니셜을 조합해가며 단서가 될 만한 단어를 짚어보았다. 아직 확실한 실마리가 잡히지 않고 있지만, 뭔가 조금씩 사건의 실체에 접근해가는 것 같았다. 하지만 남은 시간이 별로 없었다. 이경의 마음이 초조해졌다.

"그만 가자고."

이경이 앞장 서 걸었다. 승지는 제멋대로 움직이는 이경이 못마땅했다. 하지만 도대체 뭐가 어떻게 돌아가는지 알 수 없는 그녀로서는 그저 묵묵히 따르는 수밖에 없었다. 분명한 것은 이제 정말 돌이킬 수 없는 단계에 들어서버렸다는 점이었다. 우연히 이경의 가이드를 맡게 되고, 우연한 사건에 얽혀버렸는데, 그 두 개의 우연이 필연적인 운명으로 엮여버린 기분이었다. 그런데 이상하게 마음이 편안했다. 어차피 로마에서 현이경을 만나기로 예정되어 있었던 것인지도 모른다는 생각마저 들었다.

'그래. 결과가 어찌 되든 같이 가보는 수밖에…….' 승지는 속으로 되뇌며 바삐 걸음을 옮겼다.

"햇빛 쨍쨍할 때 왔다가 깜깜해져서야 돌아가네요."

운전대를 잡은 승지가 줄곧 침묵에 잠겨 있는 이경을 흘낏 보며 말했다.

이경은 여전히 침묵으로 일관하며 뭔가 곰곰이 생각하는 표정이었다. 때마침 차가 '치유의 샘'을 지나치고 있었다.

"정말 저 물을 마시면 병이 치유될까?"

차창 밖을 내다보며 샘 주변의 풍경을 살피던 이경이 비로소 침묵을 깨뜨렸다.

"어느 정도 효능이 있으니까 그토록 유명세를 타는 거겠죠."

승지의 말을 흘려들으며 이경은 다시금 깊은 생각의 샘으로 잠겨들었다.

"어디로 갈까요?" 차가 로마에 들어섰을 때 승지가 물었다.

"머리도 좀 식힐 겸 잠깐 어디 관광이나 좀 합시다."

"태평하기도 하셔라. 그럼 코스는 가이드가 정해도 되겠죠?"

승지가 도전적인 목소리로 물었다.

"나와 잘 어울릴 만한 곳이라면 어디든 괜찮아."

"흠, 현이경 님과 어울릴 만한 곳이라면……."

"윤승지 씨의 가이드 감각을 믿어보기로 하지."

이경이 입가에 희미한 미소를 그리며 말했다. 그는 더 이상 승지의 정체를 의심하지 않기로 했다. 그가 5차원의 세계에 들어갔을 때 알 수 없는 요인에 의해 틈이 벌어졌고, 승지가 우연히 그 틈으로 신의 영역을 엿보게 됐을 거라고 넘겨짚었다.

"다 왔습니다. 개선문을 통과해 콜로세움을 돌아보는 코스 되겠습니다."

콘스탄티누스 개선문 진입로 옆에 차를 세운 승지가 도어를 열고나서며 말했다. 어둠을 지붕처럼 두르고 조명 빛에 환히 드러난 개선문이 더욱 웅장해 보였다.

"콘스탄티누스 개선문."

이경이 따라 내리며 입을 열었다.

"콘스탄티누스 황제가 전투에서 승리하자, 당시 반대파였던 원로원에서 부랴부랴 옛 황제의 개선문을 개조해 만든 문이지."

"오, 잘 알고 계시네요. 정확해요. 하드리아누스 개선문에다가 쓸 만한 다른 건축물의 부조들을 떼어다 붙인, 어찌 보면 재활용계의 갑이라고 볼 수 있죠. 특히 저 부조 있죠?"

승지가 개선문에 장식된 부조조각 하나를 가리키며 말을 이었다.

"저 부조상은 원래 아우렐리우스 황제인데, 콘스탄티누스 황제처럼 보이도록 고친 거래요. 재밌지 않아요?"

"그럼 콘스탄티누스이면서 콘스탄티누스가 아닌 게 되는 셈인가……."

이경이 부조조각을 유심히 보며 중얼거렸다. 그런데 웬일인지 콘스탄티누스의 얼굴 위로 큐피드상이 오버랩 되어 떠올랐다. 순간 섬광처럼 번뜩이는 생각이 이경의 뇌리를 스쳐갔다. 비로소 실마리가 풀리는 순간이었다. '바로 그거였어!' 이경은 속으로 쾌재를 불렀다.

"승지 씨, 이거 어쩌지? 오늘도 연장 업무를 좀 해줘야겠는데?"

이경이 승지의 손을 덥석 잡아 이끌며 말했다.

"하! 이번엔 또 뭔데요?"

승지는 연거푸 급변하는 상황에 도무지 정신을 차릴 수 없을 지경이었다.

"이번엔 어디로 갈 건데요?"

운전대를 잡은 승지가 해탈이라도 한 듯한 표정으로 물었다.

"다시 대사관으로 고, 고!!"

이경이 다급한 목소리로 외쳤다. 그러자 승지는 운전대 잡은 손을 축 늘어뜨리며 뇌까렸다.

"아니 그럴 거면 뭐 하러……."

"죄는 충분히 회개했으니까, 이젠 명예를 회복하러 가야지."

"도무지 무슨 소린지……."

"급하니까 가면서 얘기하자고."

승지의 차가 대사관 방향으로 달리기 시작했다. 이경은 왜 그곳으로 다시 가야만 하는지에 대해 설명해주었다. 사실 이경은 로마시내에 들어섰을 때 어느 빌딩 옥상에 설치된 옥외광고탑 영상을 보고, 경찰의 공개수배령이 떨어진 사실을 알게 되었다. 이경이 단서로 던져준 인물, 비스트로의 웨이터가 유력한 용의자로 경찰의 주목을 끌게 된 것이다.

"따라서 우린 더 이상 도망 다닐 필요가 없단 말이지. 계속 피해 다녀 봐야 쓸데없이 의심만 사게 돼. 대사관에서 뭐 좀 알아볼 것도 있고, 우리 핸드폰도 거기 두고 나왔잖아? 그거 없으니까 너무 불편하다, 그지?"

"아 맞다! 이상하게 계속 뭔가 허전하다 싶었는데."

그제야 생각났다는 듯 승지가 고개를 주억거리며 가속페달을 밟았다. 운전대를 감아쥔 손에도 힘이 들어갔는지 손등에 힘줄이 시퍼렇게 도드라졌다.

"그리고, 나 범인의 정체를 알 것 같아."

"누군데요? 루카 신부?"

승지가 전방을 주시하며 물었다.

"어떻게 알았어? 대단한데?"

"벌써 몇 시간째 붙어 따라다니는데 뭘 이 정도 갖고. 이제껏 만난 사람들 중 수상한 낌새를 풍긴 건 루카 신부밖에 없잖아요."

"그렇지. 그 자는 신부이면서 신부가 아닌 자야. 아까 그 부조가 콘스탄티누스이면서 콘스탄티누스가 아니듯이."

"신부가 아니라구요? 그걸 어떻게 알아요?"

승지가 놀란 눈을 치켜뜨며 물었다.

"아, 그거? 그거야 뭐…… 그냥 직감이지. 문제는 훔친 이유가 뭐고, 어디로 빼돌렸냐는 건데. 토마스 주교의 메시지와 저 기타에 답이 숨어 있어."

흘낏 뒷좌석으로 고개를 돌린 이경이 냉큼 기타를 들어 무릎에 올렸다. 그러더니 기타 넥에 걸린 6개의 줄을 한 줄 한 줄 튕기며 계속 말을 이었다.

"역시! 이 기타 줄 순서에 암호가 들어 있었어."

이경이 오른손 엄지로 기타 줄을 좌르르 훑어 내리며 말했다. 승지가 흥미롭다는 듯 흘낏 쳐다보았다.

"승지 씨도 잘 알겠지만, 6개의 기타 줄은 위에서부터 차례로 미 라 레 솔 시 미 음계를 지니고 있잖아. 이를 개방 현이라고도 하고. 알파벳으로는 이(E), 에이(A), 디(D), 지(G), 비(B), 이(E). 그런데 이 기타는 1번 줄, 그러니까 6번의 E보다 두 옥타브 높은 1번 줄 E가 빠져 있어. 대신 4번 줄 D가 하나 더 추가됐지. E를 하나 빼고 D를 더해 어떤 의미를 전달하려는 것 같지 않아? 그 메시지에 맞춰, 줄 위치도 임의대로 바꾼 것 같고."

"순서가 어떻게 바뀌었는데요?"

"들어봐."

이경이 6번 줄부터 차례로 퉁겼다. 소리가 울릴 때마다 승지가 음을 읽었다.

"미, 레, 레, 솔, 시, 라. 오, 정말 그렇네요."

"그렇지? 이걸 알파벳순으로 정리하면 이(E) 디(D) 디(D) 비(B) 에이(A) G(지)가 되는 거지."

"에드 백?"

승지가 흥분한 목소리로 소리쳤다.

"빙고! 따라서 다음 임무는 에드가 어떤 놈인지, 놈의 백이 어디 박혀 있는지 알아내는 것!"

"어쩌면, 그래! 루카 신부의 본명이 에드일 수도 있겠어요."

"그럴지도……."

이경은 다시금 감탄어린 눈길로 승지를 바라보았다. 의외로 영리한 여자라는 생각이 들었다. 벌써 이틀째 함께하고 있는데 전혀 지루하지가 않았다. 어떤 여자를 만나든 몇 마디 얘기를 나누다 보면 금세 흥미를 잃어버리곤 했던 이경이었다. 그랬는데, 이 여자는 묘하게 끌리는 구석이 있었다. 이경은 가랑비에 젖듯 서서히 승지의 알 수 없는 매력에 이끌려가는 자신의 모습이 낯설고 당황스러웠다. 너무 오래 인간 세상에 머물다보니 미적인 감각이나 기준이 인간들 수준으로 떨어져버린 게 아닌가, 하는 얼토당토않은 생각이 들기도 했다.

"아, 아니, 당신들……! 대체 어떻게 된 겁니까?"

두 사람이 대사관 사무실에 불쑥 나타나자 거의 모든 직원들의 이목이 한꺼번에 쏠렸다. 적지에서 무사 귀환한 용사들을 대하는 듯한 표정들이었다. 이경은 헤헤 웃으며 직원들에게 손을 흔들어주었다. 여직원들이 꺄악, 비명을 지르며 두 손을 흔들며 화답했다. 옆에 승지만 없으면 우르르 몰려와 사진촬영을 요청하고 키스 세례까지 퍼부을 기세였다. 잠시 뒤 급한 연락을 받고 달려온 오수환 영사가 안으로 들이닥쳤다. 영사의 얼굴에는 당혹감과 함께 반가운 기색이 드러나 보였다.

"두 분 이거 뭐하자는 플레이입니까? 지금 영화 찍어요? 따라

오세요."

영사가 한숨을 푹 내쉬며 말했다. 그는 두 사람의 손목을 잡고 귀빈실로 이끌어갔다.

"경위는 나중에 듣기로 하고, 일단 정리된 상황을 말씀드리자면, 다행히 유력한 용의자가 밝혀져서 두 분 혐의는 풀렸다고 보시면 됩니다. 하지만 오늘 하루는 이곳에서 지내셔야 할 겁니다. 안전이 확실시될 때까지, 불편하시더라도 대사관 밖으로 나가시면 절대 안 됩니다. 두 분이 주연으로 출연하신 영화, 촬영중지예요. 앞으로도 우리 대사관을 배경으로 그런 영화 찍으시면 절대 안 됩니다. 무슨 말인지 잘 아시죠?"

"옙, 감독님!"

이경은 영사에게 미안한 마음이 들어 괜히 더 너스레를 떨었다. 영사가 두 사람에게 소파에 앉으라고 권했다. 그때 여직원 한 명이 안으로 들어와 휴대폰 두 개를 영사에게 건넸다. 이경과 승지의 휴대폰이었다. 영사가 휴대폰을 건네며 말했다.

"소식부터 전해요. 현 대표님은 공 실장, 윤승지 씨는 지점장한테. 그 두 사람 말이죠. 어젯밤부터 30분 간격으로 전화를 해오는데, 아니 대사관이 무슨 전화교환소도 아니고 말이죠."

폰을 받자마자 두 사람이 벌떡 일어나 어딘가로 전화를 걸었다. 두 사람이 편히 통화하도록 배려하려는 듯 영사가 자리를 피해주었다.

이경이 1순위로 택한 통화상대는 약혼녀였다.

전화가 걸려왔을 때 안나는 토끼안대를 두르고 곤히 잠들어 있었다. 어제부터 통 연락이 안 되는 이경 때문에 심사가 뒤틀린 터라 날이 훤히 밝아서야 간신히 눈을 붙인 그녀였다. 그녀는 아악, 소리 지르며 벌떡 상체를 일으켜 세웠다. 이탈리아의 장인이 원목으로 제작한 탁상시계가 오전 11시 18분을 가리키고 있었다. 이경이 선물한 시계였다. 그녀는 송신자가 누군지 확인하지도 않고 욕설부터 앞세웠다.

"어떤 썩어빠진 인간이 예의도 없이 새벽부터 전화질이야?"

안대를 풀고 알림문자를 확인한 그녀의 입술이 파르르 떨렸다.

"현이경? 개자식! 이 미친 또라이 새끼야! 너 지금 어디야?"

"빵 쪼가리만 뜯어서 잔뜩 느끼했던 속이 순식간에 뻥 뚫리는 기분이야! 역시 당신의 욕엔 화끈한 한국적 품격이 있어."

이경이 실실 웃으며 눙치듯 말했다. 안나의 분노 게이지를 조절하는 이경 나름의 방식이었다.

"설마 아직 로마? 너 혹시 여자랑 같이 있는 건 아니겠지?"

"알잖아, 조기교육 잘 받은 내 미학 수준. 안나 너 말고 나 현이경을 홀릴 만한 미모와 지성, 창의적인 언어 감각을 타고난 여자가 또 어디 있겠어. 부디 안심하라고."

이경의 능란한 말솜씨에 안나의 분노 게이지가 눈에 띄게 내려가고 있었다.

"근데 대체 거기서 뭐하는 건데? 한국은 언제 와?"

"설명하자면 복잡해. 암튼 서둘러 귀국하려면 유안나, 네 도움이 필요해. 그래서 말인데 내 부탁 하나만 들어줘."

이경이 달래듯 말했다.

"부탁이란 게 뭔데? 일단 들어본 뒤에 결정할 거야."

"이거 정말 중요하고 다급한 일이야. 반드시 이곳 시간으로 아침 여덟시까진 처리해야만 돼."

"부탁하는 주제에 명령조로 말하지 마, 이 미친놈아! 급하다면서, 빨리 말이나 해!"

이경의 숨죽인 목소리에 내심 안나도 긴장하는 기색이었다.

"산타마리아 델라 성당에 루카라는 신부가 있어. 토마스 주교의 최측근이라는데, 그 자에 대한 신상정보를 탈탈 털어봐 줘. 이탈리아 출신은 아닌 것 같아. 생긴 것도 그렇고, 말투의 억양이나 발음을 보면 미국인으로 보여. 아마 에드라는 이름과 관련이 있을지도 몰라. 해줄 수 있지?"

안나가 정보를 입으로 되뇌며 메모지에 기록하는 기척이 이경의 귀에 들려왔다.

"내 추측으로는, 이 자가 신분을 세탁해서 로마로 들어와 신부행세를 하고 있는 것 같아. 세상엔 악인이 너무 많아. 그런데 이놈은 악질 중의 악질인 셈이지. 신을 모욕하고 조롱하고 있으니까."

덧붙여 말한 이경의 말이 안나의 의욕을 불끈 솟구치게 만들었다.

"그런 놈이란 말이지? 잘 됐네. 그렇잖아도 손가락이 근질거리던 참인데, 모처럼 해커로 변신해볼까. 언제까지 해주면 되지?"

"빠를수록 좋지. 건투를 빌게."

이경이 눈웃음치며 전화를 끊었다. 지점장과 간단히 통화를 마치고 이경의 통화내용을 엿듣고 있던 승지가 물었다.

"누구예요? 아는 해커라도 있어요?"

"약혼녀."

일순 승지의 얼굴에 짙은 그늘이 덮쳤다. 묘한 슬픔이 스며든 표정이었다. 그녀가 말했다.

"아, 맞아. 기사에서 본 적이 있어요. 모델 유안나가 약혼녀 맞죠?"

"역시 이래서 유명인은 피곤해. 은밀한 사생활까지 전 국민에게 생중계 된다니까."

"잠깐. 그럼 지금 모델 유안나한테 해킹 부탁을 했단 말예요?"

승지가 황당하다는 듯 눈동자를 굴리며 물었다.

"이건 절대 비밀인데, 사실 그 여자 신상 털기의 여신이거든."

"유안나가요? 에이, 설마."

승지가 믿기지 않는다는 듯 말했다.

"그 설마가 사람 잡는다니까. 그건 그렇고, 승지 씨 회사에선 뭐래?"

"아, 뭐 이번에도 시말서 한 번 더 쓰고 대충 정리될 것 같아요."

승지의 낯빛에 다시금 짙은 그림자가 드리워졌다.

"그러다 승지 씨 시말서 쓰기의 달인 되는 거 아냐?"

"아하, 아하하! 저 이미 달인 다 됐어요. 컴퓨터 앞에 앉기도 전에 기승전결이 좌르르 떠올라요. 제 시말서에 감동받은 상사들 꽤 있을걸요."

승지가 멋쩍은 웃음과 목소리로 말했다. 이경은 그녀의 얼굴에서 절망과 한숨의 표정을 읽었다. 이경이 측은하면서도 애정이 느껴지는 눈길로 그녀를 바라보았다. 그가 승지의 어깨에 가볍게 손을 얹으며 입을 열었다.

"윤승지 씨는 내가 아는 최고의 로마현지 가이드야. 윤승지 씨를 정규직에서 탈락시키면 그거야말로 강하다 투어의 패착이지. 걱정 마. 곧 윤승지 씨의 가치를 제대로 인정받을 날이 올 거야."

"정말, 그럴까요? 그렇겠죠?"

어느새 승지의 눈가에 이슬이 맺혀 있었다. 그걸 본 이경이 그녀를 덥석 품에 안았다. 충동적으로 벌어진 일이었다. 기분이 묘했다. 승지 또한 마찬가지였다. 뻣뻣하게 경직되었던 그녀의 몸이 스르르 풀리며 이경의 품에 안겨들었다. 알 수 없는 일이었다. 분명 처음 만난 사이인데다, 처음 해보는 포옹이었다. 그런데도 어딘지 모르게 익숙한 느낌, 익숙한 감정이 두 사람의 가슴을 파고들었다. 그 익숙함이 다시금 이경의 의심을 불러일으켰다. 촛불처럼 훅, 불어 꺼두었던 의심의 불꽃이 검은 연기를 피워 올리기 시작했다. '이 여자, 대체 정체가 뭘까?' 승지의 머릿속에서는 야릇한 상상의 불꽃이 일렁거렸다. '레드 썬!' 승지의 머릿속에서 가마득한 전생의 강물이 흐르고, 그 강물의 어느 시점에서 벌어진 일이 현생에서 그대로 펼쳐지고 있는 듯한 기분이 들었다.

"잠깐 실례. 전화할 데가 더 있어서."

문득 어색한 기분을 느낀 이경이 그녀에게서 떨어졌다. 이경은 곧장 단축키를 눌러 공 실장과 통화를 시도했다.

"아이고, 대표님! 살아계셨군요."

공 실장이 금방 울음이라도 터뜨릴 듯 감격에 겨운 목소리로 전화를 받았다.

"혹시 무슨 사고라도 당하셨을까 봐 얼마나 걱정했는지 모릅니다."

"거긴 별일 없죠?"

"대표님 때문에 초비상이에요. 대표님이 별일입니다."

"설마 회장님께 보고 드린 건 아니겠죠?"

"제가 누굽니까? 대표님이 죽을 뻔한 위기 넘기신 게 한두 번도 아니고. 그러다보니 이상하게 믿음이 생겼어요. 대표님이라면 어떤 위기에서도 살아 돌아오실 거라는 믿음."

"고마워요, 공 실장님!"

이경의 가슴에 또다시 묵직한 감정의 파고가 몰아쳤다. 사실 공 실장의 빈틈없는 뒷받침이 없었다면 지금까지 버티지 못했을지도 몰랐다. 이경이 너무도 잘 알고 있는 사실이었다. 공 실장의 믿음이 절대적인 만큼, 그에 대한 이경의 믿음과 신뢰도 절대적이었다.

"어허, 왜 이러실까? 대표님이 저한테 감사를 다 표하시고."

"내가 회장님보다 신뢰하는 게 공 실장님이라는 거, 알아주셨으면 해요."

"그걸 제가 왜 모르겠습니까? 그래서 제가 이렇게 버티고 있는 거 아니겠습니까? 대표님이 무사히 후계자 자리에 오르실 때까지 지켜드리는 것, 그게 제 목표입니다. 갤러리 복도 지나갈 때마다 기사갑옷이 유독 눈에 밟혀요. 그 안에 들어가 장난치는 건 대표님의 전매특허 아닙니까? 대표님 생각에 갑옷 열고 들여다본 적도 많아요. 대표님이 '서프라이즈!' 하시며 튀어나올까 봐. 허허."

'아, 갑옷! 비어 있는 기사의 조각!' 순간 이경의 뇌리에 번쩍하는 영감의 빛이 스쳐갔다. 기사의 갑옷이 덜컥거리며 열렸다. 그 안에서 똑같이 생긴 기사가 성큼 걸어 나왔다. 그 기사의 갑옷도 덜컥, 열리더니 안에서 거대한 다투라가 활짝 피어나왔다. 모두 이경의 상상 속에서 펼쳐진 장면들이었다. 모든 미스터리가 한순간에 풀리는 느낌이었다.

"오, 부오타는 이중적 의미였어! 영감, 제법인데?"

이경이 감탄어린 목소리로 말했다.

"무슨 말씀이세요?"

어리둥절해있는 공 실장의 목소리가 들렸다.

"공 실장님, 지금부터 제가 하는 얘기 잘 들으세요."

이경은 공 실장에게 최후의 결전을 준비하는 모종의 지시를 내리고 통화를 끝냈다.

그 시각, 안나는 모니터에 띄워놓은 검색창들을 들여다보며 '루카'와 토마스 주교, '에드'의 비밀 깊숙이 들어가 있었다. 자판을 두드리고, 마우스를 움직이는 손놀림이 가히 빛의 속도에 가까웠다. 구글, 페이스북, IP추적기, 인터넷흥신소까지……. 그녀가 손을 움직일 때마다 한 인간의 실체를 구성하는 정보의 조각들이 안나의 정보 그물망에 속속 잡혀들고 있었다.

안나가 장장 5시간에 걸쳐 채집한 해킹 정보를 토대로 재구성한 스토리를 확보하고 나서, 이경에게 전화를 걸어온 것은 정확히 아침 8시였다.

"수고했어. 어, 그래…… 역시 내 예상대로였군."

이경은 추임새를 넣어가며 안나가 들려주는 스토리텔링을 20분 넘게 듣고 있었다. 이경이 예감하고 추측한 것들이 선명한 스토리 라인으로 줄줄이 엮여 나왔다.

통화를 끝낸 이경은 곧바로 공 실장에게 전화를 걸었다. 현지 시각 아침 8시 30분. 이제 이경이 전략 시뮬레이션 게임처럼 즐기는 쇼 타임이 기다리고 있었다. 치밀한 준비를 거쳐 성물을 추적하고 마침내 그걸 손에 넣었을 때의 쾌감, 그 순간의 짜릿함이 야말로 이경이 지상의 인간으로서 누리는 최상의 기쁨이었다. 할 수만 있다면 올림포스로의 복귀를 조금 미뤄두고, 마지막으로 한 번 더 '괴도 루팡' 같은 인물로 살아보고 싶은 생각이 드는 것도 그런 때였다.

아침 9시. 산타마리아 델라 성당 입구에 화물 차량 한 대가 정차해 있었다. 특수물품을 운송하는 무진동 1톤탑 화물차로, 바티칸 소유임을 말해주듯 짐칸 철제 벽에 바티칸 표식이 박혀 있었다.

제복 차림을 한 운송원 두 명이 두 개의 큐피드상을 밀차로 운반해 왔다. 조각상은 특수 제작된 목재 상자에 고이 모셔져 있었다. 두 개의 상자가 화물칸 안에 자리를 잡았다. 운송원이 문을 닫으려하자 루카 신부가 커다란 백을 들고 불쑥 나타났다. 짐칸에 실린 조각상 하나가 능히 들어갈 만한 크기의 가죽 가방이었다.

"이것도 함께 실어주시겠습니까?"

루카 신부가 말했다.

"어이쿠, 꽤 무겁네요. 뭡니까, 이게?"

운송원이 가방을 받아들며 물었다.

"아, 그건 이미테이션으로 제작한 조각상입니다."

"이런 걸 왜……?"

"도난을 방지하기 위해서죠. 혹시 필요한 상황이 올지 몰라서 준비한 거예요."

"오, 치밀하시네요. 5분만 시간을 주시겠어요? 조각품들이 흔들리지 않도록 자리를 잡으려면 시간이 좀 걸립니다."

운송원이 화물칸으로 들어갔고, 다른 운송원이 루카 신부를 운전석으로 데려갔다.

잠시 뒤 운송원 두 명이 운전석과 조수석에 앉았고, 차가 출발했다. 루카 신부는 뒷좌석에 앉아 기도를 올리는 듯하다가 이내 휴대폰을 꺼내들었다. 메시지 창을 띄워놓고 운송원들 눈치를 보며, 자판을 눌러대는 손놀림이 꽤나 능숙했다. 자못 긴장한 얼굴이었지만, 거기에는 앞으로 벌어질 일들에 대한 기대감도 함께 어려 있었다.

차가 20여 분쯤 달렸을 때 문제가 발생했다. 긴장을 풀기 위해 콧노래를 흥얼거리던 운전자가 갑자기 속도를 줄였다.

"경찰이잖아. 불심검문인가?"

조수석에 있던 운송원이 루카 신부를 흘낏 돌아보며 말했다. 신부의 표정에 불안의 그림자가 너울거렸다.

차가 갓길에 멈춰 섰다. 경찰 두 명의 유도에 의해서였다. 키가

크고 날렵하게 생긴 경찰은 선글라스를 끼고 있었고, 다른 하나
는 얼굴이 햇볕에 검게 그을렸고 팔뚝에 헤나문신을 하고 있었
다. 문신한 경찰이 손을 까딱이며 말했다.

"화물칸 좀 열어주세요."

"무슨 일이죠?"

조수석 운송원이 물었다.

"오늘 아침 로마은행 금고가 도난당했어요. 바티칸 소속 맞아
요?"

선글라스 낀 경찰이 루카 신부 쪽을 힐끔 쳐다보며 물었다.

"그렇소."

신부가 퉁명스레 대답했다. 조수석 운송원이 뒤이어 입을 열었다.

"우린 국경 검색대도 곧장 통과할 수 있는 프리패스권이 있어
요. 바티칸 성물을 파리까지 운송 중이거든요."

"아하, 그러세요? 그렇다면 더욱 더 검문을 해봐야겠네요."

문신 경찰이 의심 가득한 눈길을 두리번거리며 말했다.

"이거 왜 이러세요. 보세요, 신분증."

조수석 운송원이 바티칸 마크가 박힌 패찰을 꺼내 보이며 말했다.

"바티칸이 전 세계인들 쌈짓돈까지 탈탈 털어내는 공식 날강
도인 거 모르는 사람 있나?"

선글라스 경찰이 이죽거렸다.

"뭐요? 날강도라니!"

조수석 운송원이 버럭 소리쳤다. 운전자도 맞장구를 쳤다.

"무슨 그런 불경스런 말을. 당신 돌았어?"

"뭐야. 왜 이렇게들 흥분하고 그러시나. 당신들 진짜 강도 아냐?"

팔짱을 낀 채 지켜보던 문신 경찰도 지원사격에 나섰다.

운송원 두 사람이 서로 눈길을 교환하더니 동시에 차에서 내렸다. 두 명의 경찰과 운송원들이 서로 격한 말을 내뱉으며 대립하는 상황이 펼쳐졌다.

"이러지 맙시다. 안에 뭐가 실렸는지 확인만 하면 되는 거 가지고. 신부님도 좀 나오시죠."

선글라스 경찰이 뒷좌석 차창을 똑똑 두드리며 말했다. 신부가 성호를 그리고 나서 입을 열었다.

"무슨 일이신지……."

"말씀드렸잖습니까. 로마의 자금이 파리로 흘러가는 걸 막기 위해 이러는 겁니다. 이런 일에는 로마 교황청도 예외가 될 수 없어요."

잠시 주춤하던 신부가 차에서 내려 직접 화물칸을 열어주었다. 문신 경찰이 짐칸으로 펄쩍 뛰어올랐다. 그러더니 안에서 짐 하나를 들고 나왔다. 루카 신부의 가방이었다. 신부의 낯빛이 하얗게 질려갔다.

"어! 그거 다시 안에 들여놓으세요. 바티칸의 성물입니다. 혹여 파손이라도 된다면 당신들도 책임을 면하지 못할 거요. 로마의 보물을 파손한 죄, 감히 신성을 모독한 죄."

신부가 노기 띤 목소리로 내뱉었다.

"어디 열어보시죠."

선글라스 경찰이 신부에게 지시를 내렸다. 신부의 뺨과 이마에서 식은땀이 번들거렸다. 신부가 심호흡을 하더니 눈을 질끈 감으며 가방의 지퍼를 열어젖혔다.

"이게 뭡니까? 이게 바티칸의 성물이라고?"

선글라스 경찰이 가방 안의 물건을 들어올렸다. 그걸 본 신부가 사색이 된 얼굴로 바닥에 털썩 주저앉았다.

"뭐가 어떻게 된 일이지? 원래 조각상이 들어 있었는데……."

신부의 가방에서 나온 것은 이경이 주교의 별장에서 가져온 펜더기타였다. 경찰이 빙글거리며 입을 놀렸다.

"기타가 성물이라니. 뭐 예수께서 친히 치던 기타라도 되나? 아님, 이 기타를 던져 넣으면 홍해가 좌우로 쩍 갈리기라도 합니까?"

"조각상! 그럼 대체, 내 조각상은 어디로 간 거지?"

"어디 한번 귀 기울여봅시다. 성령께서 임하시어 그 질문에 대한 해답을 계시처럼 귓가에 속삭여 주실지도 모르잖아?"

한쪽 무릎에 기타바디를 걸친 경찰이 위에서부터 한 줄 한 줄 퉁기고는 신부를 보며 씨익 웃었다.

"방금, 잘 들었죠? E! D! D! B! A! G! 이 천상의 음계가 의미하는 게 뭘까요, 신부님. 참고로 말씀드리면 이 음계는 토마스 주교께서 만드신 거랍니다."

"당신들 누구요?"

그제야 뭔가 이상한 낌새를 알아차린 신부가 눈을 부릅뜨며 외쳤다. 그때 문신 경찰이 화물칸 문을 닫아걸고 차체를 탕탕 두드렸다. 그게 신호라도 된다는 듯 차에 시동이 걸렸고 곧장 차도로 미끄러져나갔다.

벌떡 몸을 솟구쳐 일어난 신부가 허겁지겁 차 뒤를 쫓아 달렸다.

"저 차 잡아요. 바티칸 소유의 성물이 실려 있어요."

힘에 부친 신부가 뒤돌아서서 숨을 몰아쉬며 말했다. 경찰이 들고 있던 기타를 신부 쪽으로 던지며 이죽거렸다.

"성물은 무슨……. 당신 기타나 챙겨 가시지, 애드 씨!"

"그걸 어떻게……?"

"알고 보니 당신 인터폴 수배 중인 마약쟁이 조직원이더군."

공포에 질린 신부가 뒷걸음질 치더니 반대편 도로로 내달려갔다. 몇 초 뒤, 그런 상황에서 벌어질 법한 참극이 여지없이 터졌다. 불시에 뛰어든 신부를 발견하고 운전자가 급브레이크를 밟았을 때는 이미 늦어버린 뒤였다. 차체에 치인 신부가 저만치 날아가 팩 쓰러졌다. 사고차량과의 거리를 충분히 확보하지 못한 차량이 앞차를 들이받았고, 그 뒤에서 달리던 차량도 추돌을 피할 수 없었다.

예상치 못했던 사고에 두 경찰도 당황한 눈치였다. 둘은 갓길 저편에 세워둔 오토바이로 줄달음쳐가면서 제복을 벗어젖혔다. 오토바이에 붙은 경찰의 표식을 제거하고 제복은 안장 밑 트렁크에 쑤셔 박았다. 두 사람이 동시에 오토바이에 올랐다. 선배경찰 역을 연기했던 사내가 슬쩍 뒤를 돌아보더니 선글라스를 이마 위로 들추고 씨익, 미소를 흘렸다. 반듯한 이마, 길고 우뚝한 콧날, 섬세한 턱선…… 현이경의 얼굴이었다.

히피처럼 머리에 띠를 두르고 셔츠 앞단추를 풀어헤친 두 명의 라이더로 변신한 두 사람은 순식간에 도로 저편으로 사라져버렸다. 그렇게 이경과 공 실장이 합동작전으로 펼친 작전명 '다투라' 가 막바지를 향해 달리고 있었다. 화물차 운송을 맡은 두 사내는 바티칸 소속이 아니라 갤러리 로마의 특수 업무팀 소속이었던 것이다. 이 팀의 공식적인 업무는 미술품 운송으로 되어 있지만, 사실 이경의 해외 업무를 보좌하거나 호위하고, 해외에서 건진 성물을 무사히 국내로 반입하는 특수 업무를 비밀리에 수행하는 조직이었다. 이경이 신들의 미션을 수행하기 위해 꾸린 비밀조직이라고 할 수 있었다. 이경의 뒤에서 달리며 티 나지 않게 사주경계를 하고 있는 사내가 바로 이 조직의 팀장이었다. 이경에게 틈틈이 호신술과 격투기를 가르치는 사범이기도 했다.

"예상대로 토마스 주교와 루카 신부는 미국 LA에서 깊은 인연으로 맺어진 관계였어. 다만 서로의 지향점이 완전히 달랐을 뿐이지."

그날 저녁, 나보나 광장의 야외 카페테리아에서 마주보고 앉은 이경과 승지가 황금빛 거품으로 덮인 에스프레소를 홀짝이며 얘기를 나누고 있었다. 화제는 물론 성공리에 막을 내린 '다투라 작전' 의 전말이었다. 주인공은 토마스 주교도 아니고 이경도 아닌, 바로 루카 신부였다. 안나가 인터넷네트워크의 굳건한 비밀암호를 풀어헤치면서 채집한 정보의 조각들이 이경의 스토리텔

링을 거쳐 긴장 넘치는 한 편의 범죄드라마로 거듭나는 과정이었다.

"두 사람이 처음 만난 곳은 사실 LA교구가 아니라 LA교도소였어. 에드 스미스, 루카 신부의 속명이지. 문제는 그가 전과 8범의 악명 높은 마약조직원이었다는 거야."

"주교님이 그걸 몰랐단 말예요?"

승지가 입안에 머금고 있던 커피를 급히 마시다 사레들리는 바람에 기침을 해대며 물었다. 이경이 냅킨을 꺼내 건네며 말을 이었다.

"아니. 누구보다 잘 아셨지. 주교는 놈에게 회개할 기회를 주려고 한 거야. 에드 스미스가 출옥한 뒤로 조직을 배반하고 쫓겨 다니다가 로마까지 흘러온 거지. 놈은 교도소의 죄수들에게 성령의 말씀을 설파하던 인자한 주교가 떠올랐고, 그를 찾아가 성당에서 숨어 지내게 해달라고 빌었어. 주교는 가련한 어린 양을 거둬들여 그 자의 안전을 위해 신분까지 위장해줬지."

"은혜를 원수로 갚은 셈이네요."

"그렇지. 이 배은망덕한 미국인은 엉뚱한 데서 구원을 찾았어. 바로 마약의 주원료인 다투라! 놈은 그걸 마약으로 제조해 미국으로 들여갈 방법을 고안하고 있었어. 그런데 신이 도우셨는지 때마침 큐피드상이 발굴되고, 바티칸의 전시홍보 팀이 유럽순회 전시를 기획한 거야. 놈에겐 절호의 기회였지. 놈은 바티칸 성물이 국경을 임의로 통과할 수 있다는 점을 악용, 우선 마약을 파리까지 운반할 범죄를 계획했어. 우선 토마스 주교의 영향력을 이용해 운송책임 요원으로 선발되는 데 성공했고, 바로 계획을 실행에 옮겼어. 1단계, 큐피드상 하나를 빼돌린다. 2단계, 모조 큐피드상을 제작해 그 안에 마약을 채워 진짜로 위장한다. 3단계, 조각상들을 파리로 운반하는 과정에서 진짜를 원래 자리로 돌려놓는다. 아마, 이런 시나리오를 구상했을 거야. 상당히 잘 짜인 시나리오야. 범죄계획 세우는 데 있어서만큼은 천재적인 놈이었지. 그런데 웬걸! 세상물정 모르는 것 같았던 주교께서 이 비밀스러운 음모를 간파해버린 거야. 하! 알고 보니 주교도 그놈 못지않게 천재적인 인물이었던 거지. 그분이 내게 남긴 메시지를 보면 알 수 있어. '부오타'는 이중적 의미였어. 비어있지만 무언가로 채워져 있고, 진짜이면서 진짜가 아니고, 가짜이면서 가짜가 아닌 것!"

"그게 뭔데요?"

"빼돌린 진짜 큐피드상과 모조로 똑같이 제작한 가짜 큐피드상을 의미한다고 보면, 딱 들어맞잖아."

"우와! 그렇네요. 기가 막히다, 정말."

잠시 부오타의 의미를 곰곰 생각하던 승지가 탄성을 내지르며 말했다.

"그 암호를 풀어낸 대표님도 천재시네요. 근데 왜 주교님이 대표님을 끌어들인 거죠?"

"고수가 고수를 알아보는 법이지."

이경은 만면에 흡족한 미소를 띤 채 계속 스토리를 이어갔다.

"주교는 외부에 알리지 않고 문제를 해결하고 싶었던 것 같아. 본인의 명예가 걸려 있으니까. 주교가 그 동안 거대한 사회악의 괴물을 키워왔다는 사실이 알려지면 어떻게 되겠어. 결과적으로 주교가 놈의 범죄를 도와준 꼴이 되고 말잖아. 주교의 자존심이나 명예는 한순간에 바닥으로 추락하고 마는 거지. 그래서 바티칸의 시선을 분산시키려고 나를 끌어들였을 거야. 그러다 낌새를 챈 에드의 기습을 받아 방화의 희생자가 되고 말았지. 방화범은 아마 에드와 공범일지도 몰라. 놈에게 수배령이 내리지 않았다면 마약운반에 동원됐을지도 모르고."

"대박이다 정말. 무슨 블록버스터급 영화 같아요! 그런데 어쩌다 운반 도중에 개죽음을 당한 걸까요? 혹시 그거, 대표님 작품인가요?"

승지가 눈을 가늘게 뜨고 물었다. 이경이 흠칫 하는 기색을 보이더니, 이내 흐트러진 정신을 가다듬었다. 승리감에 도취된 나머지 방심하고 있다는 걸 인식하게 된 것이다. 그가 말했다.

"내가 왜? 나야 토마스 주교가 내린 미션대로 사라진 조각상만 찾으면 되는 거였어. 운반차에 실리기 전에 다시 빼돌렸어야 했는데, 좀 늦어버렸지만. 그 결과, 경찰의 추격을 받고 있다는 걸 알게 된 놈이 무리하게 도주를 시도하다 끔찍한 사고를 당하고 만 거지. 하긴 놈은 어차피 정체 드러나면 옛 동료들한테 죽을 운명이었어. 마약조직이 암살자를 보냈을 거라고."

승지는 여전히 미심쩍다는 듯 질문공세를 퍼부었다.

"잠깐 사무실에 들렀다가 방송뉴스 보고 나왔는데, 경찰이 아니었다던데요? 운반하는 사람들도 바티칸 소속이 아니었고. 경찰에선 조직원들 사이에 암투가 벌어져 공범 한 명을 죽이고 성물을 훔쳐 달아났을 거라고 판단하고 있는 것 같아요. 대표님 생각은요?"

"거기까진 모르겠는데."

이경이 고개를 살짝 흔들어 보이며 말했다. 그는 얼른 이 화제에서 벗어나야 한다고 판단했고, 어떤 방향으로 관심을 돌릴지 궁리하고 있었다. 승지가 다시금 그 틈을 파고들었다.

"루카 신부가 에드 스미스라는 미국인이라는 건 대표님이 경찰보다 먼저 알아낸 거잖아요? 유안나 씨 도움을 받기 전부터 이미 알고 있었던 것 같은데, 어떻게 된 거죠?"

"그건 말이지…… 그 자 얼굴에 쓰여 있었어!"

승지의 대찬 질문에 당황한 이경은 그만 자기만의 비밀을 토로하고 말았다. 은연중에 사실을 말해버린 것이다. 그러나 장난이나 농담처럼 들리는 사실이었다.

"아 진짜, 끝까지 말장난 할 거예요? 말해줘요. 저도 위험을 무릅쓰고 동지처럼 한 조로 움직였는데 그 정도는 알아야 할 권리가 있는 거 아닌가요? 의문점이 한두 가지라야 말이죠."

승지가 살짝 눈을 흘기며 타박했다. 이경은 잠시 침묵하다가 갑자기 진지해진 태도로 말문을 열었다.

"승지 씨, 어떤 의문은 의문으로 남겨두는 게 좋아. 더 캐들어가다간 승지 씨가 또 위험해질 수 있어서 그래."

이경의 말에 승지의 표정이 서늘하게 굳었다.

"그래도 권리는 행사하며 살아야죠."

굳어있던 승지의 얼굴이 단숨에 풀리며 웃음기를 회복했다. 이경이 못 당하겠다는 듯 고개를 흔들며 얼른 화제를 돌렸다.

"그건 그렇고…… 우리가 2박 3일을 동고동락한 셈인데, 이거 어쩌지? 정말 너무 아쉽다. 그만 작별해야 한다는 게……."

"아, 그 그렇죠. 어쨌든 대표님 일이 마무리됐으니까, 이제 각자의 위치로 돌아가야겠죠. 저는 계속 하던 일 하면 되고, 대표님은 대표님의 삶으로……. 한두 번 하는 작별도 아닌데요 뭐. 이것도 가이드의 일상이니까."

승지의 눈동자에도 아쉬움이 가득했다.

일순 둘 사이에 무거운 침묵이 흘렀다. 이경이 먼저 침묵을 깨고 말문을 열었다.

"함께해서 즐거웠어요. 그리고 고마워요. 여러 가지로 도움이 많이 됐어. 평생 기억에 남을 것 같아. 아마 천년만년 기억될 거야."

"천년만년씩이나?"

승지가 환해진 얼굴로 말했다.

"죽지 않을 기억이란 말이지."

"저도 즐거웠어요. 모든 여성들이 선망하는 유명인사와 함께한 모험이었잖아요. 저도 평생 기억에 남을 거예요. 잘 가세요."

승지가 고개를 꾸벅 숙이며 말했다. 금방이라도 자리에서 일어날 태세였다. 이경이 급히 입을 열었다.

"조만간 함께할 수 있는 기회가 또 올지도 몰라. 어쩐지 그런 예감이 드네. 언제든 로마에 올 일이 있으면 젤 먼저 승지 씨한 테 가이드 부탁할게."

잠시 주춤거리던 이경이 다시 말을 이었다.

"가이드해주면 관광객이 감사 표시로 수고비를 따로 지불하기 도 하나? 일종의 특별 보너스처럼 말야."

"가끔 그런 분이 계시지만, 규정상 받을 수 없어요."

이경이 재킷 안주머니에 손을 넣어 미리 준비해둔 봉투를 꺼 내려다 주춤했다. 그러다 결심을 굳힌 듯 불쑥 봉투를 꺼내 탁자 에 놓았다.

"하지만 이번 경우는 좀 다르지 않아? 승지 씨는 가이드 이상 의 일을 해준 거잖아? 이걸 받는 것도 승지 씨 권리가 아닐까 싶 은데."

이경이 봉투를 승지 앞으로 스윽 밀었다. 승지가 봉투를 되밀 며 완강하게 고개를 저었다.

"아뇨. 그걸 받으면 돈을 받고 한 일이 되고 말잖아요? 그런 식 으로 평생 기억에 남을 아름다운 추억을 망치고 싶진 않네요. 저 그만 일어날게요. 다음 예약 손님들을 인솔해야 해서……."

승지가 백팩을 어깨에 메고 일어났다. 다급해진 이경이 지갑 을 열어 명품 상품권을 꺼냈다.

"그럼 이거라도……."

승지는 이경의 손길을 외면하고 대뜸 작별인사를 건넸다.

"그럼 안녕히 가세요."

이경은 차가 주차되어 있는 곳으로 총총히 멀어지는 승지의 뒷
모습을 멍하니 바라보고 서있었다.

다시 시작된 모험

　새벽이 어슴푸레하게 열리고 있는 시각, 로마 갤러리는 고요
와 적막 속에 잠들어 있었다. 두어 시간 지나 아침이 오면, 오늘
의 관람객들을 맞아들이기 위한 준비로 부산해질 터였다. 갤러
리 주변에 설치된 가로등과 경비초소 안팎을 비추는 불빛들이
감시의 눈길을 번뜩이며 미술관을 호위하고 있는 형국이었다.
그런데 그 감시망 안으로 수상쩍은 사내가 접근해오고 있었다.
　어느새 정문 가까이 접근해온 사내가 고개를 들어 도로를 따
라 길게 이어진 담장을 둘러보았다. 사내는 한 손을 위로 내뻗어
공을 던지듯 허공을 갈랐다. 순간 어디선가 불쑥 나타난 나비 한
마리가 담장을 향해 날아갔다. 이경이 토마스 주교의 별장에서
반신욕을 할 때 출현했던 나비와 똑 닮은 물체였다.

나비가 담장 한쪽에 사뿐 내려앉았다. 마치 감시카메라의 사각지대를 가리키는 듯 보였다. 사내도 그걸 알아차린 듯 나비의 착지점을 향해 걸었다. 그러더니 날랜 동작으로 담을 훌쩍 뛰어넘었다. 잘 발달된 운동신경을 보여주듯 민첩하고 기민한 동작이었다. 게다가 갤러리 곳곳을 속속들이 아는 사람처럼 확신에 찬 몸짓이었다. 사내는 과감하게 갤러리 깊숙한 곳으로 잠입해 들어갔다.

그 시각 경비초소를 지키고 있던 직원은 의자에 앉아 고개를 푹 숙인 채 꾸벅꾸벅 졸고 있었다. 그때 책상 위 천장에 붙어 있던 모기가 경비의 팔뚝에 내려앉았고, 몇 초 뒤 경비가 번쩍 눈을 뜨더니 팔뚝을 득득 긁어댔다. 경비의 눈길이 반사적으로 CCTV 화면에 머물렀고, 별 이상이 없다고 판단한 그는 다시 꾸벅꾸벅 졸기 시작했다.

사내는 갤러리 건물 뒤편에 있는 별관으로 향하고 있었다. 이경이 거주하는 2층의 석조건물이었다. 사내는 재빨리 2층 침실 창문으로 다가갔다. 불은 꺼져 있었고, 창문에는 커튼이 쳐져 있었다.

사내가 창문에 바짝 귀를 대고 방안의 기척을 살피고 있을 때였다. 커튼이 확 젖혀지더니 또 다른 사내가 창문 건너편에 나타났다. 이경은 로마에 있는데, 그가 방주인일 리가 없었다. 창문을 사이에 두고 두 사내가 서로의 존재를 알아챘다. 도둑과 도둑? 전혀 예상치 못한 상대방의 출현에 놀란 두 사내의 얼굴이 경악에 휩싸였다. 방안에 서있던 사내가 새된 비명을 내지르며 엉덩방아를 찧었다.

"어이쿠!"

비명과 동시에 주저앉은 사내는 바로 공 실장이었다. 자리를 비운 현이경의 밀린 업무를 대신 처리하느라 밤을 꼬박 새우고, 비서실 소파에 모로 누운 채 잠깐 눈을 붙이고 일어나 대표의 침실을 정리할까 하고 들어온 참이었다.

"한영 도련님 아니십니까?"

얼른 정신을 수습하고 일어선 공 실장이 창문을 열며 말했다.

"놀라셨다면 죄송합니다, 공 실장님. 하하!"

사내는 도둑처럼 날렵하게 창문을 훌쩍 타넘고 안으로 들어섰다. 로얄 그룹 회장의 조카이자 부회장의 아들, 건축가 김한영이었다. 이경 못지않게 눈에 띄는 쾌남형의 외모에 명석한 두뇌, 예술적 감각을 타고난 인물, 모친의 야욕 때문에 졸지에 사촌동생 현이경과의 후계경쟁 구도에 붙잡혀버린 인물이기도 했다.

"설마, 몰래 들어오신 겁니까? 경비실에서 연락받은 적 없는

데, 이 사람들 대체 뭐하는 사람들인지……."

공 실장이 혀를 끌끌 차대며 말했다.

"경비들 나무라지 마세요. 저만 아는 비밀루트로 잠입한 거니까요. 그보다 열 시간 넘게 비행기를 타고 왔더니 너무 피곤하네요. 여기서 눈 좀 붙여도 되죠?"

한영은 공 실장의 양해가 떨어지기도 전에 이경의 침대로 쏙 들어가 눈을 감고 누워버렸다.

"도련님 귀국하신 거 부회장님도 알고 계십니까? 댁으로 가셔서 주무시는 게 좋지 않을까요?"

공 실장이 우회적으로 반대의사를 밝혔지만 한영은 과장되게 코고는 소리를 내며 잠든 척을 했다. 황당한 눈길로 흘겨보던 공 실장이 고개를 좌우로 흔들어대며 밖으로 나갔다.

1층 거실로 내려온 공 실장은 곧장 이경에게 전화를 걸었다.

그 시각, 호텔에서 벗어난 이경은 보르게세 미술관의 아트 딜러를 만나기 위해 보르게세 공원으로 가는 택시 안에 앉아 있었다. 거구의 택시기사가 백미러를 흘끔거리며, 산책이라도 나온 듯 간편한 트레이닝복 차림을 하고 있는 동양인을 탐색하듯 엿보고 있었다.

"대표님 속히 귀국하셔야 할 것 같은데요."

휴대폰을 귀에 대자 공 실장의 다급한 목소리가 이경의 귓전을 울렸다.

"실장님, 잠은 주무신 겁니까? 지금쯤이면 한국은 새벽 서너 시 정도밖에 안 됐을 텐데."

이경이 우려스럽다는 듯 말했다.

"지금 잠이 문제가 아닙니다. 한영 도련님이 오셨습니다."

"김한영이? 그 자가 한국엔 왜요?"

"저야 모르죠. 오랜만에 왔는데 사촌동생 보고 간다며 아예 대표님 집에 짐 풀고 누웠어요."

"별일이네. 왜 하필 내 집에서……?"

이경이 인상을 찌푸리며 내뱉었다.

"대표님은 언제쯤 귀국하실 건데요?"

"그건 지금 말씀드리기가 곤란한데요. 지금 아트 딜러와 미팅하러 가는 중이에요. 이후 진행 상황 봐서 알려드리죠."

"아니 지금 아트 딜러 미팅에 신경 쓸 때가 아니라니까요. 한영 도련님이 아닌 밤중에 홍두깨처럼 갤러리로 쳐들어왔단 말입니다. 대표님의 후계자 자리를 호시탐탐 노리는 분이 하필 대표님이 자리 비웠을 때 불쑥 나타난 것은, 뭔가 속셈이 있어 보인단 말이죠."

"난 지금 김한영이 속셈보다 곧 만나게 될 아트 딜러의 속셈을
알아내는 게 더 급해요. 그리고 내가 아는 김한영은 로얄 그룹
후계자 따위에 별 관심 없을 거예요. 건축을 예술의 경지로 끌어
올린 장인정신이 충만한 인간이라면 그런 자리에 연연하지 않아
요. 재수 없는 인간이지만 인정해줄 만한 예술가잖아요. 그러니
염려 놓으시고 어디 가서서 눈 좀 붙이세요. 미팅 끝나고 연락드
릴 테니……."

공 실장은 우직한 성품답게 여전히 경계심을 풀지 못하고 뭐라
중얼거리며 전화를 끊었다.

이경은 차창으로 스쳐 지나가는 로마의 저녁 풍경을 건성으로
훑으며 김한영에 대한 생각에 잠겨 있었다. 도무지 속을 알 수
없는 인물이었다. 이경이 데스워치로 확인한 바로는 김한영임이
분명했고, 수명도 80대 중반을 가리키고 있었다. 문제는 한영에
게서 종종 데스워치 오작동 현상이 목격된다는 것이다. 얼마 전
비스트로 방화사건 때 승지에게서 그러했듯 한영에게도 종종 엉
뚱한 이름과 나이가 떠오르곤 했다. 이경이 판단하기에는, 절대
로 일반적이지는 않은 인간이었다. 그보다 더 의문스럽고 짜증
스러운 것은 그가 이경의 행보에 집요한 관심을 보인다는 점이
었다. 공 실장이 계속 의혹과 경계의 시선을 거두지 못하는 것도

이 때문이었다.

한영은 이경이 세계 각지에서 들여오는 컬렉션 리스트에 유독 관심을 보였다. 건축가로서 갖는 단순한 관심으로 치부하기에는 지나치다 싶은 면이 많았다. 관심을 넘어, 은근히 참견하기도 하고 가끔은 훈수도 두면서 이경의 일에 개입하려는 경향을 자주 노출했던 것이다. 물론 한영의 그런 참견과 훈수에 도움을 받은 적도 여러 번이었다. 이경이 한영을 경계하면서도 누군가 그를 공격하면 방패막이가 돼주는 이유이기도 했다.

인적이 드문 보르게세 공원의 한 벤치. 먼저 와있던 보르게세 미술관의 아트 딜러 마르코 갈로파가 저만치서 여유자적 걸어오는 이경을 보고 손을 흔들며 일어섰다. 성긴 머리칼에 잘 다듬은 턱수염이 인상적인 50대 중반의 사내로, 유럽 전역을 무대로 활동하는 세계적인 아트 딜러였다. 벌써 이경과 대여섯 차례 거래를 해온 터라, 서로의 관심과 취향은 물론 갤러리 로마 컬렉션의 내밀한 리스트까지 공개하고 지내온 사이였다.

마르코는 파리로 운송 중에 사라진 두 개의 큐피드상도 지금쯤 갤러리 로마의 비밀저장고로 옮겨졌을 거라고 미루어 짐작하고 있었다. 마르코가 아는 한, 그처럼 감쪽같이 일을 처리할 수 있는 사람은 현이경밖에 없었다. 하지만 모른 척하는 수밖에 없었다. 이경의 비밀은 곧 그가 지켜줘야 하는 비밀이기도 했다. 이경은 마르코 갈로파의 최대 고객이었고, 때로는 그의 불법적인 거래에 브로커로서 동참한 적도 있었기 때문이다. 사실 오늘 이경과 만나자고 한 것도 같은 이유에서였다.

이경이 옆에 앉자마자 마르코가 서류봉투 하나를 건넸다. 이경은 바로 봉투의 내용물을 꺼내 확인했다. 50캐럿의 루비가 세팅된 반지를 여러 각도에서 접사로 촬영한 사진들이었다. 이경은 어느 보석세공사의 혼이 깃든 '행운의 보석' 루비를 뚫어져라 쳐다보았다. 그러자 큐피드의 활과 화살 표식이 번쩍 하고 떠올랐다가 일순 자취를 감췄다. 이경이 찾아야할 아홉 개의 성물 중 7번째 타깃, 아테나의 성물인 '지혜의 눈'이 사진으로나마 모습을 드러내는 순간이었다. 이경이 흥분한 목소리로 말했다.

"맞네요. 제가 찾던 큐피드의 심장! 어디서 나온 겁니까?"

"정확한 경로는 알려진 바 없고, 확실한 건 1년 전쯤인가 그린란드에서 유럽의 어느 왕족한테 넘어온 거라고 하더라고. 보석업계에 떠도는 소문으로는 한 스코틀랜드 왕족의 손에 넘어간 건데, 필립 공작이 그걸 구입했고, 이번에 어떤 정체 모를 금발머리 여자에게 청혼하면서 반지로 주문제작을 의뢰했다나 봐.

왕가의 예물로 쓰인 덕에 그 가치가 두 배로 높아진 셈이지. 왕의 권위와 품격까지 갖추게 된 격이랄까."

"필립 공작이라면……?"

"필립 웰레스! 말도 많고 탈도 많은 왕족의 후예. 항간에는 동성애자라는 소문이 파다하게 떠돌고 있기도 하고. 그런 소문이 나돌 때마다 영국 왕실까지 나서서 영향력을 행사했던 걸로 알고 있어. 어차피 왕실의 결혼은 일종의 전시효과를 우선으로 생각하게 마련이잖아. 실체 없는 사랑은 그 베일 뒤편에서 숨죽이고 있는 법이지. 그러다 어느 날 갑자기 추문의 온상으로 떠오르기도 하고. 현 대표야 뭐, 그런 거에 상관없이 목표물만 손에 넣으면 되겠지만 말야."

"맞습니다. 아무튼, 지금 상황은 제가 스코틀랜드의 왕궁으로 가야 하는 운명인 거네요?"

이경이 난처한 기색을 드러내며 물었다. 마르코가 씨익 웃으며 말했다.

"다행이 그럴 것까진 없고……."

마르코가 재킷 안주머니에서 작은 봉투를 꺼내며 덧붙여 말했다.

"자, 이거 열어봐."

이경이 봉투를 받으며 짓궂은 어투로 뇌까렸다.

"봉투 좋아하시는 건 여전하시네."

"서류가방, 쇼핑백, 사과상자 등도 여전히 좋아하지. 현 대표도 애용자 아닌가?"

두 사람이 마주보고 웃었다.

"현 대표! 이거 되게 어렵게 구한 거야."

진지한 표정으로 돌아선 마르코가 말했다.

이경이 서둘러 봉투를 열었다. 안에서 나온 것은 금박으로 장식된 파티 초대장이었다. 놀랍게도 필립 공작의 사인과 왕실의 문장이 찍힌 초대장이었다.

"감동이지? 크루즈 선상에서 벌어지는 필립과 매기 브라운의 약혼기념 파티."

"그런데 이거…… 오늘밤에 하는 거잖아요?"

"그래서 내가 현 대표를 급히 호출한 거 아니겠어? 열 시부터 시작이니까 두 시간 정도밖에 안 남았어. 루비를 직접 볼 수 있는 절호의 기회니까 잘 해봐."

마르코는 잠시 기다리라고 하고는 어딘가로 급히 전화를 걸었다. 몇 마디 말로 간단히 통화를 마친 그가 일단 공원 밖으로 나가자고 제안했다.

두 사람이 막 공원 입구로 나왔을 때 리무진 한 대가 그들 쪽으로 다가왔다. 롤스로이스 팬텀이었다. 팬텀이 두 사람 바로 옆에 멈춰 섰고, 운전석 문이 열리며 기사가 모습을 드러냈다.

"타이밍 죽이네요."

마르코가 기사에게 손을 들어 보이며 말했다. 이경이 무슨 영문인지 모르겠다는 듯 그를 쳐다보았다.

"현 대표 시간에 쫓길까봐 내가 미리 준비해봤어. 현 대표 격에 맞게, 영국 여왕께서 애용하신다는 벤틀리로 하고 싶었는데, 적당한 게 없더군."

마르코가 한쪽 눈을 찡긋해 보였다.

"역시! 내가 이래서 마르코 선생을 존경한다니까."

이경이 오른손 엄지를 치켜세우며 말했다. 진심으로 감동한 눈치였다. 마르코가 그깟 입에 발린 소리 그만하고 얼른 차에 오르라고 손짓했다. 이경이 고개를 끄덕이며 리무진에 올랐다. 마르코가 만족스러운 얼굴로 계속 말을 이었다.

"죽이지? 우리 미술관의 최상급 콜렉터들 모실 때 자주 활용하는 리무진이니까 만족할 거야. 그런데 이거 어쩌나. 내가 급히 턱시도랑 파티용 드레스 몇 벌까지는 안에 구비해 놨거든. 문제는 그 드레스 차림으로 현 대표와 동행할 만한 파트너를 미처 구하지 못한 거야. 가다가 현 대표 맘에 드는 여성 있으면 꼬셔봐. 현 대표 약혼녀한테는 비밀로 해주지."

마르코가 껄껄 웃어젖히며 도어를 닫아주었다.

"어디로 모실까요?"

노련하고 능숙한 집사처럼 보이는 기사가 정중한 어조로 물었다. 순간 한 여자의 얼굴과 미소가 이경의 머릿속에 떠올랐다. 그녀가 베네치아 광장 주변에 있는 한 여행자 숙소에 거주하고 있다는 말을 들은 기억도 언뜻 스쳐갔다. 그렇다. 그녀는 바로 강하다 투어의 현지가이드 윤승지였다.

"당연히 신데렐라를 만나러 가야겠죠? 일단 베네치아 광장으로 가주시면 됩니다."

이경이 싱긋 웃으며 말했다. 그리고는 휴대폰을 꺼내 승지와 통화를 시도했다.

승지의 퇴근길, 로마의 휴일에 들러 삼각피자를 사들고 가는 그녀의 휴대폰이 울렸다. 순간 승지는 가슴이 덜컥 내려앉는 기분이었다. 퇴근길에 불쑥 걸려오는 전화는 고객들이 불만을 토로하는 전화일 가능성이 컸다.

하지만 이번엔 아니었다. 승지가 휴대폰 화면을 확인했다. 현

이경이다. 그녀의 심장이 덜컹하더니 빠르게 뛰기 시작했다. 승지는 심호흡을 하고나서 전화를 받았다.

"대표님, 무사히 귀국하셨나요?"

"웬걸? 나 아직 로마에 있어."

"왜요? 아직 국정원 비밀업무가 남았나 보죠?"

승지는 짐짓 놀란 표정을 하고 있지만, 얼굴에 번져가는 반가움의 기색을 감추지 못한다. 이경은 대뜸 만나자고 제안했다. 당장 만나야 한다며 저돌적으로 밀어붙였다. 그 저돌성이 싫진 않았지만 승지는 왠지 모를 불안감을 느꼈다. 그녀가 말했다.

"곤란해요. 고객과 개인적으로 만나는 것도 규정에 어긋나는 일이라서."

"나 지금 고객의 자격으로 말하는 거 아닌데."

"그럼 더더욱 만날 이유가 없네요, 뭐."

승지가 심드렁한 어투로 말했다. 그녀의 마음과는 다른 말이었다. 하지만 현이경은 마음에 이끌리는 대로 따라갈 수 없는 상대였다. 그녀와는 다른 세상에 사는 사람이다. 그와의 추억은 한 번으로 족하다. 그녀가 아쉬움을 삼키며 수없이 되뇐 말이었다.

"지금 베네치아 광장으로 가는 길이거든. 승지 씨 그 근처에서 지낸다고 하지 않았나?"

"제가 언제요?"

이경의 화술에 말리는 기분을 느낀 승지가 긴장을 드러내며 물었다.

"장소는 토마스 주교의 별장. 오디오에 피터 핑거 음반 걸어놓고 소파에 누워 말했지. 생각 안나?"

맞다. 그녀도 생각난다. 성능 좋은 고급 오디오를 통해 듣는 피터 핑거의 리드미컬한 연주에 긴장을 풀어버린 탓이었다. 아련한 추억의 갈피에 고이 접어두려 했던 그와의 추억이 그녀의 현실 속으로 스멀스멀 기어들기 시작했다.

"이번엔 파티에 온 기분을 느끼게 해줄 수 있는데."

이경이 능글맞은 목소리로 말했다. 은근히 유혹적으로 들리는 소리였다.

"파티요?"

승지가 구미가 당긴다는 듯 물었다.

"그래, 파티. 무려 스코틀랜드 왕족이 주최하는 파티야. 같이 영화 한 편 더 찍어보자고."

"지난번처럼 미스터리 스릴러물인가요? 그렇다면 사양할게요."

"아냐. 이번 건 멜로에 가까워."

"그렇다면 약혼녀랑 같이 찍으셔야죠."

승지가 말꼬리를 길게 늘이며 놀리듯 말했다. 어느새 이경과의 밀당에 재미를 붙인 것이다. 이경의 목소리에도 흥이 실려 나왔다.

"아냐, 유안나는 멜로보단 로맨틱코미디 쪽이지."

"제가 거기 참석하는 게 오히려 코미디 같은데요. 무려 왕족의 파티에 저 같은 일반 평민이 어찌 감히……."

"승지 씨야말로 이 영화의 주연으로 제격이야. 컨셉이 신데렐라거든."

"그럼 해피엔딩이겠네요?"

"엔딩이야 뭐…… 나와 함께라면 언제나 해피엔딩이지."

"그럼, 신데렐라의 호박마차는 준비됐나요? 저는 자정이 되기 전에 파티장에서 나와야겠네요?"

이런 식의 시시껄렁한 대화가 10분 가까이 이어졌다. 그런데 그새 묘한 일이 벌어졌다. 숙소로 가던 승지의 발걸음이 엉뚱한 곳을 향하고 있었다. 자기도 모르게 베네치아 광장 쪽으로 가고 있었던 것이다. 골목에서 벗어나 광장이 바라다 보이는 곳에 도착한 뒤에야 승지는 길을 잘못 들었다는 사실을 깨달았다. 그녀가 다시 걸음을 돌리려고 할 때였다. 막 광장으로 진입하는 리무진 한 대가 눈에 띄었다.

"어! 방금 광장에 웬 리무진이 등장했네요."

"어! 나도 웬 낯익은 여자가 눈에 띄는데?"

이경이 차창을 열고 손을 길게 내뻗으며 말했다. 그가 이경이라는 걸 알게 된 승지가 손을 번쩍 들었다가 슬그머니 내려뜨렸다. 기뻐해야할지 화를 내야 할지 알 수 없어서였다.

"오늘은 로마의 휴일이요."

리무진에서 내린 이경이 영화 〈로마의 휴일〉에 나온 그레고리 펙의 대사 한 마디를 흉내 내며 말했다. 승지가 선망하는, 꿈의 대사였다. 하지만 왜 현이경 같은 사람이 내게 이런 식의 이벤트를 베푼단 말인가. 승지는 자신이 이경에게 놀림당하고 있는지도 모른다는 의심을 품었다. 그녀가 뒤로 주춤 물러서며 말했다.

"혹시 이거……."

"맞아, 데이트 신청."

이경이 그녀 앞으로 두어 발짝 다가서며 말했다. 그가 뒷좌석 문을 열어주며 말을 이었다.

"오늘 밤만큼은 알 수 없는 우연과 이루지 못할 가능성에 기대 보자고."

로맨틱하면서도 뭔가 알쏭달쏭하게 다가오는 말이었다. 승지는 잠시 곤혹스러운 표정으로 서 있다가 할 수 없다는 듯 차에 올랐다. 알 수 없는 우연과 가혹한 운명의 장난이 다시 그를 만나게 한 것 같다고 승지는 생각했다.

리무진은 크루즈가 정박해 있는 치비타베키아 항구를 향해 달렸다.

신데렐라의 비밀

10만 톤급 크루즈 판타지아호의 대연회장.

필립 공작과 매기 브라운의 약혼기념 파티가 펼쳐지고 있었다. 예식이 진행되는 무대 앞쪽 테이블을 차지한 이경은 매기 브라운의 손가락에 끼워지는 '큐피드의 심장'을 확인했다. 틀림없는 진품이었다. 파티에 참석한 여성 게스트들의 입에서 탄성이 새어나왔다. 금발머리 매기 브라운의 미모 때문이 아니었다. 반지에 대한 욕망, 그 반지를 소유하게 된 행운의 여성, 매기 브라운에 대한 부러움과 시샘이 쏟아내는 탄성이었다.

이경과 마주보고 앉은 승지는 담담한 표정으로 왕족의 사치스러운 행사를 묵묵히 지켜보았다. 그녀로서는 영 어색하고 불편한 자리였다. 등과 가슴이 깊게 파인 칵테일 드레스는 일 년 내

내 평상복처럼 입고 지낸다 해도 적응할 수 없을 것 같았다. 그 저 얼른 청바지와 티셔츠 차림으로 돌아가고 싶은 생각이 간절했다. 럭셔리하고 화려한 치장을 과시하는 듯한 손님들도 그녀를 주눅 들게 했고, 파티의 귀족적인 분위기는 너무도 비현실적이어서 별다른 감흥을 느끼지 못했다. 식탁에 차려진 산해진미와 고급 와인의 맛조차 여유롭게 음미할 수 없었다. 그럼에도 이경은 온통 반지에만 신경을 기울이느라 승지의 그런 심사를 헤아려줄 만한 여유가 없었다.

그나마 다행인 것은 뭔가 승지의 호기심을 자극하는 요인이 한 가지 있다는 것이었다. 바로 자연스럽게 웃는 법을 잃어버린 듯한 필립 웰레스의 부자연스러운 태도와 무덤덤한 표정이었다. 그에게선 생애 최고의 날을 누리는 자의 들뜬 기분과 행복한 기운은 찾을 수 없었다. 주위의 분위기에 휩쓸려 또는 부모의 강압에 못 이겨 어쩔 수 없는 인연의 사슬에 포획돼버린 한 남자의 미묘한 슬픔이 연상될 정도였다. 어딘지 유약해 보이는 필립의 여성적인 면모가 승지의 그런 추측을 더욱 부풀리고 있었다. 하지만 승지의 관심과 호기심도 거기서 그만 멈춰야 했다. 간단한 예식이 끝나고, 연회장에 모인 사람들 모두 갑판에 마련된 파티장으로 이동해야 했기 때문이다.

"보석에도 관심이 많나 봐요? 아까 보니까 무슨 보석경매장에 와있는 사람 같던데."

승지가 은근한 말투로 이경의 무성의함을 꼬집었다.

"미안. 내가 좀 그랬지? 사실 보석 따위엔 별 관심 없는데, 이 루비만큼은 왠지 모르게 관심이 가네."

이경이 승지의 드러난 맨 어깨에 가볍게 손을 얹으며 말했다. 승지가 어깨를 움츠리며 물었다.

"설마 그거 땜에 여기 오신 건 아닐 테고, 필립 공작하고도 아는 사이예요?"

승지의 예리한 질문에 이경이 난처한 기색을 보였다. 이경의 두뇌회전이 빨라졌다. 순간적으로 마르코 갈로파가 들려준 필립 공작의 소문에 대한 얘기가 떠올랐다. 머뭇거리던 그가 무심한 표정으로 입을 열었다.

"3년 전쯤 필립 공이 우리 갤러리를 방문한 적이 있었어. 우리 소장품 중에 스코틀랜드 왕족의 초상화 몇 점이 포함되어 있었는데, 그걸 보러왔지. 그런데 정작 그 작품들을 보고나서는 무척 실망한 눈치였어."

"왜죠? 갤러리 로마의 소장품이라면 최상급이었을 텐데."

"물론이지. 고마워."

이경이 잠시 말을 멈췄다가 다시 입을 열었다.

"혹시 그중에 메리 스튜어트 여왕이나 제임스 1세의 초상이 있지 않을까 기대하고 왔는데, 없었던 거지."

"메리 스튜어트와 제임스 1세라면 모자 관계였잖아요? 둘 다 비운의 러브스토리로 유명하죠. 메리 스튜어트는 왕이 죽고 젊은 나이에 홀로 되자, 주변 남자들의 품을 오가며 순간의 정열을 불태우며 살죠. 그러다 귀족들에 의해 폐위되어 단두대의 이슬로 사라진 비운의 여왕으로 기록되었고……. 그의 아들 제임스 1세는 한 살 나이에 어머니의 뒤를 이어 왕위에 오르고, '철의 여인'이라 불린 잉글랜드 여왕 엘리자베스 1세가 후세 없이 죽자 6촌 손자로서 그 왕위마저 계승하면서 유럽을 호령하는 권력의 정점에 서게 되지만, 그에게도 엇갈린 사랑이라는 감정의 아킬레스건이 있었으니……."

"맞아. 제임스 1세는 형식적인 결혼관계를 유지하면서 아예 드러내놓고 동성애 기질을 표출하셨지. 사람들이 보는 앞에서도 동성 연인을 기탄없이 껴안고 애무하고 그랬다니깐. 어쩌면 그가 왕권신수설을 주창한 것도 그런 동성애의 향연을 마음껏 누리기 위해서였는지도 모르지."

이경이 쾌활한 어조로 말했다. 파트너로 동행한 승지와 대화의 궁합이 척척 맞는다는 느낌 때문이었다. '다투라' 작전을 벌일 때와도 같은 느낌이었다. 이경은 그러면서도 유독 마음에 걸리는 게 한 가지 있었다. 일이 너무 급히 진행되는 바람에 마땅히 챙겼어야 할 정보를 놓친 것이었다. 필립 공작의 갤러리 방문 얘기는 물론 이경이 꾸며낸 스토리였다. 그런데 대충 얼버무리듯 지어낸 그 이야기 속에서 뭔지 모를 진실의 눈이 번뜩이는 느낌이 언뜻 들었다. 동성애자로 의심받고 있다는 필립 공작에 대한 소문이 떠올라서였다. 신기하게도, 승지도 이경과 같은 생각을 하고 있는 눈치였다. 그녀가 의미심장한 목소리로 물었다.

"그런데 왜 필립 공작은 그 두 왕족에게 유독 관심을 보였을까요? 그쪽 가문 출신인가요?"

"어…… 그건 아닐 거야. 그냥 개인적인 관심이라고 보는 게 맞을 거야."

"혹시 저 사람도 동성애자인 건가?"

승지가 저만치 앞에서 막 엘리베이터에 오르고 있는 필립 공작 일행을 의심어린 눈길로 좇으며 물었다. 이경은 다시금 승지의 남다른 안목과 놀라운 혜안에 내심 감탄했다. 그다지 눈에 띄는 외모를 타고나진 못한 여자였다. 하지만 영리하고 민첩한 두뇌가 그런 외모를 매력적으로 돋보이게 하는 것 같았다. 이경은 문득 그런 충동을 느꼈다. 승지를 부하직원으로 곁에 두고 싶다는.

"글쎄…… 동성애자라는 소문이 떠돈단 얘긴 들었어."

"아까부터 줄곧 지켜봤는데, 저분 전혀 행복해하는 눈치가 아니었어요. 뭔가 억지로 떠밀려서 하는 것 같은 느낌? 그 소문이 진실이라면, 이 약혼식은 위장일 뿐이에요. 조만간 벌어질 결혼식도 그렇고. 제임스 1세의 전례를 밟게 되는 거죠. 다른 게 있다면 제임스 1세처럼 강력한 왕권을 갖지 못했다는 것. 그래서 커밍아웃을 할 수도 없는 처지라는 것!"

"너무 앞서가는 거 아닐까?"

추측으로 시작된 자신의 스토리를 완결하려는 듯, 거침없이 말하는 승지의 기세에 약간 기가 질린 이경이 고개를 갸웃 하며 말했다. 하지만 그도 그럴듯한 논리 속에서 전개되는 승지의 얘기에 크게 공감하고 있었다. 그걸 알아차린 승지는 흥에 겨운 듯 더욱 기세를 올렸다.

"더 앞서가 볼까요? 제 추측이 맞다면, 매기 브라운이라는 저 멍청해 보이는 여자는 50캐럿 루비반지에 팔려가는 중이고……."

승지가 깔깔거리며 웃었다. 통쾌함이 배어나는 웃음이었다. 이경은 순간 아차 싶었다. 사진자료를 건네면서 마르코 갈로파는 매기 브라운을 정체 모를 여자라고 말했었다. 그 정체가 사뭇 궁금해지는 순간이었다. 만약 필립 공작 측에서 결혼 이벤트를 위해 매기 브라운이 아닌 여자를 매기 브라운으로 신분을 세탁해줬다면, 그 비밀의 위장망 속에서 어떤 음모의 싹이 돋아날지 아무도 알 수 없었다. 존엄한 지위에 있는 자들은 그 지위를 유지하기 위해 애쓰는 과정에서 많은 사연과 비밀을 잉태하게 마련이다. 그 비밀은 세속의 욕망을 실현하고자 하는 자들에게 롤러코스터처럼 아찔한 비밀의 무기가 될 수 있다. 기회만 닥치면 언제든, 어둠 깊이 감춰진 비밀이 음모의 싹으로 발아하게 되는 것이다.

이경과 승지가 갑판으로 나왔을 때, 오색찬란한 레이저 조명으로 눈부시게 빛나는 파티장이 눈에 들어왔다. 크루즈 전체가 환상적인 빛의 섬처럼 둥실 떠있었다. 선두 쪽에 널따란 원형무대가 설치되어 있고, 그 앞으로 십(十)자 형태의 무대가 길게 펼쳐져 있었다. 웅장한 패션쇼 무대를 연상케 하는 무대장치였다. 원형 무대 뒤편에 자리한 16인조 오케스트라가 중후한 듯 경쾌한 리듬의 무곡을 연주 중이었다. 손님들은 십자무대 주변에 배치된 좌석에 앉아 오케스트라 연주에 맞춰 손가락으로 탁자를 톡톡 두드리거나 어깨를 흔들며, 곧 펼쳐질 공연에 대한 기대로 잔뜩 부풀어 있었다. 승지 역시 마찬가지였다. 그녀는 주위를 두리 번거리며 현란한 빛의 잔치를 홀린 듯 바라보다가, 탁자에 놓인 공연 프로그램을 기대에 찬 눈길로 훑어보고 있었다.

그러나 이경은 파티의 흥취와 공연의 감흥을 즐길 여지가 없 었다. 그의 시선은 줄곧 매기 브라운에게 꽂혀 있었다. 그녀의 일거수일투족을 하나라도 놓칠세라, 한곳을 비추도록 고정된 CCTV카메라처럼 집요하게 물고 늘어지는 눈길이었다.

'매기 브라운, 27' 이경이 파티장에 들어서자마자 데스워치로 알아낸 매기 브라운의 이름과 수명이었다. 승지와 같은 나이였 다. 실제로도 27세 전후의 여자로 보였다. 그런 여자의 수명이 27세라니. 음산한 죽음의 사자가 그녀 주변을 감돌고 있는 느낌 이었다. 누군가 매기의 목숨을 노리고 있을지도 몰랐다. 만약 매 기의 반지를 노리고 파티현장에 침입한 범죄자들이 그들 계획에 성공한다면, 이경에게 치명적인 낭패를 안길 수도 있었다. 큐피 드의 심장이 비밀조직의 손아귀에 넘어가기라도 하면, 이경의 미션수행은 불가능의 장벽에 가로막히고 말 터였다.

이경은 주머니에서 휴대폰을 꺼내 안나에게 급히 메시지를 날 렸다. 필립 공작의 소문과 팩트, 필립의 피앙새로 알려진 매기 브라운의 실체에 대한 정보를 요청하는 내용이었다. 그녀에게 다시 이런 부탁을 한다는 게 내키지 않았지만, 상황이 너무 급박한지라 다른 도리가 없었다.

파티장의 조명이 하나둘 꺼지기 시작했다. 갑판 전체가 어둠에 휩싸였다. 어둠과 함께 정적이 찾아왔다. 손님들의 기침소리와 두런두런한 속삭임이 여기저기서 들려왔다. 그때쯤 원형무대에 핀조명 하나가 번쩍 켜졌다. 사회자의 등장이었다. 오케스트라가 팡파레를 울리고, 관객들이 일제히 박수와 환호를 보냈다. 사회자는 오늘의 주인공인 필립 공작과 매기 브라운에게 축하의 박수를 보내도록 유도했다. 두 주인공이 자리에서 일어나 하객들에게 고개 숙여 답례했다.

첫 출연자로 등장한 가수는 이탈리아의 팝페라 가수인 알레산드로 사피나였다. 사회자가 이탈리아의 국민가수라고 소개한 가수였다. 첫 곡은 〈Foolish Love〉.

"와아! 나 저 노래 아는데!"

오케스트라의 전주곡이 흐르자마자 승지가 엉덩이를 들썩이며 외쳤다. 드라마 〈대장금〉에서 하망연何茫然이라는 제목으로 번안돼 OST로 사용되면서 더욱 유명해진 곡이었다. 승지는 콧노래를 부르듯 알레산드로 사피나의 노래를 따라 부르기 시작했다.

"그거 봐. 여기 오길 잘했지?"

이경은 잠시 승지를 사랑스러운 눈길로 쳐다보았다. 그녀와 함께 파티의 흥을 즐길 수 없다는 게 안타까웠다.

사람들 모두 이탈리아 국민가수의 공연에 흠뻑 젖어가고 있었다. 그 틈을 타서 파티 주최 측이 모여 앉은 곳으로 그림자처럼 다가가는 한 사내가 있었다. 승무원 차림을 하고 있었고, 암갈색의 짧은 머리에 우뚝 솟은 콧날, 완강해 보이는 턱이 인상적이었다. 노동과 운동으로 다져왔을 몸매는 균형 잡혀 있었고, 갸름한 얼굴에 섬세한 턱선, 파르라니 깎은 턱수염의 흔적……. 여성들의 허랑한 마음을 단번에 흔들어놓을 만큼 매력적인 겉모습이었다. 그러나 딱딱하게 굳어있는 표정과 서늘한 눈매가 어딘지 모르게 불온한 기운을 내뿜고 있었다.

뭔가 안 좋은 예감에 사로잡힌 이경은 그 사내를 수상쩍은 눈길로 주시하고 있었다. 사내가 오른손을 슬쩍 들어 올려 누군가에게 신호를 보내는 듯한 동작을 취했다. 그 신호를 금방 알아차린 사람은, 바로 매기 브라운이었다. 두 사람의 눈길이 허공에서 마주쳤다. 일순 매기의 얼굴이 서늘하게 굳으며 급작스런 통증에 휩싸인 듯 흉하게 일그러졌다. 사내가 고개를 오른쪽으로 살짝 틀었다. 위협적인 기운이 느껴지는 제스처였다. 음모의 냄새가 짙어지고 있었다.

매기 브라운이 당혹스러워하며 뒷목을 감아쥔 채 고개를 두어 번 흔들었다. 그러자 사내가 셔츠 주머니에서 사진 한 장을 꺼내 허공에 흔들었다. 사내의 입가에 음산한 미소가 드리워졌다. 알 레산드로 사피노의 노래가 절정을 달리고 있었다. 음향, 조명, 무대, 연출까지 완벽하게 조율된 환상적인 무대, 마력적인 공연 이었다. 마력의 음률이 모든 관객들을 휘어잡고 있는 가운데, 불 길한 기운이 음험하게 꿈틀거리고 있는 것이다. 이경은 휴대폰 을 꺼내 사진을 찍는 척하며 안나에게 작업을 서둘러달라는 메 시지를 전송했다.

매기 브라운이 고개를 기울여 필립 공작과 귓속말을 나눴다. 필립이 안쓰러운 눈길로 매기의 손과 뺨을 어루만지다 가볍게 키스했다. 매기가 손을 이마에 대고 얼굴을 찡그리며 일어섰다. 그녀가 움직이자 사내도 움직이기 시작했다. 이경도 움직여야 할 때였다. 이경은 급히 통화할 일이 있다며 승지에게 양해를 구 하고 자리에서 일어섰다.

사내가 공연장 밖으로 벗어났다. 매기가 그 뒤를 따르고, 이경 은 그녀 뒤를 좇고 있는 형국이었다. 사내는 선실 층으로 이어진 계단을 타고 내려가 10층 통로에 도착했다. 6층에서 10층까지가 선실 층이었다. 파티에 초청한 귀빈들을 위해 10층 전체 선실을 예약했다고 들었다. 80퍼센트가 발코니가 있는 방들이었다.

사내가 문득 걸음을 멈추고 계단 쪽에서 들려오는 소리에 귀를 기울였다. 조심조심 계단을 내려오는 매기의 하이힐 소리가 또각, 또각, 편자 박힌 말발굽 소리처럼 울렸다. 잠시 뒤 피곤하고 지친 얼굴을 한 매기 브라운이 10층 통로에 들어섰다. 사내가 계속 따라오라는 듯 고개를 살짝 틀며 다시 걸음을 옮겼다. 이경은 위쪽 계단에 멈춰 서서 취한 사람처럼 흔들거리며 난간에 기대있었다.

사내가 뱃머리 쪽에 가까운 선실 문을 열고 쏙 들어갔다. 문을 조금 열어둔 채였다. 매기 브라운이 문고리를 잡고 돌렸다. 그녀가 안으로 들어가기 전에 통로 쪽을 흘낏 바라보았다. 그녀와 눈이 마주친 순간 이경은 취한 듯 비틀거리며 바닥에 털썩 주저앉았다. 고개를 들자 매기 브라운이 시야에서 사라졌다. 철컥, 잠금장치가 홈에 걸리는 소리가 났다. 뒤이어 들려오는 누군가의 비명과 신음소리.

이경은 소스라치듯 몸을 일으켰다. 어설픈 취객 연기에 빠져 있을 때가 아니었다. 이경은 다급하게 두 사람이 사라진 선실로 걸어갔다.

이경은 출입문에 귀를 바짝 대고 안의 기척을 살폈다. 숨죽인 음성으로 몇 마디 대화를 나누며 부산하게 움직이는 소리가 귀에 희미하게 잡혔다. 이윽고 모든 소리가 잦아들었다. 사위가 쥐죽은 듯 고요했다. 지금은 대부분의 선실이 텅텅 비어 있을 터였다.

하이힐 소리가 출입문 가까이 다가오는 소리가 들렸다. 이경은 급히 통로 쪽으로 자리를 옮겨 벽에 등을 대고 앉아, 고개를 푹 숙였다. 그때 선실 문이 덜컥 열렸다. 이경은 고개를 위로 들어 올리고 선실 쪽을 흘끔거렸다. 여자가 나왔다. 그녀, 매기 브라운이었다. 문틈으로 문제의 사내가 살짝 모습을 드러냈다. 그 짧은 순간, 매기 브라운이 상체를 살짝 기울여 사내의 뺨에 키스를 하는 모습이 보였다. 꽤나 대담하고 농밀한, 연인들이나 나눌 수 있는 키스였다. 분위기가 반전된 건가? 어쩌면 저 둘은 과거에 연인이었을지도 모른다고 이경은 생각했다.

매기 브라운이 통로를 따라 걸어 나오기 시작했다. 사내가 고개를 내밀고 여자의 뒷모습을 살폈다. 취한 몰골로 통로 벽에 기대앉은 이경을 발견한 사내가 예리한 눈길을 번뜩거렸다. 사내가 문을 쾅 닫고 거칠게 자물쇠를 채웠다. 매기 브라운과의 거리가 점점 가까워지고 있었다. 매기 브라운의 헤어스타일, 똑같은 드레스와 액세서리, 문제의 반지까지…… 틀림없는 매기 브라운이었다.

그런데…… 아니었다. 데스위치의 이름을 확인한 이경이 자기도 모르게 "어, 어!" 소리를 흘렸다. 여자의 이름은 케이트 브라운. 도플갱어일까? 그게 아니라면……. 이경이 혼란스러운 의문에 잠겨 있을 때 그녀가 바로 앞에서 우뚝 걸음을 멈췄다.

"축하해요, 매기! 필립은 행운아예요. 이런 미인을 얻다니."

이경이 손을 흔들며 취한 목소리로 말을 건넸다. 그녀가 웃음 띤 얼굴로 화답했다.

"고마워요. 사실 제 취향은……."

여자가 이경의 귀 가까이 입을 대고 말을 이었다.

"당신 같은 분이죠. 멋지네요, 취한 모습도."

여자는 고개를 내려뜨리고 이경의 목덜미에 살짝 입술을 갖다 댔다. 거침없이 대담한 동작이었다. 뜨겁고 불온한 감각에 이경은 자기도 모르게 몸을 부르르 떨었다. 취하지도 않았는데, 술이 확 깨는 기분이었다.

"그럼 안녕, 멋진 신사 분! 가서 좀 쉬도록 해요."

여자가 눈을 한 번 찡긋 해보이며 걸음을 옮기기 시작했다. 이경이 멍하니 뒷모습을 쳐다보는 동안, 그녀는 차츰 시야에서 멀어져갔다. 파티장의 예비신부 자리로 향하고 있으리라. 아무도 몰래 신부가 바뀌어버린 셈이었다.

이경은 잠시 갈등에 잠겼다. 여자의 뒤를 좇아야 할지, 승무원을 가장해서라도 문제의 사내가 들어있는 선실로 들어가 봐야할지 좀체 판단할 수가 없었다. 때마침 안나가 전화를 걸어왔다.

"야, 현이경! 너 대체 뭐하는 새끼야? 남의 여자 뒤까지 캐고 다니는 이유가 뭔데? 설마 그 기집애한테 첫눈에 반하기라도 한 거야? 그래?"

마구 쏘아붙이는 안나의 추궁이 끝없이 이어질 기세였다. 이경이 휴대폰을 귀에서 떼며 선수를 치고 나섰다.

"혹시 매기 브라운에게 쌍둥이 자매가 있지 않아?"

허를 찔린 안나가 흠칫 말을 멈췄다. 이제 그녀는 자백이라도 하듯 그동안 조사해둔 정보를 술술 털어놓을 것이다. 그녀의 질투심과 경쟁 심리를 은근히 자극하는 것, 이경이 안나를 다루는 또 하나의 테크닉이었다.

"현대판 불린Boleyn 자매! 정말 대단한 기집애들이더라. 심지어 매기 걘 신데렐라 실사판이야. 고아 소녀에서 단번에 왕족으로 신분상승한 거잖아."

"브라운 자매가 고아였다고?"

"브리스톨 애슐리 타운에 있는 고아원 출신이던걸? 홋, 거기까진 몰랐나봐?"

"잘난 척은 나중에 하고 얼른 계속 이어가봐."

이경이 초조감을 드러내며 재촉했다.

"어떻게 해서 고아가 됐는지는 모르겠고, 어쨌든 다섯 살 때 고아원에 맡겨졌는데, 열일곱까지 거기서 지낸 걸로 나와 있어. 언니 케이트는 심성이 착해서 동생의 보호자를 자처했나봐. 동생 매기가 머리가 좋고 영리해서 고등학교 졸업 때까지 수재로 이름을 날렸거든. 후원자로 나서는 사람도 몇 명 있었고……."

"그 후원자들 중 하나가 필립 공작이었나?"

"그것까진 알아내지 못했어. 개인 자격의 후원자가 누군지 밝히지 않는 걸 원칙으로 하고 있더라고. 그런 걸 원칙으로 삼다니. 현명하고 감탄스러운 설립자 아냐? 아무튼 언니는 동생의 성공을 위해 희생하기로 결심했어. 하지만 동생의 생각은 달랐어. 매기 이 기집애, 천하에 둘도 없을, 어마어마하게 몹쓸 쌍년이야."

"대체 무슨 일이 있었던 거야, 두 자매한테?"

"매기는 주위의 기대에서 벗어나지 않고 옥스퍼드대학에 합격했어. 필립 공작과 같은 대학이지."

"그럼 옥스퍼드에서부터 시작된 관계인가?"

"바보! 왜이래, 아마추어처럼..좀 더 현실적으로 생각해봐. 노는 물이 다르지 않겠어? 필립은 상위 1%, 매기 브라운은 최하위

1%. 매기 쪽은 주말마다 웨이트리스로 일하며 생활비를 벌어야 했으니까 서로 만날 기회도 없었겠지. 게다가 그 기집애는 다른 남자를 넘보고 있었어."

"다른 남자 누구? 설마 언니의 남자?"

"완전 일일드라마야. 막장도 이 정도로 막장일 수가 없어."

이경의 짐작이 맞았다. 매기는 고아원 시절부터 언니 케이트와 연인 사이를 유지해온 토미 터커와 관계를 가졌다. 토미는 매기를 케이트로 잘못 알고 관계를 가졌다고 했다. 세 번째 관계를 가졌을 때에야 비로소 토미는 모든 사실을 알아차렸다. 그 결과 자매간의 사이도 틀어지고 10년 넘게 연인으로 지내던 토미와 케이트의 관계도 파탄지경에 이르고 말았다. 이후 토미가 선원이 되어 떠나면서 셋은 각자의 길로 뿔뿔이 흩어지게 되었다.

물론 이 얘기에서 어디까지가 진실인지는 알 수 없었다. 얽히고설킨 이들 셋의 관계를 잘 알고 있다고 주장하는 누군가가 SNS에 올린 글을 안나가 급히 해석한 내용에 불과하기 때문이다. 하지만 어두운 과거를 지니고 있는 매기 브라운의 약혼기념 파티, 그 배후에서 벌어지고 있는 음모와 술수의 논리적 근거가 되어주기에는 충분했다. 매기 브라운이 신데렐라로 변신해 나타나면서, 깊은 원한의 강물 속에 가라앉혀둔 케이트와 터커의 복수심이 수면 위로 떠오른 게 아닐까. 파티장에서 매기를 불러내 선실로 유인하고 케이트와 역할을 바꿔치기한 사내는 토미 터커일 거라고 이경은 확신했다.

서둘러야 했다. 이경은 파티장으로 걸음을 옮기며 계속 통화를 이어갔다. 질투와 복수심에 치를 떨며 치밀하게 계획했을 케이트와 토미의 설계도가 어떤 결말을 향해 가는지, 지금쯤 어느 단계가 진행되고 있는지 이경은 전혀 모르고 있었다. 토미의 선실로 들어간 매기 브라운은 어떻게 됐는지, 죽었는지 살았는지조차 알 수 없었다. 그런데 자신을 희생하면서까지 경제적인 뒷받침을 해주고 있는 언니에게 매기 브라운은 왜 그런 짓을 해야만 했을까. 이경은 문득 그런 의문이 치솟았다.

"남몰래 토미 터커를 사랑했던 걸까?"

이경이 안나에게 물었다.

"제까짓 게 무슨 사랑을 알겠어?"

안나가 냉소적인 어투로 뇌까렸다.

"한 남자를 언니와 공유하고 싶었나?"

"미친 년. 아예 자기 걸로 만들려고 했는지도 몰라. 근데, 걸리는 점이 한 가지 있긴 해."

"그게 뭔데?"

"언니가 매춘까지 했다나봐. 한때 제법 잘 나가는 고급 콜걸이었다던데? 뭐, 동생의 학비 때문이었겠지. 순진한 건지, 멍청한 건지, 맹목적인 건지……. 그 사실을 매기가 알아버린 거지. 아마 그 자매들, 거기서 갈라섰을 거야. 그 무렵 백마 탄 왕자님이 매기 브라운 앞에 짠, 하고 나타난 거지. 게이 공작 말야. 자신의 동성애 때문에 골머리를 앓고 있던 집안에서 결혼을 강요하자, 필립 이 새끼가 적당히 이용할 만한 여자로 매기 브라운을 선택했을 테고. 전시효과 좋잖아? 고아원 출신으로 명문대에 진학한 미모의 여자."

아직 추측에 불과하지만, 수긍할 만한 드라마였다. 왕족과의 결혼으로 결론지어지는 매기 브라운의 성공 스토리! 또 하나의 현대판 신데렐라가 요란하게 등장하여 대중의 관심과 호기심을 파고드는 것이다. 그렇다면 필립과 그 가족의 노림수도 여기에 있을 것이다. 대중이 '매기렐라'의 탄생에 환호하고 열광하는 사이 왕족의 명예에 먹칠을 하고 수치와 부끄러움을 안겨줬던 필립의 동성애 전력은 매기 브라운의 침대 밑으로 차츰 가라앉게 될 테니까. 매기 브라운의 처지를 고려하면, 그녀가 왜 기꺼이 필립의 제의를 받아들였을지 짐작할 수 있었다. 하지만 천륜으로 맺어진 언니와의 관계를 그토록 악의적인 방식으로 단절해

버린 것은 좀체 이해할 수 없었다. 이경은 안나에게 의견을 구해 보기로 했다.

"그래도 난 이해가 안 가는데?"

"뭐가?"

"언니의 매춘이 자기 때문이었다면, 이해해줄 수도 있지 않았을까?"

"그런 천박한 기집애들이 뭘 그리 하해와 같은 아량을 품고 있겠어? 더 이상 언니를 언니로 인정하고 싶지 않았겠지."

안나가 단정적인 말투로 말했다. 잠시 뭔가 생각하던 그녀가 다시 입을 열었다.

"언니는 쓰레기 같은 자신의 인생에서 언제나 변치 않는 마지막 순수였고 구원이었을 지도 모르지. 하지만 배신당한 거야. 가차 없이. 구원이 사라지면 파멸밖에 없지 않겠어?"

안나가 예의 냉소적인 어투로 내뱉었다. 잠시 침묵이 흘렀다. 이경은 안나가 예상한 시나리오를 영화 속 한 장면처럼 떠올리고 있었다. 안나가 다시 입을 열었다. 이번엔 공격의 포문이었다.

"자, 내가 해줄 수 있는 얘기는 여기까지야. 이젠 네 차례야."

"내 차례라니?"

"현이경 네가 무슨 디스패치 기자도 아니고, 왜 이런 가십성

사연을 캐고 지랄인데? 정말 그 여우같은 매기 기집애한테 꽂힌 거 아냐? 얼른 제대로 불지 못해?"

기습처럼 던져진 안나의 질문에 이경은 마땅히 대답할 말이 없었다. 그가 적당히 얼버무리고 통화를 끝낼 궁리를 하고 있을 때, 둔중한 충격이 머리를 치고 지나갔다. 이경은 비명조차 지르지 못하고 앞으로 푹 고꾸라졌다. 5차원의 오라를 띄울 새도 없이 순식간에 벌어진 일이었다.

"뭐야? 무슨 일이야? 현이경!"

저만치 팽개쳐진 휴대폰에서 터져 나온 안나의 다급한 목소리가 계단 통로를 울렸다. 이경은 계단 난간의 황동막대를 잡고 신음하고 있었다. 오른손에 쇠막대를 든 사내가 얼굴을 바짝 들이대며 이경의 멱살을 움켜쥐었다. 토미 터커, 그자였다. 그가 쇠막대로 이경의 뺨을 툭툭 치다가 목젖을 꾹 누르며 물었다.

"너, 뭐야? 왜 내 뒤를 캐고 다니는 거지?"

사내의 목소리에 울분과 분노가 스며있었다. 그가 지갑이라도 찾으려는 듯 이경의 주머니를 뒤지는 순간, 오라가 붕 떠올라 이경을 삼켰다. 동시에 사내의 눈앞에서 이경이 사라졌다. 사내가 헉, 소리를 내지르며 쿵, 엉덩방아를 찧었다.

"말도 안 돼. 이럴 수가 없어! 방금 그 녀석, 정체가 뭐지?"

사내가 황당하다는 듯 주절거리며 이경이 누워 있던 자리를 손으로 더듬었다. 헛것을 본 것은 아니었다. 방금 전까지만 해도 눈앞에서 신음하고 있던 자가 흔적도 없이 사라졌다. 사내의 발치에 나뒹구는 휴대폰이 그 사실을 증명해주고 있었다. 사내는 이경의 휴대폰을 주워들고 통화기록을 확인했다.

오라의 마법에서 풀려난 이경이 다시 현장을 찾았을 때 놈은 보이지 않았다. 휴대폰도 함께 사라졌다. 이경은 위기를 직감했다. 주소록을 뒤지고 폰카로 찍어 저장해둔 사진 몇 장만 훑어봐도 휴대폰 주인의 프로필 정도는 대충 짐작할 수 있을 테니까. 이제 놈도 자신을 좇는 자의 신원을 파악한 셈이다. 순간 이경의 안색이 파랗게 질렸다. 혼자 파티장에 있을 승지가 떠오른 것이다.

이경이 헐레벌떡 파티장에 들어섰을 때는 마술 쇼가 진행 중이었다. 금빛 수염을 기르고 금빛 코트를 입은 마술사가 십자형 무대의 교차점에 서있었다. 무대 밑바닥에서 피어오른 스모그가 무대 전체를 희뿌옇게 감싸고 있었다. 이경은 급히 승지가 있는 곳으로 달려갔다.

승지는 곧 펼쳐질 마법의 순간을 기대하며 눈을 빛내고 있었다. 일단 그녀가 무사해서 다행이었다. 그런데 그녀는 혼자가 아니었다. 그녀 옆에 앉아 수작을 부리는 이탈리아 남자와 함께였다.

"허니! 그새 남친 생겼어?"

이경이 보라는 듯 승지의 뺨에 키스하며 말했다. 풍채 좋은 중년의 이탈리아인이 멋쩍은 듯 일어나 자기 이름을 밝히며 악수를 청했다. 이경이 씩 웃으며 사내의 손을 세게 움켜쥐었다. 사내가 인상을 찡그리며 입을 열었다.

"파티장에 사랑스러운 숙녀 분을 혼자 두시면 안 됩니다. 우리 이탈리아 남자들은 아름다운 여인이 외로이 혼자 있는 걸 그냥 지나치지 못해요."

사내가 짓궂은 미소를 지어 보이며 말했다. 이경이 손가락으로 가슴을 가리키며 받아쳤다.

"당연하죠. 이 사랑스러운 여자 분은 저와 쭉 함께 있었는데요? 여기에."

"오, 로맨틱 가이!"

사내가 한쪽 눈을 찡긋 해보이더니, 이내 자기 자리로 돌아갔다.

"아까 저 카사노바의 후예가 뭐라고 했기에 그렇게 실실 웃으셨을까?"

이경이 주위를 두리번거리며 말했다. 케이트 브라운이 보이지 않았던 것이다.

"결혼하자던데요?"

승지가 퉁명스레 내뱉었다.

"그래서?"

"반지 끼고 있길래, 이혼하고 오라고 했어요."

승지가 호방하게 웃었다. 이경도 피식, 헛웃음을 터뜨렸다.

"그런데…… 케이트, 아니 매기 브라운이 안 보이네. 언제부터 그랬어?"

이경이 승지를 바라보며 물었다.

"모르죠. 저는 그 여자한테 별 관심 없어요. 공연에 집중하느라 있는지 없는지도 몰랐고……."

승지가 말을 맺기도 전에 객석 전체에 요란한 소동이 벌어졌다. 스모그가 거의 걷혔을 때 십자 무대가 사라져버린 것이다. 대형 물체를 사라지게 하는 일루션 매직이었다. 다들 마술사의 마법에 홀려 감탄의 소리를 연발하고 있었다.

허공에 붕 떠있는 것처럼 보이던 마술사가 아래로 쑥 꺼지듯 내려섰다. 관객들의 박수와 환호성이 장내를 뒤흔들었다. 사라진 무대장치를 찾으려는 듯 사람들이 무대가 있던 곳으로 우루루 몰려들었다. 이경은 그 틈을 타서 얼른 자리를 벗어났다. 토미 터커를 찾기 위해서였다.

먼저 토미 터커가 취할 수 있는 다음 행동을 미리 읽어야 했다. 현재까지 진행된 과정을 보면 매기 브라운은 살해당했다고 보는 게 맞을 것 같았다. 시체를 바다에 던져버렸거나 선실에 숨겨뒀을 것이다. 문제는 그 다음이었다. 사라진 매기 브라운은 언니 케이트로 대체되었다. 두 사람이 자매라는 사실은 아직 알려지지 않았다. 그렇다면 케이트의 선택은 뭘까? 위험을 무릅쓰고라도 매기 브라운의 대역인생을 살아보는 것도 나쁘지 않다고 판단했을 수도 있다. 하지만 토미가 그 선택을 지지해줄 수 있을까? 아니, 토미 터커는 케이트와 함께 도피할 목적으로 이번 일에 공범으로 나섰을 것이다. 이미 도피 방법과 도피처까지 마련해뒀을지도 모른다. 그리고 지금, 케이트가 마땅히 지키고 있어야 할 자리에 없다. 두 사람이 함께 있다. 큐피드의 심장을 몸에 지닌 채 크루즈를 탈출하려 하고 있다. 그래, 탈출이다.

이경은 토미의 선실로 향하려던 발길을 돌려 구명보트가 있는 머스터 스테이션으로 바삐 걸었다. 하지만 그곳에선 그들을 찾을 수 없었다. 주변을 얼씬거리는 사람도 없었다. 다들 파티의 밤에 흥건히 젖어 있을 터였다. 이경은 승선할 때 무심코 보고 지나쳤던 다른 구명보트를 떠올렸다. 선체 중간 지점의 선체 외벽에 장식처럼 매달려 있던 구명보트가 있었던 것이다. 이경은 지체 없이 그쪽으로 걸음을 옮겼다.

저만치 앞에 보트와 연결된 두 개의 줄이 보였다. 남자와 여자가 줄을 잡고 있었다. 케이트와 토미, 그들이었다. 이경이 예상했던 장면이 바로 앞에서 펼쳐지고 있었던 것이다. 남자가 하나, 둘, 셋! 하고 외치자 두 사람이 동시에 안전핀을 뽑았다. 보트가 갑판 아래로 주르르 미끄러져 내리더니 철썩, 하며 마찰음을 토해냈다. 이경은 자세를 바짝 낮추고 큐피드의 심장을 탈취할 기회를 노리고 있었다.

토미가 케이트를 덥석 껴안았다. 짧은 키스가 이어졌다. 토미가 먼저 뛰어내리라는 듯 눈짓을 보냈다. 그러나 케이트는 그럴 생각이 없어 보였다. 그녀가 뒤로 주춤 물러서며 말했다.

"혼자 가."

전혀 뜻밖의 소리에 놀란 토미가 한 걸음 앞으로 내딛으며 말했다.

"무슨 소리야? 같이 가기로 했잖아?"

"아직 때가 아닌 것 같아. 내가 사라지면 경찰의 추적이 시작될 거 아냐. 얼마 못가 잡히고 말 거야."

"아니. 내 계획은 완벽해. 아무도 우릴 찾을 수 없어. 너와 난 전혀 다른 사람이 되어 살아갈 테니까."

"하지만 벌써 우리 뒤를 캐고 다니는 사람이 있잖아?"

케이트가 불안한 듯 뒤를 돌아보며 말했다.

"그러니까 지금 가야 한다고."

토미가 격한 소리로 내질렀다. 케이트가 달아나려는 자세를 취하자 토미가 그녀의 옷자락을 거칠게 잡아챘다. 드레스가 찢어지는 소리가 찌직, 울렸다.

"널 위해 크루즈 선원이 됐고, 살인까지 저질렀어. 다 널 위해 한 짓이었다고."

토미가 울분을 토해냈다.

"놔줘. 제발!"

케이트가 애원하듯 말했다.

"설마 네 동생 자리를 차지하고 싶은 거야? 이 악마! 너희 자매, 어떻게 나한테 그럴 수 있지? 두 번이나 나를 농락했잖아! 정 그렇다면, 더 좋은 곳으로 보내주지."

뒷주머니에서 잭나이프를 꺼낸 토미가 정확히 케이트의 심장을 겨냥하고 있었다. 이경이 "안 돼!" 소리 지른 순간, 토미의 칼이 케이트의 심장 깊숙이 박혔다. 케이트의 몸이 축 늘어지며 핏물이 새하얀 드레스를 벌겋게 물들여 갔다. 이경이 가까이 다가가자 토미가 돌아보며 악마적인 미소를 날렸다. 토미는 냉큼 케이트를 갑판 아래로 밀어뜨려버렸다.

갑판에 올라선 이경은 곧장 바다로 다이빙해 들어갔다. 깊이, 더 깊이 바닥으로 가라앉아가는 케이트의 시신이 가물가물하게 보였다. 이경은 그녀를 한 손으로 안고 반지가 끼워진 손가락을 찾았다. 그녀를 놓아주고 고개 들어 위를 쳐다봤을 때 수압이 이경의 심장을 조여오기 시작했다. 이경은 사력을 다해 팔다리를 휘저어댔다. 숨은 가빠오는데, 깊고 어두운 바닷속은 죽음처럼 적막했다. 그때 수면 밑으로 파고든 웬 물고기 한 마리가 이경을 향해 헤엄쳐오고 있었다. 푸르스름하게 빛나는 물고기였다. 아니, 그것은 물고기가 아니라 한 마리 나비, 바닷속을 헤엄치는 나비의 환영이었다. 순간, 나비의 날개처럼 빛나는 오라가 이경을 감싸고 수면 위로 솟구쳐 올랐다.

잠시 뒤 이경은 토미 터커의 선실에 들어와 있었다. 오라가 그를 인도라도 하듯 발코니에 내려준 것이다.

고급 목재로 장식된 발코니 룸은 주황색 조명에 은은하게 물들어 있었다. 트윈베드 밑에 토미의 것으로 보이는 가방이 숨겨져 있었다. 옷가지들과 현금 뭉치, 여권 등이 잘 정돈되어 있는 여행용 가방이었다. 이경은 가방을 제자리로 밀어두고, 매기 브라운의 흔적을 찾기 시작했다. 토미가 시신을 바다에 던져버리지 않았다면, 아직 룸 안에 숨겨져 있을지도 몰랐다.

이경이 매기 브라운의 시신을 발견한 것은 욕실에서였다. 샤워룸의 가림막을 젖히자 비닐커버에 싸인 매기 브라운의 시체가 팬티와 브라 차림으로 누워 있었다. 이처럼 비극적인 결말이 또 있을까. 이경은 매기의 주검을 언니의 시신 가까운 곳에 던져주고 싶은 충동을 느꼈다. 한편으로는 큐피드의 심장 때문에 벌어진 비극인 것만 같아 마음이 편치 않았다. 이경은 두 자매가 저세상에서 만나 화해하고 다시 원래의 관계를 회복하기를 빌었다.

그때 누군가가 선실 가까이 다가오는 발걸음 소리가 희미하게 들렸다. 바짝 긴장한 이경은 욕실 밖으로 나가 출입문 옆에 서서 귀를 기울였다. 두 사람의 구두소리로 들렸다. 문 앞에서 구두소리가 뚝 멈췄다. 자물쇠가 열리고, 한 여자가 먼저 안으로 들어섰다. 뒤에 선 사내의 손에 들린 칼이 그녀의 목을 위협하고 있었다. 이경과 그녀의 눈이 마주쳤다. 이경이 오른손 검지를 입술에 갖다 댔다. 그녀의 눈에 안도의 빛이 희미하게 스쳐갔다. 토미 터커가 승지를 인질로 끌고 온 것이다.

토미가 안에 들어서자마자 승지를 앞으로 밀어뜨렸다. 그녀가 비명을 내지르며 나자빠졌다. 순간 이경이 토미의 손을 낚아채 등 뒤로 꺾어 올렸다. 불시의 급습에 토미가 칼을 떨어뜨렸다.

이경은 그 틈을 놓치지 않고 재빨리 토미의 목 뒤 급소를 내리쳤다. 토미가 털썩 무릎을 굽히며 주저앉더니 이내 앞으로 뻗어버렸다.

이경은 급히 승지 쪽으로 눈길을 돌렸다. 그런데 그녀가 보이지 않았다.

"승지 씨! 어디 있어? 이제 나와도 돼."

이경이 발코니 쪽을 두리번거리며 외쳤다. 그때 욕실 안에서 흐느끼는 소리가 들려왔다. 이경이 욕실 문을 열자 그녀가 바닥에 주저앉아 오들오들 떨고 있었다. 이경이 얼른 다가가 그녀를 일으켜 세워 품에 안았다. 승지가 이경을 밀어내며 원망 어린 눈길로 무슨 일이냐고 묻고 있었다.

이경은 말없이 그녀를 꼭 끌어안았다. 그러더니 두 손으로 승지의 뺨을 감싸고 키스를 해버렸다. 서로의 입술이 닿은 순간, 이경도 놀라고 승지도 놀랐다. 무의식중에 벌어진 일이었다. 이경은 잠시 어리둥절한 기분을 느꼈다. 그 상황을 이해할 수 없어서였다. 도무지 모를 일이었다. 승지에 대한 관심이 핑크빛 무드로 흘러가는 순간도 있었지만, 그녀를 욕망해본 적은 없었다. 그녀의 알몸을 안고 침대를 뒹구는 상상을 해본 적도 없었다. 의도치 않게 그녀를 위험에 빠뜨린 데 대한 죄책감 때문에 빚어진 일일지도 몰랐다.

　너무 얼결에 당한지라 승지도 이경의 키스를 거부하지 못하고 있었다. 그저 눈을 휘둥그레 뜬 채 가만히 숨죽이고 있었다. 그러다 어떤 마음의 결정을 내린 듯 그녀의 눈이 스르르 감겼다. 승지의 입술이 살짝 열렸고, 이경의 혀가 그 안으로 스르르 미끄러져 들어갔다. 영원처럼 가마득하게 느껴지는 키스가 이어졌다.

　키스의 열락은 한바탕 꿈처럼 깨졌다.

　이경과 승지가 동시에 눈을 뜨고 서로를 쳐다봤을 때, 그들은 상대방의 눈동자에 얼비치는 당혹감을 동시에 감지했다. 두 사람은 헛기침으로 어색함을 털어내며 서로에게서 떨어졌고, 얼굴에 열꽃처럼 피어오른 쾌락의 흔적을 지워내려 애쓰고 있었다.

　그도 잠시, 승지는 또 한 번 끔찍한 악몽의 경험을 겪어야 했다. 얼굴의 열기를 식히기 위해 샤워룸에 들어갔다가 매기 브라운의 시체를 보고 만 것이다. 마네킹을 비닐에 씌워둔 것으로 알고 시체에 손을 댔던 게 실수였다. 사후경직으로 딱딱하게 굳어가고 있었지만, 아직 인간의 온기가 남아있는 상태였다. 그 물컹한 감각에 승지는 비닐로 싸인 물체가 시체임을 직감하며 온몸에 소름이 돋는 걸 느꼈다. 그녀는 단말마의 비명을 내지르며 욕실에서 뛰쳐나갔다. 이경은 토미의 바지주머니에서 휴대폰을 회수하고 허둥지둥 그녀 뒤를 좇아 달렸다.

간신히 승지를 진정시킨 이경은 그녀와 함께 무사히 구명보트에 오를 수 있었다. 토미 터커가 타고 탈출하려던 보트였다.

두 사람은 말없이 항구의 불빛을 향해 노를 저어 갔다. 구명조끼도 입지 않은 채 물에 흠뻑 젖은 몰골로 힘주어 노를 젓는 둘 사이에 묘한 긴장감이 흘렀다. 그때, 이들 뒤를 따라 항구의 선착장으로 가려는 동행이 나타났다. 토미의 선실 발코니에서 어른거리는 사람의 그림자 하나가 이경의 시야에 들어온 것이다. 토미 터커, 그 자였다.

토미는 발코니 난간을 짚고 올라서서 불안스레 휘청거리다 곧장 바다로 투신했다. 몇 초 뒤 푸, 하고 수면으로 솟아오른 그가 항구를 향해 헤엄치기 시작했다. 사랑도 잃고, 인간에 대한 기대와 믿음마저 철저하게 유린당한 자였다. 그럼에도, 수천 미터 상공의 외줄타기처럼 위태롭게 전개될 미래를 향해 어떻게든 나아가보려고 발버둥치고 있는 것이다. 그를 지켜보며 이경은 인간의 비참한 운명에 대해 다시금 생각해보았다. 그가 두 자매와 얽힌 악연의 고리에서 완전히 벗어날 수 있을까. 살인자의 멍에를 쓰고 남은 생을 쫓기며 살아야 할 그의 운명이 이경의 마음마저 무겁게 했다.

토미 터커도 이경과 같은 심정이었던 모양이었다. 그의 동작이 차츰 더뎌졌다. 저러다 수면 아래로 가라앉지 않을까 염려스러울 지경이었다. 밤바람을 타고 몰려온 파도가 그를 덮쳤다. 파도가 저만치 멀어졌을 때, 토미가 시야에서 사라졌다. 토미의 운명을 삼킨 바다가 사납게 물결치기 시작했다.

그럼에도 이경은 그가 죽지 않고 살아주기를 바랐다. 비로소 인간의 감정과 의지를 조금은 이해할 수 있을 것 같은 기분이었다. 그는 승지와 함께 로마 골목 한 귀퉁이에 있는 카페나 술집으로 들어가 밤새 술잔을 기울이며 얘기를 나누고 싶었다. 부서진 신데렐라의 꿈과 세 남녀 사이에 얽힌 비틀린 사랑 얘기를……

갤러리 로마의 새로운 직원

이경이 7번째 미션을 완료하고 귀국한 지 한 달이 지났다.

이제 단 2개의 미션만 남은 셈이었다. 첫 번째 미션은 아르테미스의 머리빗을 찾는 것이었다. 이경이 오스트레일리아에서 찾아낸 이 보물은 신의 순결을 상징하는 성물이었다. 두 번째 성물은 전쟁의 신 아레스가 독일의 한 탄광에 숨겨둔 샘물이었는데, 이는 신의 투지를 상징하는 것이었다. 세 번째는 포세이돈이 미국의 버지니아 주에 숨겨둔 말발굽으로, 이는 번영의 파도를 상징한다. 네 번째는 칠레의 한 마을에서 찾아낸 헤스티아의 성물 - 생명의 봉우리를 상징한다 - 이었고, 다섯 번째가 헤파이스토스가 안데스산맥에 숨겨둔 〈큐피드의 탱고〉였다. 이후 데메테르의 성물인 두 개의 큐피드상과 아테나의 성물인 큐피드의 심장까지 무사히 손에 넣었으니, 이제 아폴론과 헤라의 미션만 완수하면 된다. 헤라의 미션을 완수하는 날, 이경은 큐피드의 날개를 달고 올림포스의 궁전으로 날아가게 될 것이다. 그날이 머지않았다.

앞으로 남은 두 가지 미션 수행은 더욱 험난한 여정이 될 거라고 이경은 각오하고 있었다. 큐피드에게 유독 적대감을 품고 있던 아폴론과 헤라의 미션이기 때문이다. 수없이 많은 위기를 넘겨왔지만, 지금까지 비교적 순조롭게 7단계 레벨을 성취해왔다. 앞으로 펼쳐질 8단계와 최종 단계는 그보다 훨씬 업그레이드된 난이도로 이경을 시험하려 할 것이다. 이경은 수없이 각오를 다지면서도 불안감을 떨칠 수 없었다.

'큐피드의 심장'이 치비타베키아의 바닷속에서 자연발화하면서 알려준 여덟 번째 성물은 태양의 빛을 상징하는 청동거울이었다. 이경은 팽팽한 긴장감 속에서 청동거울의 은닉 장소를 알아내는 데 전력을 기울이고 있었다. 세계 최고 권위의 신화학자와 유물 전문가, 아트 디렉터와 브로커들까지 동원한 총력전이었다. 시시때때로 목이 바짝바짝 마르고, 시간이 느린 듯 빨리 흐르는 기분이었다. 초조하고 불안한 나날이 계속됐지만 누군가의 존재가 은은한 기쁨과 위안을 주었기에 그럭저럭 버텨나갈 수 있었다.

보름 전, 이경이 인턴으로 채용한 직원이 한 명 있었다. 이제 인간으로서의 삶이 두 달여밖에 남지 않았지만, 지상에 머무는 동안 그 직원에게 안정적인 삶의 활로를 열어주고 싶었다. 그녀는 간단한 교육을 받고 안내데스크에 배치되었다. 하얀 블라우스 셔츠에 빨간 색 조끼, 검정색 정장치마로 구성된 유니폼이 썩 잘 어울려서 이경을 내심 흡족하게 했다. 그녀의 유니폼에 달린 아크릴 명찰에는 윤, 승, 지 세 글자가 박혀 있었다. 그렇다. 강하다 투어의 이탈리아 현지가이드로 일했던 윤승지, 바로 그녀였다.

한 달 새 승지에게도 많은 변화가 있었다.

이경과 함께 크루즈 파티에 참석하고 나서 며칠 뒤 그녀는 강하다 투어에서 해고되었다. 결과적으로는 그 파티에 참석한 게 해고의 빌미가 되고 말았다.

귀국하기 직전, 이경이 공항에서 전화를 걸었을 때 그녀는 전화를 받지 않았다. 이미 수신거부 설정이 되어있는 상태였다. 한국에 돌아온 이튿날 다시 통화를 시도했을 때도 마찬가지였다. 그리고 며칠 뒤 여행사로 직접 전화를 걸었을 때 충격적인 소식을 접하게 되었다.

해고사유는 고객관리에 있어 가이드로서의 품위를 손상시키는 행위를 범했다는 것이었다. 뭔가 짚이는 게 있었던 이경은 도대체 가이드의 품위가 무엇이며, 어떤 행위로 그 품위를 손상시켰는지 말해 달라고 요청했다. 난감해하던 직원이 전화를 지점장에게로 돌렸다. 난감해하기는 지점장도 마찬가지였다.

지점장은 누군가가 본사에 압력을 넣은 것 같다고 말했다. 그것 역시 짚이는 바가 있었다. 이경은 본인의 신분을 밝히고, 압력을 넣은 사람이 혹시 유안나 씨냐고 물었다. 한참 동안 말을 못하고 있던 지점장이 결심한 듯 입을 열었다.

"맞습니다. 사실 그 전에 유안나 씨가 여기로 전화를 걸어온 적이 있었습니다. 현 대표님 가이드를 맡은 직원이 누군지 묻더군요. 그러더니 필립 공작 약혼기념 파티에도 같이 참석했느냐고 따져 물었어요. 약혼녀를 둔 남성 고객의 파트너 역할도 가이드의 업무에 해당되느냐고 항의하시더군요. 그러면서 무작정 해고하라는 겁니다. 일단 경위를 파악하고 나서 조치를 취하겠다고 말씀드렸는데, 다음 날 본사에서 연락이 왔어요. 당장 해고하라는 명령이 떨어진 겁니다."

안나는 현재 강하다 투어의 모델로 활동 중이었고, 홍보마케팅 부서의 본부장과도 친분이 있었다. 안나가 본부장을 찔렀을 테고, 본부장 정도의 직위라면 인사팀에도 일정한 영향력을 행사할 수 있을 터였다. 그녀의 의심과 집착, 질투심을 간과했던 게 실수였다. 이경은 승지에게 괜스레 미안해졌고, 부채의식마저 들었다.

이경은 계속 승지와 통화를 시도했지만, 그녀는 완강하게 거부하고 있었다. 급기야 전화를 걸 때마다 '없는 번호'라는 메시지가 흘러나왔다. 이경은 할 수 없이 공 실장을 내세우기로 했다. 이경은 이탈리아에서 승지와 함께 겪은 일들에 대해 들려주고, 공 실장에게 이해를 구했다. 승지의 활약상을 전해들은 공 실장은 진심으로 감동한 눈치였다.

"상당히 영리하고 대담무쌍하네요. 그런 친구라면 제가 반대할 이유가 없죠. 그 정도면 사실 우리 비서실 직원 이상의 일을 해준 거 아닙니까?"

이경은 그녀를 일단 인턴으로 채용한 다음, 업무에 능숙해지기를 기다렸다가 해외연수 등 파격적인 지원프로그램으로 장차 갤러리 로마의 전시기획자나 학예실장으로 키우고 싶다는 생각을 밝혔다. 그리고 이 계획은 모든 직원들에게 비밀로 해줄 것을 부탁했고, 특히 안나에게는 절대 비밀로 해야 한다고 강조했다. 안나의 성정을 잘 알고 있는 공 실장도 크게 공감하며 고개를 주억거렸다.

공 실장이 여행사에서 주소를 알아내 승지의 집을 찾았을 때, 그녀는 집에 없었다. 새벽에 집에서 나가 영어학원 수업을 듣고 종일 도서관에서 지낸다는 말을 그녀의 어머니로부터 전해 들었다. 공 실장은 곧장 승지가 다닌다는 도서관으로 향했고, 열람실에서 유럽 관련 책자를 뒤적이고 있던 그녀를 만날 수 있었다.

"싫은데요?"

공 실장의 채용 제의를 듣자마자 승지는 단호히 머리를 가로저었다.

"다시는 현 대표님과 엮이고 싶지 않아요."

"이해해요. 대표님 때문에 그 험한 꼴을 당했으니 원……."

공 실장이 혀를 끌끌 차대며 공감을 표했다.

"하지만 승지 씨가 우리 갤러리에 오시면, 대표님과 같이 움직일 일은 없을 거예요. 비서실 직원도 아니니까 개인적으로 마주칠 일도 거의 없을 테고. 어차피 우리 대표님 곧 본사로 옮겨가실 거예요."

"왜죠?"

의외의 소식에 놀란 승지가 갑자기 관심을 보이며 물었다.

"본격적인 후계자 수업이 시작되는 셈이죠."

"아, 네……. 뭐, 저와는 상관없는 일이니까요."

"다시 한 번 생각해 보세요. 대표님도 승지 씨와 같은 생각이에요. 승지 씨가 왜 대표님을 피하려고 하는지 잘 알고 계시거든요. 단지, 대표님 본인 때문에 피해를 입은 셈이니까, 어떤 방식으로든 보상을 해드리고 싶은 마음에 이런 결정을 하신 거죠."

거듭되는 설득에도 승지는 요지부동이었다. 하지만 공 실장도 쉽게 포기할 사람이 아니었다. 삼고초려라도 할 기세였다. 그날 밤 공 실장은 도서관이 문을 닫는 시각에 다시 와서 승지를 집과 가까운 지하철역까지 데려다 주었다. 그녀가 승차를 거부하자, 업무 때문에 근처에 왔다가 들른 거라고 둘러댔다.

공 실장의 설득은 다음 날, 그 다음 날에도 계속되었다. 집요하지만 언제나 상대방의 입장에서 의견을 피력하는 공 실장의 설득은 사뭇 감동적인 데가 있었다. 그녀는 마침내 제의를 받아들이기로 했고, 갤러리 로마의 직원으로 새롭게 출발했다.

승지의 변신은 놀라웠다. 유니폼을 착용하고 안내데스크에 앉아 있는 그녀의 모습에서는 가이드 시절의 털털한 인상을 찾을 수 없었다. 짧은 기간에 많은 일을 경험한 탓인지 전에 비해 성숙해 보였고, 얼굴 전체에서 은은한 지성미가 배어나왔다. 예전과 달리 몰라볼 정도로 세련되어 보이는 인상이었다. 그 모습을 훔쳐보며 이경은 내심 안도했다. 안나가 불시에 갤러리에 들른다 해도, 굳이 승지의 명찰을 확인하지 않는다면 그녀가 강하다 투어의 윤승지라는 사실을 알아채지 못할 테니까.

승지는 차츰 갤러리 업무에 적응해 갔다. 다음 달부터 도슨트 실습을 하게 된다는 팀장의 말이 그녀를 기쁘게 했다. 동양 최대의 갤러리에서 새로운 미래를 꿈꾸게 되면서부터 다소 긴장되고 불안해 보이던 인상도 원래대로 돌아왔다. 기회가 있을 때마다 그녀를 몰래 지켜보던 이경도 차츰 안정을 되찾아갔다.

그러던 어느 날, 드디어 이경이 기다리던 소식이 날아들었다. 여덟 번째 성물의 출현이었다. 이번에는 시리아였다. 하필이면 내전이 참혹한 지경으로 치닫고 있고 테러조직 이슬람국가(IS)의 폭력이 자행되는 나라로 잠입해야 하는 상황이었다. 채 식지 않은 아폴론의 분노가 이경을 사지로 몰아가고 있었다.

공항의 어긋남

갤러리 정문에서 보면 좌측에 자리한, 별도의 부속 건물로 지어진 직원들의 업무 공간은 원형 돔 하우스 형태여서 공중에서 보면 커다란 알을 연상시킨다. 설계 당시 현 회장의 지시에 따라 수령 50년 이상 된 소나무들이 주변을 둘러싸고 있었다.

이경의 방은 육교를 통해 갤러리 로비와 연결된 2층 석조에 위치해 있다.

"공 실장님, 시리아에 대해서 뭐 아는 것 없습니까?"

이경은 넥타이를 풀며 답답하다는 듯 자리에서 일어났다.

"거긴 한창 전쟁터일 텐데, 왜요? IS애들이 뭐라도 훔쳐 냈답니까?"

공 실장은 불안감 가득한 얼굴로 이경을 주시했다.

"전쟁을 하든 말든 내 알바 아니지, 난 내가 원하는 건 반드시 손에 넣어야 직성이 풀려요. 지금까지 목숨을 걸고 얻어낸 게 어디 한 두 갭니까?"

"맙소사, 대표님. 거긴 절대 안 됩니다. 거기 갔다가는 목 늘어뜨리고 있는 모습으로 재회하기 십상이에요. 정 가시려거든 로얄 인더스트리 최신식 무기를 풀옵션으로 장착하시던가요."

이경은 앞에 놓인 관광책자를 들었다가 놓았다.

"미국사람들 뒷짐 지고 있는 거 안 보여요?"

"하긴, 뭐 콩고물이 있어야 달려들죠. 이러다가 정말 이슬람국가 연합인지 뭔지, 떡하니 깃발 달고 올림픽 출전하는 날이 올 수도 있겠어요."

두 사람은 지금 IS의 유물 도둑질에 대해 이야기 중이었다.

IS는 이슬람과 관계없는 고대 유물들은 모두 우상이라며 공공연히 문화유산 파괴를 정당화해왔다. 지난해 이라크 북부 도시 모술을 장악한 IS는 대놓고 문화재 밀거래에 열을 올렸다. 그들의 점령지인 이라크와 시리아에서 판매되는 문화재는 이제 시장에 흘러넘쳐 온라인 마켓에까지 판매될 지경이었다. 심지어는 점령지 민간인들에게 유적지 발굴권을 발행하며 약탈 문화재 판매금으로 수백만 달러를 벌어들이고 있는 실정이었다.

"하여튼 인간들이란. 저 위, 올림푸스에 멀쩡히 신들이 살아 있는데 자기들끼리 우상을 만들어놓고 총질하는 꼴이라니, 아둔하기 짝이 없다니까."

이경은 다시 자리에 앉아 책상 서랍을 열었다.

"누가, 어디에 살아 있다고요?"

공 실장은 이경이 가끔 내뱉는 이런 소리가 당황스럽기 그지없었다.

"공 실장님은 아직 몰라도 돼요."

점심을 먹고 나서 신문에 실린 로마 관련 기사들을 검색하고 있는데 급히 할 말이 있다며 이경이 공 실장을 방으로 호출했다. 최근에 한 인터넷 언론을 통해 보도된 바 있는, 갤러리 로마와 관련된 유언비어에 대하여 특단의 대응 조치라도 내릴까 기대를 하고 왔던 것인데, 이경은 갤러리가 어떻게 굴러가는지 별로 관심이 없어 보였다.

"우리 갤러리를 공격한 그 인터넷 언론 말입니다. 알아보니 뒷돈을 주면 얼마든지 거짓 기사를 만들어주는 그런 곳이었습니다."

지난 주, 해당 인터넷 언론은 '시크릿'이라는 고정 코너에서 갤러리 로마에 관한 의혹을 집중적으로 다루었다. 갤러리 로마가 공격적으로 미술품을 사들이고 있지만, 자금 출처가 불분명하며 사들인 미술품도 언론에 공개되지 않았고 대부분 지하 수장고에 은밀히 잠들어 있는 경우가 많다는 내용이었다.

기자는 한 술 더 떠 로얄그룹 비자금이 미술품 구매와 연관되어 있을 것이라는 추측성 보도를 내놓기도 했는데, 해당 인터넷 언론사의 의혹제기는 다른 기사에 묻혀 누구의 관심도 끌지 못했다. 추측을 가장했지만 꽤 그럴듯한 내용이어서 내부자의 도움이나 고발이 있지 않았나 의심이 가는 기사였다.

"그러니까 공 실장님 말씀은 누군가 우리 회사를 음해하기 위해 인터넷 언론을 이용해 거짓 기사를 퍼뜨렸다는 말씀 아닙니까?"

"네, 그러니까 허위사실 유포죄로 해당 기자를 고발……."

이경이 말을 자르고 나섰다.

"하하, 사실 아닙니까? 의혹이 아니라 일정부분 사실인 것 같은데."

공 실장은 이경이 딴전을 피우자 식은땀이 났다.

"그리 간단하게 생각하실 문제가 아닙니다. 이건 그룹을 향한 일종의 선전포고일 수도 있지 않습니까? 우리 비밀을 잘 아는 내부자가 인터넷 언론사를 움직였다면……?"

이경은 자리에서 일어나 유리창 근처로 저벅저벅 걸어갔다. 갤러리 뒤뜰이 한눈에 내려다 보였다. 흰 시멘트로 마감된 야외 공연장 관람석 근처엔 인근 주택가에서 넘어온 것으로 보이는 아이들 몇이 술래잡기를 하며 뛰어다니고 있었다.

"공 실장님 선에서 처리해 주세요. 난 중요하게 할 일이 있어서."

이경은 의뭉스런 미소로 딴청을 피웠다. 마치 뒤에서 협작을 꾸미고 있는 인물이 누구인지 이미 짐작하고 있다는 투였다.

"하, 그건 그렇고 정말 시리아로 가실 생각입니까?"

이경이 고개를 끄덕이며 말했다.

"IS가 통제 중인 세계문화유산이 5천여 곳에 달합니다. 그 중 하나가 시리아의 팔미라인데 지난봄이었죠, 아마. IS가 유네스코 지정 세계문화유산인 시리아 팔미라를 장악하고 팔미라 박물관과 로마 시대에 지어진 시가지 등에 깃발을 내걸고 점령 사실을 전 세계에 알렸던 게 말이죠."

"그래서요. 거기서 뭐라도 나온 겁니까?"

"그래요. 나왔죠. 그래서 말인데 자금이 좀 필요해요. IS가 문화재 밀수로 얻는 수입 액수가 얼마인지 측정하기는 어렵지만 문화재 밀수가 IS에게 석유 판매 다음으로 핵심적인 상업 활동입니다. 즉 돈만 주면 못 가져올 게 없다는 얘기예요."

"저는 도무지 이해가 안 가네요. 대표님은 대체 무엇을 얻기 위해 하나 뿐인 목숨까지 거시는 겁니까? 게다가 위험천만한 사투 끝에 매번 빈손으로 돌아오지 않았습니까?"

"글쎄. 꼭 눈에 보여야 실제 하는 건 아니니까요."

이경은 알 듯 모를 듯한 말을 던지고 슬쩍 웃었다.

"아무튼 시리아는 안 됩니다."

공 실장은 소파에서 일어나 잠깐 기다리라는 말을 남기고 밖으로 나갔다.

일 분쯤 지나 그는 다시 방으로 들어왔다. 그는 손에 들린 신문을 이경에게 건네고는 소파에 앉았다.

"뭔데요?"

신문을 보는 이경의 얼굴이 일그러졌다. 미국을 포함한 다국적군, 시리아 공습 임박, 지상군 투입도 검토. 오늘자 조간신문의 헤드라인이었다.

"아무튼 시리아로 들어가는 방법을 알아봐 줘요. 배든 비행기든 뭐든 좋으니까 가급적 빠른 걸로. 뭐 정 안 되면 낙타라도 좋습니다."

공 실장은 포기한 얼굴로 고개를 좌우로 흔들었다.

"기어이 가실 생각이군요. 좋습니다. 하지만 기왕 가실 거면 조금만 기다리시지 그래요. 회장님이 외유 중이니까 돌아오시면 그때 가도 늦지 않을 것 같은데."

공 실장의 맥없는 권유를 듣고 이경은 잠시 생각에 잠겼다.

현 회장은 해군 구축함에 쓰일 신형 레이더 도입과 관련하여 미국 내 로비스트를 만나기 위해 로얄 인터스트리 뉴욕 본사로 날아가 있었다. 공식적으로 국내에 제품이 도입될 경우 수백억 에 이르는 막대한 이익을 얻을 수 있어, 직접 업무를 챙기고 있었던 것이다.

"그건 내가 좀 더 고민해보죠. 아무튼 티켓을 알아봐 줘요. 난 내려가서 활이나 몇 순 쏘다가 곧장 퇴근하렵니다."

이경이 일어서자 공 실장도 따라 일어섰다.

"태평하게 활이나 쏠 때가 아니라니까요."

"어이쿠, 시어머니가 따로 없군."

이경은 벗어두었던 양복 상의를 걸쳤다.

이경이 향한 곳은 갤러리 로마 로비였다. 중앙 홀을 떠받치고 있는 여덟 개의 쇠기둥 상단부에 색색의 스테인드글라스가 인상 적으로 설치된 갤러리 로마의 중앙 홀은 드라마 촬영 장소로 여러 차례 쓰였을 정도로 아름다움을 자랑하는 곳이었다. 지상과 지하, 별관까지, 각각의 독립된 전시실을 이곳 한 장소에서 모두 수렴할 수 있는 구조로, 관람객들이 표를 끊고 안으로 들어오면 제일 먼저 만날 수 있는 공간이기도 하다.

이경은 로비 한쪽을 장식 중인 설치미술 작품 뒤에 숨어 장난 스럽게 홀 이곳저곳을 기웃거렸다. 중앙의 원형 부스 안에 로마의 붉은 색 유니폼을 갖춰 입은 안내데스크 여직원 두 명이 관람객들에게 응대하고 있었다.

이경은 약간 서운한 얼굴이 되었다가 이내 표정이 밝아졌다. 이경의 시선은 검색 시스템을 갖춘 북쪽 출입구로 고정됐다. 수습딱지가 붙어 있지만 다른 직원들과 마찬가지로 붉은 유니폼을 단아하게 차려 입은 승지가 그곳에 있었다. 승지는 초등학생들을 대상으로 한껏 예의를 갖춰 훈계 중이었다.

"여기선 뛰어 다니고 그러면 안 돼요. 잘못하면 작품들이 다칠 수도 있으니까."

이경은 숨을 죽인 채 멀찍이서 그들의 대화를 엿들었다. 상황을 보니, 초등학생들 셋이 지하철 개찰시스템처럼 생긴 출입 계폐기를 뛰어넘으며 장난을 친 것 같았다.

"얘가 밀었어요."

후드티를 입은 5학년쯤의 남학생이 키가 작은 아이를 가리켰다.

"내가 언제 밀었다고 그래?"

키 작은 아이가 후드티 남학생을 밀치며 장난을 이어갔다.

"얘들아, 조용히 하라니깐."

승지가 옆구리에 손을 얹으며 아이들을 째려보았다.

"근데 그림들 보려면 어디로 가야 해요?"

아이들은 특별한 계획 없이 갤러리에 들른 것 같았다.

"그림은 왜?"

한화 야구 모자를 눌러쓴 아이가 대답했다.

"우리 모레까지 수행평가 해 가야 해요. 아무거나 미술관의 그림 한 점을 직접 감상한 뒤에 그림의 숨겨진 의미를 찾아 가야 해요."

"너희 몇 학년이니?"

"5학년이요."

"5학년이면 너무 어려운 과제 아닌가?"

"아네요, 아줌마. 우리 다 같이 미술 동아리에 들어 있어서 그림 좋아해요."

승지가 발끈했다.

"이 녀석들, 아줌마라니!"

후드티가 괜히 놀란 액션을 취하며 능청스레 맞받았다.

"헐, 아줌마 아닌가? 우리 엄마랑 비슷하게 생겼는데?"

"허. 그래? 니네 엄마가 나처럼 예쁘다고? 어디 사진 한 번 보자."

후드티가 재빨리 손에 든 휴대폰을 뒤춤으로 숨기자 승지는 여유 만만해졌다.

"자, 여기서 다른 사람들 왔다 갔다 하는 거 방해하지 말고 우리 자리 옮기자. 그림이라고 했지? 어떤 그림이 보고 싶니?"

"아무거나요. 얼른 과제하고 나가서 게임해야 한다고요."

승지가 재잘거리는 아이들을 데리고 향한 곳은 1층의 상설전시실이었다. 상설 전시실에는 국내 대표적인 화가인 천경자 화백의 작품 일부를 비롯하여 갤러리에 기증된 국내외 작가의 다양한 그림들이 연중 전시된 곳이었다.

"아무리 숙제라고 해도 아무거나 할 수는 없지. 여기 걸린 그림들은 한국 화단을 대표하는 천경자 화백의 작품이에요. 보다시피 추상적인 그림들이 많아서 수행평가 과제로 적절할 듯한데……. 보다가 모르는 거 있음 누나한테 물어보고."

이경이 조금 떨어진 곳에서 자신을 바라보고 있는 줄도 모른 채 승지는 계속해서 말을 이어 나갔다.

"이건 천 화백이 1968년에 그린 〈자살의 미〉라는 작품입니다. 이 그림은 천경자의 그림들 중에서도 가장 추상적인 작품에 속하는데, 여기서 추상적이라 함은 그림을 해독할 수 있는 단서 따위를 조금도 화폭에 흘리지 않았다는 걸 말함이지만, 그렇다고 해서 아주 해독의 여지가 없는 것은 아니에요. 얘들아. 여길 좀 봐."

아이들이 산만하게 사방을 두리번거리자 승지가 주의를 주었다.

"아줌마! 이게 무슨 그림이에요?"

마른 학생의 질문에 승지는 발끈했다.

"아줌마라니? 아직 연애 한 번 제대로 못해본 아가씨한테! 너 자꾸 그러면 이 이쁜 누나가 설명 생략하고 확 내쫓아 버린다."

"와, 공주병 말기에다 노처녀 히스테리까지!"

승지가 분을 삭이며 볼에 바람을 불어 넣어 부풀렸다.

"쉿, 조용히 하고 들어봐. 이 그림은 천경자 화백의 개인적인 경험이 녹아든 작품인데, 천 화백이 어릴 때 나물 캐러 갔던 동네 소녀가 허리띠인 줄 알고 꽃뱀을 집으려다가 물려 죽은 일이 있었어요. 무서우면서도 이상하게 마음 끌리는 그 장면이 어렸을 때부터 머리에 남아 언젠가 그림으로 그리고 싶었다고 해요. 그날 소녀의 생명을 앗아갔던 푸른 독사 한 마리, 이른 봄날 나물을 캐러 갔다가 뱀에게 물려 죽은 어린 소녀의 빛나는 죽음 한 자락. 그 일 때문인지 뱀의 이미지는 천경자 그림의 대표적인 상징이 되었어요. 이 그림도 마찬가지. 잘 보세요. 〈자살의 미〉에는 추상화된 뱀들이 곳곳에 눈을 번득이고 있어요. 손으로 형상화된 푸른 뱀은 저승과 이승의 경계에 똬리를 튼 채 죽음과 막악수를 나누는 참이고……. 죽음 따위에는 아무런 두려움도 없다는 듯이, 스스로 경계를 넘어가는……."

지켜보던 이경이 승지에게 다가가 귓속말로 말했다.

"이봐요, 직원아가씨. 초등학생들을 상대로 너무 깊게 들어간 것 아닌가? 자살의 미라니. 저 작품은 아이들에게 설명하기에 적절하지 않아요."

승지는 갑작스런 이경의 등장에 깜짝 놀라 뒤로 물러났다.

"어머, 제가 실수한 것 같네요. 역시 이런 일은 정식 큐레이터에게 맡기는 게 좋겠어요. 아이들이 너무 귀여워서 과제를 도와주고 싶은 마음에……."

승지가 얼굴을 붉히며 안절부절 못했다.

"그래. 윤승지 씨는 이런 애송이들과는 어울리지 않아. 나랑 어울리지."

이경은 휴대폰을 꺼내 어디론가 전화를 걸었다. 휴대폰을 주머니에 도로 집어넣으며 이경이 아이들에게 말했다.

"얘들아, 여기 계신 아줌마는 다른 볼일이 있어서 이 잘생긴 삼촌이랑 어딜 좀 가야 하거든. 내가 너희들 과제 도와줄 진짜 예쁜 누나 불렀으니까 조금만 기다릴래?"

이경은 승지에게 눈을 찡긋해 보이곤 전시실을 빠져나갔다.

"어딜 가는 건데요? 업무시간에 자리 오래 비우면 안 되는데."

승지가 투덜거리며 쫓아왔다.

"자꾸 한 번씩 깜빡깜빡 하나본데 내가 여기 대표거든? 윤승지 씨는 현재 대표 직할 임무를 충실히 수행중인 거야. 오케이?"

이경이 출입문 대신 비상계단으로 방향을 틀었다. 발소리가 울렸다.

"그래서, 대표 직할 임무란 게 뭔데요?"

승지가 거리를 둔 채 따라왔다.

"일단 조용한 곳으로 장소를 옮기지. 워낙에 기밀이라."

이경이 도착한 것은 갤러리 뒤쪽, 간이 양궁장이었다. 야외 공연장 객석 지하 한쪽에 마련된 장소로 외부에서는 양궁장이 노출되지 않아 직원들 중에서도 양궁장의 존재를 아는 이는 많지 않았다. 두 개의 사로는 인조 잔디로 마감되었고 벽은 회색 페인트가 칠해져 있었다. 50미터와 100미터에 각각 과녁이 설치돼 있었는데 원목으로 짠 개인 사물함에는 오로지 이경만이 사용하는 조준기와 활, 화살 등이 보관돼 있었다.

이경이 화살 두 대를 동시에 손에 끼우고 50미터 과녁과 100미터 과녁을 향해 번갈아가며 쏘았다. 화살은 약 1초의 차이를 두고 정확히 한 가운데 노란 과녁에 가 꽂혔다.

방금 두 눈으로 보고도 믿기지 않는 실력이었다. 지켜보던 승지의 입이 떡 벌어졌다.

"대표님 양궁 국가대표 출신이었어요?"

"에이, 날 뭘로 보고. 이 몸은 일개 국가나 대표할 실력이 아니라고."

"암튼 자기 자랑은 단 한 차례도 그냥 넘기는 법이 없지. 그나저나, 대표 직할 임무라는 게 양궁 갤러리 노릇은 아닐 테고."

이경은 거푸 열 발의 살을 쏴대며 말했다.

"맞아. 실은 긴히 물어볼 게 좀 있어서."

"뭔데요?"

바닥에 활을 내려놓은 이경이 승지를 돌아보며 자못 심각한 표정을 지었다.

"시리아엘 들어가야 해, 내가."

"시리아? 거긴 왜요? 지난번에 그 고생을 해놓고, 목숨이 두 개라도 되는 거예요?"

승지의 목소리에서 이경은 진심어린 걱정의 마음을 읽어냈다.

"설명하자면 길고. 마음에 꼭 드는 물건이 하필 거기에 있어."

"그게 뭐예요?"

이경은 문득 벽에 걸린 시계를 쳐다보았다.

"하, 이런, 늦었는걸."

이경은 서둘러 장비를 다시 제 자리에 집어넣었다.

"시간 없는 세상에 살 때가 좋았는데, 인간 세상은 시간에 쫓겨 살다 보니 당최 정신을 차릴 수가 없다니까. 안 그래?"

이경은 양복 상의에 팔을 끼우며 장난스럽게 승지의 얼굴 가까이 다가왔다.

"제 얼굴에 뭐라도 묻었어요?"

"아니, 이제 슬슬 본론을 꺼내려고. 나랑 시리아엘 같이 갑시다."

말문이 막힌 승지가 입을 떡 벌리고 있자 이경이 얼른 덧붙였다.

"난 시리아어가 좀 약해서. 당최 그쪽 말들은 뭐라고 하는 건지 알아들을 수가 없다니까."

그때 가까운 곳에서 발짝 소리가 텅텅 실내를 울리며 다가왔다.

이경과 승지가 동시에 출입구 쪽을 바라본 순간 출입문이 거친 소리를 내며 벌컥 열렸다. 공 실장을 대동한 채 씩씩거리며 이쪽으로 걸어오고 있는 이는 뜻밖에도 이경의 약혼녀 유안나였다.

"흥, 내 이럴 줄 알았다니까."

유안나는 이경과 승지를 번갈아가며 노려본 뒤 매섭게 팔을 엇갈아 꼈다.

"니네 둘이 여기서 뭐하냐? 핑크빛 사랑의 화살이라도 쏘고 있었니?"

이경은 승지에게 눈짓을 해 보이곤 옷매무시를 다듬었다.

눈치를 보던 승지가 고개를 숙여 보인 뒤 자리를 뜨자 유안나가 쏘아 붙였다.

"현이경 이 정신 빠진 놈아! 지금 니가 한가롭게 여직원하고 노닥거릴 때야?"

"노닥거리다니. 중동 여행과 관련해서 전문적인 조언 받을 게 있어서 잠깐 부른 거야. 저 친구, 잘 나가던 관광가이드 출신이란 것쯤 파악하고 온 거 아니었어?"

"흥, 전문적인 조언 좋아하시네. 달콤한 밀어나 속삭이고 계셨겠지."

공 실장이 두 사람 사이를 가로막고 나섰다.

"아아, 왜들 이러실까. 그나저나 전화는 왜 안 받으셨어요?"

이경이 과장된 동작으로 휴대폰을 꺼냈다.

"어라, 전화? 진동으로 돼 있었나보네. 무슨 일입니까?"

"회장님이 사고를 당하셨습니다."

"뭐라고요?"

이경은 활대로 머리를 한방 얻어맞은 것 같았다.

"뉴욕 본사 회장님 방에서 잠시 휴식을 취하고 계셨는데, 가스 폭발사고랍니다. 목 부분에 부상을 입으셨는데 다행히 생명에는 지장이……."

"가, 가스? 말이 됩니까? 회장님 방이 가스가 누출될 정도로 허술했단 말입니까?"

이경이 흥분해서 소리를 질렀다.

"그러니까 저도 그 부분이 도무지……."

이경이 자기 방으로 가기 위해 복도를 뛰어가며 말했다.

"당장 뉴욕행 비행기 예약해 줘요."

이경의 방으로 따라 들어온 유안나가 대답했다.

"그럴 필요 없어. 아버님은 응급 치료 받으신 뒤 모든 일정을 보이콧한 채 공항으로 이동 중이시니까."

"뭐? 아직 뉴욕 일정이 마무리 되지 않았을 텐데?"

이경은 고개를 갸우뚱했다. 혹시 무기 도입과 관련하여 협박을 받거나 약점을 잡히기라도 한 건 아닐까? 평소 현 회장이라면 수백억이 걸린 일을 포기하고 귀국을 서두를 이유가 없었기 때문이다. 더구나 가스 폭발 사고라니.

이경의 눈엔 그것이 우연을 가장한 필연처럼 느껴졌다. 누군가 아버지의 목숨을 노리고 있는 것 같았다. 아버지 역시 그런 기미를 눈치 채고 서둘러 귀국을 단행한 것은 아닐까.

"전 간부들은 퇴근하지 말고 비상 대기하라 하셨답니다."

공 실장이 대답했다.

"몇 시 비행깁니까? 공 실장님은 나랑 같이 공항으로 갑시다."

이경은 머릿속으로 지나가는 많은 의문들을 애써 눌러 삼켰다.

공항고속도로엔 가을비가 흩뿌리고 있었다.

이경은 약간의 추위를 느끼며 창밖으로 지나가는 풍경을 무심히 훑었다. 낡은 배들이 연기를 피워 올리며 시야를 오르내렸다. 언뜻언뜻 보이는 개펄엔 만조를 맞아 물이 차오르고 있었다. 운전을 하던 공순태가 속도를 줄이며 물었다.

"히터 켤까요?"

이경은 고개를 저었다.

"음악이나 한 곡 듣죠."

"특별히 듣고 싶으신 거라도?"

"모차르트 41번."

공순태는 그럴 줄 알았다는 듯이 액정 화면을 두드려 음악을 로딩시켰다. 주피터라는 부제가 붙은 모차르트의 교향곡 41번은 모차르트의 마지막 교향곡이기도 하다. 이경은 특히 1악장을 좋아한다. 웅장한 느낌을 주는 1악장은 오늘처럼 비가 부슬거리는 날에 듣기 제격이었다. 1악장에서는 인간들이 주피터에게 바치는 찬란한 선율의 향연이 벌어진다. 음악이 품고 있는 찬란한 빛을 감당할 수 없어 이경은 매번 눈을 감아야했다.

"대표님은 20세기의 가장 위대한 협주곡이 뭔 줄 아세요?"

백미러로 기회를 엿보던 공 실장이 물었다.

"아뇨. 20세기의 위대한 협주곡이 한두 곡인가."

노래하면 빠질 수 없는 인간이 공 실장이었다. 그가 음악인이 되지 않고 왜 고리타분한 갤러리 비서실장이 됐는지 모를 정도로 음악 전 장르에 걸쳐 박식했다. 그는 뭐든 사물과 음악을 연관시키는 버릇이 있다. 이를테면 커피를 앞에 놓고 마주앉았다고 치자. 어쩌다가 이야기의 흐름이 커피로 흘러간다. 커피는 어떻게 볶는 게 맛있고 공정무역이 어쩌고 하는 얘기들을 끝없이 늘어놓는다.

"그 중에서도 첫 번째가 아랑후에스 협주곡이죠."

공 실장은 후에스라는 발음에 잔뜩 힘을 주었다.

"어디 들어나 봅시다."

"호아킨 로드리고라는 스페인 작곡가가 있었습니다. 그는 어렸을 때 수두를 심하게 앓아 시력을 잃어서, 점자로 작곡을 하며 고독하게 인생을 보냈죠. 그러던 어느 날 천사가 나타났어요. 어떤 여자가 그를 사랑하게 됐고 둘은 결혼을 한 거죠. 아내가 임신을 하자 로드리고는 세상을 다 가진 듯 기뻐했어요. 하지만 기쁨도 잠시, 아이를 낳던 아내가 난산으로 아이와 함께 죽게 되었답니다. 폭풍우가 몰아치던 그날 밤, 로드리고는 뜰로 나가 울부짖었어요. 신이시여. 어찌하여 제게서 눈을 앗아가시고 또 아내와 아이마저 빼앗아 가십니까? 물론 신은 응답하지 않았답니다. 로드리고는 벽을 짚어가며 미친 듯 신을 원망하기 시작했는데, 그분노의 감정이 올올이 담겨 완성된 것이 아랑후에스 협주곡, 그 중에서도 2악장이죠. 생각해보세요, 예술이란 게 이상하지 않나요? 결혼생활이 파괴된 이후에야 불후의 명곡이 나왔으니 말입니다. 예술이란……."

공 실장은 음악 애호가이기 이전에 와인 애호가이기도 하고 수석에도 약간의 전문 지식을 가지고 있다. 그와 같이 차를 타고

장거리 여행이라도 가게 된 사람들은 십중팔구, 지루하기 짝이 없는 와인 얘기를 30분도 더 들어야 하고 이름도 생소할뿐더러 별로 알고 싶지도 않은 유럽의 작곡가들과 바로크 시대의 음악 스타일 같은 시시콜콜한 얘기며, 들어 봤자 나흘도 못 가 잊어버리게 될 프랑스 왕비 마리 앙투아네트와 그녀가 좋아했다는 오페라, 앙투아네트의 음악 선생이었던 독일인 슈발리에 글루크와의 염문, 마리 앙투아네트가 루이15세 때 사라진 식탁연주를 부활시키며 "폐하께 술잔을!"이라고 외쳤다는 이야기까지, 시답잖고 시시콜콜한 이야기들을 끝도 없이 들어야 한다.

"그래서요, 오늘 이야기의 결론이 뭐죠?"

"그냥, 인생이 그렇다는 겁니다."

공 실장이 헤벌쭉 사람 좋게 웃었다.

차를 지하 주차장에 넣은 뒤 이경과 공순태는 서둘러 입국장으로 올라갔다. 사람들로 바글거리는 일반 통로와 달리 VIP입국장은 한산했다. 현 회장을 마중 나온 운전기사와 덩치 좋은 비서실 관계자들이 이경을 알아보고 인사를 건네 왔을 뿐이다.

이경은 생수 한 병을 사서 몇 모금 들이켠 뒤 시간을 확인했다. 비행기 도착하고 20분이 지났으니 조금 있으면 현 회장이 수행 비서들과 자동문 밖으로 얼굴을 내밀 것이었다.

"앰불런스 대기 시켜놓고 곧장 병원으로 가려고 했는데 회장님께서 극구 거절하셨답니다. 몸의 상태보다는, 간부급 직원들에게 뭔가 하실 말씀이 더 급하신 모양이었습니다."

아버지의 부상이 예상보다 심각하지 않은 것 같아 이경은 안도했다. 현 회장은 자신의 은색 롤스로이스 팬텀에 오른 뒤 곧장 강남에 있는 본사 회의실로 직행할 것이었다. 현 회장은 회사의 명운이 걸린 중대한 사안 때마다 그곳에서 간부 및 일부 이사를 동석시켜 회의를 열곤 했다. 이경을 갤러리 로마의 대표로 구두 발령을 냈던 곳도 그곳이었다.

"혹시 세간에 나온 신문 기사를 회장님이 보신 것 아닐까요?"

이경은 며칠 전 찌라시 기사를 떠올렸다.

"글쎄요. 그 일과는 관련이 없어 보이고요. 아무래도 뉴욕에서 놀라신 일 때문에 그러지 않을까 싶습니다. 현 부회장님이 쩔쩔매며 전화를 받았다는 얘기도 들었고요."

그들이 몇 마디 더 주고받을 무렵, 입국장 출입문이 열리고 현 회장이 모습을 드러냈다. 넥워머로 목을 가렸지만 초췌함을 숨길 수 없는 표정이었다.

함께 수행했던 천 비서실장과 고문변호사가 긴장한 얼굴로 현 회장 뒤를 따라 나왔다. 두 늙은이 모두 현 회장이 가는 곳은 어디든 함께 손발처럼 움직이는 인물들로 뉴욕에서 현 회장이 겪은 일을 누구보다 잘 알고 있을 것이었다.

"회장님, 몸은 좀 어떠십니까?"

공 실장이 먼저 고개를 숙이고 뒤이어 이경도 고개를 숙였다. 그 순간 미리 언질이라도 있었는지 마중 나왔던 비서실 직원들이 좀 과도하다 싶을 정도로 현 회장을 좌우에서 둘러쌌다. 이경이 그들을 뚫고 다시 앞으로 나아갔다.

"아버지는 제가 모시겠습니다. 비켜 주세요."

비서실 직원 하나가 난처해하며 이경에게 속삭였다.

"회장님 지시사항입니다. 공항에 테러리스트가 있을지도 모른다고 하셨어요."

"테러리스트? 뭐야, 그럼 지금 날 그 쪽에다 분류시킨 거야?"

"저, 그게 아니라……."

이경은 황당하다는 반응을 보였다.

"대한민국 공항이 그렇게 허술한 곳입니까?"

이경은 비서를 밀고 다시 현 회장 옆으로 다가갔다.

"상처는 좀 어떠세요?"

현 회장이 이쪽은 쳐다보지도 않은 채 차갑게 뱉었다.

"가서 갤러리나 잘 간수해. 여기서 얼씬거리지 말고."

눈치 빠른 공 실장이 이경의 팔을 잡아채고는 회장의 뒤를 졸 졸 따라갔다.

걸음을 멈춘 이경은 비서진들에 둘러 싸여 엘리베이터에 오르 는 현 회장의 뒷모습을 오래도록 지켜보았다. 아버지의 이상하 리만치 차가운 태도는 오늘도 변함이 없었다. 이경은 애써 서운 함을 숨겼다.

이경을 두고 엘리베이터 앞까지 쫓아가 굽신거리던 공 실장이 돌아왔다.

"심경이 많이 편찮으신 모양입니다."

이경의 마음을 대충은 헤아리고 있다는 태도였다.

"주치의한텐 연락이 가 있겠죠?"

"그렇겠죠. 이럴 게 아니라 어디 가서 회나 한 접시 들고 갈래 요? 아, 맞다. 강화도 어디더라. 복어회 끝내주는 집이 있다던데. 한잔 하면서……."

"그냥 갑시다."

"네?"

"그냥 가자고요. 난 따로 들를 곳이 있어서."

몸을 홱 돌리며 이경이 덧붙였다.

"참, 내일 일정 전부 최소합니다."

공 실장이 당황해하며 이경을 불렀다.

"앗, 아니, 대표님. 내일은 빠지면 안 되는 일정이 두 개나 있습니다."

이경은 대꾸하지 않은 채 계단으로 내려갔다.

지나가던 택시가 멎었고 이경은 무표정하니 택시에 올랐다. 목적지를 묻는 운전기사의 질문에 자신도 모르게 "성산동!"이라고 말했다. 말을 해놓고 이경은 스스로 소스라치게 놀랐다. 성산동이라니? 성산동, 그곳은 얼굴도 기억나지 않는 엄마가 의문의 가스폭발사고를 당해 사망한 곳이었다. 20여 년이 훌쩍 흘러버린 지금, 이경은 택시를 타고 그 장소로 향하고 있었다. 꼭 뭔가에 홀린 것처럼.

이경은 30분 뒤, 옛 마포구청 조금 못 미친 곳에서 택시를 내렸다. 이경은 사방을 휘둘러보았다. 강렬하게 휘몰아쳐오는 기시감 때문이었다. 열두 살 때였나, 공 실장의 안내를 받아 처음 이곳에 와 본 적이 있었지. 성산동 안쪽엔 성미산이란 작은 산이 있다. 그 안쪽 골짜기에 자리했던 빨간 벽돌의, 당시로서는 꽤 고급스러웠던 장미 빌라 404호. 4가 두 번이나 들어간 호수 때문이었을까. 엄마는 그곳에서 가스 폭발 사고로 숯덩이가 돼 죽었다. 엄마에 얽힌 기억은 거의 남아 있지 않지만, 이상하게도 사건 당일의 기억만큼은 뚜렷하다.

그날 이경의 엄마는 햇볕이 잘 드는 창가에 앉아 이경에게 젖을 먹이고 있었다. 그녀는 현 회장이 선물해준 흔들의자에 앉아 있었는데, 특히 그곳에 앉아 이경에게 젖을 먹이며 해바라기하는 것을 좋아했다. 어떤 날은 하루 종일 창가에 앉아 남편을 기다리기도 했다. 어느 가정에서나 볼 수 있는 평화로운 풍경이었다. 엄마 품에 매달린 이경은 젖을 빨면서도 엄마의 얼굴을 보기위해 애썼던 기억이 난다. 엄마를 곧 잃어버리게 될 것 같아서 자꾸 자꾸 눈 속에 집어넣으려 욕심을 부렸던 것이다.

그리고 어느 순간, 그 평화롭던 화면이 흔들린다. 마리 할리우드 영화 속에서나 보았음직한 비현실적인 풍경이 눈앞에서 상영됐다. 쾅, 쾅, 하는 연쇄 폭발소리, 비명과 함께 벽으로 날아가 부딪히는 엄마, 뱀의 혀처럼 거실로 번져 오던 뜨거운 불길, 그 아비규환의 상황에서도 아이를 꼭 껴안고 놓지 않았던 엄마, 마지막으로 뜨거운 불길이 두 사람을 감싸기 전, 자신도 모르는 사이에 불길이 뻗치지 않은 곳으로 안전하게 튕겨져 나왔던 이경, 아직도 고막에 생생하게 남은 엄마의 울부짖는 목소리…….

이경은 나뭇가지들을 헤집으며 성미산으로 올라갔다. 이경은 이둠에 잠긴 장미빌라를 내려다보며 슈퍼에서 산 캔 맥주를 마셨다. 그가 태어난 곳도 이곳이었다. 나중에 이웃에 산다는 노파에게 들은 얘기지만, 어머니는 사고가 나기 전 어린 이경을 등에 업고 오후마다 한 차례씩 성미산 둘레길을 걸었다고 한다. 산자락 어디에선가 복아, 하고 어릴 때 태명을 그대로 부르는 그날 어머니의 목소리가 들려오는 것 같아 이경은 가슴이 먹먹해졌다.

자정이 다 돼 이경은 겨우 자리에서 일어났다. 이경은 택시를 잡을 겸 큰 길을 향해 걸어 내려왔다. 그쳤던 이슬비가 다시 시작되고 있었다. 이경은 우산도 없이 자전거 도로를 따라 걷기 시작했다. 성산대교로 들어서자 비가 제법 거세졌다. 그는 걸음을 멈추고 다리 난간 아래를 내려다보았다. 이경은 인간들의 죽음에 대해 생각했다. 인간들은 때때로 그들이 힘들 때, 다리 난간 위로 몸을 날리기도 한다. 강물 밑에 하데스가 지키는 차가운 지옥이 기다리고 있는 줄도 모른 채 인간들은 잘도 몸을 날린다.

죽음이란 대체 무엇일까? 신으로 천상계를 휘저을 때만 해도 죽음이란 이해할 수 없는 관념 가운데 하나에 지나지 않았다. 그러나 인간계로 추방당한 뒤, 소멸 시효를 얼마 안 남긴 지금 죽음은 너무나도 냉혹한 현실이었다. 인간의 몸을 받았으니 언제든 다리 아래로 몸을 날리기만 하면 복잡한 현실을 벗어날 수 있다. 하지만 그땐 더 가혹한 형벌이 기다리고 있겠지. 지옥의 불구 덩이를 10억 년쯤 견디라는 형벌이 내려질지도 모를 일이었다.

이경은 뛰어내림으로 사라져버릴 인간의 시간에 대해 생각했다. 다리 난간으로 상체를 기울여 무게중심을 난간 밖으로 옮긴 뒤 몸을 늘어뜨리게 될 것이다. 강의 중력은 자연스럽게 그를 끌어당겨 스물아홉 해의 시간을 집어삼키겠지. 그렇다면 강물 속으로 곤두박질 친 뒤, 나의 시간은 어떻게 되는 걸까? 천계에서는 한바탕 난리가 나겠지. 동정의 가치가 없는 놈이라며 영원히 나의 생명을 거두어 가겠지.

감상에 젖은 이경은 둔치로 걸어 내려가 길 잃은 유령처럼 걸어 다녔다. 이경은 슬펐다. 자신이 살고 있는 이 세계가 슬펐다. 사람들은 어째서 위태롭게 다리 난간에 기대어 아래를 내려다보며 자신의 남겨질 시간에 대해 걱정해야 하는가. 다리 위로는 어떤 이유로 그렇게 많은 자동차가 지나가고 자동차 안마다 사람이 하나 둘씩 아무렇지도 않게 앉아서 운전대를 잡고 노래를 듣거나 전방을 주시하거나, 저녁 식사 메뉴와 따뜻한 샤워를 떠올리는 걸까. 대교의 가로등은 일정한 간격을 유지한 채 매일 불을 켜고 꺼야 하고, 겨울 갈매기들은 매년 다가오는 인정머리 없는 겨울을 향해 알면서도 날갯짓을 해야 하는가.

이경은 휴대폰을 꺼내 승지에게 전화를 걸었다. 시간이 늦어서인지 승지는 전화를 받지 않았다. 이경은 매점에서 맥주 두 캔을 더 샀다. 두 캔을 차례로 비우고 나자 비로소 어떤 가능성 하나가 떠올랐다. 그것은 용기였다. 제 몫의 시간을 깨뜨려야 할 때, 그것은 늘 단단한 용기를 필요로 한다. 그것은 시골집의 재래식 변소 같은 것이다. 그것을 이용해 보기 전까지, 우리는 그것이 지닌 상징들을 모른다. 그저 밤에 끔찍한 일이 벌어질 수 있다거나 냄새가 날 것이라는 막연한 추억만 가지고 있을 뿐이다.

그 추억은 언제 경험한 것인가? 경험하지 않은 결과는 망상일 뿐이다. 그러나 재래식 변소를 품고 앉아 그것을 경험했을 때, 그것은 작은 웃음거리밖에 되지 않는다. 비로소 진짜 추억이 생긴 셈이다. 완전한 소멸은 그만큼의 추억을 필요로 한다. 추억은 기억이란 이름의 옷을 입고 있다. 길을 걷다가 발길에 부딪힌 돌멩이 따위에 짜증이 나 충동적으로 다리 난간을 넘어갈 인간은 거의 없다. 추억은 단순한 것에서 복잡한 것까지 중력과 친화력을 지니게 만든다. 건물 옥상으로 올라가거나 다리 난간에 올라가는 사람들은 소멸되기를 바라는 추억을 경험한 자들이다.

하지만 그 추억들이란 사실 시간이 만들어 놓은 얼토당토않은 사기일 뿐이다. 왜냐하면 죽을 수 있는 용기가 생겼을 때, 아니

죽음이라는 달콤한 물결의 흐름이 육신을 부드럽게 쓰다듬는 순간 대다수는 제가 만들어놓은 시간을 잊게 된다. 죽은 자에게는 과거도 현재도 없다. 오로지 폐에 들어차는 물결의 속삭임만 있을 뿐이다.

집으로 돌아온 이경은 물에 젖은 옷도 벗지 않은 채 침대에 엎어졌다. 그때부터 밤새 지독한 꿈에 시달렸다. 반복되는 꿈은 언제나 초인종 소리가 그 시작이었다. 꿈속의 그는 거실에 앉아 지구본을 돌리며 생각에 잠겨 있었다. 아마도 남은 성물의 위치를 가늠하고 있었을 것이다. 초인종은 들릴 듯 말 듯 계속됐고 졸린 눈을 비비며 문을 열었다. 문을 열자 양복을 말끔하게 차려 입은 남자가 어둠 속에 서 있었다. 대략 서른 살쯤 된 것 같았다. 동양인도 서양인도 아닌, 실체가 불분명한 남자는 검은 모자에 검은 망토로 어깨를 덮고 있어서 얼굴이 반쪽밖에 보이지 않았다. 그림자로 이루어진 사내 같았다.

"가시죠. 마차가 준비돼 있습니다."

남자가 그렇게 말했던 것 같다.

"어딜 간다는 거지?"

꿈속의 이경은 두려워하며 물었다.

"길이 좀 막혔습니다. 길에 사람들이 많더라고요."

사내는 동문서답하며 마차의 안장을 잡아 당겼다.

그 사내가 누구고 왜 이경을 데리러 왔는지, 이경은 알지 못했다. 거부할 수 없는 거대한 힘이 이경으로 하여금 남자를 따르도록 종용하는 것 같았다. 마차는 순식간에, 번개가 내리치는 아슬아슬한 계곡으로 들어섰다. 마차 바깥은 천 길 낭떠러지, 천둥 불빛에 절개지 한쪽이 보였다가 안 보였다가 했다.

이경은 땀을 뻘뻘 흘리며 사내에게 묻고 있었다.

"당신은 누구이며 나는 어디로 가는 거지?"

마부는 대답하지 않았다.

대답 대신 그는 씩 웃으며 뒤를 한 차례 돌아보았을 뿐이다.

위기를 돌파하라

IS라는 전염병의 창궐과 함께 세계는 다시 깊은 전쟁의 수렁으로 빠져들어갔다. 전선은 이라크와 시리아, 북아프리카로 확대되는 추세였고 세계의 경찰을 자처하는 미국은 부지런히 주판알을 놀리며 지상군 투입을 보류하고 있었다. 그 와중에도 아군의 인명 피해를 최소화하기 위한 미군의 공습은 계속됐고 연일 계속되는 미국의 시리아 공습으로 시리아를 방문해 성물을 찾아야 하는 이경은 시간이 흐를수록 초조해졌다.

그날 신들의 회의를 거쳐 모이라에게 받은 수명은 이제 2개월 남짓밖에 남아 있지 않았다. 2개월 동안 남은 성물을 찾지 못하면 신계와 인간계 모두에서 영원히 소멸해 버리고 마는 것이다. 엎친 데 덮친 격으로 로얄 인터스트리의 뉴욕 본사에 가스폭발

사고가 일어나고 현 회장이 부상을 입어 급히 귀국하는 사태까지 벌어졌으니 이경으로선 최악의 상황에 직면한 셈이었다. 공항까지 마중을 나갔지만 현 회장은 철저히 그를 외면했고, 그룹 주요 인사들이 모이는 회의장에도 초대를 받지 못했다.

"그래도 이유가 있겠지?"

이경은 스스로 자신을 위로했다.

이경이 아버지로부터 연락을 받게 된 건, 그로부터 일주일 뒤였다. 정확히는 아버지의 직접적인 연락이 아니라, 천 비서를 통한 연락이었다.

"긴히 드릴 말씀이 있어서 왔습니다."

언제나 검은 정장만을 고집해서 흑 비서로 불리기도 하는 천 비서는 긴히 할 말이라도 있는 양 주변을 경계하며 갤러리 로마로 이경을 찾아왔다. 이경과 대화를 나누던 공 실장까지 물린 뒤에야 천 비서는 조심스럽게 입을 열었다.

"간단하게 말씀드리죠. 회장님의 직언이라 생각하시고 들어주세요. 회장님께선 대표님께서 당분간 해외에 나가 있길 원하십니다. 한 6개월쯤, 적당히 인과관계를 만들어서 자연스럽게 움직이시라고 말씀하셨습니다. 갤러리 일에서도 웬만하면 손을 뗀 모양새가 되도록 해 주십시오. 이쪽은 비서실에서 따로 사람이

나와서……."

이건 무슨 뚱딴지같은 소리란 말인가.

"이보세요, 천 비서님. 갑자기 찾아와선 무슨 밑도 끝도 없는 소립니까?"

이경이 주먹으로 탁자를 땅 내리쳤다.

"그룹을 물려 줄 2인자라도 물색하신 모양이죠? 이렇게 치사한 방법을 동원하지 않아도 알아서 갈 테니 말만 하십시오. 김한영이 귀국했다던데, 혹시 아버님께서 요즘 들어 하나밖에 없는 조카가 더 눈에 들어오신답니까?"

천 비서가 조금의 미동도 없이 대답했다.

"저는 그저 회장님의 의중을 전해드릴 뿐이라 무어라 드릴 말씀이 없습니다. 다만, 오해는 하지 않으셨으면 좋겠습니다. 그룹의 후계문제 따위로 대표님을 외국에 내보내진 않을 거라는 말씀입니다."

"그것참. 같은 말을 해도 알아듣게 하면 좋겠네."

그때 이경의 머리에 번개처럼 스쳐가는 게 있었다.

"혹시, 그 신문기사 때문에 그러는 것 아닙니까?"

"신문기사라뇨?"

천 비서는 외려 모르겠다는 투였다.

"흠, 모르면 맙시다. 그나저나 지금 그게 중요한 게 아니잖아요? 대체 아버님한테 무슨 일이 있었던 겁니까? 천 비서님은 24시간 회장님과 같이 있었을 것 아닙니까? 무슨 일이 있었는지 속 시원히 얘길 해 주시죠. 회의에도 저를 배제하지 않았습니까? 그룹의 후계자를 배제할 만큼 비밀스러운 일이라도 생긴 겁니까?"

"별다른 말씀 없으셨습니다. 회계장부를 자체적으로 다시 점검해서 감사에 대비하란 지시가 있었고요. 안전사고가 생기지 않도록 직원 안전교육을 실시하고, 또 신입사원 채용 시 국외 국적자는 채용을 잠시 미루라는 것 정도……."

"잠깐만요. 국외 국적자는 채용을 미룬다? 그건 무슨 소리지?"

"글쎄요. 테러 때문 아닐까요? 요즘 하도 전 세계적으로 뒤숭숭하지 않습니까?"

이경은 아버지가 당한 사고가 단순한 사고가 아님을 확신했다. 이경은 아버지의 심장에 온 신경을 집중시켰다. 심장의 호흡이 불안했다. 아버지는 무언가를 두려워하고 있는 게 분명했다. 서둘러 귀국을 한 것도 생명의 위험을 느꼈기 때문이 아닐까. 감사에 대비하란 지시로 보아하건데, 혹시 정치권과 연계되어 있는 것은 아닐까. 수백억 원의 이익을 포기하고 귀국할 정도라면 더더욱 그럴 확률이 높았다.

"흥, 좋아요, 좋아. 회장님 뜻이 그러하다면 못 들어드릴 것도 없지요. 안 그래도 밖에 나갈 일이 생겨 몸이 근질거리니까요. 다만 6개월은 좀 그렇고, 뭐 어쨌든 자주 들락날락 하겠습니다. 제가 원체 바쁜 몸이라서요. 천 비서님도 저만큼 바쁘실 테니 이만 가보시죠."

천 비서가 문을 열고 나서려는데 이경이 다시 그를 불러 세웠다.

"저기. 아버님 몸 상태는 어떻습니까?"

천 비서가 정중히 몸을 숙이며 대답했다.

"크게 걱정하지 않으셔도 됩니다. 보셨다시피 목에 화상을 좀 입으셨는데, 문제는 화상이 아니라 심리적으로 많이 위축되신 부분이……."

그는 무슨 말인가 더 하려다가 그만두었다.

"그것 봐. 뭐가 있다니까. 그러지 말고 속 시원해 말씀을 해 주시죠. 뭐가 문젭니까? 아들인 저한테도 속일 만큼 중요한 일이라도 생긴 겁니까?"

"글쎄. 저도 그게 답답합니다."

천 비서는 진심인 듯 한숨을 쉬더니 꾸벅 목례를 하곤 사라졌다.

천 비서가 주차장으로 내려가는 걸 확인하자마자 공 실장이 헐레벌떡 뛰어 들어왔다. 급하게 뛰어온 나머지 넥타이가 목 뒤로 넘어간 것도 모른 채 물었다.

"저 인간, 왜 온 겁니까?"

공 실장은 살갑게 말 한번 붙이는 법 없는 천 비서를 그다지 좋아하지 않았다. 같은 그룹비서실 소속이면서도 자신을 아래로 보는 것 같다며 투덜거리던 기억이 이경에게 남아 있었다.

"밖엘 좀 나가 있는 게 좋겠다는데?"

"밖에요? 밖에 나가면 대표님이 얼마나 사고를 치고 다니는지 몰라서 그런답니까? 회장님은 아들을 몰라도 너무 모르시네."

"뭔가 이유가 있겠죠. 혹시 나 외부로 나간 뒤 중역이랑 이사들 다 소집해서 김한영 여기 앉히려고 그러나?"

"에이, 그렇게 치졸한 방법을 쓰겠습니까?"

"그럼 왜 날 쫓아내지 못해 안달일까?"

"분명히 다른 이유가 있겠죠."

공 실장이 목 뒤로 넘어간 넥타이를 겸연쩍어하며 바로 폈다.

"아참, 내 정신 좀 봐. 그거 때문에 온 게 아닌데."

공 실장이 이경이 앉은 책상 앞으로 바싹 다가왔다.

"왜요, 시리아로 넘어갈 안전한 루트라도 찾아냈습니까?"

"그게 아니고요. 인터넷에서 요상한 글을 홍보실 직원이 발견했지 뭡니까?"

"황색 기사로도 모자라 이젠 요상한 글까지?"

"컴퓨터 켜시고 검색창에서 '로마 유령'이라고 검색 좀 해 보시죠."

"로마 유령? 그건 또 무슨 귀신 씨나락 까먹는 소립니까? 우리 갤러리에 로마시대 유령이라도 나온단 거예요?"

"그러게 말입니다."

이경은 크롬을 바탕화면에 띄우고 검색창에 공 실장이 알려준 단어를 적어 넣었다. 엔터를 치자 정말로 로마 유령과 관련된 여러 개의 글들이 떴다. 로마 뒷골목의 유령 얘기인 줄 알았더니 갤러리 로마와 관련된 글이었다. 구체적으로는 갤러리 로마의 전시실 곳곳에서 유령이 출몰한다는 제보였다.

"이곳은 국내 최대의 전시 관련 커뮤니팁니다. 관련 종사자들도 많고 그림을 좋아하는 일반인들도 다양하게 정보와 의견을 교환하는 그런 곳이죠. 그런데 며칠 전부터 유령 괴담이 떠돌고 있습니다. 로마에서 구경을 하다가 유령을 봤다는 소문인데, 한 명이 그런 글을 올리자 너도 나도 비슷한 경험을 했다는 글이 올라오고 있어요."

이경은 픽, 하고 웃었다.

"에이, 외계인이면 또 몰라. 21세기에 웬 유령 타령?"

"암튼 장난으로 웃어넘길 사안은 아닌 것 같습니다."

사연의 내용은 대략 이런 것이었다. 최초 글을 올린 네티즌은 갤러리 로마 근처에 살아 평소 자주 로마를 찾는다는 20대 여자였다. 화요일 오후, 그녀는 산책을 나왔다가 평소처럼 로마 갤러리 안으로 들어서게 되었다. 비가 조금 내려서 갤러리 주변으로 운치 있게 안개가 끼어 있었다. 그녀는 야외 공연장 주변에 잠시 앉아 손에 들고 왔던 아이스크림 하나를 다 먹은 뒤 표를 끊지 않고 상설 전시실로 올라갔다. 평일 오후라 그런지 상설 전시실엔 마침 그녀밖에 남아 있지 않았다. 그녀는 평소처럼 100평 남짓한 전시실에 들러 작품을 감상하다가 천경자의 〈내 슬픈 전설의 22페이지〉라는 작품 앞에 섰다. 그 작품은 천경자의 작품 중에서도 그녀가 특히 좋아하는 작품이었다.

'작품에 시선을 고정한 채 정신없이 쳐다보고 있을 때였어요. 갑자기 이상한 것이…… 이상한 기운이 느껴지는 거였어요. 누군가 나를 지켜보고 있다는 그런 느낌이요. 그림이 살아서 나를 쳐다보고 있는 것 같았어요. 그림 위에 다른 영상이 겹쳐진 것처럼 흐늘거리며 그림이 두 개로 보이는 거예요. 너무도 놀라서 비명을 지르며 주저앉았어요. 비명소리를 듣고 직원이 달려와서 저를 부축했어요. 그림을 가리키며, 저 그림을 보라고 소리를 질

렀는데 직원이 뒤를 돌아보자 언제 그랬냐는 듯이 그림이 제 형태로 돌아와 있더라고요.'

　다른 제보도 잇따랐다. 쌍둥이 아이들과 오전에 제3전시실을 찾았던 한 30대 여인은 방금 관람하고 돌아섰던 설치미술 작품 한 점이 감쪽같이 반대 방향으로 바뀌어 놓여 있었다고 증언했다. 제3전시실은 주로 미술작품을 전시한 곳으로, 여인이 지목한 작품은 로마시대의 청동투구였다. 여인은 아이들과 자신을 향해 놓여 있던 투구가 기묘한 소리와 함께 뒷면으로 자리를 바꾸었다며, 소름이 끼쳐 관람을 포기하고 그 자리를 얼른 벗어났다고 한다. 그밖에도 화장실에서 이상한 소리가 들렸다거나, 심지어는 복도에서 흐릿한 형체의 유령을 보았다는 글도 올라왔다. 일일이 확인할 수는 없었지만, 전시실에 대한 묘사나 상황이 매우 사실적이어서 단순히 누군가의 음해나 악플로 치부할 수만은 없는 글이었다.

　"좀 더 상황을 지켜봅시다. 지난번 회사를 공격하는 찌라시 기사도 그렇고, 만약 저게 사실이든 아니든 뭔가가 진행되고 있는 것은 분명해 보이니까요."

　"시리아엔 정말로 가실 생각입니까?"

　"아버지가 저더러 나가 있으라시니 말씀을 받들어야죠. 공 실장님은 그동안 외부의 여론조작 말고, 직원들 중에서 유령을 보았다고 하는 사람이 있으면 면담을 해 보세요. 종사하는 직원들이 못 보았다면 그건 사실이 아닌 겁니다."

공 실장은 동감의 의미로 고개를 끄덕였다.

"그럼 상황을 조금 더 지켜보겠습니다."

시간이 지나자 갤러리 로마를 둘러싼 괴담은 거대 인터넷 커뮤니티를 중심으로 점차 모양을 갖추며 하나의 실체를 갖춘 이야기로 굳어져갔다. 즉, 갤러리 로마에 중세의 유령이 살고 있으며 흐릿한 형체로 눈앞에 나타나곤 하는 유령은 물건을 마음대로 움직이기도 하고, 가끔 발걸음 소리나 기괴한 소리를 내기도 하며 그림 속에 숨어들어가 관람객들을 쳐다보며 낄낄거리기도 한다는 것이었다. 커뮤니티엔 당분간 갤러리 로마엘 가지 말라는 글들이 넘쳤고 유령을 목격한 사람들은 하나 같이 고열과 발진에 시달리는데, 이는 한을 품은 중세 유령의 해코지 때문이라는 주장이 힘을 얻어갔다.

조금 더 구체적인 의견도 올라왔다. 갤러리 로마는 그 이름에 걸맞게 로마시대 물품들이 다량으로 전시되어 있다. 그들 물품의 주인 중에는 한을 품고 죽은 귀신도 있게 마련이어서 어떠한 이유로 물품 속에 잠들었던 유령이 깨어나 관람객들을 해치고 있다는 의견이었다. 이런 괴담들은 단순히 괴담에 머물지 않고 수많은 인터넷 언론들에 의해 각색의 과정을 거쳐 반복적으로 재생산됐다. 인터넷에 로마유령을 치기만 해도 수백 개의 게시물이 뜨는 상황에까지 이르고 말았다. 이런 여론을 반영하듯 관람객들도 반으로 줄어들었다. 마치 전염병을 피하듯 사람들은 저주의 글들을 쏟아냈다.

유령의 정체가 발견된 경우도 있었다.

며칠 뒤 공 실장이 특유의 호들갑을 떨며 이경의 방으로 뛰어들어 왔다. 제3전시실의 투구를 움직이는 유령의 정체를 발견했다는 것인데, 유령의 정체는 근처 초등학교 학생들이었다. 녀석들은 지난 달, 제2전시실에서 열린 '명화로 읽는 그리스로마신화' 라는 테마의 기획전이 열렸을 당시, 복도에서 이경에게 된통 당한 적이 있는 학생들로 그때 자신들이 당했던 유령놀음의 보복을 하고자 몰래 갤러리로 숨어들어 장난을 쳤던 것이다.

"이 녀석들, 또 왔구나!"

이경은 단박에 그들을 알아보았다.

"앗, 그때 그 이상한 아저씨다."

아이들은 천진하게 다가와 아는 척을 했다.

"헛, 대 대표님 아는 아이들인가요?"

된통 아이들을 혼낼 생각으로 달려왔던 보안실 직원이 멋쩍어하며 물었다.

"좀 알죠. 왼석들아, 기왕 하려면 나처럼 제대로 했어야지, 겨우 테이블 뒤에 숨어서 심장 약한 여자들이나 놀려주는 거냐?"

이경은 아이들에게 일일이 꿀밤을 한 대씩 먹인 뒤 풀어주었다.

"그렇다고 이 모든 게 아이들 장난은 아니지 않습니까?"

공 실장은 뒤가 개운치 않다는 기색이었다.

"맞아요. 뭔가 있겠죠. 우선 아이들이 장난을 쳤던 거라고 보도자료 몇 줄 내보내죠. 여론을 환기시키는 일이 중요하니까."

한강이 내려다보이는 레스토랑의 이름은 '아가멤논' 이었다.

트로이 전쟁 당시 그리스군 총사령관이었던 아가멤논, 그러나 여신 아르테미스의 노여움을 사 바닷길이 막히자 자신의 딸을 제물로 바쳤던 남자. 전쟁에 이기고 겨우겨우 귀국하였으나 아내와 그녀의 정부에 의해 살해당한 비극의 사나이.

이러한 역사적 상징과는 별개로 레스토랑 아가멤논은 입구에 영국 선술집에 놓여 있을 법한 오크나무 술통과 돈키호테가 입고 나섰을 듯한 낡은 유럽 기사의 갑옷을 장식해두고 있었다. 입구의 고전적 분위기와 달리 빨간 양탄자가 깔린 레스토랑은 나비가 날아다닐 것 같은 화사한 분위기였다.

"돈키호테를 읽으셨나요?"

입구의 갑옷을 가리키며 승지가 이경에게 물었다.

"읽었지. 좀 오래 되서 기억이 가물가물 하긴 해."

이경이 메인으로 나온 어린 양 갈비를 우아하게 나이프로 썰며 대답했다.

"대학 때 돈키호테랑 오이디푸스를 연계하여 리포트를 제출한 적이 있어요. 오이디푸스의 여정은 귀로의 여정이잖아요. 아내가 기다리는 집으로 돌아가려는 한 사나이의 열망은 그러나 이런 저런 역경으로 자주 차단당하죠. 그 여정은 밖이 아니라 안을 향하고 있으므로 필연적으로 비극성을 띨 수밖에 없으니까요. 돈키호테의 여정은 다르죠. 그의 여정은 근본적으로 돌아옴이 아닌, 외부를 향해 있어요. 머리가 살짝 돈 몰락한 기사라는 우스꽝스런 설정도, 늙은 말과 머리가 모자라는 그의 수하도, 그러나 결코 비극적이지 않은 이유가 여기에 있죠. 길 위에서 그들이 맞닥뜨리게 되는 건 모험이니까요."

"서방의 옛 사나이들 따위엔 관심 없어. 내가 알고 싶은 건 윤승지야. 윤승지 씨는 지금껏 어떤 삶을 살아왔지? 학교에선 뭘 배웠고 졸업하곤 뭘 했어? 취미는 뭐야? 어떤 색깔과 음식을 좋아하지? 아, 혈액형은 어떻게 돼?"

속사포 같은 이경의 질문에 승지는 빙그레 미소를 지었다.

"여태 궁금해서 어떻게 참았어요?"

"인내는 내 태생적 재능이거든."

"음. 뭐 특별히 어떤 삶이랄 것도 없어요. 전문대를 졸업한 뒤, 스물다섯이 될 때까지 취업 준비하며 남들처럼 살았고요. 일주일에 책을 두 권씩 읽었고 일 년에 두 번은 시립미술관에 들렀고 한 달에 한 번쯤 대학로에 들러 연극을 봤고 별 일 없다면 하루에 한 번 저녁마다 산책을 하고. 돈이 떨어지면 몇 달이고 취업을 해서 돈을 벌다가……."

"다른 직장은?"

"이것저것 하긴 했는데, 손에 익을 만하면 잘리더라고요. 직장 얘기가 나와서 말인데, 사실 직장엔 큰 정을 붙이지 못했어요. 그때까지 내가 한 일 중에서 가장 열심이었던 건 책읽기였어요. 잠을 자는 시간을 빼고 두 번째로 많은 비중을 차지하죠. 수십 권의 기사도 소설을 읽고 마침내 세상으로 뛰쳐나가 낡은 창을 겨누게 된 돈키호테처럼 언젠가 내가 가진 창을 겨눌 날만을 기다렸죠. 그러나 슬프게도 내겐 낡은 창과 갑옷도, 늙은 말 한 마리도, 내 허름한 방황을 보조해줄 충직한 하인도 곁에 있지 않았어요."

이경의 맞은편에 앉은 승지는 와인으로 입술을 적셔가며 오늘 따라 조용조용 그러나 많은 말을 쏟아냈다. 말을 마치고 잠깐씩 잔으로 입을 가져갈 때마다 그녀의 두 볼이 발그스름하게 복숭 앗빛으로 부풀어 올랐다. 깔끔한 정장 차림으로 갤러리 로비를 지킬 때와는 달리, 한껏 풀어진 얼굴이었다. 이경은 그런 승지의 얼굴에서 시선을 떼지 못했다.

"근데 내 얼굴에 뭐 묻었어요? 뭘 그렇게 빤히 봐요?"

"아아니, 잠깐 딴 생각하느라."

이경은 승지가 지금 입고 있는 청바지에 흰 티셔츠가 외려 그 녀를 더 돋보이게 하는 것 같아 자꾸만 마음이 쓰였다. 돋보인 다, 라고 느껴지는 감정과 그 동안 수없이 보아왔던 여인의 아름 다움 사이, 이경은 그 간극을 해석해 내느라 진땀을 흘렸다.

"가이드는 어쩌다가 하게 된 거지?"

"그것도 우연이었어요. 지난가을, 더는 이대로 시간을 보내면 죄를 짓는 것 같은 생각이 들더라고요. 가진 돈을 탈탈 털어서 유럽 여행을 떠났던 것인데, 포르투갈로, 스페인으로, 그리스로 정신없이 돌아다니다 보니까 너무 좋더라고요. 완전 딴 세상을 경험하고 나니 집으로 돌아가기가 싫어졌어요. 그래서 방법을

찾던 와중에 강하다 투어에서 현지 아르바이트를 모집하는 글을
보고 덜컥 지원을 했죠."

"기묘한 우연이군."

"뭐가요?"

"아, 아무것도 아냐. 그래서?"

"강하다 투어 로마 현지 사무실에서 허드렛일을 하다가 틈나
는 대로 로마 지형을 익히고 다닌 보람이 있어서, 아르바이트 계
약이 끝난 뒤 인턴으로 지원을 하게 됐죠. 인턴이 되고 보니 갑
자기 욕심이 생기더라고요. 어떡하든 여기 눌러앉아야겠구나,
태어나 처음으로 정식 사원이 되는 꿈도 꾸어 보았고요. 딱 두
달만 더 버티면 되는 거였는데."

나비넥타이를 매고 바삐 오가는 웨이터들을 배경으로 승지가
연극 대사처럼 중얼거렸다.

"흠, 그럼 나 때문에 일이 틀어져 버린 건가? 잘 됐네. 보아하
니 갤러리가 답답해서 못 견뎌 하는 것 같은데 나랑 같이 시리아
나 갑시다."

"지난번처럼 생명을 건 일이라면 사양한다니까요."

"흠, 오래 사는 게 뭐 그리 좋다고."

"제 인생의 목표가 최대한 가늘고, 길게 사는 거랍니다."

와인을 한 모금 들이켠 뒤, 이경은 미간을 좁히며 승지의 왼쪽 가슴을 쏘아보았다. 일순 정적이 흐르며 째깍째깍 운명의 초침 소리가 이경의 귓가를 울렸다. 승지의 이름과 함께 수명을 알려 주는 이미지가 환영처럼 떠올랐다. '윤승지'라는 이름과 함께 가히 빛의 속도로 휘돌던 시곗바늘이 서서히 멈추며 로마자로 표기된 숫자를 가리켰다. LXXXII.

　"뭐야. 왜 볼 때마다 크기가 달라지는 거지?"

　"어머, 지금 뭐하는 거예요?"

　한숨처럼 내뱉은 이경의 말에 승지가 눈을 날카롭게 치떴다.

　"설마 내 가슴 얘기예요?"

　"아냐, 아냐, 오해하지 마. 거기 얘기가 아니라고."

　"그럼 그 아래 있는 심장 크기라도 투시해 본 거예요?"

　"그래, 오히려 그 쪽에 가깝다고 볼 수 있겠네."

　"흥, 둘러대도 참. 자기가 진짜 무슨 초능력자라도 되는 줄 아나봐."

　"초능력자? 그보다 훨씬 우월하지. 지난번에 목격했잖아. 그래, 나는 벽도 뚫을 수 있다고."

　이경이 농담처럼 건넸지만 승지에겐 그 말이 농담으로 들리지 않았다.

"말 나온 김에 딱 얘기해요. 정체가 뭐예요? 정말 마법사 같은 거예요?"

"맞아. 난 마법사야. 실은 내 드레스룸에 엄청 두껍고 비싼 벨 벳으로 만든 망토도 숨겨놓았어."

"장난하지 말고요. 마법사라면 증거를 보여 줘요. 해리 포터처 럼 허공에서 불을 일으키던가, 아님 유니콘을 소환한다던가."

"어쩌지? 지금은 좀 곤란한데."

"지팡이를 집에 두고 왔나요?"

"역시 윤승지 씨는 똑똑해. 그걸 어떻게 알았지?"

"어휴. 재미없다."

"재미없지? 그러지 말고 아까 하던 얘기나 더 해보자고. 윤승 지는 어떤 사람인지, 가족에 대해서, 혹은 유년 시절에 겪었던 일 같은 거, 그 무엇이라도 좋아. 나는 윤승지라는 인간에 대해 더 알고 싶으니까."

이야기를 하면서도 이경은 자신의 입에서 쏟아지는 말에 깜짝 깜짝 놀랐다. 70억도 넘는 인간 중의 하나일 뿐이었다. 한낱 인 간 여자 하나의 짧은 인생이 뭐 그리 궁금한 일이라고 이다지도 수다스럽게 묻고 있는지, 도무지 이유를 알지 못하는 것이다.

승지는 슬쩍 눈을 흘기고는 다시 말을 이어갔다.

"그냥 모든 게 다 평범했어요. 코리안 스탠다드. 여고를 나왔고 키는 딱 중간이었고 성적도 그랬어요. 인서울은 꿈도 꿀 수 없었고, 집에는 먹고 살기 바쁜 부모님이 계시고."

"고향은 어딘데?"

"정선이요. 거기 가면 올갱이를 잡을 수 있는데⋯⋯."

승지의 얼굴에 문득 그리움이 스쳤다.

"올갱이라고?"

"네, 민물에 사는 조개 같은 거예요."

"멋진 곳일 것 같아. 언제 기회가 되면 가보고 싶군."

이경의 말은 진심이었다.

"근데 언제까지 호구조사를 할 생각이에요?"

승지는 이제 더는 자기 얘길 하고 싶지 않은 듯 화제를 바꾸었다.

"근데 정말 시리아엔 왜 가려 하는 거예요? 그것부터 알아야 나도 하나 뿐인 목숨을 걸고 대표님을 도울지 말지 결정을 내리죠."

일곱 번째 성물인 '지혜의 눈'을 직접 확인했을 때의 상황이 이경의 눈앞에서 다시 재생되었다. 여덟 번째 성물인 청동거울 - '재생의 빛'은 분명 시리아에 있었다. 그날 눈앞에 펼쳐진 영상이 그렇게 가리켰다. 흙집들이 즐비한 아늑한 농촌마을이었다.

순박해 보이는 곳이었지만 전쟁의 여파 때문인지 담들은 곳곳이 무너져 있었고 아이들은 겁에 질린 얼굴을 하고서 지나가는 사람들을 한껏 경계했다. 이윽고 풍경이 좁혀지며 작은 집안으로 화면이 옮겨갔다. 식탁에 둘러앉아 흰 빵을 먹고 있는 서너 명의 남자들이 보였다. 그들의 옆에는 AK소총들이 장전된 채 놓여 있었다. 그리고 벽 한쪽에 작은 벽장이 들어 있었는데 이경이 찾는 성물은 그 벽장 속에 숨겨져 있었다.

"손바닥만한 청동거울이야. 시리아의 어느 농촌마을 벽장에 숨겨져 있지. 소총을 지닌 사내들이 그걸 지키고 있는데, 그들이 IS인지, 혹은 그들에 맞서는 반군인지, 아니면 정부군인지는 알 수 없어. 중요한 건 그걸 반드시 찾아야 한다는 점이야."

본능적인 호기심이 솟구친 승지가 상체를 당겨 앉으며 물었다.

"너무 모호한데. 좀 더 구체적인 정보는 없어요?"

"안타깝게도 지금 내가 알고 있는 건 이게 다야."

"그래서, 무작정 시리아로 날아가고 볼 생각인가요?"

"일단은 그럴 생각이야. 오늘 내일 당장은 아니지만."

얼마 남지 않은 시간을 떠올리며 이경은 답답함을 느꼈다. 모든 사실을 승지에게 털어놓아야 하나. 그게 무슨 도움이 될 수 있을까. 승지가 그 사실을 믿어 주기나 할까.

이경은 출렁이는 강물을 내려다보며 깊은 한숨을 내쉬었다.

"어디 아파요?"

승지가 걱정 가득한 눈빛으로 물었다.

"아냐, 머리가 좀 아파서 그래. 이제 그만 밖으로 나가서 저길 좀 걸어 보지. 불빛이 너무 환상적이잖아."

이경이 턱으로 한강의 야경을 가리켰다.

신계의 기억도, 인간의 기억도 모두 내려놓고 승지의 기억 속에서, 승지와 기억을 공유하며 잠시나마 시간의 흐름을 잊어버리고 싶은 그런 밤이었다.

둘은 카페를 나와 시민공원을 따라 둔치를 걸었다.

"별이 예뻐요."

밖으로 나오자 정말로 별이 보였다. 서울에선 드물게 하늘이 맑은 밤이었다. 아마도 전날 내린 비 때문인지도 모른다.

"혹시 삼태성 알아?"

이경이 걸음을 멈추고 북쪽을 가리켰다.

"조금 희미한데 저 세 개의 별이 삼태성이야. 미남 사냥꾼 오리온의 허리띠를 나란히 형성하는 세 개의 밝은 별. 윤승지 씨는 저 별들을 알고 있나?"

"아뇨, 계속해 봐요."

승지가 진지하게 이경이 가리킨 하늘로 시선을 옮겨갔다.

"거인 오리온을 정면으로 마주보면 그 위쪽에 밝게 빛나는 노란별을 볼 수 있는데 그 별은 마차부자리의 카펠라야. 마차부와 오리온자리의 오른쪽엔 황소자리가 위치하고. 오리온자리의 아래쪽은 상대적으로 작아 보이는 토끼자리, 토끼자리 왼쪽엔 큰개자리가 자리해 있어. 여기선 전부 보이지 않지만 정말 환상적인 별자리들이지."

"아, 나도 하나 아는 거 있어요. 혹시 물고기자리 알아요?"

"아니. 그런 별자리도 있어?"

이경으로선 처음 들어보는 이름이었다.

"나도 인터넷에서 읽은 건데, 원래 이름은 '날아다니는 물고기'라고 해요. 은하의 모양이 헤엄치는 물고기와 유사하거든요. 천구의 남쪽에 있어 우리나라에선 관측이 불가능한 별자리래요. 시간이 되면 그 별자리를 꼭 보러갈 생각이에요."

승지의 설명을 듣던 이경의 눈동자가 남쪽으로 옮겨갔다. 이경은 무언가를 찾기 위해 애쓰는 것 같았다. 이경이 바라보는 남쪽 하늘은 뿌옇게 연무에 덮여 있었다.

"저쪽, 보이지 않는 저쪽에 오르페우스가 있어."

승지는 이경에게서 전에 없던 쓸쓸함을 읽어냈다.

"거문고자리를 말하는 건가요?"

"응, 거문고자리가 자오선을 통과할 때."

"자오선을 통과할 때?"

이경이 꿈을 꾸듯 중얼거렸다.

"거문고자리가 자오선을 통과할 때 윤승지 씨, 당신이 그 별을 바라봐줬으면 좋겠어."

"왜……?"

이경은 대답 대신 승지의 손을 따뜻하게 맞잡았다.

외부에서 보면 갤러리 로마는 지극히 평화로운 곳이다. 5천 평이나 되는 넓은 땅에 세워진 그리스식 건축 양식의 흰 석조 건물들은 희고 깨끗한 느낌을 갖게 했고, 고풍스런 카페와 갖가지 예술품을 파는 공예점까지 들어서 있어 하루 종일 찾는 사람들이 많았다.

인터넷에 퍼진 괴담 여파로 찾는 사람이 다소 줄긴 했지만, 갤러리 로마는 여전히 그림과 예술을 좋아하는 사람들에겐 성지 같은 곳이었으며 이에 부응이라도 하듯 로마에선 연중 네 차례의 특별 전시회를 비롯하여 다양한 이벤트로 관람객들을 맞았다.

오늘은 한 달에 두 번 있는 로마의 정기 휴일, 그러나 휴일이라는 말이 무색하게 자동차들이 속속 주차장으로 들어서고 있었다. 자동차가 들어설 때마다 정문의 경비는 밖으로 뛰어나가 허리를 구십 도로 숙였다. 이런 분위기를 방증이라도 하듯 들어서는 차량들은 하나같이 외제차 일색이었고, 손님들이 차에서 내릴 때마다 양복을 말끔히 갖춰 입은 보안실 직원들은 무전기를 웅웅거리며 방문객들을 맞았다.

그들이 향하는 곳은 지하 1층, 일반인들의 출입이 엄격히 통제된, 로마의 가장 깊숙한 곳에 마련된 소회의실이었다. 이탈리아제 최고급 가구와 독일에서 공수해온 의자, 벽에 걸린 그림들이 범상치 않은 포스를 뿜어내는 곳이었다. 한쪽 벽면엔 대형 스크린이 펼쳐져 있어, 시시각각 갤러리 곳곳의 풍경을 담아냈다. 대리석 바닥은 따각따각 소리를 내며 방문객들을 받아냈고 그때마다 먼저 도착한 일행들은 자리에서 일어나 가볍게 인사를 나누었다.

오후 2시가 되자 양복을 입은 사내들이 회의실 문을 닫았다.

자리에 앉은 사람들은 모두 다섯이었다. 가장 상석에 앉은 이는 김한영의 엄마 현 부회장이었다. 단아한 투피스 정장 차림의 그녀는 나이답지 않게 주름 하나 없는 얼굴로 차분히 마주 앉은 사람들을 쳐다보았다. 그녀 옆에는 엄마를 쏙 빼닮은 김한영이

손에 들고 있는 폰에 얼굴을 박은 채 문자를 보내고 있었다. 그
들 모자 맞은편엔 이경과 공 비서가, 그들과 현 부회장 모자 사
이엔 그룹에서 내려온 천 비서가 비껴 앉았다.

먼저 입을 연 것은 천 비서였다.

"단도직입적으로 말씀드리겠습니다. 지금 우리 그룹은 그 어
느 때보다도 큰 위기에 직면에 있다는 게 회장님 생각이십니다.
특히 갤러리 로마에서 벌어지고 있는 일련의 일들에 대하여 깊
은 우려를 나타내셨습니다."

조용히 듣고 있던 현 부회장이 말을 자르고 나섰다.

"뭐, 이건 회장님 생각이기 이전에 제 생각이기도 해요. 만약
로얄그룹에 어떤 위기가 찾아오면 그 책임이 갤러리 로마에 있
다는 걸 명심해야 할 겁니다."

잠시의 침묵 뒤 공 비서가 눈치를 살피며 물었다.

"그게 무슨 말씀입니까? 조금 구체적으로 말씀을 해 주셔야 대
책을 세울 게 아닙니까?"

이경에겐 현 회장의 말이 심상치 않게 들렸다. 배경을 깔고 미
리 책임을 지우려는 것으로 보아 흉계를 꾸며도 제대로 꾸미고
있는 게 분명했다.

김한영이 나무라듯 공 비서를 건너다보았다.

"그걸 몰라서 묻나, 인터넷도 안 보고 삽니까? 갤러리 로마가 동네북이 된 것도 모르고들 계시는구만."

잠자코 있던 이경이 씩 웃으며 받았다.

"아하, 그러니까 로얄그룹에 무슨 일이 생기면 그 책임을 갤러리 로마가 져야 한다, 뭐 그런 말씀입니까?"

"당연하지. 그룹의 비자금 문제가 슬슬 언론에 풀리고 있는 거 못 봤어? 그 타깃이 어디겠어? 저쪽에선 우리가 고가의 미술품을 구입하여 정계에 로비를 하고 있다고 보는 거잖아. 압수 수색이 들어오면 제일 먼저 로마가 털리겠지. 내가 충고 하나 하는데 지금부터 만반의 준비를 하고 있는 게 좋을 거야."

"허, 그것 참 이상하네요. 설마 그런 일이 있었다고 칩시다. 근데 왜 모든 책임을 로마가 져야 하는 걸까. 지금까지 오로지 그룹을 위해서 일했는데 말이야."

대화는 이경과 한영의 말싸움으로 번져 갔다.

"그러니까 대비를 잘 하라는 거 아냐. 세무조사에 대비해서 자금 출처 분명하게 회계처리 해놓고, 물건 구입한 영수증 확실하게 갖춰 놓고…… 참, 물건들은 그대로 있는 거지? 억 소리 나는 수집품들이 한두 개가 아니었을 텐데?"

이경은 아차 싶었다. 아버지인 회장 직권으로 천 비서에 의해

소집된 회의 자리였다. 그리고 뒤에서 이런 회의를 주제하도록 종용한 이는 현 부회장일 것이었다. 그들 모자는 치밀하게 준비를 한 뒤에 회의장으로 몰려나온 것이다.

"왜 대답을 못하지?"

한영이 조롱하듯 물었다. 이경을 대신해 공 비서가 대답했다.

"에이, 물건이란 게 어디 맘대로 그렇게 됩니까? 경매장에서 구입하는 것도 아니고, 음성적으로 사들이는 물건에 영수증이 어디 있답니까?"

"그럼 자금 사용 내역을 세탁이라도 해 놔야 할 것 아닙니까?"

"그건 지금 중요한 문제가 아닐 것 같은데요?"

"아니면 뭐가 중요합니까? 잘못하면 정부의 사정 타깃이 될 수도 있는 상황인데."

그 말은 사실이었다. 신임 총리가 취임하면서 몇몇 그룹을 타깃으로 하여 사정을 진행한다는 소문이 재계에 이미 파다하게 퍼져 있었다.

"아무튼 갤러리 문제는 우리가 알아서 할 테니까 높으신 데서 오신 분들은 그룹 일이나 잘 이끌어 주십시오."

이경의 이죽거림에 현 부회장이 발끈했다.

"넌 무례함이 아주 몸에 뱄구나."

이경이 자리를 박차고 일어나 회의장을 나가려는 동작을 취했다.

"병 주고 약 주는 꼴이 우스워서 그렇습니다. 인터넷 황색 언론을 사주해서 갤러리 로마를 위기로 몰고 간 자들이 누굽니까? 회장님이 이 사실을 아신다면 어떤 일이 벌어질지 생각해 보셨습니까?"

"얘가 지금 무슨 소릴 하는 거니?"

현 부회장은 마치 처음 듣는 얘기인 듯 놀란 눈을 떴다.

"더 거론하지 않겠습니다. 갤러리 로마를 향한 황색 공격 뒤에 누가 있는지 모르는 바 아닙니다. 그 의도도 자명하고요. 알아서 자중을 부탁드리는 바입니다."

이경은 현 부회장을 향해 정중히 고개를 숙인 뒤 자리에 앉았다.

이경은 오늘 아침 일찍 유안나로부터 전화 한 통을 받았다. 신상 털기에 천부적인 재능을 타고난 그녀답게, 그녀는 단 나흘 만에 이경이 원하는 정보를 제공해 주었다. 즉, 갤러리 로마의 비자금 문제를 거론한 신문기사와 그 밑에 달린 댓글을 면밀히 검토한 끝에, 그 글의 출처가 현 부회장이 머무는 그룹 내부 부서임을 밝혀냈던 것이다.

"내가 이거 알아내려고 밤을 꼬박 샜어. 너 때문에 무려 소중한 피부재생을 포기했다구, 내가!"

그녀가 잔뜩 생색을 내며 들려준 이야기는 이런 것이었다. 그녀는 포털 사이트에 등록된 갤러리 로마의 비자금 문제를 지적한 기사에 달린 70여 개의 댓글을 분석했다. 그 중 주기적으로 올라오는 특정 아이디를 주목하였고, 각종 검색엔진을 샅샅이 가동한 끝에 '밤비노'라는 아이디의 주인이 오래 전 사용하다 버린 한 인터넷 커뮤니티 계정을 발견했던 것이다. 해당 계정을 이용하여 페이스북 아이디를 유추해낸 유안나는 그가 로얄그룹 소속임을 밝혀냈고 IP추적을 통해 회사에서 접속한 계정 기록을 찾아냈다.

여기서 그치지 않고 그녀는 해당 기사를 작성한 인터넷 신문사 기자에게 전화를 걸어, 담당부서가 바뀌었다며 연막을 친 뒤 지난번에 의뢰한 기획기사의 2탄을 싣고 싶다고 거짓 의뢰하였다. 해당 기자는 금세 낚여서 지난 번 기사의 파장이 성공적이지 않았냐며 자화자찬하는 뻔뻔함을 보여주었다. 유안나는 조소도 잊지 않았다.

"이번 일이 잘 풀리면 약속한 금액의 두 배를 송금하겠습니다."

분위기가 딱딱해졌고 한동안 침묵이 흘렀다.

침묵을 깬 이는 현 회장의 오른팔인 천 비서였다. 천 비서가 앞에 놓인 생수병을 입으로 가져가 물을 한 모금 들이켠 뒤 입을 열었다.

"그룹에 위기가 닥친 건 사실입니다. 이럴 때일수록 우리끼리 단결을 해야 한다는 게 회장님 말씀이셨습니다. 회장님 말씀에 의하면…… 아까도 말씀드렸지만 조만간 사정의 칼날이 우리 그룹에 미칠 거라고 하셨습니다. 아마 시작은 미술품이 될 것 같습니다. 정치권에 여기 저기 손을 쓰고는 있으니까 잠깐 액션을 취하다가 넘어가긴 하겠지만 그래도 준비는 철저히 하라고 하셨습니다. 그래서 다음과 같은 요지로 특별 전시회를 열어서……"

가지고 왔던 서류가방에서 기획안을 꺼내 천 비서가 한 부씩 일행 앞으로 돌렸다. 서른 장쯤 되는 기획안을 보건데 이미 그룹 차원에서 방비책이 마련되고 있는 것 같았다.

"정부에서 사정을 해도 형식적으로 그칠 게 뻔하지만 문제는 여론입니다. 회장님께서는 선제적으로 그 문제를 해결하라 하셨습니다. 즉, 다음 달부터 그 동안 일반에 공개 되지 않고 지하 수장고에 쌓아둔 미술품을 꺼내 전시회를 열라는 이야깁니다. 그렇게 함으로써 외부적으로 그간 사들인 미술품들이 건재하다는 걸 보여주어야 합니다. 물론 100퍼센트 대중의 요구를 채울 순 없겠지만 이 작업을 통해 로마를 둘러싼 여러 소문들이 불식되실 것으로 보고 계셨습니다."

이경과 공 비서는 거의 동시에 뱉었다.

"특별전시회라고요?"

"그렇습니다. 로마 내부적으로 준비 시간이 부족할 터이니 우
선은 보여드린 기획안을 최대한 활용하셔서 가급적 빨리 특별전
시회를 열라고 하셨습니다."

이경은 더욱 혼란에 빠졌다. 로얄그룹과 갤러리 로마에 대한
언론의 공격이 본격적으로 시작되기 전, 선제적으로 그 의혹을
해소할 특별 전시회를 마련한다?

과히 아버지다운 발상이었다. 로얄그룹의 비자금 문제가 불거
지기 전에 현 회장은 자신이 구입한 미술품들을 비롯하여 갤러
리 로마가 그 동안 구입해온 모든 미술품을 일반에 개방하겠다
는 것이었다. 그렇게 함으로써 오히려 그룹에 쏠렸던 안 좋은 시
선을 반전시키겠다는 의도가 깔려 있었던 것인데, 문제는 성물
들이었다. 성물을 손에 넣기 위해 소요됐던 자금은 물론, 실체가
남아 있지 않은 성물, 즉 죄다 소멸해 버린 성물의 실체를 알고
있는 사람이 있다면, 오히려 특별 전시회 전체가 함정이 될 수도
있었다.

언론에 황색 기사를 제보한 김한영이나 고모의 행동도 납득할

수 없는 것이었다. 갤러리 로마가 곤경에 빠진다면 그 화살 역시 그들에게 돌아갈 것이었기 때문이다. 아마도 그들 모자는 그룹 전체가 닥친 위기, 즉 현 회장이 겪고 있는 위기에 대하여 모르고 있는 게 분명하다고 이경은 생각했다. 당장 눈앞의 이익, 즉 제 아들을 그룹의 후계자로 만드는 데 급급했던 부회장의 욕심이 만들어낸 촌극일 확률이 높았다.

그렇다면 갤러리 로마를 둘러싼 유령 소동의 실체는 또 무어란 말인가? 그것 역시 부회장 모자의 소행일까? 도대체 왜? 그렇게 함으로써 그들이 얻는 것은 무엇이기에?

이경의 머릿속은 점점 복잡해져만 갔다.

거울 속의 거울 속의 거울 속의 이경

　그 즈음 이경은 깊은 악몽 속을 헤매는 날이 많았다.

　꿈속에서 그는 매번 검은 모자에 검은 망토를 걸친 사내의 방문을 받았다. 반복되는 꿈은 언제나 초인종 소리가 시작이었다. 초인종은 들릴 듯 말 듯 계속됐고 졸린 눈을 비비며 문을 열면 마부 사내가 어딘가로 갈 것을 재촉하곤 했다.

　사내의 얼굴이 기괴하게 일그러지는 순간 소스라쳐 깨어나곤 했는데, 그렇다고 해서 완전히 정신이 든 것은 아니었다. 도대체 시간이 얼마나 흐른 건지. 여기가 어디인지, 잠을 자며 꿈을 꾸고 있는 건지, 꿈에서 깨어난 건지, 그도 아니면 다른 사람의 꿈을 들여다보는 건지, 이경은 늘 애매모호한 상태에서 눈을 떴다.

　이경은 화장실로 달려가 찬물을 얼굴에 끼얹었다. 그러면 꿈속의 사내가 거울 속에 서서 그를 내려다보곤 했다. 이경은 술을 마셨고 술을 마시다가 화장실로 들어가면 여전히 그 사내가 거울 속에 머물렀다. 사내는 거울과 꿈속을 오가며 이경을 조롱하는 것 같았다.

"내 삶에서 사라져 줘."

한 번은 와인병으로 거울을 내리치며 소리친 적도 있었다.

"몰랐어? 난 네가 만들어낸 거야."

금 간 거울 속에서 사내가 조소했다.

"당신이 뭔데? 내가 뭘 두려워 한다는 건데?"

사내가 팔짱을 끼고 대답했다.

"죽음. 너는 그걸 두려워 해."

"인간은 누구나 그걸 두려워 해. 하지만 내 문제와 그건 별개야."

"아냐. 넌 윤승지를 알게 된 뒤부터 줄곧 그걸 생각해온 거야. 자신 앞에 진실해질 필요가 있어. 생각해 봐. 넌 늘 그 모양이었어. 자신을 속이고 살아왔어. 내가 말해줄까? 넌 성물을 찾고 있었던 게 아냐. 넌, 너를 설명할 무엇을 찾고 있었어. 네가 스스로 신이라고 믿지만, 그건 이제 지난 일이야. 넌 인간도 아니고 신도 아닌 모호한 감정에 갇혀 있어. 넌 스스로 인간이 되어가는 네가 두려운 거야."

"난 그런 훈계를 들을 만큼 한가하지 않아."

꿈을 꾼 날이면 이경은 수면제를 먹고 잠을 청했다.

거울 속 사내의 말대로 이 모든 게 승지로부터 비롯된 것일까?

승지를 만나고부터 이경의 삶에는 많은 변화가 있었다. 지난 여덟 번의 삶과 비교하자면 도무지 이성적으로 설명할 수 없는 종류의 것이다. 이경은 자신의 변화에 의미를 부여할 필요성을 느끼지 않았다. 왜 항상 어떤 종류의 일이든 설명되어야 하는가.

설명될 수 없는 행위라고 해서 그것 속에 진실이 결여돼 있지는 않다. 세상의 모든 이야기를 다 일일이 설명할 수 없듯이, 때론 설명되지 못하는 것들 속에 더 많은 진실과 한 개인의 치밀한 세계가 들어 있다. 나에 대하여 더 이상 변명하지 않겠다는 의미가 아니다. 이것이 진짜 내 진심이다.

인간계에 머무는 동안 나는 철저히 인간일 뿐이다. 인간들과 어깨를 부딪치며 걷고 달린다. 사방에서 타인들의 시선이 느껴진다. 그런 것쯤은 아무렇지도 않다. 나는 신인 동시에 인간이니까. 나는 신호등을 건너고, 만원 버스에 오르고, 서점의 책들 사이를 서성거리고, 편의점에 들어가 껌을 사서 씹는다. 그런 나의 모습, 때론 그 속에서 행복도 느껴왔다. 신의 위치에서 느끼지 못했던 행복이다.

"이제 그만 두려움을 끝내지?"

목소리가 가까이 다가온다. 이경은 목소리의 실체를 확인하기 위해 애쓴다. 그는 여전히 꿈속에 숨어 있다. 아니다. 그건 무수한 익명들, 혹은 내가 만들어낸 분신인지도 모른다. 그는 저쪽, 횡단보도 건너에 있다. 그는 우산을 쓰고 있다. 그는 가방을 들고 있다. 그는 휴대폰으로 전화를 걸고 있다. 그는 웃고 있다.

"그만 꺼져 줘."

이경은 소리를 지른다.

그는 경찰관 제복을 입고 있다. 그는 버스를 몰고 있다. 그는 커피 전문점 주방에서 바리스타 흉내를 낸다. 그는 바위를 굴리고 있다. 그는 광장 한쪽에 세워진 벽에 매달려 스포츠 클라이밍을 즐긴다. 그는 예술의 전당에서 피아노를 연주한다. 그는 갤러리 근처 레스토랑에서 오일 파스타를 먹는다. 그는 날짜 지난 신문을 읽고 있다. 그는 한적한 근린공원에 혼자 앉아 있다. 그는 끝없이 무언가를 하고 있다. 그것은 내가 온전히 인간이 되기를 두려워하는 그 무엇들의 이름이기도 하다.

"뭘 끝내야 하는데?"

"너의 지루하고도 지난했던 인간계의 이야기."

꿈속의 이경은 뛰기 시작한다. 목소리도 뛰어온다.

"지루하고 지난하다고? 내게 무슨 일이 벌어졌는지 알고도 그래?"

"알지, 알아. 네겐 많은 일이 있었지. 한갓 신들의 놀이에 불과했던 여덟 번의 삶이 네게 얼마나 힘겨움을 선사했는지, 얼마나 많은 죽음의 고통과 이별 앞에서 무연해야 했는지. 얼마나 자주 올림포스의 신들을 원망했는지, 다 알고 있지. 그것이 마지막에 다다른 지금, 너는 두려움에 빠진 거야. 남은 시간은 한 달도 안 되고. 아직도 찾아야할 성물은 두 개나 남았으니까. 그렇지! 영원한 안식, 영원한 소멸, 넌 오히려 인간보다 못한 존재가 돼 버렸잖아. 아주 사라지는 거지."

"끝난 건 아무것도 없어. 난 반드시 성물을 찾을 거고!"

"그게 뜻대로 될까? 넌 네가 쫓고 있던 것으로부터 쫓기고 있는데?"

이경은 눈을 번쩍 뜬다. 그 앞에는 여전히 거울이 펼쳐져 있다.

이경은 다시 눈을 감는다. 이경은 어떤 빌딩 입구에 멈춰 서 있는 자신을 본다. 이경은 멈추지 않고 계단으로 달려 올라간다. 그래. 어쩌면 저 자의 말이 맞는지도 몰라. 내가 그걸 깜박했어. 확실히 웃기는 상황이다. 쫓고 있던 것으로부터 쫓기고 있다니.

하지만 나는 멈출 생각이 없다. 아니다. 사실 멈춰지지 않는다.

태엽에 감긴 것처럼 몸이 알아서 계단을 뛰어 올라갔다. 계단은 마치 무한처럼 끝도 없이 연결됐는데 무한히 반복되는 어떤 책들, 무한을 비추는 어떤 거울, 어떤 서클 속에 놓여 있는 것 같았다. 이런 종류의 트릭들은 그 자체로써 무한 속에 존재하지만, 트릭에 빠진 인간은 유한의 존재임으로 나는 멈추어야 한다.

이경은 잠시 걸음을 멈추고 자각했다. 멈추는 방법은 의외로 간단하다. 더는 계단을 오르지 않고 스스로 움직이는 보폭에 맞춰 비상계단 하나를 열어젖히는 것.

일반에게 개방된 건물 옥상은 유럽식 정원으로 잘 꾸며져 있었다. 연못과 온갖 종류의 나무들, 나무 옆에 설치된 벤치와 나무로 조각된 아치, 철로를 본뜬 오솔길 따위가 아기자기하게 설치돼 있었는데 쌀쌀한 날씨임에도 사람들이 많았다. 사람들은 둘씩 셋씩 짝을 이뤄 담배를 피거나 빌딩 아래를 내려다보며 시간을 즐겼다.

아니다, 정확히는 마냥 풍경을 구경하고 있던 게 아니었다. 다수의 사람들이 큰길 쪽으로 몰려가 콘크리트 난간에 기대서서 옆 건물을 바라보고 있었는데, 거기에는 그럴 만한 이유가 있다. 이경이 눈을 돌려 바라본 곳, 그곳에 놓인 회색 건물은 다름 아닌 이경이 대표로 있는 갤러리 로마가 아닌가?

'어째서 로마가 이곳에 옮겨져 있지?'

이경은 생소한 풍경 속에 놓인 로마가 낯설었다.

'맞아. 이건 꿈이야. 망상일 뿐이야.'

이경은 옆에 섰던 사람에게 물었다.

"왜들 여기 몰려서서 있는 거죠?"

30대쯤 돼 보이는 여자가 대답했다.

"모르셨어요? 곧 저 건물이 무너진대요. 우린 구경하러 여기 올라온 거고요?"

"뭐라고요? 저건 갤러리가 아닙니까? 갤러리가 왜 무너져요?"

여자가 어이없다는 듯 대답했다.

"아니 그걸 우리가 어떻게 알아요?"

그 순간 이경은 자신의 눈을 의심해야 했다.

'저건 또 뭐지?'

갤러리 로마의 건물 옥상에 실오라기 하나도 걸치지 않은 여자가 두 팔을 벌린 채 서 있었기 때문이다. 금방이라도 뛰어 내릴 듯 위태위태하게 선 그녀는 놀랍게도 승지였다. 윤승지가 왜 저기 올라가 있지?

"위험해! 어서 내려와!"

이경이 건너편 건물 옥상을 향해 소리를 질렀다.

"훗훗, 소용없어. 들리지 않을 테니까."

다시 어디선가 그 기분 나쁜 목소리가 다가왔다.

"어떻게 된 거야? 말해. 이것은 사실이 아니라고. 이건 꿈이라고."

이경이 허공에 대고 소리를 질렀다.

"걱정 마. 저건 일종의 행위예술이 분명해. 어쩌면 멀찍이 떨어져 구경 중인 우리들까지, 저 예술의 일부분이지."

"무슨 개소리야?"

이경은 건물을 내려와 갤러리를 향해 뛰어갔다. 길들이 복잡하게 꼬여 있어서 마치 미로 속을 헤매는 것 같았다. 익숙하던 정문도 주차장도, 로비도 보이지 않았다. 이경은 계단을 이용해 옥상으로 올라갔다. 그러는 와중에도 소리가 부지런히 따라 붙었다.

"이제 네 차례야. 가서 그 여자와 함께 소멸해버려."

정체를 알 수 없는 목소리가 이경을 조롱했다.

"왜 내가 그래야 하는데? 왜?"

"아까도 말했잖아, 이야기를 마무리해야 한다고."

"그건 내 몫이 아냐. 그리고 난 삶을 선택할 의지가 있어."

"자신의 의지대로 삶을 선택한다? 멋지군. 하지만 넌 벗어날 수 없어. 네가 지금껏 만들어온 시간의 길을 떠올려 봐. 네가 그려나갈 궤도를. 너는 결코 그걸 벗어날 수 없어. 그게 인간이야. 생각해봐. 넌 승지를 버릴 수가 없어. 너의 운명은 이미 정해져 있어."

"누가 나를 이렇게 만들었지."

"누가 만들다니. 아직도 그걸 모르겠어? 그건 너야."

"나라고?"

"그래, 너. 네 자신. 네가 겪고 있는 고통은 너로부터 발아되었고 너로부터 날개를 달았어. 아무도 네게 물리력을 행사한 사람은 없어. 모든 건 네가 선택한 거고. 방금 본 장면을 기억해 봐. 누가 그녀를 움직였지? 너 자신이잖아."

"내가 뭘 해야 하지?"

"원래부터 하려던 것."

"원래부터 하려던 것? 그게 뭐지?"

"가서 팔을 벌리고 뛰어 내려. 너의 사랑을 지키고 싶다면."

"그 다음엔?"

"저 도시를 봐. 물처럼 흐물흐물해지는 저 도시를 내려다 봐. 어느 순간 중력이 뒤죽박죽 작용하게 될 거야. 그때 이렇게 속삭이는 거야. 내겐 날개가 있어. 날개가 돋게 될 거야. 본래 천사였던 나는 본래의 자리로 되돌아가는 거야. 그건 아주 달콤한 여행이 될 거야. 아주 달콤하고 부드럽게, 달콤하고 부드러운……."

옥상 문을 열고나서는 순간, 승지가 천천히 뒤를 돌아보았다. 자신을 쳐다보는 승지의 눈이 그 어느 때보다도 슬퍼 보였다. 승지가 난간으로 발을 옮겨갔다.

"안 돼!"

말릴 틈도 없이 승지의 몸이 넘어갔다. 이경이 난간으로 뛰어왔을 때, 승지는 맹렬한 속도로 수직 하강했다. 구경꾼들은 비명을 질렀다. 이경은 그대로 몸을 날렸다. 동시에 천둥소리와 함께 로마가 무너져 내렸다. 붙잡아야 한다. 그녀를 잡아야 한다.

이경은 무너지는 건물더미와 함께 낙하하는 자신을 느꼈다. 모든 게 뒤죽박죽이었다. 몸이 승지와 포개지는 순간, 둘의 몸은 콘크리트에 압사되어 가루로 변해갔다. 의식이 가물거리며 이경의 몸을 떠나가려 할 때 이경은 필사적으로 중얼거렸다.

"안 돼. 반드시 살려야 해. 죽지 마."

그러자 이경의 몸은 다시 추락하기 시작했다.

이경은 바람보다 빠르게 낙하했다. 저 아래, 납작 엎드린 승지의 몸이 보였다. 이경은 승지의 몸 위로 포개졌다. 그 순간 이경은 다시 눈을 떴다.

"복아, 복아……."

복이라니? 그렇다면 내가 아이가 된 건가?

이경은 놀라 주변을 두리번거렸다. 하얀 시트가 인상적인 침대 위였다. 침대 위에는 놀랍게도 승지가 앉아 있었다. 그 광경이 몹시 낯익었다. 그건 이경이 어릴 때 보았던 엄마의 모습이기도 했다.

'이해를 못 하겠군. 승지와 죽은 엄마가 겹쳐 보이다니.'

승지는 며칠 전 본 모습 그대로였다. 잘 어울리는 로마의 유니폼과 단아한 키, 어깨까지 닿은 머리카락을 웨이브로 살짝 말아 올린 얼굴이다. 눈을 가리는 머리카락 몇 올을 귀밑머리로 넘긴 뒤, 이쪽을 쳐다보며 환히 웃고 있다.

"일어났어?"

승지가 다가와 이경에게 컵을 내밀었다. 컵에는 데운 우유가 들어 있었다. 이경은 어찌된 일인지 몰라 두리번거리다가 침대 맡의 화장대를 발견했다. 이경은 그쪽으로 걸어가 제 얼굴을 들여다보았다. 이경은 순간 들고 있던 유리컵을 떨어뜨렸다.

거울 속에는 열 살 무렵의 이경이 들어 있었다.

"괜찮아? 다치지 않았니?"

승지가 얼른 달려와 마른 수건으로 이경의 몸을 세심히 닦아 주었다.

내가 열 살이라니. 방금 전 겪은 일들이 꿈이었단 말인가? 아니, 그렇다고 하기엔 너무도 생생하다. 어쩌면 이 모든 세계가 나란히 연결되어 실제로 존재하고 있는 현실은 아닐까. 승지를 구하며 떨어질 때 시공간이 뭉개지며 순간 과거의 어느 지점에 틈입해버린 것일지도 모른다.

이경의 머릿속이 복잡한 실타래로 엉켜들 때 승지가 그를 현실로 불러냈다.

"다시는 그런 위험한 행동 하지 않는다고 약속해."

그 목소리는 현실의 이경과 열 살의 이경을 동시에 꾸짖는 것 같았다.

"네가 그럴 때마다 내가 얼마나 걱정이 되는지 알아? 더는 나를 힘들게 하지 않는다고, 무슨 일이 있어도 다시는 내 곁을 떠나지 않는다고 약속해 줘. 이제 무슨 일이 생겨도 너와 함께 할 거야."

승지는 이경의 손을 꼭 잡고 무릎을 꿇은 채 마치 기도문을 외는 것처럼 중얼거리고 있었다. 이경은 그런 승지의 얼굴을 천천히 뜯어보았다. 그녀는 승지 같기도, 혹은 죽은 엄마 같기도 했다.

이경이 도수철의 사무실을 찾은 건 다음 날이었다.

도수철은 사무실 문을 활짝 열어놓고 짜장면을 후룩거리는 중이었다. 괴도 루팡에 비길 정도는 아니었지만, 음성적으로 치자면 이 나라에서 손가락 안에 들 정도로 뛰어난 실력을 지닌 도수철이었기에 가끔 보게 되는 이런 장면은 그를 궁상맞아 보이게 했다.

"저녁 안 했음 같이 먹을까? 미리 전화라도 한 통 했음 두 그릇 시켜 놓는 건데."

이경은 소파에 놓여 있던 재떨이를 한쪽으로 밀고 자리에 앉았다.

"날도 쌀쌀해지는데 문은 왜 열어놓고 그래요? 지나가는 사람들한테 비싼 간짜장 먹는다고 자랑합니까?"

"환풍 시설이 지랄 같아서 냄새가 잘 안 빠져 그래. 내가 건물을 가지고 있을 때만 해도 폼 나게 일을 했는데, 그놈의 IMF가 뭔지."

"왜 IMF 탓을 하세요. 본인이 사기 치다 걸린 거면서."

"사기라니? 엄연히 사업이지. 솔직히 말해 보자구. 진짜 사기꾼들이 누군지. 나는 말야. 다른 건 몰라도 고객하고 약속 하나는 칼 같이 지켰어. 안 그래?"

"그거 하난 제가 보장하죠. 그러니까 제가 아직도 이렇게 단골로 찾아오는 것 아닙니까?"

도수철이 단무지를 우적거리며 물었다.

"그건 그렇고 왜 온 거야?"

이경이 옆으로 다가 앉으며 휴대폰을 꺼냈다.

"뭐야, 이건 청동거울이잖아? 어라 양놈들 거네."

도수철이 이경의 폰 액정을 들여다보며 중얼거렸다. 원형의 청동거울은 비교적 온전한 모양을 유지하고 있었는데, 모서리가 깨진 곳이 곳곳이었지만 기하학적인 빗금은 금방 눈에 띄었다. 그 기묘하고 복잡한 문양은 옥수수 밭에 새겨지는 미스터리 서클을 연상케 했다.

"이쁘게 빠졌네. 근데 이걸 뭐 어쩌라고?"

"이건 그냥 참고용 이미지구요. 이 비슷한 청동거울 하나를 찾아야 하는데."

"청동거울? 그림으로도 모자라 이제 골동품까지 찾고 다니는 거야?"

"제가 뭐라고 답할지 알고 있죠?"

"응. 알지. 너어무 잘 알지."

도수철이 깨끗이 비운 짜장면 그릇을 밖에 내놓고 문을 닫았다. 도수철은 정수기로 가서 일회용 커피 하나를 컵에 넣어 휘휘 저었다.

"마실래?"

"아뇨. 아무튼 이게 시리아에 있는데 저 대신 좀 가 주실 수 있나 해서요."

도수철이 맞은편에 앉으며 눈을 가늘게 떴다.

"전쟁터로 가라니, 나보고 죽으란 얘긴가?"

"심증이 가는 곳이 몇 군데 있는데 수단 방법 가리지 말고 손에 넣어 오시기만 하면 됩니다. 엄청난 가치가 나가는 물건도 아니어서 장소만 알면 어렵지 않을 겁니다."

"그럼 자네가 직접 가지, 왜."

도수철이 담배를 꺼내며 물었다.

"전 그룹 내부적으로 사정이 생겨서요."

이경은 그 어느 때보다도 초조했다. 신들과 약속한 날짜까진 기일이 촉박하다. 만약 성물을 찾게 된다면, 영원히 소멸하지 않게 된다면, 어쩌면 승지와 행복하게 인간의 삶을 살아갈 수도 있다는 기대와 희망이 있다.

그러나 청동거울 - 태양의 빛은 마치 아폴론이 농간이라도 부린 듯 꼭꼭 숨어버려 더 이상의 추적이 불가한 상황이었다. 시리아에 내전과 IS라는 변수만 닥치지 않았어도 해결 가능한 문제였을 것이다. 지금은 시리아로 들어가는 모든 통로가 막힌 상태였다.

IS는 2천년대 초반 국제 테러조직 알카에다의 이라크 하부조직으로 출발한 단체로, 이라크에서 각종 테러활동을 벌이다 시리아 내전이 발발하자 거점을 시리아로 옮겼다. 초기에는 정부군에 대항해 싸우는 반군으로 활동했으나, 점차 세력이 커지면서 시리아와 이라크 일부를 장악, 2014년 ISIL에서 이슬람국가(IS)로 개명했다. 반군이 되지 않는 이상, 사실상 그들의 통치 지역으로 들어가는 것은 불가능했다.

"하긴, 신문을 보니 현 대표도 몸 좀 사려야 할 것 같아. 아무래도 한번 터질 때가 된 것 같아서 나도 사실 몸을 사리고 있는 중이라니깐."

도수철이 독한 담배 연기를 이경의 코앞까지 뿜어냈다.

사실 국내 상황도 꼬일 대로 꼬여 있었다. 갤러리 로마를 타깃으로 한 뉴스 기사는 두 번이나 더 기사화 되었고, 인터넷의 어떤 블로거는 갤러리 로마 지하 수장고에 수천억 원어치의 미술품이 잠자고 있다고 허위 사실을 끄적이기도 했다. 해당 블로거가 멋대로 써내려간 기사에 리히텐슈타인의 유명한 팝아트 작품

〈행복한 눈물〉이나 프랭크 스텔라의 〈베들레헴 병원〉 같은 작품이 함께 거론이 되면서, 방송국에서까지 갤러리로 취재 요청이 올 정도로 소란을 피웠다. 결국 갤러리에선 해당 블로거를 고소하는 사태가 벌어졌다.

이런 상황에서 마련된 특별전시회는 현 회장의 선구안처럼 일정한 효과를 거두기도 했다. 특별전시회 소식은 가뜩이나 세간에 쏠렸던 로마의 의혹을 털어버리기에 부족함이 없었고 언론의 관심을 한 몸에 받았다. 관심에 부응이라도 하듯 그간 일반에 공개 되지 않았던 많은 작품이 공개되면서 갤러리 로마는 관람객들로 비명을 질러야 했다.

"뭐 별일이야 있겠어요? 도둑질을 한 것도 아닌데."

"그래도 출처 없는 작품들이 꽤 되잖아? 세금 문제 가지고 물고 늘어지면 피해가기 힘들 텐데."

도수철이 코털 하나를 잡아 뽑으며 말을 이었다.

"현 대표도 이럴 때 보면 참 세상 순진하게 살아. 이중장부 같은 것 좀 미리미리 만들어 놓지 않고 뭐했나?"

도수철이 충고 아닌 충고를 하는 동안에도 이경은 승지를 떠올렸다. 이제 보름밖에 남지 않았다. 그런데 인간 세상의 일이 다 무어란 말인가. 아홉 개의 성물을 모두 되찾으면 그토록 열망하던 올림포스로 돌아간다. 그리고 승지는 남겨진다.

승지가 나타난 뒤부터 이경의 셈은 복잡해졌다.

"아무튼 정보를 주십시오. 시리아에 대해서 말입니다. IS로부터 나오는 물건은 샅샅이 모니터링 해 주시고요. 시간이 얼마 없습니다. 물건에 대한 정보를 주시면 여기 탈탈 털어버리고 새 사무실 하나 도사장님 앞으로 올려 드리겠습니다."

"저, 정말이야? 얹어 주는 거 말고."

"나, 현이경입니다. 로얄 그룹 후계자 현이경."

이경은 눈을 찡긋 해 보이고 사무실을 나섰다.

골목을 걸어 내려오자 공 실장이 탄 차가 뒤에서 경적을 울렸다. 골목에서 적당히 주차를 하고 있다가 이경이 나오는 것을 보고 다가온 것이었다.

"어떻게 됐어요?"

공 실장은 이경이 브로커를 만나고 다니는 걸 좋아하지 않았다.

"글쎄요. 그냥 이런 저런 얘기하다가 나왔습니다."

공 실장이 차를 6차선 도로 위에 올려놓으며 말했다.

"참, 좀 전에 보안팀에서 전화를 해왔습니다. 아무래도 대표님께 보고를 해야 하는 것 아니냐고요."

"왜요. 무슨 사고라도 생긴 거예요?"

"그게 아니고. 누가 미술품을 가지고 장난을 치는 모양입니다."

공 실장의 말인즉, 아침마다 전시된 미술품들이 조금씩 바뀌어 있다는 것이었다. 이를테면 그림이 서로 뒤바뀌어 걸려 있는가 하면, 미술품의 모양이 앞뒤로 돌려져 있기도 했다. 또 갑자기 전시장 바닥에 전시와 관련 없는 물건들이 떨어져 있기도 했다.

"지난번에 그 꼬맹이들 짓 아닙니까?"

"애들 짓이 아닌 것 같아요."

"그럼, 어른 짓이라구요? 어른이 할 일없이 뭣 하러 그런 짓을 합니까?"

"그러게요, 오늘 아침엔 누가 제2전시실에 빨간 고무장갑을 던져 놓았지 뭡니까?"

공 실장이 어이없다는 듯 웃었다.

"어느 미친놈이 우리 갤러리를 조롱하려나 보죠."

"그런 수준이 아닙니다. 보안장치가 가동되지 않도록 아주 치밀하고 계획적으로 움직이고 있어요. 영리한 자예요."

"CCTV는요?"

"그러니까 그게 전혀 안 찍혀 있답니다."

이경이 대수롭지 않게 대답했다.

"그럼, 귀신 짓이네."

"귀신이요? 에이, 그럴 리가요."

"그것 말고 별다른 일은 없었습니까?"

"아, 오후에 회장님이 다녀갔답니다."

"회장님이 왜요?"

이경이 놀라며 물었다. 그도 그럴 것이 현 회장이 갤러리에 모습을 드러낸 것은 거의 2년만의 일이었다.

"그냥 들렀다고 하신 모양입니다. 회계팀에다가 세무 조사 대비해서 만만의 준비를 요구하셨고요. 보안팀에 들러 혹시 모를 사고에 철저히 대비하라고 엄명하셨답니다."

이경의 휴대폰이 울리며 대화는 거기서 끊겼다.

전화를 건 사람은 승지였다. 승지가 천진한 목소리로 말했다.

"다신 못 보게 될지도 모르는데, 시리아로 떠나기 전 마지막 만찬 어때요?"

유령의 진짜 정체

  인적이 끊어지고 사람들이 깊은 잠에 빠진 새벽이었다.

  이경과 승지는 좁은 골목길에 차를 세우고는 한껏 자세를 낮췄다. 승지는 지금 이경이 어디로 가고 있는지 도무지 감을 잡을 수 없었다. 자동차가 평창동으로 들어섰을 때는 갤러리 로마 정문으로 가는 줄로만 알았다. 그러나 로마로 들어서는 시늉을 하는 듯하다가 느닷없이 차를 세우고는 탐정 흉내를 내며 사방을 살피고 있는 것이다.

  짐작컨대 이쪽은 로마의 북쪽이었다. 뒤쪽으로 북한산의 웅장한 산 그림자가 담요처럼 로마를 두르고 있었다. 등산코스와 이어지기 전, 크고 작은 구릉들이 이어졌는데 드문드문 가로등이 있었으나 눈을 크게 뜨고 살피지 않으면 10미터 앞도 잘 구분이 되지 않았다.

이경은 도둑고양이처럼 몸을 잔뜩 웅크린 채 공원의 연석을 타넘었다. 승지가 망설이자 다시 이쪽으로 건너온 이경이 승지의 몸을 번쩍 들어 올렸다. 승지는 무슨 짓을 하는 거냐며 마구 화를 내려 했지만, 그런 제스처를 취하기도 전에 이경의 손이 입을 틀어막았다.

"조용히 해. 경비에게 들키면 일이 커진다구."

승지가 손을 뿌리치며 몸을 빼냈다.

"여긴 로마 갤러리 뒤쪽이잖아? 어머나, 세상에! 이젠 하다하다 진짜 괴도 루팡이라도 되려는 거예요? 것도 자기가 대표로 있는 갤러리를 털려구? 역시 제 정신이 아니었어."

승지가 옆에서 재잘거렸지만 이경은 들은 체도 하지 않고 주위를 예민하게 살폈다.

"그럼 안녕히 가세요. 나는 이쯤에 서서 경찰이 출동하고 갤러리가 발칵 뒤집히는 장면을 구경이나 할래요."

말이 채 끝나기도 전에 이경의 두 팔이 승지의 어깨를 감싸며 뒤로 힘을 주어 몸을 잡아 당겼다. 승지는 뒤로 넘어질 뻔하며 자기도 모르게 이경의 품에 안기고 말았다.

승지는 화들짝 놀라 이경을 힘껏 밀어냈다.

"뭐, 뭐예요?"

이경이 승지를 안은 두 손에 힘을 주었다.

"쉿!"

랜턴을 든 경비원 한 명이 후문을 나와 사방으로 불빛을 쏘아 대고 있었다. 이경과 승지는 줄기가 보풀처럼 일어난 사철나무 뒤에 몸을 감추고 경비원이 사라지기를 기다렸다.

"틀림없이 저 안에 뭔가 숨겨져 있어."

"그게 뭔데요?"

"나도 확실한 건 몰라, 다만 오늘 밤 그걸 알아내지 못하면 갤러리는 불타 없어지고 말 거라는 거 하나는 알고 있지. 그쪽도 예쁘라고 달고 다니는 머리가 아닐 테니 뭔가 짚이는 게 없는지 추리를 해봐. 며칠 전 2년 만에 회장님이 다녀갔어. 이게 우연인가?"

경비원이 사라지자 이경은 승지를 이끌고 북쪽 담 밑에 바짝 붙었다.

"그러니까 최근 전시회에서 벌어지는 일련의 기이한 일들이 회장님과 연관이 있다는 거예요?"

"적어도 아버진 왜 그런 일들이 벌어지고 있는지 알고 계신다고 생각해. 알고 계신데 그냥 방치하는 이유를 알고 싶은 거고."

"자칭 마법사라는 사람이 이런 아날로그적인 방법 말곤 없어요? 최소한 투명망토라도 쓰고 왔어야죠."

"아버지 속마음은 투명망토를 쓰더라도 잠입하기 힘들어."

"도무지 모를 소리만 하시네. 자기 갤러리를 몰래 기웃거리지를 않나, 전시회장에서 벌어지는 크고 작은 사건을 자기 아버지랑 연결시키질 않나, 이봐요. 당신이 비범한 건 알겠는데 아무래도 이번엔 영 잘못 짚은 것 같아요."

이경이 갑자기 허리를 숙이며 속삭이듯 말했다.

"잔소리는 그쯤하고 내 어깰 타고서 먼저 담장을 넘어가."

"나부터요? 왜 나부터."

"어서, 시간이 없어."

잠시 망설이던 승지는 이내 이경의 어깨를 타고 훌쩍 담장을 넘어갔다.

"어휴. 꼭 야간 자율학습 땡땡이치는 여고생들 같네. 근데 CCTV에 안 찍히는 거 확실해요?"

뒤이어 담을 넘어온 이경이 숨을 고르며 대답했다.

"유일한 사각지대로 넘었으니 안심해."

이경은 갤러리 뒤쪽 편 부속사로 살금살금 다가갔다.

주변을 살핀 뒤 이경이 문을 열고 들어간 곳은 쓰레기처리장이었다. 갤러리에서 관람객들이 버리고 간 각종 쓰레기들이 종류별로 쌓여 있었다. 일주일에 한 번, 구청에서 청소차가 나와 쓰레기들을 싣고 가는 걸 이경은 익히 알고 있었다. 역한 쓰레기 냄새를 견디며 이경이 향한 곳은 쓰레기처리장 제일 안쪽, 못 쓰는 폐 가구들이 아무렇게나 쌓인 작은 방이었다.

"여긴 또 뭐하러……."

승지의 질문이 채 끝나기도 전에 이경이 가구 하나를 돌려 세웠다. 뒤쪽으로 문이 열리는가 싶더니 위쪽으로 이어진 계단이 나타났다.

"여긴 몇 사람만 아는 통로야. 갤러리 안에서 긴급 상황이 발생했을 때 신속하게 물건을 옮기거나 몸을 피신할 수 있도록 마련된 일종의 비밀통로지."

이경은 스마트폰을 꺼내 앞을 비추며 좁은 계단을 바삐 올라갔다. 이경이 승지를 안내하여 데리고 올라간 곳은 창이 삼각형으로 나 있는 작은 방이었다. 다섯 평쯤 되는 좁은 방엔 CCTV들이 벽 하나를 가득 채우고 있었다.

"여긴 갤러리 전체를 조망할 수 있는 일종의 사령부 같은 곳이야. 바깥에서 보면 천장 제일 높은 층에, 스테인드글라스로 위장된 곳이지."

승지는 갤러리 중앙 홀에서 위를 쳐다보았을 때 보이던 삼각형 문양의 화려한 스테인드글라스들을 떠올렸다. 중세 교회의 창문을 흉내 낸 스테인드글라스는 용이 승천하듯 소용돌이치며 천장을 향해 올라가는 구조였다. 그렇다면 저 좁은 삼각형의 창문은 상층부의 스테인드글라스들 중에 하나일 것이었다.

승지는 스멀거리는 의혹을 애써 참았다. 아무리 그래도, 도대체 무슨 비밀이 그리 많다고 이런 시설까지 몰래 해 놓은 건지 이해할 수가 없었다. 아직 세상에 공개되지 않은 국보급 문화재라도 숨겨 놓았단 말인가.

"그런 중요한 비밀을 나한테 막 발설해도 되는 거예요?"

모니터에 전원이 들어오는 걸 바라보며 승지가 물었다.

"그만큼 기대하는 게 많으니까. 나와 아버지, 우리 그룹을 객관적으로 봐줄 수 있는 냉철한 시각이 필요해. 바로 지금. 내가 이성을 잃고 거리를 좁혀가거든 나를 꽉 잡아줘."

이경이 의자 두 개를 끌어와 하나를 승지에게 내주었다.

"아버님과의 관계를 얘기하는 건가요?"

이경은 고개를 끄덕이는 대신 막 페이드인 된 모니터로 눈을 돌렸다.

"저길 보라고!"

이경이 모션으로 화면 하나를 확대시켰다. 갤러리 구석구석을 비추던 80여 개의 작은 모니터들이 꺼지고 그 자리를 화면 하나가 꽉 들어찼다. 화면은 어떠한 감정도 없다는 듯, 천장 귀퉁이에서 전시실 전체를 정물처럼 내려다보고 있었다. 적외선 CCTV 속에 드러난 홀의 모습은 별다른 특징 없이 파란 침묵 속에 놓여 있었다.

"특별 전시실이잖아요? 제2구역 아닌가요?"

승지의 기억이 맞다면 '회화의 재발견 - 천 년의 세기'라는 제목으로 관람객들을 맞고 있는 제2전시실이었다.

"맞아. 정말로 유령이 돌아다니는지 어디 한번 지켜보자고."

이경은 밤을 새겠다는 듯 의자에 몸을 파묻었다.

"그럴 필요 없겠는데요? 저길 좀 봐요."

승지가 가리킨 곳은 ㄱ자로 꺾어지는 오른쪽 구석이었다. 랜턴 불빛 하나가 나방처럼 꿈틀거리며 실내를 훑고 있었다.

"저 자는 우리 경비원이잖아? 저 자가 왜?"

이경이 의자에서 벌떡 몸을 일으켰다. 이해를 못하겠다는 태도였다. 로마 제복을 입은 경비원이 랜턴을 이리저리 비춰가며 전시실을 돌아다니고 있었던 것이다.

"원래 경비들 출입이 가능한 건가요?"

"야간에는 열쇠를 경비원들이 가지고 있으니까 출입 못할 건 없지."

"허술하군요. 억대의 그림이라도 갖고 도망치면 어쩌려고요?"

이경이 고개를 저으며 대답했다.

"그래서 CCTV를 달아놓은 것 아냐? 채용할 때 인간 검증도 할 테고. 근데 전시실은 특별한 일이 없으면 출입 금지가 돼 있을 텐데, 저 인간이 뭘 하려고……."

"잠깐만 화면 좀 확대해 봐요. 뭘 하는지 자세히 보게."

승지는 모퉁이를 돌아가는 경비원의 모습을 몇 번이나 돌려보고 나서 소리쳤다.

"저 사람 미쳤어. 당장 막아야 해요."

경비원은 순찰을 도는 척 하면서 손에 든 투명한 자 같은 물건으로 전시된 물건들을 떠밀거나 조금씩 위치를 바꾸어놓고 있었다. 꼼꼼하게 살피지 않으면 알아볼 수 없는 숙련된 몸놀림이었다.

"조금 더 지켜보지. 물건을 훔치려고 그러는 것 같지는 않은데."

"혹시 정신병자가 아닐까요? 사람들의 관심을 받고 싶어서 저럴 수도 있잖아요."

"CCTV가 보고 있다는 걸 알면서도 저렇게 행동한다는 건 누군가 뒤를 받쳐주지 않으면 절대로 할 수 없는 일이지. CCTV가 이중으로 설치돼 있지 않았다면 결코 알아낼 수 없었을 거야."

"뭐야, 그럼. 경비실에 비치한 CCTV엔 저 사람이 안 찍힌단 말예요?"

"그래. 유령 소동이 일어나고 나서 제일 먼저 한 일이 녹화된 필름을 확인하는 거였지. 하지만 깨끗했어. 지금도 보안실 담당자들끼리 프로그램을 조작해서 엉터리 장면을 찍고 있을 거야."

"그럼 보안팀이? 왜 그런 짓을 하는 걸까요?"

"내가 궁금한 게 바로 그거지!"

지금 이 회사에서 저 정도의 장난을 칠 수 있는 사람은 오직 한 사람, 현 회장뿐이었다. 어느 정도 예상은 했지만 이경은 막상 유령의 실체가 밝혀지자 허탈한 기분에 휩싸였다. 21세기에 유령 따위가 존재한다고 믿은 건 아니었다. 더구나 자신은 신이 아닌가. 경비원을 동원하는 고전적인 방법으로 눈앞에 모습을 드러낸, 고작 CCTV나 조작하는 유령은 완벽하지도 흥미롭지도 않았다. 어딘지 서글픔마저 자아냈다.

하지만 경비원이 아버지의 사주를 받고 있다고 100퍼센트 확신이 서지는 않았다. 비밀방에 별도의 CCTV가 가동되는 걸 알고

있으면서도, 아버지가 어리석은 장난을 하고 있을 아무런 이유
가 없었다. 경비원이나 보안팀의 범행이 아니라면 도대체 무어
란 말인가. 당장이라도 달려 내려가 경비원을 다그치고 싶었지
만, 밤중에 난동을 부린다면 반드시 입소문을 타고 말 테니 현
부회장에게 좋은 먹잇감만 제공해주게 될 게 뻔했다.

'혹시 현 부회장의 사주를 받고 있는 건 아닐까?'

이경은 이번에도 고개를 저었다. 그렇게 할 아무런 이유가 없
었기 때문이다. 만약 유령 사건을 통해 특별전을 방해할 목적으
로, 그런 유치하기 짝이 없는 장난을 현 부회장이 경비원들을 포
섭하여 벌였을 아무런 이유가 없다. 그쪽 역시, 자칫 잘못하면
자신들이 다칠 일을 이토록 어설프게 꾸밀 인물들이 아니었다.

"가만, 저 자가 비밀통로를 알고 있는 것 아냐?"

CCTV에 비친 경비원의 행동이 어딘지 수상쩍었다. 그는 전시
실을 빠져나와 갤러리 바깥마당을 한 바퀴 돈 뒤 쓰레기처리장
쪽으로 걸음을 옮겨가고 있었다.

"여긴 어떻게 하고요?"

승지가 잡아 보았지만 이경은 이미 몸을 날려 계단을 내려간
뒤였다.

승지는 이경이 CCTV에 몸을 드러낼 때까지 인내심을 갖고 기다렸다.

약 2분쯤 지나서였다. 경비원이 쓰레기처리장 문을 열고 들어옴과 거의 동시에 이경이 그를 막아서는 게 보였다.

"미쳤어. 도대체 어쩌려고 저러는 거지?"

이경이 경비원의 멱살을 잡아 흔드는 걸 보고 난 뒤에야 승지는 아차 싶었다. 성질 급한 이경이 앞뒤 가리지 않고 뛰어가는 걸 어떡하든 막았어야 했는데, 저러다가 경비원이 다치기라도 하면 현 부회장에겐 더 없이 좋은 빅뉴스가 될 것이었다.

'아, 맞아. 저 경비원은 어쩌면 현 부회장과 한패인지도 모르겠군. 이경의 성격을 알고 미리 함정을 판 게야. 우린 그런 줄도 모르고 제대로 걸려들었지.'

승지는 뒤늦게 이런 추리를 해가며 부지런히 좁은 계단을 뛰어내려갔다. 쓰레기처리장에 도착하니 입구부터 경비원의 신음소리가 예사스럽지 않게 흘러나왔다. 아니나 다를까, 이경이 두 팔로 경비원을 벽으로 몰아붙인 채 윽박지르고 있었다.

"말을 해봐요. 말을, 도대체 누굽니까? 누가 이런 일을 시켰는지 당장 불지 않으면 당신을 기물 파손 죄로 경찰에 고발하겠어요. 전시품이 얼마짜린 줄 알고나 있는 겁니까? 함부로 손을 대다니요. 누가 이따위로 교육을 시켰습니까?"

감정이 잔뜩 앞선 이경의 말은 평소 그답지 않게 뒤죽박죽이 었다.

"이봐요, 놓고 얘기해요. 말할 기회도 주지 않고 몰아붙이면 어떡해요."

승지가 눈치껏 이경을 뜯어내고 곤혹스러운 표정을 짓고 있는 경비를 의자에 앉혔다. 50줄을 막 넘긴 듯한 중년 경비원은 땀으로 뒤범벅된 이마를 문지르며 한숨을 푹 내쉬었다. 명찰에는 '차동철' 이라는 이름이 새겨져 있었다.

"물 한 잔 드실래요?"

경비는 사양했다.

승지는 그의 표정에서 무언가를 숨기고 있다는 인상을 받았다. 너무 흥분한 나머지 상대의 오라를 볼 수 있는 능력을 지니고 있음에도 이경은 경비의 마음을 읽지 못하고 있었다.

"침착해요. 아저씨가 말을 하도록 시간을 줘요."

승지가 이경의 귀에 대고 속삭였다. 이경은 그제야 자신의 분노가 오라의 능력을 막고 있음을 알아차렸다. 전에도 종종 그런 적이 있었다. 신이 가진 능력을 최대한 발휘하려면 어떠한 경우에도 인간이 지닌 분노와 이기심 같은 감정을 떨쳐야 한다. 무아

지경의 상태가 될 때, 신의 능력도 가장 잘 발현되는 법이었다.

'어라, 이 사람 아주 순수하고 충직한 사람이잖아?'

이경이 뜻밖의 결과에 한 걸음 뒤로 물러났다.

"아저씨, 왜 그러셨어요? 전시품의 위치를 바꾸어 놓거나, 반대로 뒤집어 놓거나, 바닥으로 내려놓는 등, 최근에 벌어진 일들 다 아저씨가 그런 거죠? 이유가 뭐예요?"

이경에게 눈을 깜박해 보이곤 승지가 경비원 옆에 앉아 차분히 물었다.

"난 아무것도 모릅니다. 난 그저 시키는 대로 했을 뿐이에요."

한참 만에 경비원이 대답했다. 거짓말을 하는 것 같지가 않았다.

"그러니까, 그걸 누가 시켰냐고요?"

경비원이 대답했다.

"그, 그건 말할 수가 없습니다. 난 그분과 약속을 지켜야 해요."

"그분이라면 현 부회장?"

경비가 강하게 고개를 흔들었다.

"도련님, 속 시원히 말씀드리지 못함을 이해해 주십시오. 잘못하면 그분이 다칠 수도 있기 때문에 그렇습니다. 그분께서 그렇게 당부하셨습니다. 입을 열면 당신이 다칠 수도 있으니 절대로

비밀로 해 달라고. 아니, 당신이 다치는 건 상관이 없지만 혹여
라도……."

"혹여라도?"

경비가 체념한 듯 중얼거렸다.

"아침 일찍 회장님을 만나보세요……."

이경은 머리를 한 대 얻어맞은 것 같았다.

'역시 아버지였어! 그런데, 대체 무슨 이유로?'

이경은 경비를 놓아둔 채 터벅터벅 쓰레기처리장을 빠져 나갔다.

아무리 온 신경을 집중해 봐도 아버지 마음만큼은 쉬이 보이
지가 않았다.

이경은 문을 연 편의점으로 들어갔다. 차갑게 냉장된 맥주 한
캔을 숨도 쉬지 않고 쏟아 붓고 나니 비로소 답답했던 가슴이 조
금 풀리는 것 같았다. 이경은 인간 세상에 올 때마다 맥주가 있
어 견딜 수 있었음을 새삼 깨달으며 승지가 말릴 때까지 맥주 두
캔을 더 들이켰다. 결국 차를 골목에 세워 놓은 채 택시를 잡아
야 했다.

승지를 집으로 바래다 준 뒤 이경은 택시를 한남동으로 돌렸다.

택시는 남산1호 터널을 지나 시원하게 내달렸다. 이른 새벽이

어서 도로엔 빠르게 달리는 택시들 외엔 비교적 한적했다. 낮엔 자동차들로 잰걸음을 하는 도로여서, 뻥 뚫린 도로를 보자 이경은 오히려 속이 더 답답해졌다. 아버지와 자신 사이에 놓인 다리들이 하나씩 끊어지고 있는 느낌이었다. 더 가까이 다가가 손을 잡고 싶어도 알 수 없는 이유로 아버지가 자신을 밀어내고 있다는 느낌을 그 동안 수도 없이 받아왔다. 도대체 어디서부터 부자 관계가 꼬여버린 걸까. 오늘은 그 사슬을 끊어낼 수 있을까.

택시는 20분 뒤 한남동 언덕에 멈췄다. 한남대교가 저만치 내려다보이는 골목 입구였다. 이경은 편의점으로 들어가 캔맥주 하나를 산 뒤, 어기적거리며 날이 밝기를 기다렸다. 근처가 죄다 시가 수십억, 혹은 수백억 원에 이르는 고급 주택단지여서 이경은 곳곳에 설치된 CCTV들이 눈에 거슬렸다. 마침, 한강을 내려다보고 시원하게 전망이 펼쳐진 곳에 정자 한 채가 있어 이경은 그 안으로 들어가 난간에 걸터앉았다. 사유지에 세워 놓은 정자 같았지만 밤이어서 특별히 이경에게 관심을 쏟는 사람은 없었다.

동쪽 하늘이 푸르스름하게 밝아올 무렵, 이경은 자리에서 일어났다. 한강 상류 쪽으로부터 밝은 기운이 서서히 올라왔다. 어둠 속에 묻혀있던 건물의 윤곽들이 하나둘 이경의 시야 속에 모양을 갖추며 자리를 잡았다. 이경은 옆에 놓아두었던 빈 맥주캔을 우그러뜨린 뒤 주머니에 집어넣었다. 아버지를 만나는 날은 이상하게 긴장이 되곤 했는데, 오늘은 특히 심했다. 명색이 신이 아닌가. 신이 인간에게 두려움을 느낀다는 게 이상했지만, 인간의 부모 자식관계 만큼은 이경으로서도 온전히 풀 수 없는 수수께끼였다.

로얄그룹의 회장이 사는 대 저택은 그 명성에 걸맞게 한남동에서 노른자위로 통하는 남산 동남방 6부 능선에 자리 잡고 있었다. 짙은 녹색 지붕이 특히 인상적이어서 매스컴에서는 통상 현 회장의 저택을 지칭할 때 '한남동 밀리터리 하우스'로 불렀다. 군수업체를 통해 기업을 키워온 현 회장의 이력과 잘 맞아떨어지는 비유였다. 재계서열 18위라는 명성에 걸맞게 현 회장의 저택은 전체 면적 200평에 지하 2층, 지상 2층을 자랑하는 건물이다. 현 회장을 가까이서 모시는 수행비서와 주치의까지 상주하는 이 건물에 들어설 때마다 이경은 중세의 성문 앞에 선 적병이 된 기분이었다.

이경이 이 집에 머물렀던 기억은 아주 짧았다. 어릴 때, 보모를 따라 아버지를 만나러 2층으로 향했던 기억이 전부였다. 하지만 만남은 길지 않았다. 대개 10여 분 남짓 이어진 그 대면은 늘 누군가의 방문으로 중단되기 일쑤였고, 아버지의 날카로운 금속테

안경만을 잔상에 남긴 채 자기 방으로 돌아와야 했다. 구체적인 이유를 알 수 없지만, 엄마가 죽은 뒤 집을 떠나 강 건너 강남의 아파트로 유배되듯이 유모와 떠난 뒤엔, 특별히 아버지가 부르지 않는 한 일부러 이 집 대문을 두드려본 적은 없었다.

대문 앞에 선 이경은 옷매무시를 바로 잡은 뒤 초인종을 눌렀다. 인터폰으로 얼굴을 확인한 가정부가 "오셨어요?"라는 통상적인 인사를 건네며 대문을 열어주었다. 40대 중반으로 보이는 가정부는 아침 식사 준비 중이었는지 손에 물기가 묻어 있었다. 이경이 집을 떠난 뒤 새로 들인 가정부여서 그다지 살가운 사이는 아니었다. 밤을 샜기 때문에 꾀죄죄해진 몰골을 애써 감추며 고개를 돌렸지만 가정부의 시선을 다 피해갈 순 없었던 모양이다. 거실로 들어서자 물 한 잔을 내려놓고 가정부가 욕실부터 가리켰다.

"도련님, 밤새 어디서 술이라도 마신 거예요?"

"납니까, 술 냄새?"

"옷은 또 그게 뭐예요. 새 옷 준비해드릴 테니까 얼른 씻기부터 하세요."

어제 경비원과 옥신각신 하는 통에 바지에 오물까지 묻어 있는 걸 이경은 그제야 발견했다. 그 상태로 택시를 타고 한남동 주변을 기웃거렸다는 사실이 새삼 창피스러웠다.

'지금 그딴 체면을 따질 때가 아니지.'

"아버지 방으로 갈 테니 인터폰 좀 넣어 주세요."

이경의 말에 가정부는 거의 펄쩍 뛰는 시늉을 했다.

"안 돼요. 어제 저녁 늦게 주무셔서 이제 겨우 두 시간밖에 못 주무신 걸요."

"무슨 일이라도 있었나요?"

"몰라요. 암튼 밤새도록 통화를 하시는 눈치였어요."

"밤새 통화? 누구랑요?"

"그거야 제가 알 도리가 없죠."

아직 6시도 되지 않은 시각이었다. 아무래도 씻는 게 좋겠다는 생각이 들어 이경은 드레스 룸으로 들어가 적당히 입을 옷을 꺼 낸 뒤 욕실로 향했다. 아무리 늦잠을 자도 7시면 일어나는 아버 지의 평소 습관을 떠올리며 마음을 더 굳게 다잡았다.

샤워를 마친 이경은 소파에 앉아 아버지가 깨기를 기다렸다. 3 년 만에 찾아온 집이었지만 그다지 낯설지는 않았다. 올 때마다 이경은 거실 소파에 앉아 아버지를 기다려야 했다. 아버지는 단 한 번도 자신의 방으로 이경을 부른 적이 없었다. 마치 감춰야 할 비밀이라도 있는 것처럼, 철저하게 이경의 시야를 거실로 한

정시켰다.

이경이 2층으로 올라서기라도 할라치면 가정부와 비서들이 어느새 이경의 앞을 가로막았다. 직원들은 잘 훈련된 비즈니스맨들이었다. 로얄그룹 상속자에 준하는 예우를 결코 소홀히 하지 않았지만 알게 모르게 현 회장과의 사이에 막을 치고 있었다. 특히 지난 수십 년 동안 아버지의 손발 노릇을 하고 있는 천 비서는 매번 이경을 예리하게 살피며 뾰족한 시선을 보내왔다.

조간신문을 뒤적이다가 이경은 휴대폰을 확인했다. 목욕을 하는 사이 공 실장이 두 통이나 전화를 한 모양이었다. 어젯밤에 온다간다 말도 없이 갑자기 사라졌으니 걱정이 돼 아침부터 전화를 넣었을 것이다.

이경은 발신버튼을 길게 누른 뒤 힐끔 복도 안쪽을 살폈다. 천 비서가 머무는 안쪽 방에서 콜록 콜록 기침소리가 들려왔다.

"회장님 댁에 왔으니 걱정 마시고 어제 부탁한 거나 해 놓으세요."

공 실장이 못 믿겠다는 듯 되물었다.

"한남동엘 갔단 말입니까? 거긴 왜요? 대접도 못 받으시면서 거긴 뭐 하러 자꾸 찾아갑니까?"

"뭘 그렇게 따지고 드세요? 제가 못 올 곳에 왔습니까?"

"알겠습니다. 그건 그렇고 어젯밤에 혹시 갤러리 로마에 가셨습니까?"

이경은 뜨끔해하며 물었다.

"밤에요? 왜요, 무슨 문제라도 생겼습니까?"

"도련님 차가 갤러리 뒷골목에 세워져 있는 걸 경비원들이 발견한 모양입니다. 도대체 차를 거기다 두고 어딜 가신 겁니까?"

이경은 아차 싶었다. 하필이면 그걸 경비들에게 들키다니.

"아, 어제 그쪽에서 술 약속이 있어서……."

이경은 적당히 얼버무리고는 얼른 전화를 끊었다. 2층으로 오르는 전용 엘리베이터에 불이 들어와 있는 걸 순간적으로 확인했기 때문이다.

엘리베이터 문이 열리고 아직도 목에 붕대를 댄 현 회장이 모습을 드러냈다. 뉴욕에서 당한 가스 폭발사고의 후유증이 아직 남아 있는 모습이었다.

"아버지."

이경은 고개를 숙였다.

옆에서 표정 없이 이경을 쏘아보고 있는 천 비서의 얼굴에 그늘이 드리워져 있었다. 이경은 좋지 않은 예감 속에서 허리를 한번 더 숙였다. 아뿔싸. 고개를 드는 찰나, 현 회장의 가슴이 붉게

타오르는 게 보였다. 똑같이 붉은 색이지만 저건 사랑의 감정이 아니라 분노의 감정이다.

"누가 네 멋대로 여길 드나들라고 한 게냐?"

현 회장이 특유의 차갑고 낮은 음성으로 쏘아 붙였다.

"……."

이경은 하마터면 울컥 눈물이 날 뻔했다. 비록 신계에서 추방당한 몸이지만, 어쨌거나 부자 사이가 아닌가. 피가 섞인 부자 사이에, 남의 자식 훈계하듯 하는 저 말투는 대체 무엇 때문이란 말인가. 설마 죽은 엄마가 부정한 행동이라도 해서 얻은 남의 집 자식이라도 되는 건가. 오늘은 절대로 호락호락 물러서지 않으리라 다짐하며 이경은 허리를 곧추세웠다.

"도대체, 제가 뭘 잘못했기에 이렇게까지 차갑습니까?"

이경은 자신도 모르게 두 주먹을 꼭 쥐었다.

"회장님 앞에서 지금 뭐 하시는 겁니까?"

천 비서가 이경을 막아섰다.

"이유나 알자 그겁니다. 이유나. 아들이 아비 보고 싶다고 제 집에 찾아온 게 그렇게 못마땅하답니까? 제가 그룹을 물려 달랬습니까? 이 여자 저 여자 만나 난잡한 생활을 했습니까? 그룹 위상을 해칠 만큼 사고를 치기라도 했습니까?"

이경이 천 비서를 밀치며 앞으로 다가갔다.

"이놈의 자식!"

순간 이경은 뺨을 어루만지며 뒤로 풀썩 몸을 젖혔다.

"이 철부지 같은 놈, 썩 나가지 못해? 네가 생각이 있는 놈이면 이리 나대지 않고 가만히 네 애비의 뜻을 헤아렸을 것이다. 누가 죽기라도 했단 말이냐? 새벽부터 찾아와서 천박하게 이 무슨 행패야, 행패가. 애비가 너를 멀리하면 다 그만한 이유가 있는 게야. 그러니 잔말 말고 얼른 물러가. 다신 내 집에 얼씬도 말고!"

이경으로서는 더는 물러설 곳이 없었다.

"도대체 왜 이러시는 거죠? 경비를 시켜서 밤마다 유물 가지고 장난질이나 하시고. 그럴 거면 뭐 하러 전시회를 열었습니까? 검찰이 지켜보고 있는 게 안 보이세요? 지금 한가하게 그러고 있을 때가 아니란 말입니다. 속 시원히……."

"저, 저놈을 당장 끌어내게!"

분을 삭이지 못한 현 회장이 부르르 몸을 떨었다.

"당신, 도대체 내가 아들이기나 한 겁니까?"

"뭐, 뭐라고? 어이쿠……."

현 회장이 머리를 감싸 안으며 주저앉았다. 현 회장이 쓰러짐과 동시에 연락을 받고 나타난 경비원들이 이경을 바깥으로 끌어냈다. 이경은 아버지가 걱정되었지만 경비원들에게 손목을 잡힌 터라 소리만 고래고래 지르다가 대문 밖까지 떠밀려났다.

"이봐, 내가 누군지 몰라서 그래?"

이경이 젊은 경비원의 멱살을 잡고 한바탕 드잡이를 하는 사이 천 비서가 바깥으로 쫓아 나왔다. 천 비서가 표정 없이 중얼거렸다.

"회장님은 누구보다도 아드님을 사랑하십니다. 지금은 아무런 말씀도 마시고, 혹시 모를 검찰 수사에 잘 대비해 주세요. 조만간 모든 게 밝혀질 겁니다."

이경이 소리를 빽 질렀다.

"아, 정말 미치겠네. 하나밖에 없는 아들한테까지 숨겨야 할 비밀이란 게 도대체 뭐야."

이경은 악을 쓰며 대문을 발로 걷어찼다.

"갤러리로 가서 대기하세요. 곧 회장님의 전언이 가실 겁니다."

"천 비서, 당신은 알고 있지?"

"어서, 사무실로 돌아가세요."

천 비서는 가정부에 눈짓을 보내 문을 걸어 잠그고는 저벅거리며 안채로 사라져갔다. 몇 번이나 문을 두드려 보았지만 한 번 닫힌 문은 다시 열리지 않았다. 이경은 수수께끼를 푸는 심정으로 발걸음을 돌릴 수밖에 없었다.

"엉망진창이군."

이경은 언덕을 내려오며 답답하다는 듯 제 가슴을 마구 쳤다.

안개에 쌓였던 한남대교 남단으로 서서히 출근 차량들이 몰려들고 있었다. 이경은 초점 잃은 눈으로 멍하니 서서 오가는 차들을 바라보았다. 금방이라도 쓰러질 듯 피곤이 몰려왔다. 이경은 택시를 잡기 위해 차도로 나섰다. 출근 시간이어서 그런지 택시는 잡히지 않았다. 이경은 비틀거리며 도로 연석에 걸터앉았다. 공기가 칼칼했다.

이경은 택시 승강장 앞, 벤치에 앉았다. 세상은 대체 무슨 일이 벌어지고 있기나 하냐는 듯, 평화롭게 흘러가고 있었다. 출근하는 사람들의 걸음걸이는 힘찼고, 매연을 토하며 목적지로 달리는 버스들의 엔진소리에서도 바쁜 일상이 느껴졌다. 비둘기들은 여느 날과 다름없이 먹이를 찾아 보도블록 곳곳을 헤맸다. 그래, 지난 여덟 번의 환생이 그러했듯 사람들 사는 모습은 변한 게 하나도 없지 않은가. 그들은 신의 놀이터인 고통의 지도 위에서, 매일 무감각해진 채 시계추처럼 돌아다닌다.

그런데 나를 이토록 괴롭게 하는 것의 정체는 무엇일까. 내가 인간이기 때문에? 나는 인간이되 인간이 아니다. 인간의 고통을 느끼지만 잠시 뿐이다. 그런데, 그것으로는 설명되지 않는다. 지금의 이 고통, 이 답답함, 이것을 온전히 설명할 수 있다면 그건 내가 지나치게 인간 세상에 개입되어 있기 때문일 것이다. 어차피 성물을 찾아 신계로 돌아가면 그만이지 않은가. 인간과 인간 세상에 동정을 느낄 아무런 이유가 없지 않은가.

검은 최고급 세단 한 대가 이경 앞에 와서 멎은 것은 잠시 후였다. 창문이 내려지고 선글라스를 낀 조막만한 얼굴이 이쪽으로 향했다.

"아침부터 별 쓸데없는 것들이 잔뜩 기어 나와 있네. 차 밀리게. 야, 현이경 넌 동태눈깔 뜨고 멍하게 쳐다보지 말고 어서 타기나 해!"

느닷없이 쏟아지는 반말 세례에 이경은 미간을 찌푸렸다.

"누구……."

"헐, 이 날벼락 맞아 쳐죽을 인간아! 이제 자기 약혼녀도 못 알아보는 거야?"

선글라스를 벗어 내린 그녀는 뜻밖에도 유안나였다.

"아, 안나 니가 여긴 어떻게?"

이경은 놀라 눈을 부릅떴다.

"납치하는 거 아니니까 걱정 말고 타서. 아, 빨리!"

이경이 뒷좌석으로 올라타며 물었다.

"어떻게 알고 온 거야?"

"나 유안나야. 너 하나쯤은 내 손바닥 안에 있다구."

이경은 안나를 보자 오랜 친구를 만난 듯 반가운 마음이 들었다. 제 피붙이에게 소박 아닌 소박을 맞고 쫓겨난 몸이 아닌가. 어디도 기댈 곳 없는 마음 흔들리며 서 있을 때, 마치 이런 순간을 미리 알고 기다리기라도 했다는 것처럼 그녀가 모습을 드러낸 것이다.

"정말 어떻게 된 거야?"

이경이 다시 물었다.

"짜증나게 뭘 자꾸 꼬치꼬치 물어봐. 그쪽은 엄청 속 쓰려 보이는 얼굴인데 해장국 한 그릇 말아 먹고 속이나 푸셔."

안나가 해장국집 앞에 차를 멈추며 대답했다. 한남대교를 보고 남산 언덕을 내려오다가 우회전 한, 순천향 병원 조금 못 미친 곳이었다.

"웬일로 오늘은 나를 순순히 따라 오네? 천하의 현이경에게 이런 고분고분한 면이 숨겨져 있다니 갑자기 확 납치해다가 우리 집에서 키우고 싶어진다. 흠흠."

안나는 이경의 의사를 묻지도 않고 해장국 두 그릇을 시켰다.

사실 안나는 아침 일찍 현 회장 댁 가정부의 전화를 받고 이경을 태우러 온 것이었다. 안 그래도 작정하고 이경의 뒤를 캐볼 심산으로, 갤러리 로마의 서버에 침입하여 현이경 대표와 관련된 파일들을 하나하나 훑어보고 있던 차였다. 그런 사실을 알 턱이 없는 이경은 그녀의 등장이 신기할 수밖에 없었다.

"어서 드시죠, 도련님. 쏘다니느라 바쁘실 텐데 이번엔 또 어디로 날아가 사고를 치시려고? 설마 자기 아버지 금고에 있는 땅문서라도 훔치러 온 거야?"

이경은 유안나의 빈정거림이 오늘은 얄밉지 않았다.

"생각해보니 누가 내 아침밥을 챙겨준 게 상당히 오랜만인 것 같군. 고마워."

"이웃나라 공주님 아니면 누가 우리 왕자님 속을 헤아려 주겠어?"

종업원이 쟁반에 음식을 차려 내왔다. 이경은 김이 무럭무럭 솟는 해장국을 보자 허기가 올라오는 걸 느꼈다. 안나도 밤을 새느라 에너지를 소비한 터여서 배가 고팠다.

"잘 먹을게."

"근데 새벽같이 여긴 왜 온 거야? 것도 완전 상거지 꼴을 하고서."

이경은 피식 웃었다.

"아버지 집에 꼭 특별한 이유가 있어야 오나. 그냥 오랜만에 문안 인사나 드리러 온 거야."

"근데 뭘 잘못을 해서 아침밥도 못 얻어먹고 쫓겨나?"

"글쎄, 그게. 메뉴가, 영 맘에 안 들더라구. 너무 뉴욕식이랄까."

"흠, 그럼 내 메뉴 선택이 탁월한 거네?"

"이웃나라 공주님이 왕자님 속을 정확하게 헤아린 거지."

"갤러리 하루쯤 비워도 되지? 오랜만에 근사한 루프탑바에서 브런치라도 즐기자. 우리 데이트 안 한 지 너무 오래됐잖아. 어때?"

이경은 고개를 저었다.

"미안, 밥 먹고 어딜 좀 가볼 데가 생겼어."

흥, 하는 표정으로 안나가 얼굴을 실룩였다.

"지가 필요할 땐 온갖 감언이설로 나를 현혹하고, 필요 없을 땐 철저히 외면해버리는 인간, 그게 바로 너 현이경이야!"

이경은 대답하지 않았다. 사실이 그랬기 때문이다. 지난 두어 달, 연이어 성물을 찾는 데에는 누구보다 안나의 도움이 결정적이었다. 하지만 이경에게 그녀는 으레 그렇듯 자신의 인생을 서

포터하는 그런 존재 이상도 이하도 아니었다.

"현이경, 인간이 갖춰야 할 가장 중요한 요소가 뭔지 알아?"

안나는 더 먹을 마음이 없다는 듯 수저를 내려놓았다.

"……"

"그건 인간에 대한 예의야."

이경도 수저를 놓았다. 이경은 가슴 한쪽이 서늘해지는 걸 느꼈다. 그녀의 말은 틀리지 않았다. 어찌 됐던 그녀는 약혼자가 아닌가. 소멸하든, 신토로 돌아가든 얼마 후면 이 지긋지긋한 세상과 영영 이별이었다. 안나는 그런 큐피드의 앞길에 놓인 짧은 에피소드일 뿐이다. 지금껏 그렇게 생각해왔다. 언제든 이용해 먹고 돌아설 수 있는 존재. 그러나 이 하찮기 그지없는 신의 피조물은 인간에 대한 예의를 강조하고 있다.

"미안해. 내가 영 인간답지 못하단 걸 너도 잘 알잖아. 화 풀어, 응?"

그 순간 안나의 손바닥이 이경의 뺨을 후려쳤다. 이경이 고개를 들었을 때, 안나의 눈에는 한줄기 눈물이 흘러내리고 있었다. 이경은 아무 말도 할 수 없었다.

"우리 결혼, 그만두고 싶다면 언제든 그만둬도 좋아. 나는 사랑이 식어버린 남자의 빈껍데기를 안고 평생 살아갈 마음도, 자신도 없으니까."

이경은 마음이 착잡해졌다.

"실은 나 요즘 영화 촬영 중이야. 전준호 감독이라고 충무로의 촉망 받는 감독인데, 이번 영화에 꽤 비중 있는 조연으로 들어가게 됐거든."

이경은 뺨을 비비며 안나를 쳐다보았다.

"연기라고? 네가?"

순간 안나가 매섭게 눈을 홱 치켜떴다.

"그 말의 뉘앙스 뭐야? 방금 먹은 해장국이 울컥 올라오네?"

"아니. 그런 게 아니라 너무 갑작스러우니까."

"흠. 연기레슨 시작한진 꽤 됐어. 일전에도 너한테 말했었지만 워낙에 내 말은 다 귓등으로 흘려들으시니까. 암튼 난 로얄그룹 사모로 외롭게 늙어가는 것보다는 내 자신이 빛나는 일을 하면서 살고 싶어."

안나의 짙은 속눈썹이 파르르 떨렸다. 그 순간, 이경은 안나가 진심으로 속마음을 얘기하고 있음을 들여다보았다.

식당을 나오기 전 안나가 매섭게 덧붙였다.

"조만간 제작 발표회를 할 거야. 안 오면, 알지?"

드러난 진실, 아 아버지

안나와 헤어진 이경은 택시를 타고 성산동으로 향했다.

이경은 약 30도 쯤 되는 낮은 경사의 골목을 천천히 걸어 올라갔다. 세탁소와 슈퍼, 옷가게, 작은 식당 몇 개를 지나쳐 익숙한 걸음으로 장미빌라 앞에 섰다. 얼마 전 홀린 듯 발걸음이 닿았던 후로 가끔씩 이곳을 찾곤 했다. 생의 가장 깊은 곳에서 막연하게 올라오는 그리움의 정체를 그는 알지 못했다. 장미빌라가 내려다보이는 성미산 언덕에 앉아 이제는 얼굴조차 잘 기억이 나지 않는 자신의 생모를 떠올려보려고 애썼다.

이경은 늘 그렇듯 현관과 주차장을 한 바퀴 돌아본 뒤 404호 앞까지 올라갔다가 몸을 틀었다. 바로 근처 성미산으로 접어들면, 404호 베란다가 바로 코앞에 내려다보이는 곳이 있다. 오늘도 그곳에 앉아 28년 전의 그날을 떠올려보려 애썼다. 28년 전, '그날의 사건'은 평생 이경에게 깊숙한 트라우마로 자리잡아왔다. 신문지상에 단 한 줄도 언급되지 않은 그날의 가스 폭발사고. 우연을 가장했지만 점점 시간이 지나면서 이경은 그것이 우연이 아닌, 인재라는 강한 의혹에 휩싸이곤 했다. 단순한 인재가 아니라 누군가 계획적으로 어머니를 사고로 위장하여 살해했을지도 모른다는 의혹이 그것이었다.

그날의 사건은 이경에게 여러모로 충격을 안겨주었다. 자동 보호 시스템에 의해 5차원의 영역으로 흡수되며 처음으로 자신이 신-큐피드라는 것을 자각한 사건이기도 했다. 집 전체가 붕괴된 처참한 사고현장 속, 고작 돌바기던 이경은 어디 하나 긁힌 데 없이 살아남았고 그것이 부친 현 회장에게 끼친 의구심을 어렴풋이 짐작 못하는 바도 아니었다. 공교롭게도 그 사건 이후, 현 회장은 이경을 멀리해오지 않았던가.

그렇다. 그날의 사건에 대하여 아버지는 이경이 모르는 것을 알고 있음이 분명했다. 그 숨겨진 비밀이 이경을 멀리하게 된 배경일 것이었다. 또 하나, 그날의 사건은 이경이 현생의 여자들을 멀리하는 계기로도 작용하게 되었다. 로마신화 속의 수많은 신과 신의 사랑을 받은 인간여자들, 아폴론과 다프네, 제우스와 세

멜레, 그리고 자신과 프시케, 현생의 어머니까지, 인연을 맺은 사람들은 하나같이 끝이 비극적이라는 공통점을 자각한 것이다.

고작 한 번의 인생만 남았다. 인간 어머니가 자신 때문에 개죽음을 당한 건 가능한 한 묻어두자. 가장 완전한 존재인 신답게, 이경은 인간 세계의 삶을 분리해두고 올림포스의 미션에만 집중하기로 결심했다. 하지만 승지를 만나고부터 그런 생각이 미세하게 균열을 일으켜왔다. 프시케와 어머니, 그리고 승지, 어쩌면 승지까지도……. 이경은 머리를 세차게 저으며 자리를 차고 일어났다. 안 된다. 막아야 해. 이건 도대체 무슨 감정인가. 승지가 죽기라도 한단 말인가. 가스 폭발 사고, 그리고 아버지. 아버지.

'정말 이상하군, 그러고 보니 뉴욕에서 아버지가 겪은 것도…….'

이경은 자신도 모르게 소리를 질렀다.

"가스 폭발이잖아! 이게 과연 우연의 일치일까?"

어머니가 죽은 것도 가스폭발, 어쩌면 사고로 위장된 죽음이었다. 아버지 또한 가스 폭발사고로 죽을 뻔했다. 이경의 두뇌가 번득였다. 혹시 내가 모르는 제3의 인물, 혹은 시스템이 개입되고 있는 것은 아닐까. 누군가 송두리째 로얄그룹을 먹어 치우기 위해 거대한 작전을 꾸며오고 있는 것은 아닐까.

이경은 답답했다. 이 모든 사건의 열쇠를 쥐고 있을 아버지가 묵묵부답 입을 다물고 있기 때문이다. 아버지를 모시는 천 비서조차도, 심지어는 갤러리 경비원들조차도 아버지의 충직한 일꾼 노릇만 할 뿐, 아들인 이경에겐 차갑기만 했다. 그들이 싸우고 있는 실체는 무엇일까. 현 부회장이나 김한영 따위와는 비교도 할 수 없는, 더 큰 실체가 존재한다고 이경은 어림잡아 짐작할 뿐이었다.

"여보세요. 여보세요, 대표님! 지금 어딥니까?"

잠든 이경을 흔들어 깨운 것은 공 실장의 전화였다.

"어디 좀 와 있습니다. 근데, 공 실장은 제발 숨넘어가며 전화 좀 하지 마세요. 누가 들으면 집에 불이라도 난 줄 알겠습니다."

저쪽에서 하, 하는 탄식 소리가 건너왔다.

"집에 불이 난 게 문제가 아닙니다. 그룹 전체가 재가 되게 생겼다고요."

이경은 긴장했다. 이건 또 무슨 뚱딴지같은 소리란 말인가?

"그룹이 재가 된다? 어느 놈입니까?"

"어느 놈이 아니라, 수색 영장을 발부받아 나랏님들이 들이닥쳤습니다. 지금 빨리 한남동으로 날아가세요. 집안의 물건을 죄

끌어내는 모양입니다."

이경은 정신이 아득해졌다.

"한남동이라면 내가 새벽까지……. 공 실장은 지금 어디죠?"

드디어 올 것이 오고 만 건가. 그런데 너무 빨랐다. 비자금 조성과 관련하여 연일 언론의 공격이 이어졌지만, 적당한 선에서 마무리가 돼 가는 줄 알았다. 그도 그럴 것이, 아버지 현 회장이 정관계에 여야를 막론하고 뿌려 놓은 돈이 좋이 수백억 원은 되었기 때문이다. 국회의원은 물론이고 청와대 쪽에도 이쪽 연줄로 입신한 사람이 한둘이 아니었다. 비자금 문제로 수색영장이 발부될 계획이었다면 최소한 3일 전에는 연락이 왔어야 한다. 그런데 갑자기 체포영장 발부라니, 이경은 뭔가가 꼬여도 단단히 꼬였다고 생각했다.

혹시 뒤통수를 맞은 건 아닐까? 정치권은 지금 각종 비리 사건으로 몸살을 앓고 있다. 인터넷은 물론이고 언론들이 하나같이 그 희생양을 찾고 있는 게 최근의 모양새였다. 언론이 심심찮게 로얄그룹을 입에 올릴 때부터 알아봤어야 했는데, 그것이 어느 힘 있는 정치인의 사전 정지작업이란 걸 눈치 챘어야 했다. 세간의 이목을 이쪽으로 돌려, 적당히 비리를 척결하는 흉내를 냄으로써 안팎의 목소리를 잠재우고 이득을 얻는 자, 그 자가 이번 일을 계획하고 지위하는 배후일 것이었다.

"듣고 계십니까? 저도 지금 그쪽으로 가는 중입니다. 할 얘기가 있다고 한 것 같은데 가시면서 얼른 천 비서에게 전화 좀 걸어 보세요."

"천 비서가 나를 찾는다고요?"

이경은 서둘러 전화를 끊고 구 집사를 호출했다.

천 비서가 할 얘기가 있다니. 이제야 입을 열겠다는 건가? 꼴 좋군. 칼날이 목 앞으로 떨어지니까 그제야 나한테 소스 하날 던지겠단 건가. 이제 와서 뭘 어쩌려고.

"도련님."

침착하던 천 비서의 목소리가 전에 없이 떨렸다.

"왜요. 집안이 풍비박산 나니까 이제 와서 도련님 생각이 나셨습니까? 그 바위 같은 입에 채워놓은 자물쇠는 어쩌시려고요?"

이경은 대놓고 이죽거렸다.

"도련님, 어서, 어서 도망가세요……."

공포영화의 한 장면처럼 흘러나오는 목소리에 이경은 기가 막혔다.

"아니 뭐 대단한 비밀이라도 말해줄 줄 알았더니 도망가라고요?"

천 비서가 목소리를 낮춰 소곤거렸다.

"그렇습니다. 체포영장이 도련님한테도 발부되었어요. 이미 회장님은 압송돼 갔고요. 어서 자리를 피하라는 전언이셨습니다. 한두 달 피해 있으면 잠잠해질 테니 일단 몸을 피해서 수습을 해 달랍니다. 그리고 꼭 살아남으시랍니다. 반드시 살아남으시라고."

"무슨 소리야, 누가 날 죽이기라도 한답니까? 대체 무엇을 피해서 누구로부터 살아남으란 겁니까? 이제 그만 속 시원히 말을 좀,"

딸각, 그 순간 외마디 비명과 함께 전화가 끊겼다.

"이봐요, 천 비서. 이봐요!"

다시 전화를 걸었지만 천 비서는 전화를 받지 않았다. 이경은 집으로 전화를 걸었다. 전화는 숫제 불통이었다. 이경은 휴대폰을 주머니에 쑤셔 넣고 차도로 뛰어들었다.

"한남동, 따따블, 최대한 빨리."

불길한 생각이 회오리처럼 끓고 일어났다. 집을 덮친 건 검찰만이 아니다. 누군가 조직적으로 판 함정에 아버지가 걸려든 것이다. 그런데 대체 어디로 도망을 치라는 거지? 아직 혐의가 드러난 것도 아니고, 언론을 잠재우기 위해 구속 기소를 시킨다고 해도 며칠 조사에 성실히 임하면 빠져 나갈 구멍이 없지 않을 텐데 채신없이 도망을 치라니. 더구나 살아남으라니. 스물아홉 해를 살아오면서 들은 가장 뜬금없는 소리였다.

"어디세요?"

다시 전화가 걸려왔다. 공 실장이었다.

"다 온 것 같은데, 한 10분 걸리려나."

따따블의 위력 때문일까. 아닌 게 아니라 택시는 위반을 거듭하며 미친 듯한 속도로 올림픽 대로를 달리고 있었다.

"막 도착했는데요. 여기 상황이 좀 이상합니다. 사람들이 너무 많아요. 누가 경찰인지 검찰인지 알 수가 없어요. 차들도 엄청나게 많이 와 있고. 집을 지키는 사람들도 보이질 않아요. 도떼기 시장처럼……"

이경은 이해가 안 되었다.

"사람들이 안 보인다뇨? 비싼 월급 받는 경비들은 죄다 낮잠이라도 잔단 말입니까? 천 비서는요?"

"아니 그게……"

공 실장이 조금 있다가 말을 이었다.

"이상해요. 진짜 다들 어딜 간 건지. 아무튼 이상한 사람들이 한둘이 아닙니다. 여기, 검·경만 있는 게 아닌 것 같아요. 근데 이거 너무 이상하네. 당신들 누굽니까?"

전화 속 목소리가 희미해졌다. 옥신각신하는 소리가 들리는 것도 같았다.

"저쪽이요. 좌회전해서 파란 대문."

이경은 거의 택시에서 내리기 직전이었다.

"오지 마세요. 아무래도 오지 않는 게……."

이경이 들은 공 실장의 목소리는 거기까지였다.

택시에서 내리기 무섭게 사복을 입은 남자들이 이경에게 달려들었다. 영화에서나 보았을 법한 장면이었다.

"현이경 씨 되시죠? 검찰입니다. 같이 가 주셔야겠습니다."

그중 하나가 지갑을 꺼내 신분증을 펼쳐 보였다.

"아니, 무슨 잘못으로……."

이경은 그들의 요구에 순순히 응하면서 물었다.

"일단 가면서 말씀 드리죠."

이경은 채 집안으로 발을 들여놓기도 전에 차에 태워졌다.

이경은 억울했지만 일단은 그들의 지시에 따르기로 마음먹었다. 부자를 모두 연행했다면 그것은 그룹의 비자금 수사와 연관이 있을 것이었다. 더군다나 수색영장 발부에 곧바로 구속이라니. 사안이 중대하다고 판단한 것일까? 이경은 억울했다. 작정하고 그룹을 공중분해할 생각이 아니라면, 이런 대접을 받는 것 자체가 치욕이었다.

이경은 깊은 한숨을 내쉬었다. 이경의 심정이 이러한데 아버지 현 회장의 마음은 어떠할까. 가스폭발 사고의 후유증이 가신 것도 아닌데, 연이어 무리한 수사를 견뎌낼 수 있을지. 검찰이 작정하고 대드는 데에는 혐의를 입증할 만한 충분한 근거가 있다는 것을 반증하는 것이기도 하다. 그래서 아버지는 모든 것을 직감하고 이경에게 살아남으라고 전언한 것은 아닐까. 자신이 모든 짐을 어깨에 짊어지겠다고?

이경이 대강이나마 돌아가는 상황을 파악하게 된 건 이틀 후였다.

천계를 주름잡던 신이 인간이 만든 감옥에 갇히는 황당한 일이 벌어졌지만 이경은 침착함을 유지했다. 순순히 수감절차를 마쳤고 밤늦게까지 이어진 질문에도 성실히 응했다. 예상대로 로얄그룹에 내려진 칼날은 불법비자금 조성이었다. 갤러리 로마의 대표인 이경에게는 불법장물 취득이라는 죄명 하나가 더 덧씌워져 있었다.

"햐, 이거 미치겠군."

하루 빨리 성물을 찾아 신계로 돌아가야 하는 이경으로선 앞길을 가로막는 인간들에게 거친 분노가 치밀었다. 약속된 시간이 코앞까지 다가온 시점에 하필 이런 복잡하고 추잡스런 인간사에 엮여 들다니. 이경은 감옥에 갇힌 답답함과 아버지에 대한 궁금증으로 하루하루를 괴롭게 보내야만 했다.

이틀 후, 천 비서가 그 궁금증을 어느 정도 해소해 주었다.

"지금부터 제가 하는 얘길 귀담아 들어 주세요."

유리칸막이 밖에 앉은 천 비서가 차분하게 말했다. 누군가를 가르치려는 인간들의 저 태도는 어디에서 기인한 것일까. 이경은 철장 속까지 찾아와 냉정을 유지하는 천 비서에게 금방이라도 폭발할 듯 짜증을 느꼈다. 진작 속 시원히 이야기를 해 주었다면 신이 감옥에 갇히는 우스운 상황 또한 일어나지 않았을 테니까.

"특별전시회는 사실 트릭이었습니다."

"그런 것쯤은 나도 짐작을 했구요. 그래서?"

"목적은 다른 데 있었지요. 그건 회장님이 기획한 게 아니란 말입니다."

이경은 소리를 빽 질렀다.

"아, 진짜 답답해 죽겠네! 서론 생략하고 얼른 본론부터 말하라구요!"

천 비서가 교도관의 눈치를 보며 목소릴 낮췄다. 이미 손을 써
놔서 눈치 볼 것 없는 면회였지만, 천 비서의 그런 행위는 이경
으로 하여금 조심성을 상기시켰다.

"특별전시회의 정체는 국내에 머무르는 시리아 테러범에게 디
테일한 테러계획을 알리는 암호였습니다. 28년간 자신들의 모습
을 감추고 있었다면 본격적으로 이제 자신들의 모습을 드러내겠
다는 일종의 선언이었던 셈이죠."

"그게 무슨 말입니까? 그럼, 전시회를 통해 테러범에게 향후
전개될 테러 계획을 알린다, 시리아 테러범들이? 천 비서님 지금
영화 찍어요?"

이경은 의자를 발로 차고 일어났다. 그도 그럴 것이, 감옥에 갇
힌 자신을 찾아온 아버지의 입, 천 비서가 할 소리로는 어울리지
않는 소설이었다. 테러라면 먼 중동이나 유럽의 이야기가 아닌
가. 도대체 대한민국에서 테러는 무슨, 더구나 시리아라니? 대한
민국이 그렇게 허술한 나라였던가? 살다보니 별 개똥같은 소릴
다 듣겠네.

그러거나 말거나 천 비서는 제 말을 이어나갔다.

"뒤바뀌어 있던 미술품의 위치! 그건 회장님의 소리 없는 저항

이었습니다."

　이경은 겨우 자리에 앉았다. 인간들의 한심한 세력 다툼에 끼
어들고 싶은 마음은 조금도 없었다. 하지만 아직 두 개의 성물을
더 찾아야 한다. 자신을 둘러싼 가족이라는 울타리, 발길 따라
이어져 내려온 얽히고설킨 인연, 그것을 먼저 풀어내지 않으면
성물을 찾는 일도 그만큼 어려워진다. 젠장, 화살 몇 대 쏜 대가
치고는 너무한 것 아닌가? 지지고 볶고 복수하는 인간들의 세상
이라니, 신계랑 하나도 다를 게 없었다.

　"그런 허무맹랑한 얘길 지금 나보고 믿으라구요?"

　"믿지 못하시겠지만 믿으셔야 합니다. 사모님이 돌아가신 28
년 전을 기억하시는지요. 회장님은 그때부터 혼자 보이지 않는
적들과 싸움을 해왔습니다. 그들은 바로 시리아에 적을 둔 국제
테러조직입니다. 얘기를 하자면 길어지는데, 시간을 30여 년 전
으로 되돌려야 할 것 같군요. 당시 아시안 게임을 앞두고 국빈으
로 방문했던 시리아의 3선 대통령 아사드로부터 회장님은 비밀
리에 무기 구입 의뢰를 받게 됩니다. 물론 정부의 비호가 있었던
것은 당연하고요. 정보부 직원이 우리 그룹 직원으로 위장하여
전 과정에 관여했으니까요. 그 결과 미국의 눈을 피해 농업용 기
계를 수출하는 것처럼 위장하여 컨테이너 100대 분량의 각종 재

래식 무기가 시리아로 건너갔습니다. 정치자금이 필요했던 5공화국 정부의 묵인하에 당시로서는 어마어마한 금액의 무기 거래가 이루어졌던 것이죠. 문제는 그다음에 벌어졌습니다. 시리아 정부군으로 배치되어야 할 컨테이너 일부가 반정부 테러잔당에게 탈취당했고 그때부터 로얄그룹은 시리아 테러분자들로부터 지속적인 협박을 받게 된 겁니다."

시간을 확인한 뒤 천 비서가 계속해서 말문을 열었다.

"테러집단이 입을 열면 미국과의 관계가 악화될 수 있었기에 정부는 이 문제에서 손을 떼게 되었죠. 즉 만약의 사태 발생 시 로얄그룹 독단으로 행한 일이 되도록 증거를 조작한 겁니다. 그 결과 누구의 도움도 받지 못한 채 로얄그룹은 시리아 테러집단의 요구에 따라 지난 30여 년간 비밀리에 그들에게 자금과 무기, 군사 기술을 공급해 왔던 겁니다."

"하, 대체 이게 무슨……"

"물론 처음부터 그들의 요구를 순순히 받아준 건 아니었습니다. 회장님께서는 그룹을 공중분해할 각오로 그들과 맞섰지만 돌아온 건 엄청난 협박성 경고였습니다. 중동과 동아시아로 파견되었던 그룹 직원들의 연이은 피살 사건도 그들이 저지른 일이고요. 종국에는 사모님까지……. 아마 사모님께서 그렇게 돌아가시지만 않았어도 회장님은……."

천 비서는 무거운 한숨을 내쉬었다.

"뭐야, 그러니까 지금 엄마를 죽게 만든 장본인들까지 그 시리아?"

"맞습니다. 뉴욕에서 회장님께 협박성 테러를 한 집단도 그들이고요. 원래는 시리아 자생 이슬람 원리주의자들이었으나 현재는 IS와 합류하면서 더욱 힘이 막강해진 집단입니다. 워낙 사방에 뿌리를 내리고 있어서 국제 정보기관들조차도 지도자가 누구인지, 그들의 규모가 어떻게 되는지 파악을 못하고 있는 베일이 가려진 조직이죠."

"그럼, 우리 로얄이 여태껏…… 테러리스트들을 지원해온 건가?"

이경은 말문이 막혔다.

"맞습니다. 회장님께서는 몇 번이나 그들로부터 벗어나고자 몸부림쳤습니다. 하지만 그러면 그럴수록 더욱 그들에게 약점을 잡혀 점점 더 그들의 노예가 되어야 했습니다. 국내 정보기관에도 그들의 끄나풀이 있는 모양이어서 그룹의 비밀들을 훤히 그들에게 간파 당해 왔습니다. IS가 점점 세력을 확산해나가면서 회장님은 더욱 더 괴로워하셨죠. 그래서 무기 공급 중단을 조심스레 타진했는데 뉴욕에서 다시금 협박성 폭발사고를 당하신 겁니다. 그 뒤로 회장님께선 혹시라도 도련님이 다칠까봐……."

이경의 머리에 번쩍 하고 지나가는 게 있었다.

"내가 다칠까봐 아버님께선 그리 냉정히 거리를 두신 거라고요? 지금 그 얘길 하는 겁니까?"

천 비서가 고개를 끄덕였다.

"사실입니다. 사모님이 돌아가신 뒤에 두 번째 타깃이 도련님이란 건 누가 봐도 자명한 일이었으니까요. 아마 회장님과 한집에 계속 사셨다면 곧바로 저들의 납치 표적이 됐을 겁니다. 일종의 볼모가 필요했을 테니까요."

이경은 여섯 번째 성물을 회수할 당시 트럭으로 자신의 목숨을 위협했던 파키스탄 중서부 발루치스탄 주에서 온 무리디 발루치를 떠올렸다.

하, 이경은 자신도 모르게 한숨을 뱉었다.

유모와 함께 아버지의 집에서 분리되어 나온 뒤 이경에게 닥친 건 아버지를 향한 그리움뿐만이 아니었다. 1년에도 몇 번씩 이사를 다녀야했고 보모는 극도로 주변을 경계하며 심지어는 그 흔한 휴대폰조차 제대로 갖지 못한 채 살아왔다. 그는 아버지의 인생에서 철저히 배제되었는데, 그 모든 게 테러 집단과 관련이 있었다니.

이경은 귀가 먹먹해서 한동안 아무런 말도 할 수가 없었다. 나약하기만 한 아버지가 원망스러워졌지만, 그렇다고 아주 그를 이해하지 못할 정도는 아니었다. 아니, 충분히 그럴 수 있었을 것이다. 인간이란 한없이 강한 척을 해도, 내면엔 누구보다 큰 두려움을 지니고 살아가는 동물들이니까.

"좀 정리를 해 보자고요. 그러니까 아버지는 시리아 테러범들에게 약점을 잡혀 그들에게 무기 공급과 자금을 지원해왔다. 원래는 정부가 관여한 일이었으나 여차저차 국제관계도 있고 해서 로얄그룹에게 독박을 씌우고 빠져나갔다. 혼자 그들과 맞서던 아버지는 고비마다 저들의 협박을 받았고 어머님도 그렇게 돌아가셨다. 내게 위험이 미칠까봐 일부러 차갑게 굴며 지금껏 시리아 협박범들을 속여 왔고, 결과적으로 이라크와 시리아에서 성공적으로 자생한 IS로부터 이젠 우리나라도 안전지대가 아니라는 얘기 아닙니까?"

"그렇습니다."

"테러범들은 국내에 본격적으로 테러를 가하기 위해 아버지의 회사를 이용하게 되었고, 국내 세력들에게 알릴 일종의 암호로써 이번 전시회를 기획하게 되었다?"

"그럴 겁니다."

"이해가 안 가네. 신문에 광고를 내든가 지하철에서 인질극이라도 한바탕 벌이면 되지, 전시회는 무슨. 좋아요. 백 번 양보해서 그런 그렇다고 칩시다. 그럼 그룹이 공중분해 될지도 모르는 현 상황은 어떻게 설명해야 합니까? 이것도 테러범들의 계획이란 말입니까? 우리 그룹이 망하면 자신들의 자금줄도 끊기는 건데 그냥 보고 있자는 건가요? 정계도 마찬가지예요. 솔직히 까놓고 말해서 정치인들 가운데 우리 그룹의 돈푼을 받지 않은 사람이 몇이나 됩니까? 그런데도 타깃 수사를 한다면 이유가 있을 것 아녜요?"

"그 부분은 조금 불확실합니다. 정치인들 가운데 누군가 테러범의 협박을 받고 있는 건지, 아니면 정치자금과 관련해서 상대진영을 무너뜨리려고 이러는 건지. 아무래도 후자가 아닐는지요?"

"그럼 특별전시회를 연 보람도 없는 거군요. 유물을 전수 조사한다면 금방 구멍이 드러날 텐데 그 전에 손을 써야 하지 않습니까?"

소멸한 성물들을 떠올리며 이경은 답답해했다.

"적당한 선에서 마무리가 돼주길 바라고 있지요."

"뭐가 어떻게 돌아가는 건지 모르겠네. 아직 특별전시회가 끝나지도 않았는데 검찰이 그룹의 핵심인 부자를 구속수사한다……. 신문지상엔 연일 로얄그룹 이야기가 도배될 테고."

이경은 마음을 집중하며 아버지의 심장을 들여다보기 위해 애썼다. 그러나 스물아홉 해 그래왔던 아버지의 마음만큼은 굳게 열쇠가 걸린 그대로였다.

"그럼 미술품 가지고 밤마다 장난을 친 이유는 무엇일까요?"

"그게 회장님과 관련이 있다고요?"

천 비서가 오히려 눈을 동그랗게 떴다.

"헛헛, 천 비서는 모르는 일이었단 말인가요? 우리 측에서 보자면 특별전시회는 혹시라도 닥칠 경찰의 수사를 피하기 위해 마련한 전시회가 아닙니까? 광고비에 쏟아 부은 돈만도 수억 원입니다. 그래놓고 아버지는 경비원을 시켜 밤마다 이상한 행동을 지시했어요. 미술품의 위치를 바꾸어 놓는다든지, 유령 해프닝도 그렇고, 심지어는 이상한 냄새로 관람객이 도피한 일도 있었잖습니까? 언론이 이죽거리는 기사를 쏟아내도 그저 잠잠히 지켜볼 뿐이셨지요. 도대체 왜 그런 행동을 하신 걸까요?"

천 비서는 서류 가방만 매만질 뿐 정말로 모르겠다는 표정이었다.

"자세한 건 아버님을 만나 뵙고 다시 여쭙겠습니다. 제게 말을 아끼신 걸로 봐서 그럴 만한 사정이 있지 않았을까요? 아무튼 회장님의 가장 확실한 전언은 도련님이 이 상황을 잠시 피해있길 바라신 겁니다."

"그것이 테러범들 때문이라면 오히려 잘 됐습니다. 감옥만큼 안전한 도피처도 없을 테니까."

이경이 막 몸을 일으키는 천 비서에게 다급하게 말했다.

"당장이라도 아버님을 만나 뵙고 한 가지만 물어 보세요. 혹시, 갤러리가 위험한 건 아닌지. 최대한 서둘러 주세요."

"갤러리가 위험하다뇨?"

천 비서는 전혀 감을 못 잡는 것 같았다.

"로마가 파산할 일은 없지 않습니까? 빚을 진 것도 아니고, 신고 되지 않은 무등록 미술품을 압수당하거나, 언론의 질타를 조금 받는 선에서 마무리가 될 것 같습니다. 어차피 이번 일은 본 보기일 뿐이니까요."

"그게 아니라, 아버님께 그렇게 물어보면 답을 주실 겁니다. 어서."

천 비서를 돌려보낸 뒤 이경은 차가운 감방으로 돌아왔다.

특별실이라고는 하지만, 인간계라는 답답한 공간도 모자라 한 평이 겨우 넘는 독실에 갇히자 이경은 답답함을 참지 못한 채 금방이라도 벽을 뚫고 나가버리고 싶은 충동을 느꼈다.

"이럴 때일수록 침착해야 해."

이경은 자신에게 말을 걸며 감정을 추슬렀다.

시리아 테러조직이라면 전 세계의 경찰을 자처하는 미국도 어찌하지 못하는 집단이 아닌가. 비록 신계의 능력을 일부 소유하고 있다고 해도, 이경으로선 그들은 만만히 볼 상대가 아니었다. 자칫 잘못했다가는 모든 누명을 뒤집어쓴 채 그룹이 공중분해될 것이다. 그룹이야 어찌 됐던 인간계의 기억을 접고 성물을 무사히 찾아 신계로 돌아가면 그만이지만, 자칫 일이 꼬이면 한순간에 모든 게 물거품이 되고 말 것이었다.

아무래도 뒷맛이 개운치 않았다. 도대체 인간의 감정은 복잡 미묘하기가 신들보다 더하단 말야. 이경은 끝없이 자신을 자책했다. 아버지, 아니 로얄그룹의 현구식 회장은 무슨 생각으로 미술품을 옮겨 놓고 쥐 소동과 냄새 소동을 벌여 전시회를 망치려했을까.

당신 스스로 기획한 전시회가 아닌가. 혹시 자신의 의지와 무관하게 강요된 전시회였을까? 그러기는 했다. 검찰 수사를 무마

하기 위한 액션이었을 테니까. 만약 그랬다면 더욱더 성황리에 전시회가 개최되길 바랐어야 한다. 하지만 현 회장은 그렇게 하지 않았다, 왜?

혹시 그림으로 어떤 힌트를 주려 한 건 아닐까?

이경은 다시금 생각에 잠겼다. 그렇지! 경비원이 위치를 바꾸어 놓은 그림들을 조사해보면 무언가 있지 않을까. 이경은 급히 휴대폰을 찾아 주머니를 뒤졌다. 공 실장에게 전화를 걸기 위해서였다. 이런, 휴대폰, 휴대폰.

이경은 망연자실한 채 바닥에 쭈그리고 앉았다.

승지와 로마의 중앙홀 꼭대기로 잠입하던 순간이 떠올랐다. 그때 경비원이 만지고 갔던 그림은 귀도레니가 그린 〈데이아네이라를 납치하는 켄타우로스족 네소스〉 모작이었다. 그렇지. 제2전시실은 세계의 유명한 명화들의 모작들을 내걸어 두었던 곳이다. 유럽의 박물관까지 갈 수 없는 관람객들을 위해 실물크기로 정밀하게 묘사해놓은 그림들, 그래서 경비원의 손길에도 쉽게 움직일 수 있었던 그림. 미쳐 그 생각을 하지 못했다. 〈데이아네이라를 납치하는 켄타우로스족 네소스〉 바로 옆에는 역시 귀도 레니가 그린 〈베아트리체 첸치의 초상〉이 걸려 있었지. 제2전시실의 모작들은 대략 80점쯤 되었던 것으로 기억한다.

〈데이아네이라를 납치하는 켄타우로스족 네소스〉의 원본이 걸린 곳은 프랑스의 루브르 박물관이다. 루브르 박물관이 외부 대여를 하지 않는 품목에 속하는 자존심 같은 그림으로, 비록 모작이지만 그 그림 앞에는 수많은 관람객들의 발길이 이어졌다. 그런데 경비는, 아니 아버지 현 회장은 〈데이아네이라를 납치하는 켄타우로스족 네소스〉의 그림을 밤마다 삐딱하게 움직여 놓았다. 거대 그룹의 회장이 일개 경비원과 짜고 벌인 이 우스꽝스러운 행동을 어떻게 이해해야 할까?

배식구 문이 열리고 닫혔다. 이경은 저녁 먹는 것도 잊은 채 계속해서 생각을 이어 나갔다. 내일부터 다시 강도 높은 2차 조사가 예고되어 있다. 공교롭게도 전시회는 내일 끝이 난다. 이 모든 일이 우연이란 말인가. 천 비서의 말대로 시리아 테러범들이 국내에 잠입하여 전시회를 열도록 사주했다면, 아버지는 어째서 자신이 연 전시회를 도로 방해하려 했을까? 그것도 시리아 테러범들이 눈치 채지 못하게 유치한 방식으로?

반인반마의 괴물 네소스에 의해 납치되었던 불운한 여인 데이아네이라. 그녀는 타고난 아름다움으로 헤라클레스의 사랑을 독차지하지만 결국 네소스의 거짓말에 속아 파멸의 구렁으로 처박힌다. 인간계의 신화 책 속에는 데이아네이라가 헤라클레스를 파멸시켰다고 가르치지만 이경은 그렇게 생각하지 않았다. 네소스의 등에 엎혀 납치당하는 순간, 데이아네이라의 표정에는 두려움과 동시에 낯선 괴물에 대한 흥분이 교차하고 있었으니까. 적어도 귀도레니는 그러한 데이아네이라의 심정을 정확히 꿰뚫고 있었던 것이다.

신화 속 인물을 주로 그린 귀도레니의 그림 중에서 이경은 특히 〈베아트리체 첸치의 초상〉을 좋아했다. 실존 인물인 베아트리체 첸치는 열네 살 때 아버지에게 겁탈당한 뒤 열여섯이 되던 해 오빠와 함께 아버지를 살해한다. 붙잡힌 첸치는 사형을 선고받았고 이날 사형장으로 끌려가다 뒤를 잠깐 돌아보는 장면을 현장에 있던 귀도레니가 포착하여 그림으로 남겼다고 전해진다. 흰 옷에 흰 두건을 쓴 첸치는 슬픈 눈동자를 하고서 구경꾼들을 돌아본다. 체념 어린 표정이지만 입가에 살짝 여린 미소가 이채롭다. 죽음을 맞기 전 이미 그녀는 자신의 비극적인 운명으로부터 자유로워진 것이리라.

괴물에게 납치당하던 순간의 데이아네이라와 사형이 집행되기 직전의 베아트리체 첸지의 눈동자는 묘하게 닮은 구석이 있다. 데이아네이라는 괴물을 뒤쫓던 남편 헤라클레스를 쳐다보지 않고 고개를 180도 틀어 화면 오른쪽 상단 허공을 쳐다본다. 동시에 네소스도 같은 방향을 보고 있다. 헤라클레스의 화살이 등 뒤로 달려드는 절체절명의 순간 네소스는 무엇을 보고 있었을까? 데이아네이라의 상반신이 반쯤 벗겨져 있는 것도 특이하다. 왼쪽 유두가 살짝 드러난 데이아네이라의 몸짓에서 귀도레니는 헤라클레스의 아내 데이아네이라가 아닌 한 여인의 욕망을 발견했던 것은 아닐까. 두려움이 깊을수록 욕망의 주름도 깊어지는 법이다. 밤마다 가발을 쓰고 사창가로 나가 자신의 몸을 팔았던 클라우디우스의 아내 메사리나의 극적인, 어떤 초조처럼.

전시를 앞두고 기획을 하면서 공순태와 이 문제로 대화를 나눈 기억이 떠올랐다. 이경과 그림 얘기를 할 때만큼은 이상한 열정으로 지기 싫어하는 공순태는 자신이 스탕달 주의자라며 한동안 열변을 토했었지. 스탕달 주의자를 자처하게 된 이유를 그의 말을 빌리자면 '사형장으로 끌려가면서도 태연했던 줄리앙 소렐의 당당함'에 매혹됐기 때문이다. 시골 목재소집 아들로 태어난 줄리앙은 우여곡절 끝에 파리로 가 라모르 후작의 비서가 되지만, 후작의 딸과 결혼을 앞두고 자신의 과거를 들춘 레나르 부인의 편지를 받자 시골로 돌아와 부인을 총으로 살해하려 한다. 줄리앙은 곧 체포되어 사형선고를 받게 되는데 부인의 편지가 강요에 의해 쓰였다는 걸 알게 된 뒤 행복한 마음으로 단두대에 오른다. 〈적과 흑〉의 줄리랑 소렐에게서 공 실장은 귀도레니가 그렸던 베아트리체 첸지의 눈동자를 보았음이 분명하다. 줄리앙의 이러한 태도는 까뮈로 이어져 실존의 옷을 입고 뫼르소에게 투영된다.

"스탕달 주의자라는 건 본인이 실존주의자란 얘긴가요?"

이경은 공순태를 골려 주고 싶어서 그렇게 물었다.

"그런 셈이기도 하겠죠? 스탕달을 좋아하거나 그의 작품을 전부 좋아하는 건 아니니까요. 내가 좋아하는 건 스탕달이 창조한 특정 인물들이 발산하는 매력입니다. 이를테면 〈적과 흑〉에서 줄리앙은 이렇게 중얼거리죠. '친애하는 배심원 여러분, 본인은 사형을 당해 마땅합니다. 그러나 나의 죄가 좀 더 가벼운 것이었다 할지라도 사람들은 나의 젊은 나이가 동정을 살 만하다는 사실은 전혀 고려하지 않고 나를 벌하려 하며…… 여러분, 그 점이 바로 본인의 범죄인 것입니다. 그리고 사실상 나는 나와 같은 계급의 동료들에 의해 판결 받지 못하는 만큼, 나의 범죄는 더욱더 준엄한 징벌을 당할 것입니다'[3]하고요, 파르마의 수도원에 나오는 클레리아나 자전소설이기도 한 앙리 브륄라르의 생애에도 그

---

3) 스탕달, 『적과 흑』 서정철 역, 동서문화사, 2009.

런 당당함이 숨어 있지요. 당시의 가치관으로 보자면 하나님을 배반하고 악의 편에 서는 행동처럼 보이지만, 인간 본성에 충실한 그런 삶이야말로 가장 인간적인 삶이니까."

"난 둘 사이에 어떤 공통점이 있는지 잘 모르겠는데?"

"공통점은 외면적으로 보이는 게 아닙니다. 한 사람의 내면에 서서히 형성되어 거죠. 언젠가 극적인 상황이 오면 그런 내면이 폭발하는 것이기도 하고요."

"정숙함과 타락을 동시에 상징하는 데이아네이라처럼?"

"오, 데이아네이라에게 그런 점을 발견했나요? 특이한 관찰인데."

"오로지 귀도레니의 그림 속에서만 그렇잖아요?"

귀도레니 외에도 노엘 쿠아펠, 세바스티아노 리치 등 일단의 화가들이 네소스와 헤라클레스의 싸움을 화폭에 담았다. 다른 그림들이 헤라클레스나 데이아네이라를 중심에 놓았던 것에 반해 오직 귀도레니만이 괴물 네소스를 화폭 중앙에 배치했다.

"그건 네소스의 문제가 아니라 귀도레니 개인의 욕망이겠죠."

"욕망의 문제라고요? 그게 아니죠. 귀도레니의 문제가 아니라 귀도레니가 신화 속 데이아네이라에게서 타락의 징후를 읽어 낸 거죠."

"타락이라, 타락이라고요?"

그날 공순태의 목소리가 약간 떨렸던 것도 같다.

"네, 타락. 네소스의 아름다움이 영원히 헤라클레스의 품에 갇혀 신들이 설계한 세월을 견디도록 방치되어서는 안 되었으니까요."

거기까지 떠올렸을 때 이경은 무릎을 치며 일어났다. 데이아네이라를 납치하는 네소스의 강인한 어깨와 타락이라는 말이 겹쳐서 머릿속을 휘젓고 돌아다녔다. 그 순간, 오라가 발산되며 열리지 않던 현 회장의 가슴이 뻥 뚫린 듯 이경의 눈앞에 펼쳐졌다. 그 작은 우주는 피폐할 대로 피폐해져 있었다. 아니다, 그 작은 심장은 이미 죽어가고 있었다. 겉으론 한 해 수십억 원을 자선사업에 쏟아 붓는 거대 기업의 회장, 그러나 타락할 대로 타락한 인간, 네소스의 위협으로부터 마지막까지 갤러리 로마를 지키고자 했던 사람, 그렇다. 그림 속 데이아네이라는 현 회장 자신인지도 모른다. 그렇다면 네소스는 누구인가?

헤라클레스는 뭇 신들과의 목숨을 건 결투도 불사할 정도로 아내 데이아네이라를 아꼈다. 그녀의 미모가 천상에서도 으뜸이었기 때문이다. 귀도레니의 그림은 네소스가 그녀를 납치하는 순간을 그린 것으로, 두려움과 불안이 가득한 얼굴로 강 건너 남편의 도움을 애타게 기다리는 여인의 모습이 잘 드러나 있다.

"어쩌면, 어쩌면……."

이경의 가슴 속에서 오라가 빛줄기를 발산하며 폭발했다.

네소스의 가슴팍에 화살을 꽂아줄 자, 아버지 현 회장은 그런 영웅을 기다려온 것은 아닐까? 그렇다면 아버지의 행동은 일종의 제스처였으리라. 어쩌면 그는 어렴풋이 이경의 정체를 깨닫고 있었을지도 모를 일이었다. 가스폭발 사고 속에서 아내가 숯덩이가 돼 죽어갈 때도 이경은 손끝 하나 다치지 않았으니까. 사랑의 묘약이 아니라 헤라클레스의 강인함을 담은 화살을 겨누어야 할 때인가. 아버지와 로얄그룹을 위협하는 테러 집단을 향해, 아버지 현 회장은, 전시실에 전시된 그림들을 통해 신계에서 내려온 한 인간에게 호소하고 있었던 것은 아닐까? 이경은 탄식하듯 흐느끼며 자리를 차고 일어났다.

"아, 아버지……."

참으로 오랜만에 불러보는 이름이었다.

헤라의 마지막 성물

이경은 흔들의자 위에서 천천히 흔들리는 자신을 느꼈다.

충만함과 행복함이 가슴 저 밑바닥으로부터 끝없이 솟아나왔다. 시간과 공간이 정지된 것 같은 느낌, 아니다. 시간과 공간을 느낄 틈조차 없었다. 원래 그런 것처럼 그는 존재했고, 그 존재를 더 큰 손길로 감싸는 존재의 보호 속에서 한없이 행복에 젖어 있었다. 그 거대한 존재는 세상에서 가장 사랑스러운 손길로 그를 보듬었고 가장 사랑스러운 목소리로 그의 이름을 불러 주었다. 그 따스한 품은 한 아이의 전부였고 한 아이가 아는 유일한 세계였다.

"복아, 복아……."

나는 지금 꿈을 꾸고 있는 거겠지.

부드러운 목소리가 어린 이경의 아마를 어루만졌다. 여인은 의자를 앞뒤로 힘을 주며 흔들었다. 여인의 가슴에 고개를 묻은 이경은 그녀와 함께 편안히 흔들렸다. 올이 모두 빠져나간 빈 고치처럼, 실이 풀려나간 실패처럼, 속이 비워지며 몸이 날개라도 된 듯 가벼워졌다. 현실의 이경은 두려움을 느꼈다. 이것은 꿈이 아니다. 이경이 기억하는 엄마의 마지막 모습이었다. 그 순간은 늘 꿈을 가장하여 이경에게 경고를 보내오곤 하지 않았던가. 죽은 엄마가 산 이경에게 보내는 못다 한 사랑의 끄나풀처럼.

"복아, 복아. 어서 일어나렴."

이경은 반사적으로 몸을 일으켰다. 차가운 벽의 감촉, 딱딱한 침대의 느낌이 이경을 현실과 꿈 사이에 불러 앉혔다. 아직 가수 상태가 유지되고 있었다. 눈을 뜨려 했지만 좀처럼 시야가 열리지 않았다. 보이는 건 가까워졌다가 멀어지는 이웃집 지붕 선이었다. 조금 있으면 가스가 폭발하고 이경의 어머닌 불덩이가 돼 허공으로 날아갈 것이었다. 죽음의 전조치곤 너무 평화로워서, 이경은 자신이 직접 그 풍경을 헤치고 나왔어도, 그것이 실재한 것인지 늘 고개를 갸웃거리게 하는 장면이었다. 부드러운 손길로 이경에게 젖을 물리고, 이마에 입을 맞추고, 등에 업고 얼러주던 젊고 아름다운 한 여자, 그러나 그녀에 대한 기억은 아주 잠깐 뿐이었다. 직직거리는 텔레비전의 화면처럼 기억은 널을 뛰었다. 생모의 뒷모습은 그 짧은 사이에 비명으로 숨어 있었다.

"복아……."

다시금 부르는 소리가 몸속으로부터 공명하듯 울려나왔다. 생모의 목소리가 승지의 목소리와 겹쳐졌다. 이상하다. 죽은 생모의 목소리에 가스 폭발, 거기에 승지의 목소리까지. 설마 승지가 죽기라도 한다는 건가?

"꿈이 아니야."

이경은 퍼뜩 정신을 차리며 눈을 떴다. 언제나 그렇듯 꿈을 빙자해 재현되는 사고 순간은 너무도 생생했다. 죽은 여인의 숨소리와 그녀에게서 풍겨지던 단내까지 고스란히 느껴질 정도였다. 그리고 마치 자는 아이를 깨우는 듯한 목소리. 그녀의 목소리 앞에서 이경은 더 이상 신이 아니었다. 그는 어리기만 한 인간의 아이였다. 금방이라도 어리광을 부리며 젖을 찾아 엄마의 가슴팍을 파고 들 것만 같은 기분이 되곤 했다.

'이상하다. 이렇게 생생하게 생모가 나를 부른 적이 없었는데.'

그랬다. 비록 꿈이라지만 오늘은 다른 어느 때보다 생생했다.

'혹시 어디선가 위험이 닥쳐오고 있는 것은 아닐까. 설마, 이

감옥 안까지?'

그 순간 저벅이며 발소리가 다가왔다. 열쇠 돌리는 소리가 나더니 담당 교도관이 빼꼼 얼굴을 내밀었다. 이경은 긴장하며 그를 쳐다보았다.

"면회 왔습니다. 나오세요."

이경이 긴장을 풀며 물었다.

"누굽니까?"

교도관은 대답하지 않은 채 앞장서 걸어갈 뿐이었다.

면회실에서 그를 맞은 것은 공 실장이었다. 그는 얼굴이 빨갛게 될 정도로 흥분해 있었다. 다급한 일이 생기면 혈압을 어쩌지 못해 목덜미까지 빨개지곤 하는 공 실장이었는데, 지금은 보기 민망할 정도로 그 정도가 심했다.

"오랜만에 제 얼굴 보니까 그렇게 좋으세요? 그렇다고 너무 티 내시네."

공 실장이 답답하다는 듯이 제 가슴을 치며 대답했다.

"지금 한가롭게 농담 던질 때가 아닙니다."

"왜요, 테러 집단이 우리 그룹 본사라도 날려 버린답디까?"

"어, 어떻게 아셨습니까?"

아뿔싸! 이경은 제 머리를 한 대 때리고 싶은 심정이었다.

내가 왜 그 생각을 하지 못했을까. 테러 집단의 진짜 의도는 전시회 따위가 아니었어. 그들은 갤러리 로마를 실제 테러 장소로 사용하려 했던 거야. 그래서, 그 사실을 아는 아버지가 유치한 방법으로 최소한의 저항을 하고 있었던 거로군. 귀도레니가 그린 베아트리체 첸치의 마지막 슬픈 눈동자! 그건 바로 아버지 현회장의 눈동자였다! 아버진 그래서 자꾸만 그 그림에 손을 댔던 거야. 제발 내 눈동자를 쳐다보아 달라고!

생모의 꿈이 일종의 현몽처럼 이경의 뇌리를 쳤다.

"갑시다, 공 실장!"

"가다뇨?"

"로마가 위험해!"

"로마라뇨? 본사가 아니고요?"

이경은 자리에서 일어났다 앉았다를 반복하며 안절부절못했다.

"공 실장이 먼저 얘길 해보세요. 본사에 회색분자들이라도 나타났습니까?"

"그, 그건 아니고. 새벽에 사복을 입은 사람들이 본사로 찾아와 경고를 하고 갔답니다. 출입자 검색을 강화하는 게 좋을 거라고. 정부 기관 사람들 같았다고 하던데요."

"흥, 기껏 이용해먹고 고작 그 정도 소스만 주겠다는 건가."

그들은 정부 기관원들일 것이었다.

"무슨 소리예요?"

"거기가 아니야. 공 선생."

"아니라뇨. 그럼 로마란 말입니까?"

"그래, 특별 전시회가 몇 시에 끝나지?"

"그건 대표님이 더 잘……. 4시. 4시까지 관람객을 받습니다."

"여길 나가야겠군."

"무슨 수로요?"

"이봐, 공 실장. 지금 당장 로마로 달려가요. 가서 직원들을 대피시키고 경찰을 불러서 내외부를 샅샅이 수색해요. 반드시 뭔가가 장치돼 있을 겁니다. 갤러리를 다 날리고도 남을 정도의 화력을 지닌……."

"에이, 그게 말이나 되나요? 자체 경비 팀만 해도 열 명이나 되지 않습니까? 또 특별 전시회 한다고 고용한 아르바이트생들도 잔뜩이잖아요. 공산당 놈들이 쳐들어 온 것도 아니고, 누가 그런 짓을 한다고요. 거기가 아니라 본사에……."

"특별전시회는 국내뿐만 아니라 외신들도 주목했던 행삽니다. 그들은 본사 따위에 관심이 없어요. 수백 점의 진품들이 날아가 버리는 일에 관심이 있다고요. 놈들이 시리아 고대 유적 폭파시키며 세계인의 관심 끈 거 기억 안 나요?"

"무슨 얘긴지 통······"

"자세한 얘긴 나중에 하기로 하고 일단 내가 시키는 대로 해요. 시간이 없습니다!"

공 실장이 답답하다는 듯 넥타이를 느슨하게 풀었다.

"하이, 미치겠네. 신문방송에 때려 놓은 광고는 어쩌라고요. 오늘 주말인 거 잊으셨어요? 마지막 날이라 관람객도 많을 텐데 무슨 수로 그 난리를 감당합니까?"

"그런 거 감당하라고 제가 공 실장 월급 많이 드리는 거잖습니까. 이번 일 제대로 해결 못하면 해고입니다. 얼른 가 봐요. 얼른!"

이경은 면회를 중지하고 일방적으로 일어났다.

멍한 표정의 공 실장을 남겨 놓은 채 이경은 서둘러 방으로 돌아왔다. 막아야 한다. 이경은 오로지 그 생각뿐이었다. 당장이라도 벽을 뚫고 나가면 그만이었다. 하지만 그런 행동이 몰고 올 후유증은 너무도 자명했다. 로얄그룹의 명운이 달린 비자금 수사가 아닌가. 그런데 그룹의 유력한 후계자가 구속 수사 도중 감방에서 감쪽같이 사라졌다? 여론은 걷잡을 수 없이 악화될 게 뻔했다. 그룹의 로비를 받은 구치소의 누군가가 이경을 밖으로 빼

돌린 게 분명하다고 언론들이 벌떼처럼 씹어댈 게 뻔한 노릇이
니까.

"아이고, 나 죽네, 나 죽어."

때 아닌 비명 소리가 구치소 임시 수감동에 울려 퍼졌다.

이경이 배를 붙잡고 쓰러진 것은 그로부터 2시간쯤 지난 뒤였
다. 이경은 온 몸을 비틀어가며 보기에도 안쓰럽게 살려달라고
비명을 질러댔다. 교도관들이 달려오고 이경은 자체 보건실로
들것에 실려 이송되었다. 실려 가는 동안에도 두 손으로 배를 움
켜쥐고 나뒹굴었는데, 맹장이 터졌거나 창자가 꼬인 게 아니라
면 질러댈 수 없는 소리를 쉬지 않고 발산했다. 꾀병이 아닌가
의심하던 교도관들조차 걱정이 되어 다리를 주물러댈 정도였다.

"아니, 배가 아프다는데 다리는 왜 주무르고 그래."

이경은 의무실 침대에 누워 악을 써댔다.

"창자가 꼬인 거면 다리 근육부터 풀어 줘야지."

둥글둥글하게 생긴 의무관이 능글능글 대답했다.

"이봐요. 맹장이 터진 건지도 모르잖아. 빨리 사설 병원으로
이송해서 수술 준비를 해 줘요. 난 여기서 이러고 있을 몸이 아
니라니깐."

의무관이 체온계를 떼며 대답했다.

"거 참 이상하네. 맹장은 우하복부에 발생하는 건데 환자는 아랫배를 쥐고 고통스럽다고 하질 않나. 압통과 함께 발열이 있어야 하는데 체온은 평온할 정도로 정상이고. 진통제 투여하고 소변검사부터 해 올 테니까 우선 오줌이나 받아 오슈."

의무관이 종이컵을 건네며 능글맞게 웃었다.

"하, 정말 미치겠네. 난 진짜로 아프다니까."

"그러니까 검사를 하겠다는 것 아뇨."

"이럴 시간이 없대도."

이경은 종이컵을 내려놓고 침대에 벌렁 누우며 시계를 보았다. 아침 11시다. 갤러리가 문을 열 시간이었다. 계획대로라면 놈들은 사람들이 한참 몰릴 때를 노리게 될 것이다. 지금쯤 승지는 무엇을 하고 있을까. 어린이들을 대상으로 기획된 '보물찾기' 행사 준비로 한창이겠지. 보물찾기는 부모와 함께 오는 어린이들을 대상으로, 전시관 뒤뜰에서 계획된 행사였다. 인터넷 사이트로 미리 100명의 참가자들을 신청 받아, 전시관 주변에 숨겨 놓은 보물쪽지를 찾게 한 뒤, 미리 준비한 상품을 지급하는 행사였다. 만약 전시관이 날아가기라도 하면 100여 명의 어린아이들은 물론 승지도 위험하다.

"안 돼!"

이경은 벌떡 몸을 일으켰다.

"이봐요, 부탁이 있어요. 혹시 전화를 좀 쓸 수 있습니까?"

이경은 의무관에게 공손히 부탁했다.

"높으신 분인 줄은 알겠는데 그건 곤란합니다."

"에이, 높기는요. 그냥 일개 갤러리 책임자일 뿐입니다. 그게 말이죠. 그러니까, 테러범. 맞다 테러범. 테러범이 전시회에 테러를 가할지도 모른다니까요. 제발, 전화 한 통화만 하게 해 주시죠. 이 은혜는 절대로 잊지 않겠습니다."

이경이 침대를 내려와 거의 사정하듯이 말했다.

"누구 콩밥 먹는 거 보려고 그러시나."

"갤러리 로마가 폭파될지도 모른다고요."

승지를 생각하자 이경은 갑자기 몸이 달았다.

"허허. 로마가 불탄다 한들 어쩌겠습니까, 감옥 밖의 일인데."

의무관의 느긋한 태도에 이경은 약이 올랐다.

"그러지 말고 날 좀 도와주세요."

"도와달라니?"

교도관이 의아한 눈빛으로 이경을 쳐다보았다.

그때 퍼뜩 이경의 머리에 스치는 게 있었다. 무리하게 공간이동을 하지 않아도 되는 방법, 지상으로 내려오면서 부여 받은 다섯 가지 신의 선물 가운데 다섯 번째 방법인 자동보호시스템, 그렇다. 위험한 일이 닥치면 즉시 자동보호막(붉은 구체 오라)이 발동되며 자기 의지와 관계없이 5차원의 영역으로 흡수된다. 그 다음은 뭐 어떻게 되겠지. 운 좋으면 교도소 밖으로 내동댕이쳐질 수도 있지 않은가.

"미안하지만, 잠깐 실례."

이경은 의무관을 향해 주먹을 날린 뒤, 다짜고짜 상체를 들이밀었다. 뒤로 물러서며 피하던 의무관이 본능적으로 이경의 몸을 밀쳤다. 이경이 과장된 동작으로 넘어지자 거구의 의무관이 이경을 짓누르며 깔고 앉았다.

"그렇지. 젖 먹던 힘까지 다해서 목을 졸라봐! 악력이 그것밖에 안 되나? 세게, 더 세게!"

의무관이 픽, 웃으며 이경의 팔을 꺾었다.

"이 새끼 변태 아냐?"

비상벨이 울리고 교도관들이 문을 열고 들어왔다.

"어이, 거기들 하나씩 말고 떼로 덤벼! 머뭇대다가 곧 후회한다, 어?"

이경은 권투 자세를 취하며 몸을 이리저리 움직였다.

"저거 갑자기 왜 저러는 거야. 뭘 잘못 먹었나?"

방망이를 빼든 교도관들이 고개를 갸웃하며 다가왔다.

"에이. 방망이 가지고 안 된다니까. 총으로 날 쏘지 않으면 큰 일이 벌어지게 될 거야. 나는 일당백의 무적 파워맨이라고! 하하."

"미친 놈. 얼른 제압하고 묶어."

교도관 하나가 명령하자 젊은 제복 사내들이 우르르 이경을 덮쳤다.

"아아악. 나 죽네."

이경은 곧 죽을 것처럼 비명을 질러댔다. 그러나 팔에 수갑이 채이고 몸이 사내들에 의해 구속되는 상황에서도 오라는 작동하지 않았다.

"나 죽는다고! 진짜 죽을 것 같다니까!"

이경이 마치 누군가에게 시위하듯 허공에 대고 소리를 질렀다.

"좀 맞아야 되겠구만."

제복 하나가 방망이로 이경의 어깻죽지를 세게 내리쳤다.

"아아악. 나 죽네."

이경은 다리가 풀려 그 자리에 주저앉았다.

제복의 방망이가 두 번째로 이경의 몸통을 겨냥했을 때, 이경은 더 참지 못하고 공간이동을 선택했다. 자동보호시스템이 아니라면 그 대가가 어떤 것인지 모르는 바 아니었지만, 지금으로선 이것저것 가릴 때가 아니었다.

승지가 위험하다. 붉은 오라가 이경의 몸을 둘러싸는가 싶더니 서서히 희미해지며 제복 사내들의 시야에서 증발해 버렸다.

"어, 어떻게 된 거지?"

방망이를 든 교도관들은 두 눈을 뜨고도 믿기지 않는다는 듯 사방을 휘둘러볼 뿐이었다.

이경이 몸을 나타낸 곳은 갤러리 로마의 쓰레기처리장이었다.

이경은 한동안 정신을 차리지 못한 채 몸을 숙이고 앉아 있었다. 무리하게 공간 이동을 할 때마다 속이 매스껍고 울렁거리는 증상이 나타났기 때문이다. 자동차 멀미를 할 때와 비슷했다.

"끄응. 앞으론 귀 아래 스티커라도 붙이고 움직여야지."

이경은 투덜거리며 몸을 일으켰다. 뜸을 들일 시간이 없었다.

이경은 갤러리 뒤쪽 편 부속사로 자세를 낮추고 뛰어갔다. 어쩌면 테러리스트들이 이미 로마를 장악하고 있을 지도 모를 일이었다. 설마 인질을 잡고 방송 카메라들을 의식하며 한바탕 쇼를 벌이고 있는 건 아니겠지. 쓰레기처리장을 통해 아버지 현 회장이 만들어놓은 스테인드글라스 속, 비밀 방으로 향하며 이경은 별의별 생각을 다 하였다.

CCTV를 가동시키며 이경은 서둘러 삼각형 창으로 눈을 주었다. 바라다 보이는 메인 홀엔 이경의 예상과 달리 아무런 일도 벌어지고 있지 않았다. 주말을 맞아 수많은 인파들이 홀을 오가고 있었지만 어떤 동요도 느껴지지 않았다. 인원을 통제하는 아르바이트 학생들도, 자체 경비원들도 특별히 테러에 신경을 쓰는 눈치는 아니었다.

이경은 방에 설치된 비상 전화기로 공 실장에게 전화를 걸었다.

"어떻게 된 겁니까? 이 전화번호는 또 뭐고요?"

공 실장이 숨을 헐떡이며 대답했다.

"질문은 나만 합니다. 시킨 일은 어떻게 돼가고 있습니까?"

"나름대로 최선을 다하고 있습니다."

이경은 통화를 하면서 CCTV를 면밀히 살펴 나갔다.

"괜한 소동을 벌이는 것 같아서 일단 언론이나 경찰 쪽은 피했고요. 전 직원을 총동원해서 본사를 샅샅이 뒤지고 있습니다. 아, 물론 로마에도 철저하게 조치를 취해 놓았습니다. 수상한 인간은 커녕 아직 개미새끼 한 마리 발견 못 한 걸요."

"테러리스트들이 그렇게 허술할 것 같아요? 한다면 하는 자들입니다."

이경은 가스 폭발 테러를 떠올리며 신경을 곤두세웠다.

"그런데 어떻게 된 일이예요? 보석이라도 받았습니까?"

공 실장이 이해가 안 간다는 듯 거듭해서 물었다.

"질문은 나만 한다고 했죠? 일단 본사는 그냥 두고 서둘러 갤러리로 오세요. 와서 윤승지와 아이들을 데리고 나가요."

"대표님은 어디 계신데요? 그러다가 언론에 보도라도 되면……."

어쩌면 공 실장의 말이 맞을지도 몰랐다. 공연히 소란을 피우느니 관람객들이 눈치채지 못하게 테러범을 족집게로 집어 내면 그만일 테니까. 그 편이 로마의 위상에도 이익이 될 것이다. 단, 누구도 다치지 않고 그렇게 할 수 있다면 말이다.

"로마에 있어요."

"거기서 뭘 하는데요?"

"놈들을 찾고 있지."

이경은 전화를 일방적으로 끊었다. CCTV에 수상한 장면이 포착됐기 때문이다.

"그럼 그렇지. 범인은 반드시 흔적을 남긴다."

이경은 본능적인 감각으로 화면을 클로즈업 시켰다. 검은 모자를 깊게 눌러쓴 두 명의 남자들, CCTV상으론 잘 구분이 되지 않았지만 외국인으로 보이는 두 사내는 로비와 전시실 등을 오가며 까닭 없이 주변을 두리번거리고 있었다.

이경은 출입구를 비추는 CCTV를 2배속으로 되감기 시작했다. CCTV가 두 시간 전으로 거슬러 올라가자 검은 모자를 둘러쓴 두 사내가 매표를 한 뒤 특별전시실로 들어서는 모습이 찍혀 있었다. 화면을 살피던 이경은 비명을 질렀다.

"저 녀석!"

두 사람 중, 키가 작은 사내가 어깨에 검은색 가방을 메고 있었다.

이경은 방금 전 두 사람과 입실하는 두 사람을 비교해 보았다. 어깨에 메고 있던 가방이 보이지 않았다. 이경은 급히 전화기를 집어 들었다.

"경비실이죠? 빨리 조 과장 바꿔요."

다행이 조 과장은 자리에 있었다.

"현이경입니다. 지금 돌아가는 상황이 어때요?"

"앗, 대표님 아니십니까? 전화는 어떻게?"

"설명한 시간 없습니다. 뭐, 특별한 징후 없습니까?"

"네, 안 그래도 공 실장 전화 받고 신경을 곤두세우고 있습니다만, 딱히 특별한 상황은 없습니다. 근데 왜 그러세요?"

"지금부터 내 얘기 잘 들어요. 대원들 중에서 젊은 사람으로 두 명만 로비로 올려 보내요. 조 실장은 직원들 다 동원해서 소란 일으키지 말고 관람객들 죄다 밖으로 내 보내고요. 그 일이 끝나면 우리와 합류해서 로비와 각 전시실을 샅샅이 수색하세요. 누런 가죽가방을 찾아야 해요. 지금 건물 안에 테러범들이 들어와 있습니다. 이미 설치가 끝난 것 같아요."

조 과장이 당황해하며 대답했다.

"대표님, 그게 사실입니까?"

이경은 소리를 버럭 질렀다.

"사실인지 아닌지 따질 시간 없습니다. 얼른 움직이세요. 비상 상황입니다."

이경은 전화를 끊고 로비를 향해 계단을 뛰어 내려갔다. 부지런히 몸을 움직이면서도 이경은 앞으로 벌어질 일을 정리해보았다. 검은 모자의 두 사내가 테러리스트가 맞다면 쉽사리 물러서지 않을 것이었다. 그들이 가방을 몰래 감춰놓고도 전시실을 떠나지 않는 이유는, 혹시나 가방이 발각될 것에 대비하기 위함일 테니까. 자살폭탄 공격도 두려워하지 않는 그들이 아닌가. 자칫 잘못하여 발사 뇌관이라도 건드리게 되면 미술품들이 모조리 사라지는 건 물론이고 수백 명이 희생될 것이다. 동시에 그 동안 테러리스트들과 맺어왔던 로얄그룹의 실체도 만천하에 까발려지게 될 테고, 아버지 현 회장은 영영 햇빛을 보지 못하게 될 것이다. 그뿐인가, 성물을 찾는 일도 물거품이 될 테고, 천상으로 돌아가게 되는 일도…….

승지가 눈앞에 스쳤다. 정신이 없어서 그녀의 동선을 파악하지 못했다. 로비 근처에는 얼쩡거리지 말아야 할 텐데.

로비에 도착했지만 검은 모자 사내들은 보이지 않았다. 이경은 역으로 추리를 해 보았다. 내가 만약 테러범이라면? 가방을 내려놓은 곳 근처를 떠나지 않을 것이다. 그렇다면 가방은 로비와 제2전시실 사이, 혹은 그 근처에 놓여 있을 것이 분명했다. 사람들의 눈에 쉽게 안 띄면서도 많은 희생을 유발할 수 있는 곳이다. 만약 로비 어딘가에 폭발물이 설치돼 있다면, 건물 전체가 폭삭 가라앉을 수도 있다.

"제2전시실과 로비 근처를 샅샅이 수색해요. 누런 가방을 찾아야 합니다. 관람객들이 눈치채지 않게 조용히 서두르세요."

이경은 자신을 기다리던 직원들에게 귓속말로 지시했다.

직원들을 보내고 이경은 로비에 설치된 기념 조각과 테이블, 안내 데스크 주변을 재빨리 눈으로 훑었다. 의심이 가면 손으로 내용물을 들춰도 보고 안이 비어 있는지 발로 차보기도 했다. 하지만 의심이 가는 물건은 눈에 띄지 않았다.

"대표님 아니세요? 뭘 찾으세요?"

그를 알아본 여직원들이 물어왔지만 이경은 대꾸하지 않았다.

이경은 로비와 제2전시실을 잇는 복도로 들어섰다. 복도는 조명의 조도가 낮아 어둠침침했다. 관람객을 유도하기 위한 대학생쯤으로 보이는 여자 아르바이트생 하나가 목에 명찰을 건 채서서 이경에게 가볍게 목례를 해올 뿐이었다.

"학생, 복도에 불 좀 켜줄 수 있나?"

"무슨 일이세요?"

의아해하는 학생을 대신해 이경은 직접 복도 조명을 밝혔다. 특별히 이상한 장식이나 물건이 발견되지는 않았다. 이경은 벽을 손으로 툭툭 쳐가며 세밀히 살펴 나갔다. 중간쯤에 이르러 이경은 배전판 계폐 스위치를 발견했다. 배전판과 복도가 같은 흰색으로 페인트칠 돼 있어서 쉽사리 눈에 띄지 않았던 것이다.

이경은 긴장하며 배전판을 열었다. CCTV에서 봤던 가방이 거기 들어 있었다.

"역시."

이경은 등줄기로 땀이 흐르는 걸 느끼며 손을 뻗었다. 가방을 발견했다고 해서 안심할 수는 없었다. 틀림없이 안에 타이머가 작동하고 있을 것이다. 뇌관을 빨리 해체하거나, 정해진 시간 안에 사람들이 없는 곳으로 가방을 이동시키지 않으면 피해를 막을 수 없게 된다.

"젠장, 인간 세상의 영화는 늘 뻔한 스토리란 말야."

이경이 가방을 집어 막 배전판 안에서 빼낼 때였다. 무엇인가 정체를 알 수 없는 둔탁한 물건이 이경의 목덜미를 후려쳤다. 이경은 목덜미를 감싸며 주저앉았다. 저만치 섰던 아르바이트생이 비명을 지르며 주저앉는 게 보였다.

"빨리 경찰에 신고해!"

이경이 아르바이트생에 소리치는 사이, 검은 모자가 아르바이트생을 향해 다가가는 게 보였다. 그 틈에 이경은 가까스로 몸을 일으켰다.

"클라이맥스로군."

이경은 지체 없이 검은 모자를 향해 몸을 날렸다. 마침 제2전시실로 이동하던 관람객들 한 무리가 놀라 비명을 지르며 흩어졌다. 콧수염을 기른 상대는 전형적인 아랍 남자의 모습을 하고 있었다. 이경과 남자는 주거니 받거니 상대에게 주먹세례를 가했다. 두 사람이 옥신각신 몸싸움을 벌이는 사이 아르바이트생이 기다시피 하여 복도를 빠져나갔다.

이경은 검은 모자와 몸싸움을 벌이는 순간에도 가방에서 시선을 떼지 않았다. 이럴 때 공 실장이라도 달려와 준다면! 그러나 가방을 주워들고 밖으로 나간 것은 또 다른 검은 모자였다. 가능한 한 살생만은 피하고자 하는 이경이었지만 이번만큼은 어쩔 수가 없었다. 이경은 자신을 붙잡고 있는 검은 모자의 머리통을 두어 번 발로 밟아준 뒤 서둘러 또 다른 검은 모자를 향해 뛰어갔다. 관람객들이 뱃전에 부딪힌 파도처럼 좌우로 갈라졌다.

검은 모자는 로비를 벗어나지 않고 뺑뺑 돌았다. 의도가 분명한 행동이었다. 그럴수록 이경은 몸이 달았다. 시간이 얼마 남지 않았겠지. 놈은 자폭을 결심한 것 같았다.

사태를 파악한 직원들이 관람객들을 대피시키느라 정신이 없을 때, 이경은 검은 모자를 추격하여 거의 따라 잡았다. 검은 모자는 2층으로 올라갔다가 다시 비상계단으로 내려갔다. 가방을 들고 뛰는 탓에 이경보다 행동이 날래지 못했다.

"거기 서!"

이경의 몸이 계단을 내려가는 검은 모자를 내리 덮쳤다. 검은 모자의 몸이 층계참으로 기울었다. 그 상황에서도 검은 모자는 가방을 손에서 놓지 않았다. 시간이 촉박하다고 판단한 이경은 사내가 중심을 잃고 잠시 기우뚱하는 사이 이마를 들어 그대로 검은 모자를 들이받았다. 마침내 상대가 가방을 놓치며 풀썩 주저앉았다. 주저앉은 상태에서 사내는 주머니에 넣어둔 칼을 꺼내 이경을 겨누었다. 이경은 상대의 종아리 부분을 발로 두어 차례 짓이긴 뒤 가방을 열었다. 노란색 디지털 타이머가 300이란 숫자에서 빠르게 소멸하고 있었다.

"햐, 이거 미치겠군."

이경은 덜덜 떨리는 손으로 가방 속에 든 상자를 꺼냈다. 그것은 이봉창 의사가 썼다는 도시락 폭탄을 연상시켰다. 보통의 도시락보다는 두세 배쯤 부피가 더 나갔다.

'폭탄이 터지면 갤러리가 날아가겠군. 나는 5차원으로 흡수될 테고.'

이경은 시간이 흐를수록 초조해졌다. 폭탄을 해체할 수 있는 어떤 단서도 주어져 있지 않았기 때문이다. 할리우드 영화에서처럼 두 개의 선중에서 하나를 제거하는 방법은 그나마 쉬운 것에 속했다. 검정색의 플라스틱 통은 묵직했고, 전면에 노출된 디지털 타이머를 뺀다면 어떤 방식으로 작동을 하는지 알만한 단서가 없었다.

이경은 가방을 내려놓고 검은 모자에게 달려갔다. 하반신을 다

쳤는지 검은 모자는 일어서지 못했다. 이경은 검은 모자가 휘두르는 칼을 발로 쳐낸 뒤 그가 입고 있는 양복 상의를 수색했다. 특유의 직감으로, 이경은 검은 모자가 리모컨을 지니고 있을 것이라고 판단했던 것이다.

"당장 폭탄을 해제해! 아님 네 녀석 머리통부터 터뜨려버릴 거다!"

뺨을 세차게 후려쳤지만 사내는 꿈쩍도 하지 않았다. 오히려 순교를 앞둔 성직자처럼 편안한 얼굴로 죽음을 기다릴 뿐이었다.

"미치겠군!"

사내의 몸에서 리모컨 같은 것은 발견되지 않았다. 고작해야 코란이 요약된 작은 책과 라이터, 담배와 손수건 따위가 전부였다. 이상한 물건이 하나 더 있기는 했다. 그것은 고대의 유물 가운데 하나인 청동거울이었다. 손바닥만한 그 거울은 녹이 잔뜩 슬어 있어서 제 구실을 못하게 된 지 오래된 물건이었다.

"청동거울?"

사내는 그 물건만큼은 빼앗기지 않겠다는 듯 꿈틀거리며 저항해왔다.

"이거였군!"

이경은 거울을 손에 들고 천천히 손잡이 부분을 쓰다듬었다.

남은 시간은 12초, 이경은 손에 고이는 땀을 문지르며 생각을 더듬었다.

"어딘지 낯이 익은데…… 설마, 그 청동거울?"

그렇다. 이경의 손에 들린 것은 뜻밖에도 그토록 찾아 헤매던 아홉 성물 중의 하나인 청동거울이었다.

이경은 저 위에서 지켜보는 신들이 장난을 쳤다는 걸 깨달았다.

"그래. 가방 속 폭탄의 기폭장치는 바로 청동거울 자체였어. 놈들은 시리아의 농촌마을에 있던 그 청동거울을 기폭장치로 사용한 거야! 그렇다면, 청동거울이 소멸하면 폭탄이 멈추겠군."

이경은 강렬한 직감에 따라 청동거울을 공중으로 들어 올려 아홉 신의 이름을 주문처럼 외웠다. 잠시 후, 예상대로 청동거울에서 쏘아진 강렬한 빛이 다음 대상을 서서히 그려나가기 시작했다. 그런데, 이경에게 누구보다 낯익은 한 여인의 잔영이 어렴풋하게 떠올랐다. 청동거울이 반사한 빛 속의 인물은 다름 아닌 윤승지였다.

"어라, 윤승지가 왜?"

청동거울은 마지막 성물이 아닌 승지를 비추고 있었던 것이다.

이경이 안타까운 목소리로 더듬거리는 사이 손에 쥐고 있던 청동거울이 거짓말처럼 흐물흐물 시야에서 사라져갔다. 동시에 폭발물의 타이머도 멈췄다. 남은 시간은 3초였다.

뒤늦게 경비팀이 달려오고 한동안 소란을 떠는 사이 이경은 비틀거리며 비밀방으로 돌아왔다. 다리가 휘청거려 이경은 더는 서 있을 수 없었다.

이경은 의자에 주저앉으며 미친 사람처럼 중얼거렸다.

"윤승지라니. 맙소사, 그러니까 윤승지가⋯⋯"

운명의 여신 모이라들이 정한 인간 현이경의 수명은 29년 6개월이다. 고로 사망 날짜 전까지 신들의 미션을 수행치 못하면 큐피드는 올림포스에서 완전히 소멸한다. 신들의 미션은 바로 올림포스의 12신 중 의장 제우스, 그의 수행원 헤르메스, 친모 아프로디테를 제외한 나머지 아홉 신들의 성물을 찾아내는 것!

지난 스물아홉 생애 동안 수도 없이 생각해온 미션이 아닌가. 아홉 신들은 올림포스 시계로 약 10일간(인간 세계의 시간으로 전환하면 1천 년)동안 각자의 성물을 인간 세계에 숨겨놓았다. 그렇게 세계 곳곳에 퍼뜨려진 아홉 개의 성물들. 이 성물들은 하나를 찾아내면 다음 성물의 이름과 위치를 가르쳐 준 뒤 자동 발화하도록 설계돼 있었다. 지금까지 찾아낸 일곱 개의 성물도 이런 시스템이 그대로 적용돼 왔다.

그런데 여덟 번째 성물인 청동거울이 알려준 마지막 성물은 어떤 물건이 아닌 바로 인간 윤승지였다. 이것은 단 하나의 진실을 가리키고 있었다. 이경이 파괴해야 할 마지막 성물은, 그럼으로써 모든 죄를 사함 받고 구원의 세계로 이끌어줄 대상은 바로……

"누가 이토록 잔인한 설계를 해 두었지? 누가?"

이경은 고통스레 울부짖으며 CCTV 모니터들을 하나씩 파괴해 나갔다.

"대표님, 어디세요?"

이경을 현실로 불러낸 것은 이번에도 공 실장의 목소리였다.

"여, 여기 전화번호는 어떻게 안 겁니까?"

이경은 충격에서 벗어나 가까스로 몸을 일으켰다.

"대표님이 이 번호로 보안실에 전화를 하셨다면서요? 지금 다들 대표님 찾겠다고 난리 났습니다. 다친 데 없으신 거죠?"

"네. 그쪽 상황은 어떻습니까?"

"다행이 다친 사람 없이 잘 처리됐습니다. 근데 죽었습니다."

"죽다니, 누가?"

"그 테러범이요. 경찰에게 인수인계할 직전에 약을 먹었습니다. 덕분에 기자들 오고 난리 났습니다, 지금. 한바탕 호들갑을 떨 모양입니다."

"충분히 그럴 만한 사안이지. 그런데 또 한 명은 어떻게 됐어요?"

"또 한 명이라뇨? 둘이었습니까?"

공 실장은 아무것도 모르고 있는 것 같았다.

"됐습니다. 모쪼록 뒤처리 잘 부탁해요. 난 따로 할 게 있어서. 그리고 내가 나타났다는 사실은 절대로 언론에 들키지 말아요. CCTV에 흔적이 남았을 테니까 경찰 조사 시작되기 전에 깨끗이 다 삭제하세요."

"왜요. 탈옥이라도 한 겁니까?"

"말하자면 길어요. 암튼 공 실장만 믿겠습니다."

테러범 중의 하나가 탈출했다면 아직 안심할 수 있는 상황이 아니었다. 이번 일을 계기로 더욱 더 큰 복수를 가해오겠지. 그게 그들이 살아가는 방식이었으니까. 하지만 그건 이제부터 인간들이 감내해야 할 몫이다.

이경은 비틀거리며 지하통로를 빠져 나왔다.

먼저 무엇을 해야 할까. 사라진 검은 모자를 추적하여 제거하는 일이 급선무겠지. 그룹과 아버지 현 회장을 위한 마지막 선물이 될 것이었다. 그런 다음 경찰에 사건 전체를 넘기면, 어쩌면 그룹의 피해는 최소화할 수도 있겠다. 정부 측과 적절한 타협이 이루어진다면 말이다. 그 길이 갤러리 로마를 지키는 일이기도 할 테고.

그런 다음엔, 무엇을 해야 할까. 승지를 찾아가 마지막 성물이 그녀임을 밝혀야 할까. 그리고 인간계와 저승계에서 완전히 그녀를 소멸시킨 뒤, 천 년이나 기다려온 긴 기다림에 마침표를 찍어야 한단 말인가.

"하필이면 승지가 올림포스행 티켓의 종착지인 헤라의 성물, 파괴해야 할 '복수의 사슬' 그 자체였다니!! 이렇게 얄궂은 운명일 수가."

이경은 괴로웠다. 이제 남은 시간은 일주일이다. 그 안에 테러리스트 잔당들을 완전히 소탕하여 그룹의 피해를 최소화하는 일부터 해야 하겠지. 그것이 나를 낳아준 인간들에 대한 예의일 테니까. 그리고 그 뒤엔, 승지를 죽이든 살리든 결정을 내려야만 한다.

이경이 걸음을 멈춘 것은 쓰레기처리장으로 들어선 직후였다.

뜻밖의 인물이 그곳에서 이경을 기다리고 있었다. 그는 다름 아닌 김한영이었다. 한영은 얼굴에 미소를 띤 채 버려진 의자 위에 다리를 꼬고 앉아 있었다.

'하필이면 이런 타이밍에 저 인간을 만나다니. 또 무슨 꼬투릴 잡아 몰아세워댈까.'

이경은 한영이 비밀방의 출입구를 알고 있는 건 아닐까 걱정이 되어 그대로 그를 지나칠 수가 없었다.

"난리가 한바탕 난 모양인데 다친 덴 없는 거야?"

한영이 평소와 달리 사근사근하게 물었다.

"댁이 알 필요 없지."

승지 생각으로 머리가 꽉 차 있던 터라, 이경은 속히 이 속물 같은 인간의 곁을 떠나고 싶었다. 이제 헤어지면 영원히 보지 않아도 될 인물일 테니까.

"밖으로 나가면 사람들 눈에 띌 테니까 잠깐 나랑 여기서 얘기 좀 하지. 혹시 무슨 고민이라도 있는 거야? 눈에 초점이 없는 걸 보니 넋이 나간 사람 같아."

본능적으로 한영이 뭔가를 알고 있다는 느낌이 들었다.

"혹시 당신이 꾸민 일인가?"

"뭘?"

"테러범들, 다 알고 있었던 것 아냐?"

한영이 손을 휘휘 저었다.

"몰랐다고 딱 잡아뗄 순 없지만, 그렇다고 해서 그들의 편이었던 것은 아냐. 나도 그놈들 막느라고 오늘 나름대로 고군분투했다니까."

한영이 턱으로 쓰레기처리장 한쪽을 가리켰다. 종이박스더미 사이에 검은 모자를 쓴 남자가 사지를 뻗은 채 누워 있었다.

"죽은 건 아니고, 잠시 기절시켜 놓았어. 놈을 잡아다가 족치면 국내에 잠입한 테러범들 전모가 드러날 테니까, 이만하면 이경의 고민거리 하나 내가 해결해 준 것 아닌감?"

이경은 더 참지 못하고 한영에게 달려들어 멱살을 잡았다.

"너, 이 자식 정체가 뭐야?"

한영은 저항하지 않았다.

"나? 너를 돕는 수호천사쯤으로 해두지."

"수호천사? 개소리 집어 치워! 난 인간의 도움 따윈 받지 않아."

한영이 멱살 잡은 손을 밀치며 대답했다.

"어, 말 잘했네. 맞아. 하찮은 인간의 도움 따윈 쓸모없어. 하지만 난 인간이 아니니까 도움 줄 자격이 되는 거지?"

이경은 한 걸음 뒤로 물러나며 물었다.

"정체가 뭐야? 저 뒤의 녀석과 같은 신세 되고 싶지 않으면 똑

바로 얘기해."

한영이 씩 웃고 나서 대답했다.

"난 헤르메스야. 너 정말, 전혀 몰랐어?"

"뭐? 뭐라고?"

"제우스님과 아프로디테가 천방지축 큐피드 도와주라고 날 붙여서 내려 보냈지. 덕분에 인간 세상 구경 한번 잘 했네. 이제 자네를 무사귀환 시키면 내 오랜 임무도 완벽하게 끝난다고. 그러니 어서 갑시다. 마지막 성물을 만나러!"

이경이 황당한 표정을 짓고 있자 한영이 덧붙였다.

"설마 자기가 잘나서 지난 천 년 동안 그 수많은 위기에서 살아남았다고 생각하는 거야?"

"너 역시 화신이었단 말인가?"

"그렇지."

한영이 씩 웃으며 품에서 담배 한 개비를 꺼냈다.

"그럼 사사건건 날 괴롭힌 이유가 뭐야?"

"에이, 그걸 몰라서 묻나? 내 역할이 원래 그랬다구. 저 위에 계신 분들 즐겁게 해 드리려고 그런 거지. 네가 성물을 찾는데 도움을 주기도 하고, 또 방해를 하기도 하고, 그냥 한방에 쫙 해결되면 재미없잖아. 드라마 작법 알지? 거기에서 보면 갈등이란 게 있잖아. 난 말야. 바로 그 갈등을 조장하는 인물이야. 결과적으론 당신의 조력자고."

이경은 주먹을 쥐고 하늘을 올려다보았다.

"당신들, 당신들은 지금까지 날 농락해 왔어!"

한영은 딱하다는 듯 픽 웃었다.

"지금 와서 누굴 탓할 필욘 없지. 모든 게 큐피드, 자네가 만든 업보일 테니까."

"개자식."

"허허, 이거 왜 이래. 지금까지 네 뒤치다꺼리 하면서 허송세월하느라 나도 죽을 맛이라고. 그래도 넌 알콩달콩 연애하는 재미라도 있었지. 난 이게 뭐냐."

이경은 금방이라도 한영을 향해 달려들려다가, 자포자기 심정으로 바닥에 주저앉았다.

"이제 난 어떡해야 하지?"

이경은 머리가 뒤죽박죽이 되어 아무것도 생각할 수 없었다. 인간으로 살아온 지난 수천 년 세월이 아득히 꿈만 같았다.

"일단, 여기 뒤처리는 걱정하지 말라고. 지금쯤 네 약혼녀 안나가 씩씩거리며 널 찾아 이리로 오고 있어. 중앙통제실로 내려보내서 CCTV에 있는 네 흔적을 감쪽같이 지울 거야. 참, 이제 영영 못 볼 텐데 조금 기다렸다가 그녀를 만나고 갈 텐가?"

이경은 넋이 나간 채 고개를 천천히 저었다.

"좋아, 그럼 이제 기나긴 이야기의 대단원의 막을 내려 볼까?"

한영이 피우던 담배를 비벼 끄며 덧붙였다.

"후문에 차 준비해 놨으니까, 우선 여길 떠나. 윤승지는 지금 거기 차 안에서 널 기다리고 있어. 그게 무얼 의미하는지는 알겠지? 둘이 오늘 밤이라도 좋으니 어디든 가. 사람들 눈에 띄지 않게 여행객으로 가장해서. 물론 어딜 가도 내가 널 좇고 있을 테니까, 걱정은 하지 말고. 가서 너의 마지막 미션을 끝내."

한영은 더 할 말이 없다는 듯 앞장서서 쓰레기장을 빠져 나갔다.

인간적인, 더 인간적인

낡은 시골 버스가 계곡 사이로 곡예하듯 넘어갔다. 승객이라곤 달랑 이경과 승지가 전부였다. 길 주변은 깊이가 30미터도 더 되는 낭떠러지의 연속이었다. 계곡은 이름 모를 나무들로 빽빽이 숲을 이루었고, 나뭇가지에 가려진 손바닥만한 하늘에선 가는 빛 줄기가 쏟아져 내려와 솜털처럼 부드럽게 차창 주변을 떠다녔다.

"거의 다 왔어요."

이경이 차창 한곳을 손가락질했다. 버스가 모퉁이를 돌아 내리막길로 들어선 직후였다. 산길을 돌아 5분쯤 더 내려오자 '옥계리'라고 쓰인 팻말이 보였다.

"이야, 이거 생각보다 심각한 깡촌인데. 전기는 들어오는 거야?"

도망자 신분임에도 이경은 특유의 장난기를 잃지 않았다.

"흥, 누가 가자고 했나? 자기가 따라 온 거면서."

사실이 그랬다. 갤러리 로마의 테러리스트들의 폭파 위협을 받던 날, 승지는 승지대로 이경을 찾아 헤매고 있었다.

여느 날처럼 안내 데스크에 섰던 승지는 아르바이트생이 비명을 지르며 계단을 달려내려 오는 것을 보았다. 이경이 검은 모자와 몸싸움을 벌이고 있던 시각이었다. 승지는 큰 일이 벌어졌음을 직감했다. 그녀는 아르바이트생을 안정시키고 자초지종을 물었다. 그러나 아르바이트생은 아무런 말도 하지 못했다. 그 사이 보안실 직원들이 뛰어 올라와 전시실로 달려갔고, 경찰에 신고를 하는 등의 소란이 있었다.

'그이에게 무슨 일이 생긴 게 분명해.'

승지는 저도 모르게 이경의 얼굴을 떠올렸다. 환영처럼 스쳐가는 이경의 얼굴은 고통스러운 표정을 짓고 있었다. 승지는 중앙 홀로 내려가 천장을 올려다보았다. 그곳으로 오르는 계단 어딘가가 이경이 있다는 생각이 들어 비상계단으로 향했다. 그러나 당황한 나머지 승지는 로마의 지하 미로 속에 갇히고 말았다. 입사한 지 얼마 되지 않았던 탓에 방향감각을 잃었던 것이다.

"대표님! 대표님, 거기 있어요?"

승지는 전원이 차단되어 비상구 불빛만이 누렇게 빛나는 지하 통로를 헤매고 다녔다. 하마터면 테러리스트와 마주칠 뻔했던 위기의 순간 승지를 구한 것은 한영이었다. 한영은 승지를 안전한 출구로 이동시킨 뒤 지하로 잠입한 테러리스트와 결투를 벌여 그를 제압했다. 모든 일이 10여 분이라는 짧은 시간에 벌어진 소동이었다.

"여기 꼼짝 말고 있어요. 절대 움직이면 안 됩니다."

한영의 손에 떠밀리듯 밖으로 나온 뒤, 승지는 이경을 찾아 다시 갤러리를 떠돌았다. 관람객들이 대피하고 경찰이 도착하는 와중에도 그녀의 생각은 오로지 이경에게 가 있었다. 보다 못한 한영이 그녀의 팔목을 잡아끌고 후문에 주차해 둔 검은 세단 속으로 밀어 넣었다. 승지는 이경을 곧 데리고 오겠다는 한영의 말만 믿고 차에서 기다렸다. 초조하게 시간이 흐르길 약 20여 분, 다행인지, 아니면 정말로 외계인인 건지 이경은 한영과 함께, 별일 없다는 듯 손바닥을 탁탁 마주치며 나타났다. 넥타이가 벗겨지고 입술에 피가 묻어 있었지만, 다행히 크게 다치진 않은 것 같았다.

"괜찮은 거예요?"

승지는 하마터면 이경의 품에 달려가 안길 뻔했다.

"윤승지 씨는 이게 괜찮아 보이나? 이 예술조각 같은 얼굴에 스크래치가 났는데."

이경은 그 상황에서도 장난기 가득한 미소를 지어보였다. 사실 무사한 승지를 보자 이경은 이경대로 눈물이 날 정도로 반가웠다. 그러나 자신의 감정을 드러낼 수는 없었다. 이제 선택을 해야 한다. 소멸이냐, 영원이냐. 다른 경우의 수는 없었다.

"지금 한가하게 그러고 있을 때가 아닐 텐데."

한영이 정문에 주차된 경찰차들을 가리키며 사인을 보냈다.

'그렇군. 내가 옥에서 탈출한 신세라는 걸 깜박 잊었어.'

현실의 상황을 떠올리자 이경은 머릿속이 복잡해졌다. 운명의 시간이 코앞인데, 현실에서 그는 여전히 로얄그룹의 유력 후계자였고 그룹 비자금 유물 밀반입과 관련하여 연이은 조사를 앞두고 있었다. 조사 결과에 따라 몇 개월에서 몇 년 옥살이 할 수도 있었다. 더구나 한바탕 소동을 일으킨 채 옥을 탈출하지 않았던가.

하지만 모두가 지나가는 꿈이었다. 지난 여덟 번의 생이 그랬듯 이승에서의 일은 한갓 신기루일 뿐이다. 잠이 깨면 새로운 하루가 시작되듯이, 긴 악몽이 끝나고 천상으로의 귀환을 앞두고 있는 지금, 승지라는 나비 한 마리가 날아와 이경의 꿈을 흔들고 있었다.

"어서 여길 떠야해. 눈에 띄는 교통수단은 당분간 좀 피하고, 어디 한적한 시골 같은 데가 좋겠어. 마땅한 곳이 없다면 내가 괜찮은 별장 하나 소개해줄 수도 있는데."

한영이 승지의 눈치를 살피며 물었다. 이경은 그 말이 품고 있는 속뜻을 이내 알아보았다. 지금 당장은 아니어도, 조만간 결정을 해야 한다. 사사로운 인간의 정 따위는 어서 끊어 버리고 오라고. 한영은 그렇게 이경에게 충고하고 있었다.

"가볼 곳이 한 군데 있긴 한데."

이경이 승지의 눈을 빤히 쳐다보며 말했다.

그 순간 신기하게도 승지에게 이경의 생각이 읽혔다.

"좋아요. 거길 가요. 올갱이, 가서 올갱이를 잡아요."

그날 오후, 방송은 갤러리 로마에서 벌어진 테러리스트 잠입 사건을 연이어 속보로 보도하기 시작했다. 비단 국내 언론뿐만이 아니었다. 서울에 거주하는 내외신 기자들 대부분이 갤러리 로마로 몰려들어 취재 경쟁을 하느라 바빴다. 이슬람국가 연합을 꿈꾸는 테러리스트 집단이 극동의 한복판에 모습을 드러냈다는 점에서 전 세계는 충격에 빠졌다. 언론들은 안보 전문가를 초

빙하여 분석 기사를 내보내느라 여념이 없었고, 정부에서도 이번 사건과 관련된 긴급 성명을 내느라 진땀을 흘렸다.

보도의 초점이 테러에 맞추어진 것은 그나마 다행이었다. 테러 진압에 공을 세운 이경의 존재는 가려졌다. 한영의 지휘 하에 로마의 CCTV는 대부분 지워졌고 보도 자료 또한 이경의 이름이 제외된 채 뿌려졌다. 그럼에도 이경을 목격했다는 주장들은 곳곳에서 제기되었다. 경찰은 혼란에 빠진 듯 보였으나, 테러리스트 서울 잠입이라는 대 혼돈 속에서 로얄그룹에 대한 수사는 언론의 관심에서 비껴났다. 현 회장의 입장에선 이보다 다행일 수 없는 일이었다. 심지어는 옥에 갇힌 현 회장을 사면해서 사태를 수습해야 한다는 목소리까지 흘러나왔다. 이것 역시 한영이 보이지 않게 손을 쓴 결과였다.

경찰과 검찰은 이경의 실종을 공식화하지 않았다. 그들 스스로, 언론의 질타를 피하기 위한 자구책이었다. 하지만 은밀히 사방으로 형사들을 동원하여 이경을 쫓기 시작했다. 이경은 벽과 벽 사이에서 홀연히 모습을 감췄다. 감옥 안을 샅샅이 뒤져도 그는 발견되지 않았다. 하지만 다섯 개도 넘는 열쇠를 해체하고, 삼엄한 감시를 피해 밖으로 나갔다는 것은 불가능한 일이었다. 검찰의 딜레마는 여기에 있었다.

로마에 대한 테러 소식으로 온 나라가 뒤끓고 있을 때, 공 실장은 아침부터 땀을 뻘뻘 흘리며 대학로 근처를 헤매고 있었다. 스마트폰 지도를 켜놓고 고개를 갸웃거리기를 30여 분, 마침내 공 실장은 쾌재를 부르며 골목 한쪽에 놓인 낡은 대문을 열고 들어갔다.

"하이구야, 겨우 겨우 찾았네."

공 실장이 너스레를 떨며 마루에 걸터앉자 안에서 한지문이 열리며 수염이 그득한 사내가 밖으로 나왔다. 개량 한복 같은 것을 입고 있었는데 나이를 짐작할 수 없는 얼굴이었다.

"아침부터 전화를 해댄 사람이 자넨가?"

사내가 물었다.

"유마 선생이시군요? 예, 그렇습니다."

공 실장은 고개를 넙죽 숙이고는 재빨리 자리에서 일어났다. 사내의 태도가 마음에 들지 않았지만 이것저것 가릴 때가 아니었다.

"약속한 돈은 가져 오셨수?"

"그럼요. 한데 시간이 없습니다. 속히 가 주셔야……."

사내가 공 실장이 건네는 수표를 확인한 뒤 대답했다.

"그것참, 시원시원해서 좋군. 갑시다."

유마 선생으로 불리는 사내는 분장을 전문으로 하는 사람이었다. 방송국에서 20년 가까이 분장담당으로 일하다가 지금은 대학로에 학원을 차려 후학들을 양성하고 있는데 그 솜씨가 남달라서 일찍부터 언론에 알려진 사내였다. 공 실장은 유마와 안면이 있다는 대학 동기를 통해 연락을 넣고 그의 집으로 득달같이 달려왔던 것이다.

유마는 묵직한 가방 하나를 들고 공 실장을 따라 나섰다. 그들이 도착한 곳은 마포구 상수동에 있는 도수철의 우중충한 지하 사무실이었다. 곰팡이 냄새 나는 계단을 따라 내려가자 도수철이 반백의 머리를 벅벅 긁으며 그들을 맞았다. 눈살을 살짝 찌푸리는 유마를 아랑곳하지 않은 채 도수철이 중얼거렸다.

"왜들 이렇게 늦는 거야. 기다리다 숨넘어가겠어."

사무실 안쪽 소파에 귀공자풍의 미청년이 앉아 있었다. 이미 이쪽으로 오는 차 안에서 공 실장이 다 설명을 해 놓은 터라 유마는 오래지 않아 작업을 시작했다. 그가 어른 허리 높이만한 검은 색 가방을 열자 그 안에서 온갖 잡동사니들이 주르르 흘러내렸다.

"아니, 근데 이 사람 믿어도 되는 거야? 무슨 마술사도 아니고."

도수철이 구시렁거리며 문을 걸어 잠갔다. 동시에, 한쪽 팔을 척 걷어붙인 유마가 이경의 곁으로 바싹 다가붙어 머리카락에 뭔가를 칙칙 뿌려댔다. 머리칼을 새로 빗어 넘기고 염색을 하는 유마의 손길은 능숙했다. 눈썹을 새로 그리고, 서클렌즈와 화장으로 얼굴을 완전히 바꾸어 놓기까지는 채 2시간도 걸리지 않았다. 작업이 끝나자 유마는 정교하게 제작된 콧수염을 이경의 인중에 붙였다. 밖으로 나갔던 공 실장이 사 온, 막 상표도 떼지 않은 싸구려 양복을 입히자 이경은 완전 딴사람이 되었다.

"히야, 이게 누구야, 전혀 못 알아보겠는데?"

도수철의 너스레를 뒤로 하고 이경은 사무실을 나섰다. 공 실장도 놓아둔 채 이경이 서둘러 향한 곳은 전준호 감독이 연출을 맡게 될 영화 〈환생〉의 제작 발표회가 열리고 있는 압구정 CGV였다. 이경은 택시를 두 번 갈아탄 뒤 20여 분 후 행사장에 닿았다.

〈환생〉은 아홉 번의 환생을 통해 이룰 수 없는 사랑을 키워왔던 두 주인공의 사랑이 마침내 이루어진다는 로맨틱 코미디로 안나가 맡은 역할은 주인공을 짝사랑하는 여인이자, 그들의 사랑을 막아서는 질투의 화신 역할이었다.

행사는 절정을 향해 치닫고 있었다. 연신 플래시가 터지는 가운데 조연을 맡은 유안나가 마이크를 잡고 기자들의 질문에 답

하고 있었다. 이경은 공 실장이 만들어준 가짜 프레스 출입증을
매단 채 취재진 사이를 비집고 들어가 맨 앞줄에 앉았다.

"유안나 씨는 〈환생〉을 통해 화려한 데뷔 신고식을 치르셨는
데요. 이번 영화에서 맡은 역할을 간략히 소개해 주시죠."

기자의 질문에 유안나가 대답했다.

"제가 맡은 역할은 불꽃같은 질투심을 지닌 시은입니다. 시은
의 질투는 자기 것이 아닌 사랑의 영원성을 믿는 데서 출발되었
습니다. 그리고 그것을 내려놓게 될 때 비로소 자기 내면에서 타
오르는 진정한 사랑을 발견하게 되는 캐릭터죠."

"아주 섬세한 감정 연기를 선보이게 되셨는데요. 안나 씨는 현
실에서 실제로 그런 사랑을 해 보셨습니까?"

"제게도 그런 사랑이 있었습니다."

안나가 담담하게 대답하는 모습을 이경은 숨죽여 보고 있었다.

"다가가면 그만큼 멀어지기만 하는 사람, 그 사람의 마음을 얻
기 위해 일부러 더 망가지고, 화를 내고, 집착하고, 그 모든 과정
을 거친 후에 비로소 진짜 사랑의 의미를 깨달았죠. 그 사람을
통해 저는 성숙해졌습니다."

"딱 이번 역할에 적임자시군요? 그래서 안나 씨의 그 사랑은
어떻게 되었나요? 지금도 여전히 현재진행형입니까?"

안나의 시선이 앞줄에 앉은 이경에게로 천천히 맞춰졌다.

"아뇨. 이미 과거가 된 사람이지만, 영원히 저와 함께 할 것 같아요. 제 추억 속에서."

고요한 안나의 미소에 이경 역시 화답의 미소를 지어주었다.

"당신 또한."

이경은 나지막이 중얼거렸다.

옥계리는 10여 가구가 될까 말까한 작은 촌락이었다. 정선에서 하루에 네 번밖에 들어가지 않는 군내 버스로 갈아타고 다시한 시간가량 가야 하는 마을이었다.

버스를 내린 이경과 승지는 무들이 퍼렇게 점령한 산비탈을 넋을 잃고 쳐다보았다. 멀리서 뻐꾸기 울음소리가 들렸다. 우스꽝스럽게 모자를 눌러 쓴 허수아비들도 보였다. 산 속에 깊이 숨겨놓은 신선의 마을 같았다.

"어때요? 공기 좋죠?"

승지가 가방을 든 채 앞장서 걸었다.

"공기는 좋은데. 흠흠, 이게 무슨 냄새지?"

이경이 미간을 찌푸리며 코를 킁킁거렸다.

"시골에선 밭에 거름을 줘서. 아, 저기 축사가 새로 들어섰네.

이런, 누가 이런 공기 좋은 곳에서 소를 기를까. 어머, 깔데기들 좀 봐, 얘네들은 하루살이라고 불러요. 저녁때 되면 입으로 몇 마리씩 마구 넘어 들어오곤 했는데. 얘네들 얼마나 사는 줄 알아요?"

승지가 저만치 앞서가며 조잘조잘 떠들어댔다.

"참, 가재가 뭔지 알아요?"

승지가 가까이 다가와 이경의 팔짱을 꼈다.

"가재? 민물에 사는 곤충 같은 거잖아."

"곤충이라니, 바보. 우주별 나라에선 상식 공부도 안 시키나 봐. 가재는 어엿한 동물이에요. 뭐, 전문 용어를 좀 쓰자면 갑각류. 등에 갑옷처럼 단단한 껍질을 뒤집어쓰고 있거든요."

승지는 이경을 이끌고 조심조심 개울로 내려갔다. 이경이 구경하고 있는 사이, 신발을 벗고 물속으로 들어가 돌을 들추며 가재를 찾았다. 오래지 않아 승지의 손에 작은 가재 한 마리가 들려 올라왔다. 그것은 작은 게처럼 보였다.

"랍스터 축소판이군."

이경이 신기한 듯 가재를 이리저리 살폈다.

"요래뵈도 이놈이 얼마나 고소한데요."

"이걸 먹는다고, 요 작은 걸?"

"그럼요, 시골에선 이놈의 껍질을 벗겨서 뒤쪽에 달린 살점을 발라 먹어요. 혹시 가재는 게 편이란 말 알아요?"

"알지."

"바로 요놈을 두고 하는 말이에요. 생긴 게 비슷하니까. 또 있어요. 도랑치고 가재 잡는다."

"일석이조란 뜻?"

"맞아요! 우리 고장에 내려오는 전설도 있어요. 옛날 옛적에, 본래 가재는 눈 대신 그 자리에 띠가 있었고, 지렁이는 띠가 없고 눈이 있었는데 하루는 두 동물을 산신령이 불렀어요. 가만 보니 서로 상대에게 필요한 것들을 가지고 있는 터라, 눈과 띠를 바꾸게 한 거죠. 그렇게 가재의 띠와 지렁이의 눈을 바꾸어 가재는 눈이 있게 되었고 지렁이는 몸에 띠를 두르게 되었다는 거예요. 그래서 가재는 눈을 달고 즐거워서 앞과 뒤로 부지런히 움직이고 지렁이는 눈을 잃고 밤마다 '애드르르' 하고 운다나, 뭐라나."

이경은 가만히 듣고 있었다.

"에이, 재미없다. 억지로라도 좋으니 웃는 척이라도 해봐요."

"이렇게 슬픈 얘길 듣고 어떻게 웃나?"

승지가 가재를 놓아주며 힘없이 중얼거렸다.

"그러네요. 슬픈 얘기예요. 가요, 배고프겠다. 가서 이번엔 마당의 지렁이를 구경해요."

그들이 도착했을 때 승지의 부모는 이미 집을 떠나고 없었다. 먼 친척집에서 며칠 묵고 돌아오도록 승지가 미리 조치를 취해둔 터였다. 승지는 고등학교를 마칠 때까지 머물던 방으로 이경을 들였다. 책장에는 아직도 한국사와 생활윤리 같은 옛 교과서들이 그대로 꽂혀 있었다. 고교 시절에 찍은 단발머리의 앳된 사진도 한 장 벽에 붙어 있었는데, 이경은 그 사진을 신기한 듯 오래 들여다보았다.

"뭘 그렇게 봐요?"

승지가 밖으로 나가 마른 국화잎 몇 개와 물주전자, 찻잔을 쟁반에 담아서 들어왔다. 차를 우려내는 솜씨가 익숙했다.

"저땐 개구쟁이었네."

"순진해 보인다는 소리죠? 학교가 멀어 힘들었어요. 매일 한 시간 이상 차를 타고 통학을 했으니까요. 차가 한 번에 읍내로 나가는 게 아니라 마을이란 마을은 다 거쳐서 가는 바람에 교문으로 들어서면 녹초가 되곤 했죠. 빨리 이 시골을 벗어나고 싶은 마음밖에 없었어요."

"파리와 이탈리아를 종횡무진 누볐으니 성공한 셈인가?"

"흥, 놀리는 것 좀 봐."

뜨거운 국화차를 한 모금 들이켜고 나서 승지는 재잘재잘 자신의 학창시절에 대해 들려주었다. 짧은 오후 해가 떨어지고 어둠이 낡은 슬레이트 집 주변을 감쌌다. 밤이 깊어가도록 두 사람의 대화는 끊이지가 않았다.

"이제 그만 자요. 내일은 올갱이를 잡아야 해요."

그렇게 말했지만 승지도 잠을 청할 마음은 아닌 것처럼 보였다.

"잠깐만, 목덜미에 문신을 한 거야?"

승지가 화장실에 가기 위해 몸을 일으킬 때였다. 승지의 목덜미에 검은 점 모양의 문양이 이경의 시선을 사로잡았다.

승지가 멋쩍어하며 재킷 끝을 끌어 올렸다.

"아, 이건 문신이 아니고. 그냥 흉터 같은 거예요. 날 때부터 있었대요. 활 같기도 하고, 알파벳 B 같기도 하고. 그래서 친구들이 B급인간이라고 놀렸어요."

"성물의 표식……"

이경이 짧은 탄식을 내뱉었지만 승지는 듣지 못했다.

"와, 하늘 좀 봐, 우리 별 볼래요?"

볼일을 마치고 돌아온 승지가 밖에 서서 이경을 불렀다.

두 사람은 평상에 앉았다. 마을 반대편 골짜기에서 컹컹, 개들이 짖어댔다.

"봐요. 무더기로 핀 꽃들 같아요."

이경은 아름다운 밤이라고 생각했다. 지금껏 본 적이 없는 풍경이었다. 은하수를 감싸고도는 별들이 큰 강물을 이루며 골짜기 아래까지 지쳐 내려왔다. 하늘과 구름이, 별이, 작은 촌락 마을이 하나의 빛 속에 어우러져 떠 다녔다. 이경은 승지와 함께라면 영원토록 이 빛 아래 머물고 싶었다. 그곳이 천상이 아니라고 해도.

"전에 한강 갔을 때 별에 대해서 얘기했던 것 기억해요?"

승지가 뒷짐을 진 채 마당을 한 바퀴 돌았다.

"기억하지."

"그때 그랬잖아요. 거문고자리가 자오선을 통과할 때 승지, 네가 그 별을 바라보았으면 좋겠다고. 종종 그 얘길 생각했어요. 그게 무슨 뜻일까, 하고."

"그래서 알아낸 거야?"

이경이 가까이 다가와 승지의 어깨를 감쌌다. 이경은 잠깐 몸을 움츠렸으나 피하지 않았다.

"아뇨, 모르겠어요. 지금, 말해줄 수 있어요?"

"그건……"

이경은 저도 모르게 한숨을 쉬었다. 낮고 무거운 한숨, 승지는 가만가만 이경의 한숨이 갈라놓은 행간을 더듬고 있었다.

"얘기 안 해줘도 돼요. 우리가 함께 이곳에서 하늘을 보고 있다는 게 중요하니까."

승지의 목소리가 잔잔하게 마당으로 내리깔렸다.

별똥 하나가 동쪽에서 서쪽으로 길게 꼬리를 남겼다.

다음날 아침, 누군가 곤히 잠든 이경을 흔들어 깨웠다.

"지금이 몇 신데 아직까지 자는 거예요?"

승지였다. 승지가 두 팔을 걷어 올린 폼으로 빨간 바지를 내밀었다.

"이건 뭐지?"

"몸뻬."

이경의 눈이 커졌다.

"몸뻬? 이걸 나보고 입으라고?"

"올갱이 잡으러 가기로 하지 않았어요? 점심에 올갱이 된장찌개 끓여 먹으려면 서둘러야 해요. 얼른 일어나!"

승지가 다가와 간지럼을 태웠다. 옷을 다 입은 이경은 눈을 비비며 일어나 마당으로 나섰다. 승지가 대야에 물을 받아놓고 수건을 평상 위에 놓아 주었다.

"가요, 올갱이는 오전에 잡아야 더 맛이 좋아요. 얼른 씻고 있어요. 간단하게 먹을 것 좀 가져다줄게요."

이경이 세면을 마치고 나자 승지가 간단하게 감자죽을 소반에 담아 내왔다. 두 사람은 평상에 앉아 감자죽을 먹었다. 미역과 황태를 넣어 만든 감자죽은 고소하고 달달했다.

"로마에서도 느꼈지만 요리 솜씨가 제법이야."

"그래요? 내가 원래 손재주가 좀 있어요."

"원래 머리가 달리면 손이 발달하게 되어 있지."

"꼭 한마디를 더 달아서 매를 버는 재주가 있네요?"

죽을 다 먹고 나서 이경은 승지가 주는 검정장화를 신고 수경을 건네받았다. 집을 나서기 전 거울에 비친 자신의 모습을 보면서 이경은 피식 웃었다. 당장 경찰이 들이닥친다고 해도 자신을 수배자로 알아볼 사람은 없을 것 같았다.

"올갱이는 낮에 바위에 눌어붙어 있다가 밤이 되면 슬슬 먹이를 찾아 돌아다녀요."

이경과 승지는 걸어서 30분쯤 걸리는 개울가에 도착했다. 계곡을 타고 흐르던 두 개의 지류가 만나 폭이 10여 미터쯤 되는 보통 규모의 하천이었다. 승지가 먼저 수경을 쓰고는 물로 들어갔다. 무릎 높이쯤 되는 수위였다. 우기가 지났지만 수량이 풍부했다. 물이 차가워 이경은 비명을 질렀다.

"남자가 그게 뭐예요? 남자답지 못하게 엄살은."

이내 승지의 타박이 이어졌다.

"남자라고 뇌가 없나? 남자도 춥고 덥고 그런 거 다 느낀다고!"

바위를 들춘 뒤 승지가 올갱이 잡아 올리는 법을 알려주었다. 이경은 어느새 올갱이 잡이에 재미를 붙이고 승지와 함께 앞서거니 뒤서거니 바위에 붙은 올갱이들을 주워 가져간 철망에 담았다. 철망 밑바닥이 다슬기로 새카매진 뒤에야 이경은 허리를 폈다.

"우리 좀 쉬었다가 하자."

"그럼 좀 쉬어요. 전 조금 더 잡고 일어날게요."

이경은 넓적한 바위에 앉아 허리를 굽힌 채 수경에 눈을 대고 있는 승지를 쳐다보았다. 이경은 거듭 한숨을 내쉬었다. 저 위에, 구름 위에, 신들의 세상이 있다. 그곳에서 신들은 인간의 흥망성쇠를 관장하며 인간 위에 군림해왔다. 지난 여덟 번의 생애 동안, 얼마나 자신이 떠나온 곳을 갈망했던가. 그런데…….

이경은 날짜를 헤아려 보았다. 약속된 시간까지 이제 하루가 남았을 뿐이다. 신의 세상은 하늘에만 있는 게 아니었다. 여기에도, 지금 여기, 올갱이를 잡고 있는 한낱 미물 같은 인간의 세상, 인간의 마을에도 천국은 있다. 하지만…… 운명은 얼마나 가혹한가. 무사히 임무를 마치고 돌아가려면 내 손으로 저 여인을 소멸시켜야 한다. 모이라의 장난인가, 아니면 제우스의 여전한 분노인가. 여덟 번의 생을 바쳐도 벗어날 수 없을 만큼 죄의 뿌리가 깊은 걸까. 사랑하는 사람을 죽여야만 구원의 문을 열 수 있는 운명이라니.

"무슨 생각을 그렇게 해요."

어느새 승지가 곁으로 다가와 앉았다.

이경은 손을 뻗어 승지의 발간 뺨을 어루만졌다. 승지가 멋쩍어하며 손을 저지했다.

"뭐예요, 느끼하게 갑자기."

이경의 눈에 물기가 어렸다. 승지는 금방이라도 눈물을 쏟을 듯한 얼굴을 하고서 이경을 쳐다보았다. 그리고 와락 이경의 품에 안겼다.

"무슨 일인데요? 나한테 말해 봐요."

"말하기가 곤란해. 아니, 말한대도 당신이 날 이해하기 벅찰 거야."

"설마, 이대로 가서 자수라도 하려는 거예요? 조금 피해 있으

면 잘 해결될 거라고 했잖아요. 좋은 변호사 사서 부당한 세무감
사랑 싸워요. 대표님 돈 많잖아. 요즘 세상에 돈으로 해결 안 되
는 일 없는 거 몰라요?"

"돈 따위로 해결될 수 있는 게 아냐. 내 얘긴, 그러니까 이런 세
상의 일과는 관련이 없어. 그보다 훨씬 고차원적인 문제야."

승지는 도무지 이해가 가지 않는다는 눈빛으로 이경을 바라봤다.

이경은 말하지 않아도 승지가 제 마음을 헤아려주기를 바랐다.
아니라면, 대체 어디서부터 어떻게 설명해 주어야 하는 걸까. 신
들의 이야기를, 지난 여덟 번의 생의 의미를 승지에게 어떻게 이
해시킬 수 있을까. 승지가 그 모든 이야기를 알 필요가 있을까.
지금 이경의 머릿속은 복잡했다.

천 년 동안 아홉 번의 인간 환생이란 기나긴 유배생활을 끝으
로, 올림포스로 돌아가기 위해 그에겐 마지막으로 수행해야 할
미션이 있다. 그게 승지 바로 너라고. 운명의 여신 모이라들이
정한 현이경의 수명은 이제 막바지에 다다랐다고. 내가 널 죽이
지 못하면, 나 큐피드는 올림포스에서 완전히 소멸한다고. 그걸
대체 어떻게 이해시킬 수 있을까.

"난 오늘 밤 여길 떠나야 해."

"떠나야 하다뇨?"

"돌아가야 할 시간이거든."

"어디로요?"

"내가 태어나고 자라난 곳으로."

"갤러리 로마로요? 그럼 여기까진 대체 왜 온 건데요?"

승지가 냉큼 몸을 일으켰다. 금방이라도 이경을 물속으로 떠밀어버릴 것 같은 동작을 취하다가 멈추었다.

"농담이라고 말해요. 또 장난친 거죠? 날 놀리려는 거죠? 네?"

"미안해. 하지만 농담이 아냐. 내 힘으론 더 이상 시간을 미룰 수가……"

"그만, 됐어요. 난 그런 소리 못 들은 걸로 할 거예요. 아, 배고프다. 돌아가서 밥이나 맛있게 지어 먹어요."

승지는 잔뜩 토라져서 뒤도 돌아보지 않은 채 먼저 걸음을 옮겼다.

그날 밤은 초저녁부터 바람이 불고 비가 내렸다. 세찬 가을비였다. 인적이 끊어진 시골 마을은 적요 속에서 이따금씩 개 짖는 소리만 들렸다. 빛이라곤 찾아볼 수 없는 차가운 어둠 속이었다. 비가 그치고 나면 해마다 그랬듯이 서리가 내리고 눈이 쌓일 것이었다. 눈과 함께 작은 산촌의 모습도 하얗게 잊혀져갈 것이었다.

이경과 승지는 저녁을 먹고 난 뒤 일찍 잠자리에 들었다. 이불에선 마른 국화 향이 났다. 감기라도 걸렸는지 이경은 초저녁부터 기침을 하고, 몸을 부들부들 떨었다.

"몸이 추워, 나를 좀 안아줘."

자정이 되었을 때, 이경이 팔을 뻗어 승지의 손을 잡았다. 그때까지 이경을 떨쳐내던 승지는 마침내 마음을 풀고 이경을 끌어당겨 제 가슴에 안아 주었다. 이경은 승지의 가슴에 안겨 가쁘게 숨을 몰아쉬었다. 마치 먼 길을 떠나려는 사람 같았다.

"내가 재밌는 옛날이야기 하나 해줄까?"

"재미없기만 해 봐라."

"못 믿겠지만 인간이 땅 위에 살아가듯 하늘에도 신들이 살고 있었어. 신들 또한 분노와 사랑, 욕망, 체념, 질투 등 인간이 가진 모든 감정을 지닌 채 구름 사이로 그들의 피조물을 관찰하곤 했었지."

"일단, 계속해 봐요."

"인간들이 아폴론에게 지어 바친 델포이의 신전에는 제우스가 신의 질서를 세우고 모든 존재들에게 적당한 척도와 적절한 한계를 할당해 주면서 내린 금언들이 새겨져 있었어. 제우스가 가장 중시하는 네 개의 금언은 다음과 같은데, 그건 가장 정확한 것이 가장 아름답다, 한계를 지켜라, 오만함을 증오하라, 지나침이 없게 하라야. 하지만 자신의 능력만을 믿고 이것을 위반한 멍청한 신이 하나 있었지."

"그게 누구죠?"

"큐피드, 바로 사랑의 신 큐피드였어. 큐피드는 정확하지 못했고 한계를 지키지도 못했어. 오만하기 그지없었고 지나치게 감정적이었지. 자꾸만 제멋대로 사고를 치자 분노한 제우스는 큐피드에게 인간으로 태어나 윤회를 거듭하며 참회와 반성의 시간을 갖도록 유배형을 내렸어. 인간들 속에서 잃어버린 신의 위엄과 자격을 되찾게 하기 위해……."

이경은 말을 다 잇지 못했다. 승지의 입술이 건너와 이경의 입술을 감쌌다. 두 사람은 그렇게 천 년의 시간처럼 서로의 입술을 맞대고 있었다.

한지문 밖으로 바람이 불고 이따금씩 나뭇가지가 서걱거리는 소리가 났다. 먼 곳에서 이름 모를 짐승들이 울어대는 밤이었다. 천장 위에서는 쥐들이 돌아다니고, 개들은 늦은 시간까지 짖어댔다. 하늘엔 먹장구름이 잔뜩 끼어 있었다.

그러다가 잠이 들었던가. 승지가 깜짝 놀라 잠에서 깬 것은 새벽녘이었다. 방금 전까지 품안에 안겨 있던 이경이 얼음이 녹듯 스르르, 품안을 빠져 나갔다. 원래부터 그 자리에는 아무 것도 없었다는 듯, 흔적도 없이 영원처럼.

　승지는 아무런 소리도 내지 않았다. 상체를 일으켜 빈 이불을 부여잡고 새벽을 맞았다.

　무릎을 모로 세우고, 그 안에 제 얼굴을 묻고서, 승지는 소리 죽여 울기 시작했다.

　승지가 술집 아가멤논에 모습을 드러낸 건 그로부터 나흘 후였다. 시간이 어떻게 갔는지 모르겠다. 슬픔이 닥쳤을 때, 그 시간을 견뎌내는 인간들은 시간의 흐름을 간파하지 못한다. 말 그대로 그들은 그냥 견디는 것이다. 승지의 시간이 그랬다.

　이경이 품속에서 사라지고 난 뒤, 승지는 아침이 될 때까지 그 어떤 감정도 느낄 수 없었다. 마치 꿈을 꾸는 것처럼 멍한 상태가 되어 뜬눈으로 아침을 맞았다. 어떤 생각도 할 수 없었다. 그것은 완벽한 소멸이었다. 방금까지 따스하게 손이 닿아있던 한 존재가 어떤 흔적도 없이 바스러진 것이다.

　다음날 아침, 승지는 여느 날처럼 물을 긷고 아침을 먹었다. 그녀는 함께 올갱이를 잡던 개울까지 걸어갔다가 천천히 돌아왔다. 마루 밑에는 이경이 신었던 구두가 그대로 남아 있었다. 신발도 신지 않은 채 그는 어디로 증발해 버렸는가. 승지가 그 사실을 받아들이게 된 것은 이틀이 더 지나서였다.

무엇인가, 설명할 수 없는 일이 일어났다는것을. 승지는 어렴풋이 느꼈다. 예사롭지 않았던 첫 등장처럼 마지막모습 또한 강렬했다. 어쩌면 정말로 그는 고대 전설 속의 마법사일 수도 있다.

이경이 다른 세계로 떠나버린 게 아니라, 자신을 대신하여 영원한 죽음을 맞이했음을 알게 된 건 한영을 만나서였다.

한영은 5분쯤 늦게 아가멤논에 모습을 드러냈다. 서울로 올라온 승지는 이경의 흔적을 찾아 갤러리 로마를 유령처럼 서성였고, 그 모습을 지켜보던 한영은 이경이 승지를 대신하여 스스로 소멸을 택했음을 알고 탄식했다. 한영에겐 이경의 선택이 도무지 이해할 수 없는 것이었다. 일어나서는 안 되는 일이 일어난 것이다.

"여길 한 번 온 적이 있어요. 그 사람이랑."

승지는 한영에게 이곳으로 오자고 한 이유를 그렇게 설명했다.

"알고 있어요."

한영이 무표정하게 대답했다. 사실 그날, 이경과 승지가 아가멤논에 앉아 이야기를 나누고 있을 때 한영은 주변을 맴돌며 그 장면을 지켜보고 있었다.

승지는 이떻게 아느냐고 묻지 않았다. 이경이 정말로 인간을

초월한 존재라면 마주앉은 한영 또한 그와 비슷한 존재일 거라
는 예감이 들어서였다.

"현이경, 그는 화신이었어요. 원래의 정체는 큐피드, 장난이
지나쳐 아홉 생을 인간으로 살아야 한다는 처벌을 받고 올림포
스에서 지상으로 내처진 거지요."

한영은 혼란스러워 하는 승지에게 이경이 죽음처럼 견뎌왔던
여덟 번의 생애를 차분히 설명해주었다.

"하지만 신들의 장난은 끝난 게 아니었어요. 마지막 생애에 아
홉 개의 성물을 찾아야 비로소 죄를 면천 받고 신으로 돌아갈 수
있었던 겁니다. 아홉 개의 성물에는 이전의 여덟 인생을 충실히
살아냈다는 표식, 활의 문양이 새겨져 있지요. 큐피드는 이 아홉
개의 성물을 모두 찾아내 파괴해야만 다시 올림포스로 돌아가
신의 지위를 취득할 수 있게 되어 있습니다. 그런데, 신들의 잔
혹한 장난으로 그 마지막 대상이 바로 승지 씨였던 겁니다."

"말도 안 돼요. 올림포스니, 큐피드니 하는 것들……당최 믿을
수가 없잖아요?"

"그가 특별한 존재라는 건, 누구보다 곁에 있던 승지 씨가 더
욱 강하게 느끼고 있지 않았나요?"

"……"

"믿든 안 믿든 그건 승지 씨 마음입니다. 하지만 어쨌든 그는 소멸했어요. 마지막 대상을 파괴하길 포기한 까닭으로."

"말도 안 돼. 말도 안 돼요. 그러니까 그 사람이, 날 살리기 위해 자신을……."

승지는 더 이상 참지 못하겠다는 듯 자리를 박차고 일어나 카페를 나갔다. 한영이 계산을 마치고 밖으로 나왔을 때 승지는 어디로 갔는지 보이지 않았다. 순간 싸한 느낌을 받은 한영은 서둘러 신력을 사용하여 주변을 둘러보았다. 물속으로 뛰어든 승지의 모습이 보일 듯 말 듯 한영의 시야에 들어왔다.

"이봐요! 윤승지 씨!"

당황한 한영이 사력을 다해 승지를 수면 밖으로 끌어냈다. 물에 젖은 승지는 이미 생을 포기한 사람처럼 보였다. 가는 숨소리만이 그녀의 몸을 떨게 할 뿐, 그녀의 팔다리는 이미 생의 기운을 잃고 늘어져 있었다.

"당신이 이러면 그의 소멸만 헛되고 마는 겁니다!"

한영이 안타깝게 다그쳤지만 승지는 눈물만 흘릴 뿐 대답하지 않았다.

한영은 잠시 하늘을 바라보며 깊은 생각에 잠겼다. 금기를 깬다는 것은 자신이 감싸인 세계를 부수어버리는 것과 같았다. 한숨을 내쉬며 다시 승지에게 돌아온 한영은 여전히 머뭇대고 있었다. 인간의 삶을 살아온 이래 가장 어렵고 힘겨운 선택의 순간이었다. 천 년의 기다림 끝에 큐피드가 얻은 것은 부활이 아니라 사랑이었다. 어쩌면 큐피드, 아니 현이경은 행복한 사내인지도 모른다.

한영이 승지의 몸을 일으켜 세웠다. 생명을 불어 넣듯 승지의 귀로 한영의 목소리가 날아와 박혔다.

"현이경을 살려낼 방법이 아주 없는 것은 아닙니다."

승지의 눈동자에 빛이 들어왔다.

"이경은 현신이 아닌 화신이었습니다. 때문에 원래 현이경으로 태어났어야 하는 실제 인간의 영혼은 지하세계에 가 있었죠. 그런데 약속의 시간 직전, 나는 큐피드의 모친인 아프로디테 여신으로부터 간곡한 부탁을 받았습니다. 어떻게든 큐피드의 완전한 소멸만을 막아달라고. 조금만 더 시간을 벌어달라고."

"그래서요?"

"나 헤르메스는 도둑의 신이라 속이고 훔치는 데 꽤 재능이 있죠. 깊은 고민 끝에, 나는 남몰래 큐피드와 인간 현이경의 영혼을 바꿔치기 하기로 했습니다."

"성공, 했나요?"

"그래요. 성공했어요. 완전히 소멸된 건 내가 바꿔치기 해놓은 인간 현이경의 영혼입니다. 지금 큐피드는 지하세계에서 몸을 숨기고 있습니다."

"세상에……"

승지는 순간 전율이 오른 것처럼 몸을 길게 떨었다.

"그를 꺼내올 수 있는 방법이 있나요? 지하세계라면, 신도 인간도 쉽게 들어갈 수 없는 곳 아닌가요?"

"하지만 이것이 있다면 가능해지죠."

한영이 작은 청동 조각을 하나를 꺼내 승지에게 내밀었다.

"이게 뭐죠?"

승지가 멍하니 그것을 받아들며 한영에게 물었다.

"재생의 빛, 바로 마지막 성물인 청동거울의 잔해입니다. 음악의 신 아폴론은 천재 음악가인 오르페우스에게 친히 하프까지 선물할 정도로 무척 아꼈습니다."

"오르페우스의 신화, 책에서 읽은 기억이 있어요. 죽은 아내를 찾으러 지하세계에 갔다가 그만 뒤를 돌아보는 바람에 일을 그르치고 비통한 죽음을 당한."

"맞아요. 아폴론은 그러한 오르페우스의 죽음을 깊이 애도하며, 돌아보지 않아도 뒤를 볼 수 있는 이 청동거울을 만들어 그의 이름을 걸고 맹세했어요. 설령 이 청동거울이 소멸해도 단 한 조각, 재생의 신력을 남겨 한 번 더 거울의 주인을 지하세계로 텔레포트 해주겠다고."

"설마 그렇다면……"

승지의 눈가에 다시금 뜨거운 눈물이 흘렀다. 이번에는 기쁨의 눈물이었다.

"가요. 가서 사랑을 되찾아요."

한영은 승지에게 아폴론의 오르페우스에 대한 맹세를 이용, 지하세계에서 이경을 데려올 수 있는 방법을 알려주었다. 승지도 언젠가 들은 적이 있는 것이었다. 거문고자리가 자오선을 통과할 때 거울에 그 별을 비춰보라고. 자신의 품 안에서 소멸하기 전날, 이경의 속삭임이 다시금 승지의 귀에 들려오는 것 같았다.

"거문고자리가 자오선을 통과할 날이 머지않았어요."

거울을 받아 든 승지가 꿈을 꾸듯 중얼거렸다.

에필로그

3년 후.

햇볕이 따스하게 안마당을 내리비쳤다.

바람 빠진 풍선 하나가 담장을 따라 피어난 개나리 울타리를 타고 넘어와 마당 한 구석에 떨어졌다. 노랑 날개를 단 나비 한 마리가 날개를 눈부시게 움직이며 나무와 나무 사이를 옮겨 다녔다. 바람에는 꽃향기가 가득 담겨 있었다.

문이 열리고 그 눈부신 햇살 속으로 어린아이가 걸어 나왔다. 서너 살쯤 되었을까. 까만 멜빵바지에 흰 셔츠를 받쳐 입고 흰 운동화를 신고 있었다.

"복아, 복아……."

아이가 기우뚱거리며 풍선을 향해 걸어갈 때, 안쪽으로부터 부드러운 아이 엄마의 목소리가 흘러나왔다. 아이는 잠시 뒤를 돌아보았다가 그대로 풍선으로 다가갔다. 아이가 막 풍선을 주워 올리는 순간, 뒤에서 두 손이 다가와 아이를 안아 올렸다.

"복아, 이런 거 함부로 줍는 거 아니라고 그랬잖아."

풍선을 아이의 손에서 빼내려다가 아이 엄마는 바람 빠진 풍선에 쓰인 글씨를 무심코 보았다. '어린이를 위한 그리스로마 신화전' 이란 글씨 위로 올림포스 신들이 그려져 있었는데, 그녀의 시선이 그 중 헤르메스와 큐피드에 가서 멈추었다. 세 살 난 아들과 그림 속 신들의 얼굴을 번갈아 바라보던 그녀의 얼굴에 이내 잔잔한 미소가 어리었다. 사라졌던 노랑나비가 다시 담장을 타고 넘어와 두 사람의 주변을 맴돌았다.

"복아, 저기 좀 봐, 나비야. 나비를 좀 봐."

그녀는 하늘을 가리켰다.

나비는 두 사람 주변을 빙빙 돌다가 하늘로 점점 솟구쳤다.

그러다가 영원처럼 아득히 멀어져갔다.